流氷の果て

一雫ライオン

講談社

目次

装画　石居麻耶
装幀　延澤 武

流氷の果て

プロローグ

「ほれ、安全地帯《あんぜんちたい》がでてくんぞ！　みんな静かにするべや！」

――玉置浩二《たまきこうじ》だべ。玉置浩二さ。

一九八五年。昭和六十年十二月三十一日大晦日《おおみそか》。夜。北海道。

札幌《さっぽろ》市内から知床《しれとこ》半島ウトロへとむかう「北斗《ほくと》流氷号《りゅうひょうごう》バスツアー」に乗車していたひとりが、小型ラジオに耳をつけながら叫んだ。豪華観光バスに乗りこんだ乗客四十六名は、中年男性の声を号令に一斉に各々の手を止めた。

「運転手さん、ラジオおおきくしてくんないかい」

バスの後方から男の声がきこえる。通路を挟み二列ずつのシートの中央付近に座っていた光山洋子《みつやまようこ》がすこし首を伸ばすと、生真面目そうな運転手がそっとハンドルから左手を離し、車内のラジオのボリュームを上げていた。

すぐにＮＨＫ紅白歌合戦が大音量で車内に流れる。先ほどまで豪華観光バスのもてなしとして車内に設けられた製氷機へと足しげく通い、ウイスキーを何杯もおかわりしていた中年男性たちも、慌てて自席へと戻った。

みな、それまでの喧騒が嘘のように声を閉じた。北斗流氷号の車内はえも言われぬ緊張感を持った静寂につつまれた。

「今日も玉置浩二、青っぽい衣装かしら」

今年四十五歳になった主婦の光山洋子は、隣の窓際に座る夫へ囁きかける。

「そりゃ青系だろ。玉置はあの手の色が好きだから。初の紅白だから、気張って紫かもしれんな」

五十歳になった光山洋子の夫、光山貞雄《さだお》は車内で配られた缶ビールを片手に、膝の上にぽんと置いたクロスワードパズルに目を落としながら答えた。

今年の夏に発売したシングル『悲しみにさよなら』で大ブレイクを果たした安全地帯が光山洋子は大好きだった。とくにボーカルの玉置浩二が歌いあげる高音と低音の声色が大のお気に入りだった。

光山洋子は車内をつつむ紅白歌合戦のラジオに耳を傾けながら、母親のように心配した。

「玉置、アイシャドーが濃すぎなければいいけど」

「そりゃ濃いだろ」

老眼がはじまったのか、夫はすこし顎をあげながらパズルにペンを走らせ、答える。

「だってあまりにもメイクが濃いと、視聴者に変な人と思われたら困るし。この間に出た番組の時なんて、紫色のアイシャドーをしていたから」

「それは考えがあるんだろ。青系の衣装に合わせてるのさ、玉置は」

光山洋子は普段自らの洋服のことなどにはまったく無頓着な夫が、予想外のことを言ったため、思わず笑みを浮かべた。

――思い切ってこのツアーの抽選に応募してよかった。

光山洋子は夫の横顔を見ながら思う。


この「北斗流氷号バスツアー」は、札幌から四〇〇キロほど遠く離れた斜里町《しゃりちょう》にある北斗バス会社が企画したものだった。

乗客四十六名は、晴れて来年――といっても数時間後に控える昭和六十一年一月末から本格的にはじまるこのツアーのレセプションの抽選に当選した、北海道に住む者たちだった。簡単にいえば、本番を前にした予行演習、夫に言わせればマスコミへむけた「お披露目会」だそうだ。

　北斗流氷号と名づけられたバスは、車体の外面に海を漂う流氷、その上に鎮座する白熊、海豹《アザラシ》、夜空には北斗七星が描かれた絵がペイントされていた。

　車内も一般の長距離バスとは違い、シートは赤く染められ、おおきく、座ってみると腰がしずかに沈んでいくような気持ちのよい座席で、まるで映画で観た外国のバスのようであった。

　さらに広い車内の前方には、乗客を飽きさせないようおおきなテレビが備えつけられ、その画面でカラオケというものができるようになっていた。座席の後方にはトイレまで完備されており、札幌駅から乗り込んだ乗客たちは、みな感嘆の声をあげ、車内の様子をカメラに収めていた。

　バスはこれから札幌から十時間をかけて知床半島にあるウトロへとむかうことになる。レセプションと銘打った今回のツアーは、大晦日の夜八時に札幌駅を出発し、ひたすらに道東を目指していく。

　車内ではバス会社が用意した贅沢なアルコールやつまみを堪能し、カラオケに興じる。

　そしてバスのなかで新年を迎え、仮眠の後、休憩を挟みながら朝の六時に目的地である「知床ウトロリゾートホテル」に到着することになる。

　そこでオホーツク海に昇る初日の出を一同で見て、新年の陽を背景に北海道知事たちと記念撮影をした後は自由行動となっていた。

　二泊三日のこの旅では、まだ流氷を見ることはできない。海岸から目視で流氷の存在を捉えることができるのは、毎年一月半ばからだからだ。

　それでも光山洋子は充分に満足だった。数年前に建設されて評判となっている知床ウトロリゾートホテルに無料で宿泊できるからだ。おそらく乗客のほとんどがおなじ気持ちであろう。

　流氷の季節となる年明け一月末から晴れて本格始動する北斗流氷号バスツアーは、ウトロ港から流氷を割りながら進んでいく豪華客船に乗るもよし、ボートで海に出て流氷をアイスピックで砕いて氷にし、それをウイスキーに入れてオンザロックで呑むという贅沢もよし、その他にもスノーモービルで海へ出る、流氷の上を歩くことのできる幻想的な流氷ウォークなど、大人が楽しめるツアーとなっているそうだ。

だが、贅を極めたこの旅にも、夫は冷静だった。

「これからの日本は、どんどん景気が良くなる」

夫はときどき、そう言っていた。お金の話をするのが嫌いな人だったが、確かにここ数年、毎年給与があがっている。それは夫の会社ばかりではなく、パート仲間の主婦と井戸端会議をしてもそういう話がよく出ていた。テレビのニュースを見ても、「日本だけでなく、世界的な景気の上昇」を伝えている。特にこの年日本では、夏の全国高等学校野球選手権大会で超高校級の三年生、桑田《くわた》、清原《きよはら》を擁するＰＬ学園がふたりの最後の夏を劇的な優勝で飾ったり、また芸能では素人の女の子を集めたアイドルグループが爆発的な人気を博すなど、国民全体が一様に話題とする事柄が尽きなかった。

——明るい未来が待っている。

そんな雰囲気が時代の風に漂っていた。

この年を締めくくる第三十六回ＮＨＫ紅白歌合戦に、初出場を決めたロックバンド「安全地帯」。北海道旭川《あさひかわ》市出身の彼らは、間違いなく道民のスターだった。

彼らが晴れの大舞台で緊張などしていなければいいな——洋子は祈った。

ラジオから、名司会者の鈴木健二《すずきけんじ》が「いま、いちばん人気のある、安全地帯！」と紹介をすると、見ず知らずの四十六名の乗客たちは、まるでじぶんたちの親戚がテレビに出ているかのように一斉に拍手をした。車内が一瞬の静寂をむかえる。

やがて遠く離れた東京から一気にイントロが響いた。

『悲しみにさよなら』がはじまったのだ。

二小節の短い伴奏が終わると、すぐにいつもの歌声がきこえた。

——泣かないでひとりで　ほゝえんでみつめて　あなたのそばにいるから
その時、洋子の座席の右前方の通路側に座っていた、ひとりの少女が言った。

「悲しみにさよなら、なんてタイトル、なんか気どってない？」

彼女はまだすこし幼さが残るも、大人のようにしなやかな両手の指先でトランプのカードを持ちながら、窓際に座る幼い少年に言った。

「ねえ、そう思うしょ？」

「わかんない」

と少年はか細く答えた。

——可愛いな。

光山洋子は少女と少年に、つい最近自立したふたりの我が子を重ねて思った。

最初は姉弟かと思った。だが、彼女たちは札幌駅を夜の八時に出発した後も、なにも会話をしなかった。大人たちがバス会社の用意した高級ウイスキー、ワイン、チーズなどを味わうなか、後に「由《ゆ》里子《りこ》」という名とわかった少女は、実につまらなそうな表情を横顔に浮かべていた。

彼女のすこし高い声を初めてきいたのはその一時間ほど後だった。子供たちの退屈にようやく気がついたのか、バスガイドが彼女にトランプを渡したときだ。

そのとき彼女は一言だけ、「トランプ」とあざけるように呟《つぶや》いた。それはまるで、「じぶんを子ども扱いして」と言っているように光山洋子にはきこえた。

そこから少女たちは、いつの間にかババ抜きをはじめたらしい。最初はしずかに、徐々に熱狂するまでに楽しみはじめた。少女は隣に座る少年に手持ちのカードをうまく隠しながら、

「君の名前は？」

と訊いた。洋子はそこで、ふたりが姉弟でないと確信した。

「わたし、能瀬《のせ》由里子っていうの。能面の能にさんずいに頼るで能瀬ね。由里子のゆは理由の由に、りはたけのこの里の里。わかるでしょ、お菓子のたけのこの里。こは普通の子で、小学六年生。君は？」

「えっと、ぼくは——釜《かま》利《り》修《しゅう》一《いち》」

「何年生？」

「四年生」

「名前はどういう漢字？」

「ええと——かま……あの、ご飯をたく釜に……」

少年は早口な由里子に圧倒されながらも、じぶんの名前の漢字をゆっくりと伝えた。

能瀬由里子。

釜利修一。

女の子は小学六年生と言っていたが、それよりも大人びた印象もうけた。どうやら母親がいちばん後部の座席に座っているのだが、親に頼る気配はない。

少年はどんな事情があるのかは知らぬが、ひとりでバスに乗っているようだ。洋子から見ても、修一という少年は大人しい部類に思えた。

豪華観光バスのツアーに乗車できた高揚感もあったのか、無性にこの少女と少年が愛おしく見えた。

これから、いろいろなことがあるだろう。悔しいこと、嬉しいこと、悲しいこと、恋を知ること。でも、どうか健やかに育ってほしい。思わず洋子はそう願った。

――いらぬ老婆心ね。

ひとり自嘲しながら、目を閉じ、『悲しみにさよなら』の世界に浸った。

きっと、みんなによい未来が待っている。

車窓の外を流れていく雪さえも、みなを祝っている気がした。

目を覚ましたのは午前二時だった。

「ねえ？　流氷って見たことある？」

「ないんだ」

「実は、わたしも」

洋子がふと目を覚ますと、車内の薄灯りのなか、子供たちのひそひそ声がきこえた。大人たちがみな眠っているのに、「まだあの子たちは起きているんだな」洋子は覚醒しきらぬまま微笑を浮かべる。

窓の外は激しく地吹雪が舞っていた。

どうやら山道を走っているらしい。時折下半身にバスの振動を感じる。

道筋からいえば、道北と道東の境にあたる石北峠《せきほくとうげ》を通過しているところだろう。

右前方に目をやる。少女たちはまだババ抜きをしていた。くすくすと、誰かがジョーカーを引きそうなのか笑い声がする。音をたてないようしずかにトランプのカードを切りながら話す、少女たちの声がきこえた。

「流氷ってさ、どこから来るんだろ」

「シベリアから、って言ってた」

「きれいかな」

「きれいだよ」

「じゃあ、いつか一緒に見よう。流氷を」

可愛いな――洋子は思った。

その瞬間、前方から「ああ」という声がきこえた。

バスの運転手の、嘆きにちかい、叫びの声であった。と、突如、躰《からだ》が右に浮く。自らの躰が重力を失ったかのように宙に舞った。

洋子の視界には何体もの人間の躰が一斉に、物のように、バスの天井へと舞っていく姿が見えた。がん、がん、がん。人間が天井にあたる音がきこえる。洋子はじぶんの頭が床に叩きつけられたのがわかった。夫の姿はどこにもない。代わりに洋子の顔の横に、クロスワードパズルの雑誌が転がってきた。

バスは己の体重に身を任せ、崖を転がり落ちた。


気がつくと、先ほどまでじぶんの横にあったはずの車窓が、寝そべるじぶんの上にあった。焦げるような臭いと、ちか、ちか、とショートしながら点滅する車内の非常灯だけが、あたりを包んだ。重さを感じる。何人かの動かぬ躰が光山洋子の上に重なっていた。事故にあったことだけは、わかった。

――あなた。あなた。

必死に声にならぬ声をだす。

割れて粉々になった窓から、氷点下二十度の風と雪が入りこんできていた。

どれほどの時がたったのだろう。助けは来そうになかった。

車内を覆いつくし倒れた人間たちからは、うめき声もきこえてこない。音をたてぬ人形たちが、ただしずかに転がっていた。洋子の意識も、薄れつつあった。そのとき、トランプをしていた、子供たちの声がきこえた。

「――修一君……修一」

必死に生きようとする、子供たちの声。

寒さに震えているのか、声を絞りだす由里子という女の子の声がきこえる。光山洋子の瞼も、閉じていく。

声がきこえる。

子供の声。

「寝ちゃ駄目……寝ちゃ駄目、修一君――寝るな……修一」

光山洋子は目を閉じた。

まるで子守唄のように、子供たちの声が心の底まで響いた。

第一章

一九九九年。

まもなくミレニアムを迎える、平成十一年十二月二十四日金曜日。東京。

警視庁新宿警察署刑事課強行犯捜査四係の刑事、真宮《まみや》篤史《あつし》は憂鬱《ゆううつ》な足取りで新宿の街を歩いていた。

早朝の空は黒色のなかにしずかに紫色を染めはじめている。

今日は晴天だという。あと数十分もすれば真冬の乾いた空に浮かぶであろう青空が、やけに憎たらしかった。

「新宿駅南口を出てすぐの歩道橋で、首吊り遺体が発見されたようです」

明け方、自宅に一本の電話が部下の若手刑事から入った。

「あの――」

「いい。おれが先に行く」

部下はすぐにほっとした声を出し「じぶんも後からすぐに行きます」と電話を切った。

――後からすぐに、か……。

部下はのんびりシャワーでも浴びてくるだろうと真宮は思った。

だが、真宮が憂鬱な理由は、早朝から新宿の雑踏を歩き首吊り遺体を確認しに行くからではない。

彼自身、そして母親のことだ。

八十五になった母親は、痴呆症を患っていた。妻と娘とともに同居する母親であったが、日を増すごとに、自らが知る母親ではなくなっていた。

最初の異変は八年ほど前、妻から「お母さんの買い物のしかたがおかしい」と告げられた時だ。

母親は昭和を生き抜いた活発な女で、料理を作るのがなにより好きだった。そんな母親が、野菜、肉、ティッシュペーパー——つまり日用品の在庫がまだあるのに、重複して買い漁っているという。

そこからはブレーキを失った自転車が、坂道を下り落ちるような日々だった。

今ではひとりで外出すると家に戻れない。嫌がったが、住所と名を記したカードを首からぶら下げさせた。それでも昨夜、母は家を抜け出し、冬の寒空の下、妻と娘とともに近所を探し、見つけられたのは午前四時だった。

真宮はこの年を越えれば五十八歳となる。定年まで二年を残すなかで、早期退職を決めた。いずれ近いうちにやってくる、「母親をどこかに預ける」という未来にそなえ、一年でも多く母親と時間を過ごそうと思ったというのもある。またそれが、献身的に自らを支えてくれた妻へのわずかながらの恩返しでもあると思って——。

新宿駅南口へ辿り着くと、片側二車線のおおきな甲州《こうしゅう》街道を渡る歩道橋が見えてきた。長い歩道橋のちょうど中央に、だらんと地へ伸びたロープがぶら下がっている。

中央には鑑識係の警察官と機動捜査隊の面々が屯《たむろ》していた。

「おはようございます」

馴染みの鑑識係の警察官が真宮に声をかけ頭を下げた。

「寒いね」

真宮は長年連れ添ったベージュ色のトレンチコートの襟を寄せ、足元に寝かせられている遺体を見る。

五十代から六十代半ばとみられる中年の男が眠っていた。頭髪はやや薄くなり、汚れた灰色のセーター、紺色のジャンパー、おそらく数ヵ月は洗濯をしていないであろうチノパンツを穿《は》いていた。もう決して動くことのない足には、先端に穴が開いた革靴を履いていた。眠る顔は死してもなお、疲れ切っているように思えた。

「真宮《ミヤ》さん」

鑑識係の古株である矢田部《やたべ》が白い息を伸ばしながら、群れを抜け、近づいてきた。

「刑事、辞めるんだって？」

「ああ」

真宮は短く答える。

「寂しくなるな」

感傷に浸ろうとする矢田部を遮るように、真宮は遺体に目をやった。

「身元を特定する物は」

「なにも無し。財布も携帯電話も持っていない。身ひとつ」

真宮は十二月の汚れた新宿のコンクリートに寝かされる男に、問いかけた。

——もう寒さは感じていないか？

——生の絶望からは解き放たれたのか？

——あなたをまとった不安は命とともに消え去っていったのか？

事件性はなく、自死であろうと矢田部は言った。

首吊り自殺の男性は、身元を特定する物をなにも持っていない。ただでさえ年の瀬は自殺者が増える。きっと年を越すことも、新たな二〇〇〇年という新時代を乗り切ることもできぬと絶望した男の自殺だろう。最近では「失業者が増え、非正規雇用者も増えはじめている」と報道でも伝えられている。

　またひとつ、東京に無縁仏が増えるだけ。

　――新宿署へ帰り、行方不明者名簿に身体的特徴から照会をかけ、見つからなければそれまでだな。

　身元不明の亡骸の前後には、それぞれに黄色いテープの規制線が張られ、群衆ができていた。通勤するサラリーマン、泥酔したホストクラブの店員、それにしなだれかかる女性客、クリスマスの雰囲気に燥《はしゃ》ぐ幸せなカップル、ズボンを尻まで下ろした男子高校生、顔を黒く焦がし日の周りを白くメイクする女子高生たち、朝まで忘年会に身を投じた若者、中年――様々な人間たちが遺体を見ている。その顔は憐れみよりも好奇心が上回り、笑みさえ浮かべる者もいる。

　野次馬たちは一種異様な光景だった。デジタルカメラや簡易カメラの写ルンですで遺体を撮影する者、そして多くは携帯電話を手にして、誰かに電話をしていた。そのなかには、携帯電話を使って遺体をカメラに収める者までいた。

　真宮は舌を打つ。すると察した矢田部が周りの制服警察官に目配せをした。

「どいて、どいて」警察官の声にすら群衆は反応しない。この世に絶望し命を落とした男の最期は、会ったこともない人間たちの思い出話にすり替わる。

「いつからだろうな、現場がこんなになったのは」

「五年くらい前からじゃないか？　いまじゃこの国は携帯天国だ」

　真宮はそれをきき鼻から息を吐く。

　――嫌な時代になったものだ。

　刑事という職に早期退職を決めたが、寂しさこそあれ、後悔はなかった。

時代が変わった。

事件が変わった。

真宮が刑事になったころ事件は複雑ではなかった。

二十代、まだ尻の青かった刑事のときに起きた「東京教育大学生リンチ殺人事件」――学生運動の最中、中核派と革マル派の対立のなかで発生した事件だ。真宮はそこで、常軌を逸した政治的思想を持つ若者のアジトに突入し、命と引き換えにでもと思いながら容疑者を確保した。

　後《のち》のバブル経済と呼ばれた時代には度々歌舞伎町《かぶきちょう》で発砲事件が起きた。西から上陸してきた暴力団と関東を拠点とする暴力団の抗争だった。キャバレーやスナックが密集する「風林会館」付近では、それらしき風情の人間たちのポケットには銃があると思って歩けと常に上司に言われ、躰が強張るほどの緊張感のなか捜査をした。

　これまでの事件は怨恨、痴情のもつれ、金、暴力――罪を犯す者の理由は共感こそせずとも理解はできた。

　だが、昭和が終わりに近づいたころから事件は変わった。「東京・埼玉連続幼女誘拐殺人事件」「地下鉄サリン事件」――。罪を犯す者の理由は身勝手さを増し、平成に入りますます真宮には理解のできない犯罪が増えつづけた。

なにも刑事を辞める理由は母親のことだけではない。

真宮自身が、もう限界だった。

――潮時だろう。

野次馬を見渡しながら宙に白い息を吐いた。その時真宮の背中が、なにかを察知した。

ひとりの青年が、こちらを見ていた。

青年は二十代半ばに思えた。優しそうな風貌だが、どこか言いようのない影をまとっている気がした。白色のセーターの上に黒いジャケットと、派手ではないがきちんとした身形《みなり》の青年は、目立ちこそしないが、目鼻立ちの整ったなかなかいい男だった。

真宮はふいに、青年とどこかで会ったことがある気がした。

そんなことはあるはずがないのに、共に昭和を生きてきたような、独特の憂鬱な影を引きずっている雰囲気があった。

人の死を自らとは無関係なものとして好奇の目でしか見ようとしない群衆のなかで、死者を憐れみをもって眼差しているようだった。

こういうまともな青年もいる。苛立ってはいけない——真宮は男を見ながら冷静に戻っていくじぶんを感じた。

とその時、首吊り遺体を見つめる青年の目線が、一瞬上に動いたように見えた。

青年の視線の先を追うと、そこにはひとりの美しい女性がいた。青年とおなじ、二十代半ば、か。

彼女は白いダウンコートに身を包み、まっすぐに遺体を見ていた。十二月の冬空によく似合う涼し気な目元、つんと高く伸びた鼻、なにより口元が印象的な、人目を惹く女性だった。

——ふたりは死体を見ながら、なにかを確認し合っていなかったか？

そう思って真宮が首を戻すと、青年はなにもなかったかのように、再び遺体に視線を送っていた。

——ただの気のせいか。

やがてふたりは、人波に逆らいしずかに消えて行った。事件とは関係のない、規制線により待ち合わせができなかったカップルかなにかだろう。

「すみません、遅くなって」

汚れた新宿の空気を切り裂くように、早朝に電話をしてきた若手刑事がわざとらしく小走りしてきた。

彼は地に置かれたものにようやく気がついたように、遺体に手を合わす。

「自殺ですってね」

躰からは風呂上がりの匂いがした。ゆっくりとシャワーでも浴びてから来たのだろう。

「まだわからんよ。決まったわけじゃないだろう」

皮肉まじりに真宮は答えた。ひとりの名もなき遺体を前にして軽口をたたく若き刑事への、精一杯の皮肉だった。だが、若者は驚くように口を開けたまま、真宮の想いに気がつきもしなかった。

時代が変わったのだ。

事件も変わる。

罪を犯す者も、追う者も、形を変える。


――この時代に、もうおれの居場所はなさそうだ。

空を見上げると予報通り青く晴れわたっていた。

青く澄みわたる空が、憎らし気に感じた。

雪でも降ればいい――真宮は思った。

*

「真宮さん、ちょっといいかな」

年が明けた二〇〇〇年一月。

真宮は長年ほとんど家のように過ごしてきた新宿警察署刑事課強行犯捜査四係の自席で、声をかけられた。後ろを振りむくと、おなじ新宿署刑事課の暴力犯捜査係の刑事が立っていた。彼は数年前に新宿署へ配属となったが、年代も近くもちろん面識はある。皺の多い顔を見るに、なにやら困り事らしい。

「なんだ。どうした？」

「それがよう、ちょっとこっちで引っ張って、いま取り調べやってる男がいるんだ。いや、事件自体はつまらん喧嘩よ。一時間前にコマ劇場の前で起こった。そうしたらな、そいつが真宮さんを呼んでくれっていうんだ」

「誰だ」

「住丸《すみまる》会系の旗堀《はたぼり》って男だ」

「ああ、あいつか」

旗堀は新宿歌舞伎町を塒《ねぐら》にする古参のやくざだった。組では出世こそしていないが、義を欠くことなく代紋に尽くしている。昔から歌舞伎町で顔を合わすことは頻繁で、真宮のよく知った男だった。

「でもなんで、おれを」

「知らないよ。でも真宮さん来るまでなにも話さねえって言うんだ。もうこんな時間だ。早く帰りてえし、頼むよ」

真宮が灰色の壁にかかった時計を見ると、深夜十二時に近づいていた。真宮は膝の上に置き読んでいた雑誌を不機嫌な音で自席の上に戻す。

「なんだい、その本」

「え？　ああ……」

今朝書店で買ってきた介護施設の雑誌だった。関東近郊の老人ホームが多々紹介されている。母親のことがあり、この手の本を買い漁っていたが、良いと思っても一介の警察官であるじぶんにはとても手が出せない高額な入所費用と、月々の費用がかかるものばかりだった。

「親か」

「まあな。母親だ」

「お互いそういう歳だよな。おれは地方の出で親は兄貴に任せっきりだから、偉そうなこと言えねえけどよ」

真宮はこの話をつづける気はなかった。

「行くよ」

真宮は油の足りぬパイプ椅子をきいと音を立て引き、席を立った。


「なんだおまえ、その顔」

取調室のドアを開けると、真宮は顔を歪《ゆが》め声を投げつけた。

「——うるせえ」

鼠色のちいさな机の前に座らされた旗堀の顔は歪《いびつ》な形に腫れあがっている。鼻に添えている白い手拭いは、どす黒い血で染まっていた。

「手拭いどけてみろ」

旗堀はじっと真宮の目を見据えながら、ゆっくりと外す。鼻は直線を拒否したように曲がり、折れていることは明白だった。唇もよほど殴られたのか、上下とも判別がつかぬほど鬱血していた。

「折れてるだろ。早く喋って病院行け」

「……座ってくれよ」

真宮は言われるまま、旗堀の前に座る。と、旗堀は再び手拭いで鼻を覆うと地を這うように下から取調室にいる刑事を睨み、片手を払った。

「あんたらは出て行ってくれ」

「なんだ？　おめえみたいな下っ端やくざが人払いか。いい気になるなよこの野郎」

部屋の隅にいる若い刑事が声を上げた。

「まあ、いいから。な」

真宮の言葉に仕方なく暴力犯捜査係の若手刑事は頷き、部屋を出る。

真宮はふたりきりになると、笑みを浮かべた。

「ずいぶんやられたな。安いスーパーで売ってる芋みたいな顔になってるぞ」

「……うるさいっすよ」

言いながら、知った顔の刑事とふたりになり安堵したのか、旗堀は顔を歪め「……痛え」と呟いた。

「で、なんだ。おれを呼んだ理由は」

取調室に入るまでの廊下で、概要はきいていた。旗堀がコマ劇場前で騒ぐ若者たちに因縁をつけ、その後その仲間に取り囲まれやられたらしい。

旗堀は顔中が痛むのか、必死に顔を手拭いで押さえ、やがて言った。

「……おれが先に手を出したことにしてくれないか」

「は？」

「だからよう、この喧嘩……おれが相手より先に手を出して殴ったということにして欲しいんだ。あの餓鬼ども金属バットまで持ってきておれをやりやがったから、暴力犯係が奴らを傷害罪にするって言うんだ。冗談じゃねえ、こんなんで検察行ったらおれは新宿の街を歩けねえ」

「そういうことか」

暴力犯係の刑事にきいた概要では、コマ劇場の前にある噴水付近で、真冬だというのに袖を捲り上げ、手首まで彫った刺青を街中に披露しながら大騒ぎし、屯する若者たちがいた。するとそのなかのひとりが、突如面白がるように、手に持っていたテキーラの瓶を通行人に投げつけて笑い転げたそうだ。

　通りかかり、それを見た旗堀が「大声で騒ぐんじゃねえ。割った瓶片付けろ」と注意をすると、中心人物が怯む様子も見せず旗堀に蹴りを入れ地面に倒し、馬乗りになって顔面を殴りつづけたという。その後携帯電話で続々と仲間が集まり、ひとりだった旗堀は地に倒されたまま囲まれ、一方的に暴行を加えられた。

「つまり組にも新宿の夜の住人にも、面子《メンツ》が立たないってことだな」

「……そういうことだ」

「なら暴力犯係の刑事にそう言えばいいだろう」

「あいつらじゃ駄目だ。もうおれが知った刑事がいねえ。あいつらやくざもんの気概なんてなにもわかってねえよ。こんなこと頼んだら頼んだで、平気でまわりに言いふらすに決まってる。とにかくおれは被害届なんか出さねえ。頼むよ真宮さん。おれが先に手を出したけど大人数で仕方なく負けたって調書にしてくれ。喧嘩両成敗ってことでよ」

　旗堀は痛みを必死に堪《こら》えた様子で懇願する。真宮は母親のことを考えたいのに、日付が変わるこの時間に、他の係の件で面倒なことを、と心で舌を打った。

「土産渡すから」

　旗堀がちいさな声で言った。

「土産？」

「暴力犯係の刑事たちはなにもわかってねえが、おれをタコ殴りにした連中はただの餓鬼じゃねえぞ。特におれをやった、首にまで龍の刺青彫っている中心の男は族上がりで、いまじゃ昔渋谷《しぶや》で遊んでた元チーマー連中もうまく使って、普段は六本木《ろっぽんぎ》や西麻布《にしあざぶ》を闊歩《かっぽ》してる奴だ。桐谷《きりたに》って名前のはずだ」

「桐谷……それがなんの土産だ」

「あいつ、いや、あいつら……暴力団とかやくざなんて名前も持たず好き放題やってる。おれたちのように仁義なんてもんに縛られず、大した仲間意識もなく金儲けしてやがるのさ。それがなにで儲けているか知ってるか？　詐欺さ」

「詐欺？」

「年寄りの家に電話してな、〝おれだよ、おれ〟って息子の振りをして老人を騙《だま》すんだ。で、会社の金を使い込んでしまった、助けてくれお母さんとか言ってよ、嘘の口座に振り込ませたり、息子の同僚を装って金を貰いに行く」

「……ほんとうか？」

「あいつは暴走族時代も手がつけられない奴だった。おれが今日声をかけた瞬間そいつが振りむいて、おれを見た時すぐに桐谷とわかってよ……正直しまったと思ったよ。あいつらはいま下手なやくざより金も持ってる。しかもおれたちやくざをなにも怖がっちゃいねえ。あんたらが暴対法なんてもん作るから、こっちが易々手を出せないのもわかってるからな」

旗堀は八年前、一九九二年に施行された「暴力団対策法」への恨み節を口にした。

「麻布署に電話しておいたほうがいいと思うぜ」

交換条件のように、旗堀は呟いた。

真宮は部屋を出て、廊下の隅へと行く。

細長い携帯電話についたアンテナを伸ばし、ちいさな画面を見ると電波が届いていた。新宿署は携帯電話が繋がらない場所も多く、真宮は未だにこんなちいさな代物が、便利なのかさえ疑問だった。

麻布署にいる古い付き合いの刑事に電話をすると、刑事は旗堀の説明通り、桐谷が行っている詐欺を認識していた。

だが警視庁でもその詐欺手法に対しての名称がまだなく、中心人物である桐谷にも、名すら持たぬ集団を束ねているため、捜査の手をこまねいているらしかった。

電話を切り、真宮は桐谷という男が話を訊かれている取調室へと入る。すると、鼠色の机の前に全身を黒で包んだ男が座っていた。首元には旗堀が言うように、二匹の龍が絡まった刺青が昇っていた。だが、それは真宮の知るやくざの風体ではなく、スーツも着ず、カジュアルな服装だった。しかし目つきは男の凶暴さを秘め、肉体も格闘技でもしているのか筋肉で覆われていた。

「おまえが桐谷か」

部屋にいた若い刑事が、真宮の来訪に驚き、急いで頭を下げる。

「ええ」

「釈放だ。相手は訴えないと言ってる。幸い怪我もかすり傷程度だ。この喧嘩はこういうことだよな？　やくざの男が一般人である君に因縁をつけ殴ってきた。だから身の危険を感じ仕方なく反撃をした。そこにたまたま仲間が助けに入ってきた。そうだよな」

桐谷という二十代の男は瞬きもせず、瞬時に真宮の筋書きを理解した。

「はい。その通りです」

「よし。じゃあその供述をとって、釈放してやれ」

「え？」

と声を出した若い刑事の顔も見ずに、真宮は部屋を出る。そのままじぶんに頼んできた暴力犯係に事情を話すと、「それでいいよ。助かった。これで家に帰って一杯やれる」という安堵の声をもらった。

真宮は再び旗堀の部屋へ暴力犯係の若手刑事を連れて入る。

「片付いたから、とっとと街に帰れ」

「……助かったよ、真宮さん」

ちいさな面子が守られたことに感謝するように、旗堀は鼻を押さえたまま頭を下げる。

「いいから。早く病院に行け」

真宮はため息をつき、また自席へと戻る。

と、深夜一時。机上の内線電話が鳴る。出ると古い付き合いである新宿署の鑑識係からだった。

*

「すまん。呼び出して」

真宮が鑑識係の部屋の扉を開けると、矢田部は課にいるときのいつもの白衣に身を包み、顕微鏡を覗いていた。

真宮が矢田部の横に立つと、彼はゆっくりと顕微鏡から顔をあげた。

「もめてるらしいね」

矢田部が口元を緩め、面白がるように言った。

「なにが」

「早期退職の件」

「ああ」

真宮は短く答えると、呆れたように瞼を閉じた。昨年提出した退職届がいまだ受理されていないのだ。予想をしていなかったわけではない。真宮の同期である警視庁刑事部長の駒田《こまだ》徹《とおる》の差し金だった。

駒田は国家公務員上級甲種試験に合格し警察官となった、いわゆるキャリア組であったが、妙にノンキャリアの真宮と気があった。昭和という一種異様な熱い時代を犯人検挙のために駆けずり回ったからか——その後もふたりは顔を合わせ酒を酌み交わすことになった。

今回真宮が提出した早期退職届が受理されていないのは、新宿署長が駒田の部下だからである。順当にいけば、駒田はいずれ警視総監の席も見えている男だ。要は署長が駒田に「真宮からこんなものが出ておりますが、どういたしましょうか」とお伺いを立てたのだ。駒田は真宮が警察官を辞すと決意してから、辞めぬよう必死に説得していたので、「少し待て」ということになっているのである。

「自らの進退を一存で決められないなんて、人気者じゃないか」

矢田部が長年使いつづけている眼鏡を上げながら、少しからかうように言った。

「おれに辞められて、ときどき酒を呑む相手がいなくなるのが嫌なだけなんだよ。で、どうした。まさか一兵卒の刑事の行く末を、君まで案じて呼んだわけじゃないんだろ?」

「座れよ」

差し出された回転椅子に、真宮は腰を下ろす。

「去年のクリスマスイブに亡くなった、例の首吊り遺体。覚えているだろ?」

「ああ……」

一瞬、真宮はなんのことかわからなかった。頭のなかに何万人と歩く新宿の雑踏が思い浮かび、自らが関わった何千人という被害者と被疑者が脳裏をよぎるなかで、手探りするように脳内を巡らせると、やがてあの日の光景が思い出された。

「新宿駅南口の歩道橋で、自殺した中年か」

「そう。あの仏さん、身元は分かったか?」

真宮はなにを言っているんだ、とばかりに首を振った。

「年間十万人分も届けられる捜索願にも泡《あぶく》ほども引っかからなかったよ。いつもどおり。都会に敗れた、名もなき悲しい仏さんだ」

「ちょっと、これを見てくれよ」

矢田部が顕微鏡を指さす。真宮はため息をつきながら言われるがまま、接眼レンズに両目をつける。瞬間、結んでいた唇がゆっくりと開いた。

「――きれいだな」

覗いた顕微鏡の先には、艶やかに黒く光る無数の細かな破片が見えた。粒子のように細かいものから、先端が鋭く尖ったものもあった。なによりそれは黒褐色でありながら不思議な透明感を持ち、真宮はしばし目を奪われた。

「なんだこれは。硝子《ガラス》か？」

「まだわからん。硝子のような……石のような気もする」

「石？」

真宮は眉根に皺を寄せながら顔をあげた。

「この無数の破片というか欠片というか、とにかくこれがその首吊り遺体のジャンパーのポケットの奥に付着していたんだ」

真宮は口を結び机上に視線を下ろすと、しばし黙った。

「これが、ポケットの奥に付着していたのか」

「ああ」

「むしろ、これだけ。と言いたいんだな？」

「そういうことだ」

矢田部は真宮の言葉を待っていたかのように、微笑を浮かべる。

「……おかしいな」

一ヵ月ほど前、クリスマスイブの早朝。捜査員の手によって歩道橋の欄干にぶら下がったロープから引き上げられた遺体は、死してなお苦悶の表情を浮かべていた。

衣服は灰色のセーター、紺色のジャンパー、チノパンツ、そして先端に穴の開いた革靴。どれもがそれぞれに年季を感じるもので、おそらくは仏がじぶんで購入した物と拾った物——そう真宮は推察していた。身元不明の自殺者の遺体にはよくあることだ。

そして仏は、身元を証明する遺品をなにひとつ身につけていなかった。

ここが肝である。自殺者はおおきくふたつにわかれる。

死後、じぶんを見つけて欲しい者と、そうでない者。

今回の仏は間違いなく後者であった。運転免許証や保険証の類を元から持ちあわせていないか、もしくは失効していたのかはわからぬ。が、無意識的なものなのか、この手の自殺者のなかには飲食店のレシートや交通機関の切符などをポケットに残したまま死す者が多い。自ら命を絶ちながらも、どこかで「死後のじぶんを発見して欲しい、家族に伝えて欲しい」という彼らの微かな願望が見え隠れする。

——だが、新宿駅南口の首吊り遺体は、苦悶の表情以外なにひとつ今世に自らを残していなかった。

それであるのにもかかわらず、ジャンパーのポケットの奥には、きらきらと輝く、無数の粒子のような破片のような黒褐色の異物を残している。

十二月二十四日。

クリスマスイブの寒い夜明け。震える両手をポケットに入れることもあっただろう。彼はこの硝子のような、石のような破片に手が触れ、痛みを感じなかったのだろうか？　また、潔癖なまでに身ひとつで死んでいくことを選択した彼は、このポケットの奥に付着した物に、なにも気がつかないまま歩道橋の中央にロープをくくりつけ、自ら輪のなかに首を入れ、眼下の甲州街道へと我が身を落としたのだろうか？

いつのまにか真宮は矢田部の机に肘を置き、指先で頭を支えると、人差し指でとん、とん、とこめかみを叩きリズムを取っていた。

「気になるっちゃ、気になるだろ？」

「うん」

真宮は矢田部の顔も見ずに答えた。

――おかしいな。

真宮の胸が訴える。それは微かな申し立てだった。まるで魚を食したときに小骨が喉元に刺さったような、微かな違和感。が、刑事という仕事は、捜査というものは、この自らに刺さった何本もの微かな小骨を取りのぞいていく作業だと真宮は思っている。

真宮はしばし、考えた。

「身元が割れる物をなにひとつ残さなかったというのに……死んだ場所はたいそうだよな」

真宮は言った。

「そうとも言えるな。早朝とはいえ駅の改札口に直結する歩道橋だし、下を走る甲州街道も車通りは多い。まあ、たまたまあの場所だったのかもしれないが」

「でもロープはあの橋にあった物ではない。ということは仏が持参している。死に場所を探して、たまたまあの場所だったのか。それとも思い出のある場所だったのか。まあ、出来たばかりの現代的できれいな歩道橋だし、衝動的に選んだのかもしれないがな。最期の場所くらい……じぶんで決めたいだろうから」

真宮は自らの声をきくように宙を見上げた。

「……石」

真宮は誰に言うわけでもなく呟いた。

過去に自らが関わった未解決事件で、このキーワードが出てきた気がする。

殺人事件であったはずだ。

だが、犯罪件数が日本でもっとも多い新宿周辺を管轄してきた真宮は、すぐに答えを見いだせなかった。世間の人々が思うより、未解決のまま流れていく殺人事件は唸るほど多い。真実は海の底に沈んでいくだけだ。

真宮はしばらくして、苦笑を浮かべた。

「いや、邪推な気がする。バブルも終わり、不景気がつづくなか新たな二〇〇〇年という時代を生きる自信が持てなかった、かわいそうな仏だよ」

だと思うけど――。矢田部は言い、そのまま言葉をつづけた。

「科学捜査研究所《かそうけん》に出してみようか？　遺体のポケットにあった、硝子のような物」

「え？」

真宮は答え、口をへの字に曲げた。

「……科捜研か。おれはあんまり好かねえな」

「お、それを言われるとわたしの仕事が否定される」

「そういう意味ではなくてな。刑事なんて所詮、経験と勘、それに足をどれだけ動かすかだろ。なにか物足りないというか、無味無臭というか」

「でも科学は被害者を救う側面もある」

「それはわかっているが、こんな事件性もない、所轄であがった名もなき自殺者の案件だぞ」

「――どんなことでもいい。じぶんが関わった事件は、気になることがあればなんでも報告してくれ。それが真宮《ミヤ》さんの流儀だろ？」

確かにそれは真宮の口癖だった。刑事になって数十年、あらゆる部署に言いつづけてきた。最近の若い刑事は捜査方法も機械化が進み時間の無駄だと言ってあまりやらないが、「現場百遍」と共に大事にしてきた。

「まさか矢田部さんまで、おれに刑事を辞めさせないようにしてるわけじゃないよな」

「むしろ逆だ。長年働いてきた真宮さんへの餞別。真宮さんがもし少しでも気になるのなら、疑問を消してすっきりと、普通の、第二の人生を歩んで欲しいんだよ」

「普通の人生か」

薄く真宮は笑い、言った。

「普通の人生って、なんだろうな」

真宮は自らに問いかけるように呟く。矢田部はしずかに、答えた。

「二十四時間捜査のことが頭から離れず、眠っていても酒を呑んでいてもいつ事件が起こるかと躰は覚醒し、美しい鳥のさえずりさえも〝これはなにかのヒントなのかもしれない〟と脳が捜査にむいてしまう。いわばそういうことがなく飯を食って眠り、たまにずっと支えてくれた奥さんに怒られる。それが普通の幸せだ」

真宮は頷いた。

「疲れてるな、真宮さん」

「おふくろが時々凄い目をするんだ。息子とわからなくなるのはまだいい。でもなんというのかな。おまえ、わたしを捨てるのか――戦争で夫を亡くし、女手ひとつでおまえを育ててきた母を、どこかに置いていくのか……そう言われている気がしてな。家から抜け出すことも多いし、昨日も夜中探してほぼ徹夜だ」

「そうか」

矢田部は昨年、母を亡くした。やはり痴呆症になり老人ホームへと入所させたが、まもなくして逝ってしまった。矢田部がそれを悔いていたことを、真宮も知っている。

「刑事を辞めることに後悔はないのかい？」

「ないと言っちゃないし、あると言ったらある」

　真宮はつい、おなじ境遇を味わった矢田部に心の底にある言葉を漏らした。

「未成年の少女が中年の男に車に乗せられ……その少女は未だ見つかっていない。生きてりゃうちの娘と同い歳だ。未解決のまま挙げられなかった事件は、どうしても気になる。でもおれも限界だ。もうおれが刑事をやる時代じゃないよ」

「じゃあ、やはり最後の餞別。この石のような物は、科捜研に回すよ」

「ほんとうに君に迷惑はかからないんだな？」

「もしかかったら、真宮さんに脅されて無理やり提出したと言うから」

「なら、お願いするか。身元を明かしたくなかったであろう遺体のポケットに、なぜか硝子のような、石のような物だけ入っていた。確かに第二の人生、引っかかったものは消していきたい。最後の小骨が名もなき自殺者っていうのも、所轄の刑事としては良い終わり方かもしれないしな」

　と、扉が開いた音がした。その瞬間、薄汚れた新宿署に似合わぬ、さわやかな香りがした。真宮と矢田部が見ると、不服そうな顔をした、ひとりの青年が立っている。

「誰だ……おまえ」

「いちどご挨拶もしましたし、さっきも桐谷の取調室にいました。真宮さんとおなじ課の、香下《こうした》です」

「……ああ」

　確か先月強行犯捜査四係に配属された香下純也《じゅんや》という刑事だった。元は交番勤務の制服警察官だったはずだ。真宮はもう警察官を辞する覚悟もできていたし、なにより若者と接するのは億劫だった。なのでほぼ、彼のことなど覚えていなかった。真宮は呆然と若き刑事の顔を見つめた。

香下という刑事の眉毛は――きれいに整えられていた。

「なんだおまえ……その眉毛」

「え？」

香下は不服そうな顔を一瞬にして歪め、自らの細い眉毛に触れる。

「……身だしなみです」

「身だしなみって……切ってるのか」

「はい……はさみで。整えております」

真宮は諦めたように目を閉じる。と、「失礼します」と香下が歩を進める音がする。すると、清潔な香りが甘ったるい匂いへと変わった。

「ちょっと待て。おまえ香水つけているのか」

「違います。香水じゃありません。ボディークリームです」

「ボ、ボディー？」

「……THE BODY SHOPという店の、ボディークリームです……身だしなみです。汗臭いのは、嫌なので」

真宮は矢田部の顔を見た。

「な。もうおれの時代じゃないだろ」

「そうだな」

矢田部も唖然とした表情で頷いた。

「で……なんだ」

「あの、先ほどの暴行を加えた桐谷を、なぜ逮捕しなかったのでしょうか」

　真宮は黙る。

「あの現場に最初に直行したのはおれなんです。ただでさえじぶんが手錠かけたのに暴力犯係に持っていかれて……。なのにどうしてあのような形にして釈放したんですか」

　綺麗に眉を整えながら臆することなく意見を言う香下に、真宮はため息をつく。

「あの桐谷って男は普段こんな薄汚れた街の新宿でなく、六本木や西麻布が庭の男だ。そいつはな、老人を騙す詐欺グループの主犯格の可能性があるらしい。麻布署の刑事と話してな、できれば傷害なんかで挙げないでくれと頼まれた」

「どうしてですか」

「あたりまえだろ。あっちは詐欺罪で逮捕したいんだ。それを下らぬ街の喧嘩で逮捕してみろ。ああいう輩は詐欺の証拠なんてすぐに消して、問うても黙秘するぞ。麻布署はもっと証拠を集めて固めないと逮捕に踏み切れないんだ。それに、あいつらはやくざという記号を持たない新種だそうだ。やくざはいま暴対法でがんじがらめにできている。でもな、警察は名前という記号を持たない連中には弱いんだよ」

「なんでですか」

「取り締まるべき法律がないからだ。名前がないと」

「じゃあ、名前をつければいいじゃないですか。あいつらに」

「どういう意味だ」

「固有名詞がないと法律を作れないのなら、あいつらに〝半分しかグレられない集団〟とか名前をつけてやればいいんですよ。そうすれば首に龍のタトゥーなんか入れている桐谷って奴も、格好悪く感じて悪さを減らすかもしれませんし」

「半分しかグレられないって……おまえは……馬鹿か？」

香下は細く整えた眉を、ぴくりと上げた。

「でも……相手の住丸会系のやくざが、最初に手を出したというのは嘘じゃないですか」

「面子だ。下らぬ矜持《きょうじ》と思うかもしれんが、やくざもんはそれで生きてる。素人集団に手も足も出ずにやられたなんて広まってみろ。あいつらは新宿で生きていけん。国と警察も暴対法なんて作っちまったから、あいつらは必要悪にさえなれない。あれでもな、役に立つこともあったんだ。それこそ桐谷みたいな悪さする素人集団に目を光らすことは、昔ならできた」

香下は死にかけた金魚のように、唇をぱくぱくと開いては閉じた。

「わかったら帰れ」

「でも」

「帰れ」

「……失礼します」

バニラのような甘い匂いと納得がいかぬ風情を残しながら、若き刑事は去って行く。

「疲れたよ。やっぱりもう潮時だ」

真宮は「硝子のような——石のような物」の科捜研への提出を矢田部に再度頼むと、鑑識係の部屋を出た。

*

一九九九年十二月二十四日。

クリスマスイブ。午前九時。

能瀬由里子は自らのマンションに帰宅すると、白いダウンコートを乱暴にベッドに投げ捨てた。

部屋には、少し距離を置いたシングルベッドがふたつ並んでいる。片方は盆暮れ正月、ゴールデンウイークなどの祝日以外使われることはなくなってしまった。

主をなくしたベッドは、今日もシーツに皺ひとつ残さず、きれいに整っている。能瀬由里子はベッドを見つめため息をつくと、壁側にあるじぶんのベッドに身を投げた。シングルベッドの上で頭の後ろに両手を組み、白い天井を見上げ、一時間ほど前に見た光景を思い浮かべる。

新宿駅南口。街の再開発により、昨年出来たばかりの歩道橋。甲州街道にかかった橋のむこうには、髙島屋百貨店がある。過去と未来をつなぐ橋。その歩道橋で、あの男は首を吊り死んだ。

男から連絡があったのは昨日だ。

昨夜仕事から、世田谷区三軒茶屋にある自宅マンションに戻りポストに手を入れると、一通の手紙が入っていた。まっすぐに伸びた白い封筒には差出人の名も宛名も書かれておらず、切手も貼られていなかった。瞬時に、背骨がきしむようにびりびりと痺れた。顔は動かさず横眼だけでちいさなエントランスから通りを見つめると、こちらを確認するような不審な者は見当たらなかった。由里子は真っ白な封筒から黒い予感を感じながらも、万が一にも誰かに見られている可能性を残し、平温を保ったまま部屋へと入った。

白いダウンコートを脱ぐ暇もなく封書を開けた。寒さにつよいとはいえ手袋をしていなかったせいか、それとも暗雲の予感からか、封を開けるのにいつもより時間がかかった気がした。


〈もう、やめてください。

あの人にも、おなじことを伝えています。

あなたたちの罪は、わたしの罪です〉

封筒のなかに入っていた一枚の便箋には、そう書いてあった。差出人は見当もつかなかった。だが年配者が子を諭すようなわずか三行の文面に、由里子の躰はわずかに震えた。ご丁寧に自宅ポストに手紙を投函した差出人不明の人間が、わたしたちの秘密を知っていることは明白だったからだ。

一枚の薄い便箋を持つ指先が、小刻みに震えた。

震えた原因は恐怖からではない。

怒りだった。

この人間が誰であるのかは知らないが、なんの権利があるというのだ。

わたしたちの、なにを知っているというのだ。

〝もう、やめてください〟と言うくらいだ。おそらくわたしたちの秘密を知っているのだろう。〝あなたたちの罪は、わたしの罪です〟と書いていることからも、わたしたちの生きてきた道になんらかの関りがあるのだろう。

――わたしたちが一歩一歩、先すら見えぬ雪道に必死につけてきた足跡は、そんな後悔の念で消え去るような軽いものではない。

由里子は思い、手紙を封筒に戻した。

この手紙の差出人は男なのか、女なのか？

手紙の真の目的は、やはり脅しなのか。

わたしたちの過去を知り、お金が欲しいのか。

いくらアルコールを摂取しても眠れなかった。

気がつけば深夜三時をまわっていた。なにがあろうが眠れる自信はあったが、心がざわついた。能瀬由里子はコートを羽織ると自宅マンションの前を走る世田谷通りへと出た。

午前三時過ぎのクリスマスイブの通りは、いつもと変わらなかった。環状七号線と二四六号線へとむかう車と、帰路に就く酔客が歩いているだけだ。警察やこちらを見張るような人間も見当たらなかった。

能瀬由里子は車が行きかう隙間を見計らって、深夜の世田谷通りを小走りで渡った。

ちいさなペットショップの前にある、公衆電話ボックスへと入る。小銭を投入口にいれる。頭のなかにこびりついた番号を押した。

二度ほど呼び出し音が流れると、「もしもし」と声がきこえた。

いつもと変わらぬ、しずかな、彼の声だった。

「わたし。夜中にごめん」

「どうした」

「変な手紙がポストに入ってた」

「ああ」

その返事で、彼にも同様の物が渡っていることがわかった。「公衆電話だよな」と短く確認され、「そう」と答えると、彼はなにかを思案しているのか、しばし黙った。

能瀬由里子はしずかに車道を走る車たちの音だけをきき、彼の言葉を待った。

「こっちには差出人の名前があった。そっちは」

「ない」

由里子は答える。

「そうか」

彼はまた黙った。

「あなたの手紙もポストに入っていたの?」

「そう」

「相手の人間は誰？　男、女？」

「男だよ。それ以上は、由里子は知らなくていい」

能瀬由里子は唇を尖らせた。子供の時分から彼女の唇は、心模様をよく映しだす。由里子は彼がこう言う以上、詳しくは語らないだろうと思った。彼は梟《フクロウ》だ。彼の根本的な考えは護《まも》るということで占められている。

「由里子の手紙にはなんと書いてあった」と尋ねられた。

由里子はたった三行の文面を諳《そら》んじてみせた。

「――あなたたちの罪は、わたしの罪です、か」

受話器のむこうから、薄い笑い声がきこえた。それは軽蔑と皮肉が入り混じった意味合いに、由里子にはきこえた。

「笑うってことは、そっちへの手紙にはもっと詳しく書いてあるんでしょ？」

「うん」

短い返事。もうそこに笑い声はなかった。

「男の目的はなんなの？　脅し？」

「いや……まだわからないが、違う可能性もある。この男はほんとうに、おれたちの罪はじぶんの罪と思っているのかもしれない。つまり……」

「つまり？」

「贖罪――」

由里子はしばし黙った。

由里子の脳裏に、石北峠の激しき雪が舞った。暗闇のなか、白く鮮やかに吹雪く雪。その雪が右へ左へ上へ下へと回転していく、窓硝子からの景色。楽しかったトランプ。見るはずだった流氷――。

由里子の美しい眼は、電話ボックスのなかで冷ややかに一点を見つめていた。

「で、男はあなたになんて言ってるの？」

彼は由里子の声色の変化に気がついたように、簡潔に答える。

「……今日の朝、新宿駅南口に来てほしいと言っている」

「新宿？」

「ああ。指定した場所に渡したい物を置いてある、と。そこの近くに、じぶんもいると」

「行くの？」

「行くよ。どの道おれたちの住所も調べあげているんだ。放っておくわけにはいかないだろ」

「わたしも行くわ。何時にどこ」

彼は黙った。彼も由里子がこう言った以上引かない性格ということはわかっている。由里子は黙る彼に「言わないなら今から新宿駅南口へ行って、あなたとそいつを張るけど」と言った。しばらくして、むこうは口を開いた。

「新宿駅南口前にある歩道橋の上。六時」

「うん」

「相手の男はおれに南口と反対側の方から橋を上がってきてほしいと言っている。由里子は南口側にいろ。そちら側のほうが人も多い。念のため、見られないように」

「わかった」

用件をすますと他の話は一切せずに、ふたりは電話を切った。

それが、いまから六時間ほど前の出来事。

指定された時刻の少し前に新宿駅南口を出ると、歩道橋の上に人だかりが出来ているのがわかった。ちょうど橋の中央部分に位置する欄干から、ロープにぶら下がった男を警察が懸命に引き上げている最中だった。力ない足を見るに、すでに男の命が尽きていることを理解した。由里子は平静を保ちながら野次馬たちに紛れ歩を進めた。後方から警察官がブルーシートを持ち忙しなく走り、由里子を突き飛ばしていった。

　橋の中央を見つめる。歩道橋の中央に寝かされたのは、見たこともない男だった。由里子は脳裏に顔形を焼きつけた。

　遺体から目を上げると、規制線を挟んだ反対側の野次馬のなかに、彼が立っていた。

　白いセーターの上に、黒いジャケット。細身の黒いスラックス。

「その恰好、似合ってるじゃない。あなたの優しげな雰囲気に、よくあってる」

　そう軽口を叩いてあげたかった。

　彼は力なく遺体を見つめていた。そして、視線を上げた。

目が合った。

　とても軽口は叩けないな、由里子は思った。

　――わたしたちの雪道は、まだつづくのだ。

　由里子は薄く笑った。

　彼はもういちど遺体に視線を戻した。そのまなざしは、死者に対する哀愁をこめたものとして、普通の人間から見れば優しく映るだろう。だが、由里子にはわかった。

　積雪の闇夜に木の枝にとまり、外敵に目を光らせる梟のまなざし。

　――大切な者の、護り神。

　彼が踵を返したのを確認し、由里子も反対側へと去った。

　やがて新宿駅構内を抜け、山手《やまのて》線で渋谷駅へとむかう。

東急新玉川《とうきゅうしんたまがわ》線に乗り換える前に、ハチ公前に並ぶ公衆電話ボックスに入った。ハチ公前交番の前にある、五つ並ぶ緑色をした電話。由里子は小銭を入れ彼に連絡を取る。

彼はしずかに、死んだ男の正体も、目的も、手紙の内容も明かしてくれた。そしてその男から、受け取った品のことも——。


由里子は白いシングルベッドの上から天井を見上げ、昨夜からの出来事を思い出した。そしてため息をついた。が、それは絶望的に重いため息ではなく、切り替えるような、明日《あす》への呼吸だった。

こんなことには慣れている。

クリアしていくだけだ。

まだ一寸先すら見えぬ雪道はつづくのだ。

流氷を見るまで、先すら見えぬ雪道を歩きつづけてやる——。


白壁にかけた時計を見ると、午前十時に近づいていた。

由里子はがばっとベッドから上半身を起こした。

こんなときは仕事だ。仕事をしているときが、いちばん現実を忘れられる。まるで愛着すら感じるような、消えそうにも消えぬ過去があるなら、そんなときは一瞬でもまとわりつく靄《もや》は忘れたほうがいい。そのほうが運は好転する。能瀬由里子は二十六歳にして激しい人生を歩いてきたからか、妙に達観していた。

——こんなときは笑うのよ。

能瀬由里子は笑顔を浮かべると、仕事へと切り替えるため、服を脱ぎ、まとわりついた暗雲をシャワーで洗い流した。

黒いタートルネックのセーターに着替え、机にむかう。

机上には何枚ものＣＤが乱雑に置かれていた。すべて各レコード会社が由里子の番組宛てに送ってくる、まもなく発売されるアーティストたちの新譜だった。

能瀬由里子は「ＦＭ世田谷」というちいさなラジオ局に勤めている。三軒茶屋駅前に位置する、世田谷通り沿いの巨大ビル「オレンジタワー」。その二十六階にＦＭ世田谷のサテライトスタジオはある。

由里子はラジオ局に勤務し雑用もこなしながら、平日の週に三回、このサテライトスタジオから公開生放送で行われる『ユニオンザライフ』という番組のディスクジョッキーを務めていた。

ディスクジョッキーの誘いを受け、はじめてから七年が過ぎた。ちいさなラジオ番組のディスクジョッキーであったはずの能瀬由里子の評判は各ラジオ局に伝わり、いまでは週に一度、半蔵門にあるＴＯＫＹＯ　ＦＭの番組にまでディスクジョッキーとして呼ばれるようになった。

由里子は宣伝用の各新譜を手早くラジカセに入れながら、聴いていく。年明けの二〇〇〇年一月末に発売予定と記されているサザンオールスターズの『ＴＳＵＮＡＭＩ』を聴く。桑田《くわた》佳祐《けいすけ》特有の哀愁を帯びた珠玉のバラードであったが、「放っておいても売れるしな」と由里子は思った。

その他には今年ブレイクした椎名《しいな》林檎《りんご》が年明けに発売するシングルがあった。

タイトルは『罪と罰』。その言葉が、数時間前に見た首吊り遺体の男を思い出させる。あの男が書いてきた手紙も。

〈あなたたちの罪は、わたしの罪です〉

短くため息をつくと、開きかけたＣＤケースの蓋を閉じ、由里子は鞄を手に家を出た。

「今日がクリスマスイブってことはわかってるよな？　いや、念のためだけど」

午後二時。三軒茶屋オレンジタワー二十六階のサテライトスタジオに着くと、ディレクターの金森《かなもり》裕太《ゆうた》が優しく笑った。

硝子張りでブース内が見えるサテライトスタジオはオレンジタワーの最上階にあり、レストラン、カフェも隣接し、壁一面の窓からは富士山や横浜ベイブリッジ、世田谷の街並みが眼下に広がる展望ロビーとなっており、地元民の隠れた人気スポットとなっていた。

今日はクリスマスイブということもあり、展望ロビーには赤や緑の紙テープで作ったリボンが、あちらこちらに貼られている。

「一応知ってるつもりよ？」

由里子は白いダウンコートを脱ぐと、忙しなく持参したホット珈琲を自席に置き笑った。

「イブの一曲目にレディオヘッドの『クリープ』か。二曲目はニルヴァーナの『ペニーロイヤル・ティー』」

「いけない？」

横目で金森を見ながら、由里子は悪戯っ子のような笑顔を送る。

とても燥いだ曲をかける気分じゃない——心の奥底はもちろん言わなかった。それに普段からその手の曲はかけるタイプではないことを、金森も理解しているはずだ。

レディオヘッドはイギリス出身のバンドで、世界的ロックバンド・オアシスとほぼ同時期にデビューした。由里子が今日の一曲目に選んだ『クリープ』は彼らの代表曲で、とてもゆっくりとしたリズムながら、がり、がり、と歪んだギターの音が印象的な曲だった。つまり、クリスマスイブとはまったく関係がない。

「じゃあなに？　イブだから山下達郎《やましたたつろう》かマライア・キャリーでも流せばいいわけ？　その二曲なら渋谷の街で腐るほど流れてるし、なんならさっき珈琲を買ったドトールでもかかってたわよ」

「レディオヘッドとニルヴァーナ。つまり君の心がざらついてる、ってことだな」

「ご名答」

苦笑いの金森に、由里子はわざと顔をくしゃくしゃにしてお道化《どけ》て見せた。

金森裕太は由里子をディスクジョッキーに誘った人物だ。由里子が来年になれば二十歳になる、夏のことだった。

由里子は夏の夕暮れ、このオレンジタワー二十六階にいた。展望ロビーの窓硝子いっぱいに広がる街並みの先を見ていた。サテライトスタジオで行われる公開ラジオを眺める者、カフェやレストランに来たカップルのなかで、橙の夕日を浴びながら窓辺に立つじぶんに、金森は近づいてきた。長い間ずっと、眼下につづく街の先をひとり見つめていたから、飛び降りる気かと勘違いをされて窘《たしな》められるのかと、その時は思った。

「あの、ちょっといいかな」

と声をかけてきた。しばらく金森は口ごもり、やがて自らに言いきかせるように、必死に言葉を絞り出し言った。

「……ディスクジョッキー、やらないか？」

由里子の横に立ち声をかけた金森は、まだ入社三年目の二十五歳だった。

「いくつ？」

と訊かれ、

「十九」

と答えた。

「名前は？」

と訊くのでしばし黙って、

「――由里子」

とだけ答えた。

それが、金森と由里子の出会いだった。

それから時が経ち、由里子は仕事に誘ってくれた金森にいまも感謝している。

仕分けの作業に入る。『ユニオンザライフ』は二時間の番組をディスクジョッキーである由里子がほぼひとりで務め、ゲストが来ることは稀だ。

そのなかでも由里子がリスナーからの投書に答える『ONE DAY』というコーナーが人気だった。彼女が肩肘を張らずに切れの良い返答をすることで、いまでは中高生から年配者までリスナーの悩み相談のコーナーと化していた。とはいってもちいさなラジオ局であるので、番組一回に届くお便りの数は五十通程度。それにメールで届いたものを加え、由里子は毎回生放送の前に、すべての投書にディレクターの金森と一緒に目を通した後、そのなかから厳選して十通選んでいく。

今日読む分は決まった。

「ユーリのユニオンザライフ」

夕方四時。由里子の声と共に番組ははじまる。

硝子張りのスタジオのブースには由里子だけが座っている。能瀬由里子は番組内で「ユーリ」と名乗っていた。本名は決して明かさない。金森や数名のスタッフはスタジオ内で曲出しをしたり、番組を進行したりする。今日もスタジオの外には十名ほどの女子中高生や男子学生がいる。女子の方がやや多い。彼、彼女たちはみな由里子目当てのファンだった。

その他は物珍しそうに硝子張りのなかを覗く者たち。由里子は最初こそ「動物園の猿みたい」と金森に愚痴をこぼしたが、いまは慣れたものだ。オープニングのフリートークを済ますと予定通り、イギリス出身のざらついたロックバンドの曲を流した。その後は今日起きたニュースなどを手短に紹介し、人気コーナーの『ＯＮＥ　ＤＡＹ』がはじまる。

その頃になるとサテライトスタジオの外には、大学生や社会人をふくめた由里子のファンが倍ほどに増えていた。

「それでは、今日もＯＮＥ　ＤＡＹ。みなさまからのお便りを紹介します。って言うよりなに？　みんな暇なわけ？　こんな三軒茶屋のスタジオにいないでさ、街に行きなさいよ。今日クリスマスイブよ？」

由里子がわざと硝子張りのブースのなかから、外にいるファンたちに声をかける。一同は嬉しそうに首を振ったり、「彼氏いない」と叫んだ。

「まったく、世も末ね。でもまあ、それはそれで健全か。クリスマスだなんだって燥いで夢の残骸を追いかけるよりはね。もうバブルは終わったんだから。さて、今日のお便り一枚目。ペンネーム『真冬の恋人』さんから。『ユーリさん、こんにちは。わたしは二十二歳の大学生で、最近彼氏ができました。ところが先日のデート。高級イタリアンレストランに彼氏が連れて行ってくれました。そしてお会計になったら、君は一万二千円ね。小銭の分はぼくが払うからと、突然の割り勘！　ユーリさん、どう思いますか？　こんなのだったら高級イタリアンでなくてよかったのに。ちなみに相手は社会人三年目の、某一流企業勤務です』」

由里子はＯＮＥ　ＤＡＹのコーナーに届いた投書を小気味よく読みあげ、すぐに答える。

「あのね、知らないよ。好きにしなさいよ。奢りだろうが割り勘だろうが相手のことを器ちいさいなあ、と思うなら続かないだろうし、それはそれで可愛いか、と思えてるうちは続くだろうしさ。って言うより最後が気になるわ。『ちなみに相手は某一流企業勤務です』って、さりげなくアピールしないでくれる？　こっちは彼氏いない子ばっかりスタジオの外にいるんだから。一流どころか二流の彼氏もいないのよ？」

スタジオの外がどっと笑った。

「あ、まだ続きがあった。なに？　『今日はクリスマスイブですね。ユーリさんは夜、なにを食べますか？』って……ひとりで餃子よ。オレンジタワーを世田谷通りに出て右に行くと、東京《とうきょう》餃子《ぎょうざ》楼《ろう》って夜遅くまでやってる店があるの。焼き餃子も水餃子も六個で三百円しないんだから！　しかも美味しいし。はい、クリスマスイブのわたしはひとり餃子です。以上！　彼氏と仲良くやってください！」

由里子は聴取者の雰囲気も感じながらテンポよく進めていく。

展望ロビーから見える空は、あっという間に暗くなっていた。

「それでは今日最後のお便り。ペンネーム『裸足で渡る橋』さん。『ユーリさん、こんばんは。いつも番組をたのしく聴かせていただいています。今年ももうすぐ終わりますね。ユーリさんはどんな年でしたか？　わたしはそれなりにいろいろなことがありましたが、来年もまた、がんばろうと思います。ユーリさんもお忙しい毎日だと思いますので、一九九九年の残り一週間、たのしく、ゆっくりと過ごされてくださいね！』……いい子じゃない。一気に癒されたわ」

スタジオのなかの由里子を見る面々が、笑った。由里子はゆっくりと、その横顔を一同にむけ、視線を送る。薄暗くなった展望ロビーに、街の灯りが幻想的に差し込んでいる。由里子はロビーをゆっくりと見回すと、やがて窓の外を見つめた。

「もう暗いね。今年ももうすぐ終わりか。いいことも嫌なこともいろいろあったかもしれないけど、また来年は来るから。みんなも気をつけて帰ってね。雪でも降ればいいね。では今日最後の曲を。ジョン&ヨーコ、プラスティック・オノ・バンドで『HAPPY XMAS（WAR IS OVER）』」

金森がうなずく。番組の最後にかける曲は、事前に打ち合わせをしないで由里子が決める。もちろん候補曲のヒントは与えるが、当日の番組の流れや雰囲気を感じ、最後の瞬間に決める。

金森もこの儀式を、どこかゲームのように楽しんでいた。今日も金森は長年の由里子との関係で、慌てることなく、由里子の出した曲に電子の針を落とした。

ジョン・レノンの歌いだしからはじまるこの曲は、やがてアコースティックギターが優しく入り、そばにいぬ人へとクリスマスの愛を歌う。途中からコーラス隊を務めた子供たちの柔らかな歌声が響き、番組は終わった。


「おつかれさま」

片付けも終わり由里子がサテライトスタジオを出ると、すっかり夜になっていた。金森が微笑み、後ろから歩いてくる。

「飯でも食っていくか」

「うーん……疲れたから、帰るよ」

「またひとりで飯か。ほんとうに餃子買って帰る気じゃないだろうな。一応言っておく。今日はイブだぞ」

金森は由里子を癒すように笑顔を見せた。

由里子も自然、微笑んだ。

「あたりまえじゃん。餃子買って帰るよ。だって食べたいんだもん」

「色気がないですよ」

「にんにくに負けないくらい色気はあるわよ」

「そうだな」

ふたりは笑った。

「今年ももうすぐ終わりだから、風邪ひくなよ」

「うん。ありがとう」

由里子は歩いていく。クリスマスの装飾が施された展望ロビーは、夜になり、月明かりを浴びると一層幸せそうに見えた。

エレベーターホールが見える。いちどだけ、由里子は振り返った。

見送っていた金森が、別のスタッフに声をかけられ、スタジオに戻る姿が見えた。

由里子はひとり、オレンジタワーを後にした。


自宅へ帰る。

ワンルームマンションの窓際にある一脚の椅子に座る。ちいさなサイドテーブルの上に買ってきた水餃子と白ワインを置いた。ワインといっても、いつかコンビニエンスストアで買った安酒の残りだ。紹興酒が呑みたかったが、わざわざもういちど表へ出て買いに行くのは面倒だった。ふと餃子を見ながら、金森が見たら「ほんとに食うのか」と笑うだろうな、と思った。そんなことを想像したら、一瞬だけ自らが辿った過去を忘れた。

が、すぐに彼の顔が思い浮かぶ。

そして今朝、首を吊っていた男のことも。

窓の外を見ながら、白ワインを呑む。

「メリークリスマス」

ひとり呟いてみる。この言葉が風に乗り、大切な者たちへ届けばいいと思った。

来週は月曜日に生放送をこなし、ＦＭ世田谷の面々と忘年会をやったら今年は終わりだ。数日は狭いながらも我が家を大掃除して、帰ってくる彼を待つ。

大晦日に帰ってくる、愛しい彼を。

それまでは空席となったもうひとつのシングルベッドを整えて、新たな一年の、準備をする。

＊

二〇〇〇年一月。新宿にある金券ショップのシャッターは、乱暴にこじ開けられていた。鑑識係が指紋を採取するなか、真宮は店主から事情を訊く。

「店を閉めたのは何時ですか」

「いつも通りです。夜の……十時くらいですかね」

「売上金は盗られていないのですね」

「金は毎日持って出ますから。盗られたのは新幹線や飛行機のチケット、百貨店の商品券です。刑事さん、助けてくださいよ。あれ盗られたら商売にならんのですよ」

真宮は荒らされた店内を見る。

「おそらく盗みに入ったのは外国人でしょう。奴らは手口が荒いですから」

近年新宿ではアジア系の外国人犯罪が急増していた。

彼らの多くは国に残した家族を養うために日本へ来た。

だが、景気が沈んでいるいまの日本では思うように金を稼げず、この手の犯罪に手を染める者も多い。

「盗んだチケットは他の金券ショップに売られていると思いますから――」

真宮が言いかけたとき、携帯電話がトレンチコートのポケットで震えた。

嫌な予感がして、憚《はばか》りながら、場を離れる。

着信を見ると、妻の沙世子《さよこ》からだった。

迷いながら、電話に出る。

「……帰れない？」

「いま現場で臨場中なんだ。どうした？」

妻の声は、すでに疲れ切っているようだった。

妻の呼吸音の後ろで、がしゃんがしゃんと、なにかが割れる音がする。その音の主が母親であることはすぐにわかった。

真宮は携帯電話を耳にやったまま、首を回す。店主が早く戻ってきて欲しそうにこちらを見ている。真宮は鑑識係と話をしている刑事を手で呼んだ。

「――すまん。ちょっと……別の人間を応援に呼べるか」

「え？」

「その……すまん。家がな」

「あ、ああ……はい」

店主は不安げにこちらを見ていた。その視線が痛かった。

真宮は目を見ることも出来ず、頭を下げ足早にその場を去った。

新宿署からほど近い大久保《おおくぼ》にある一軒家に、慌てて帰る。年甲斐もなく走ったからか、息が切れていた。

玄関を開けると、母の声がきこえた。

「これも違うもんね。これか？」

がしゃん、がしゃんと食器が割れる音がする。

真宮は靴を脱ぎ捨て居間へと歩く。母が食器棚のグラスや湯飲み茶わんを片っ端から手に取り、下に捨てていた。妻の沙世子は感情を失った人形のように、両膝をつき割れたそれを拾っている。

「母さん」

「篤史。由美《ゆみ》ちゃんから借りていた備前焼のカップがあったでしょう？　あれ由美ちゃんが返して欲しいって言うのよ。困ったね」

母は背を伸ばし食器を取り、ちらと見ると床に捨てた。

その音は母が壊れていく音にもきこえた。

「母さん。由美叔母ちゃんはもう十年前に亡くなってるから」

真宮は母の背に言った。母が目を見開いて振り返る。

「嘘よ。昨日会ったわよ」

か細くなった両肩を持つと、母は嘘のように感情を無くした。数時間振りのしずけさが戻ったのか、部屋には沙世子が破片を拾う時に床に触れる爪の音と、かち、かちと時を進める壁時計の音だけが響いた。

「……すまんな」

沙世子に告げ、真宮は母を寝室へと連れて行く。

母の名が書かれた薬の袋を手に取る。なかには「どうにもならない時に飲ませてください」と医師に言われている薬が入っている。

睡眠薬と、抗精神病薬だ。真宮は午前中だというのに母をベッドに寝かし、一錠ずつ、母の口を開け飲ませた。

「そう、喉につかえないように。ゆっくり、ごくん」

真宮が持つコップに入った水を、母はしずかに飲む。

幼い頃にじぶんが高熱を出したとき、母にこうされたのを真宮は思い出した。

「さあ、寝よう」

「まだ明るいよ」

「すぐに夜さ」

「そっか」

母はやがて、先ほどまでの取り憑かれたような表情から、真宮の知る穏やかな母の顔に戻った。

ゆっくりと母が目を閉じる。母の手を両手で握り、包んだ母の手の甲を、指先でとん、とんと叩く。子供のように眠っていく母の顔を見ていると、涙が零れそうになった。

やがて寝息がきこえ、真宮は居間へと戻る。

妻の沙世子はテーブルにつき、両手で頭を抱えていた。そして一言、「ごめん。捜査中に」と言った。真宮はせめて、じぶんを罵ってくれたほうが楽な気がした。


居間は辛うじて元の姿に戻り、母は結局夕方まで眠りつづけた。沙世子は仕事から帰って来る一人娘の也哉子《ややこ》の分も含め、無言で料理を作っている。と、電話が鳴る。沙世子が受話器を上げた。

「真宮でございます。あら！」

沙世子は形式的な挨拶をすませるとすぐに相手の話に聞き入り、楽し気に笑い声をたてはじめた。じぶんの知り合いでこのように如才ない人間は限られている。相手はひとりしかいない。そろそろかな、と思うと沙世子が笑顔を浮かべ受話器の送話口をそっと手のひらで押さえ、真宮を見た。

「あなた、駒田さん」

予想通り、電話をかけてきたのは警視庁刑事部長の駒田徹だった。

真宮は腰を上げると、受話器を妻から受け取った。

「もしもし」

「おれだ」

「わかってるよ。なんの用だ」

「そう突っかかるなよ。明けましておめでとう、の連絡だ」

「新年を迎えて一ヵ月経とうとしているのに、おめでとうもないだろ」

「それは確かにそうだ」

受話器のむこうで駒田が笑った。

「いや、怒っているかなと思ってな」

「怒ってるさ」

真宮がしずかな口調で告げると、駒田は黙った。

「そんなに駄目か。おふくろさんは」

「ああ……今日も臨場中に家へ戻って来たところだ。そろそろほんとうに署に迷惑をかけそうだから、早く早期退職届に判を押してくれ」

「……わかった。すまなかった。どうしてもおまえには刑事を最後までつづけさせたくてな。すぐに新宿署の署長に判を押させる」

「悪いな。助かる」

真宮はほっと、息をついた。

「辞めてからはどうするつもりだ？」

真宮は一瞬、黙った。

「いや、なにも考えていない」

嘘偽りのない、真宮の本音だった。

退職金の一部を使えば、自宅を購入したローンの大半を返済できることは確認していた。そのあとは幾ばくか残った金を、近々入所することになるであろう母親の老人ホームへの入所代金、まだ予定はないが、ひとり娘の結婚資金に充て、あとは夫婦ふたり、どうにか生きていけばいいと思っていた。

「そんなことだろうと思ったよ」

　駒田は言い、言葉をつなげた。

「ふたつある。ひとつは、そこまで大きくはないが都内のイベント会社の顧問。もうひとつは、警察学校の特別教員」

　真宮は受話器を持ったまま黙る。

「イベント会社の顧問に関しては、毎日出社する必要はまったくない。形式上のものだ。時々警備のことなどをアドバイスしてくれればいいということだ。警察学校に関しては週に二、三度行ってもらわなければならないが、なに、これからを担う若い警察官におまえさんのイロハを叩きこんでやってくれればと思ってる」

　真宮は黙ったままでいる。

「どうだ？」

　友人の行く末を案ずる駒田に、真宮は素直に感謝した。

　だが、話を受ける気持ちは湧かなかった。

「ありがたいが、考えておくよ。すこし警察からは、離れたい気持ちもある」

「どうして」

「普通の人生ってやつを歩いてみたいんだよ」

「普通か。おれにはまだ、わからんな」

　駒田は自嘲するように、笑った。

「まあいい。だがな、おれも先方に話をしている以上面子ってもんもある。こちらから頼んでおいて、待たせたり断りを入れたりっていうんだから、それなりの代償も必要だ」

「どうしろっていうんだ」

「来週時間を空けろ。つまりおれと久しぶりに呑めって言ってるんだ。月曜日の夜なら空いてる。場所はそうだな、おまえさんの署の近くの町中華、『昌平《しょうへい》』がいいな。ピータンなんぞつまみながら、最後はつけ麺で締めだ。予約はおまえがしとけ。こっちは本庁のお偉いさんなんだからな」

駒田の調子に、思わず真宮は笑い声を漏らした。

「わかったよ。予約しておく」

「時間はまかせる。まあ、一献交えながらこれからの話でもしよう」

じゃあな、と駒田は優し気に笑うと、電話を切った。

沙世子はなにも言わずに台所で食器を洗っていた。「なんだって？」とも訊いてこない妻の気づかいがありがたく、同時に心も痛かった。「来週、駒田と呑んでくるよ」と告げると振りかえり、「息抜きしてきて」と沙世子は微笑んだ。

居間のテーブルの前にある、椅子に腰を下ろす。

テレビから流れるニュース番組では、キャスターがロシア情勢について語っていた。昨年の大晦日に突如辞任を発表したエリツィンの後継者を決める大統領選挙が、今年三月に行われるという。いまはウラジーミル・プーチンという数年前までは無名であった元ＫＧＢ諜報員が大統領代行を務めているそうだ。我が国も今年に控える総選挙の影響で、政治家たちが街角のあちらこちらで、声をがなり叫びはじめた。

時代は、終わり、変わっていく。

明日は非番を取り、沙世子と老人ホームを何ヵ所か見学しに行くことになっている。ふいに自らが駒田に言った、「普通の人生」という言葉が脳裏を巡った。

翌日、母は嫌がったがケアセンターに預け、真宮は沙世子を連れ老人ホームをまわった。非番の日に合わせ何軒かの老人介護施設を巡るのは、もう数ヵ月間つづいていた。

この日は中央《ちゅうおう》線沿いにある五つの園をまわったが、母を預けようと思える施設はなかった。朝一番に出発したにもかかわらず、見学しようと予約を入れていた最後の施設をのこし、冬の太陽は姿を消しはじめた。

「帰るか」

ＪＲ八王子《はちおうじ》駅のホームにあるベンチに座り、真宮は呟く。沙世子も「最後の施設には断りをいれましょう」と言った。

ふたりの口からはどこまでも白い息が伸びた。

かじかむ手にある老人ホームのパンフレットが、やけに重く感じた。

大久保にある自宅に着き、真宮は自室にある机の引き出しを開ける。購入した介護施設関係の本をすべて取り出し床に置く。その上に、今日回った老人ホームのパンフレットを置いた。と、がさがさ。

雑誌がバランスを失いすべて崩れた。真宮は苛立ち息をつく。まるで崩れる本や雑誌、パンフレットの山が、なにもうまくいかぬ現状をあざ笑っている気がした。

膝をつき、片付ける。

その時だった。

一冊の雑誌が目に入る。

写真週刊誌だった。ちょうど二ヵ月ほど前にコンビニエンスストアで購入した写真週刊誌は、表紙に最近人気急上昇中の女優がサングラスにマスク姿で男性と腕を組み街中を歩く写真がおおきく載っている。その脇の見出しのひとつに、〈陽栄《ようえい》ホーム創始者、若き謎のカリスマを直撃〉と書かれている。

――そうだ、この見出しを見て買ったのだ。

何気なく以前も読んだ頁を捲ると、真宮は口を開けた。

見開き二頁にわたり、おおきく写真が貼られ文章が添えられている。

その直撃されている男には、見覚えがあった。

「……ああ」

そこには一ヵ月前のクリスマスイブ、新宿駅南口で起こった首吊り自殺の現場で見た青年が写っていた。

名は〈楠《くすの》木《き》保《たもつ》〉と記されている。

写真のなかの楠木保は新宿で見たときとおなじように、無地のセーターを着ていた。黒い丸首のセーターに、おそらく先日とおなじ黒のスーツに身を包み、どこかの昼の街を歩いている。そこに突撃されたのか、ちいさなテープレコーダーをマイク代わりに差し出す記者の顔をちらと見る、青年の全体像が写っていた。遠くから盗み撮りされた表情はやや嫌悪感を示しているものの、悪態をつくことはなく、しずかに対応したのだろうという印象を覚える。

写真の横には、

〈介護福祉事業の時代の寵児　楠木保氏の姿を初激写！〉

とリード文が添えられている。

記事自体は都内に八ヵ所、全国に十五ヵ所と急成長を遂げる陽栄ホームのあたたかな運営方針を賛美するものだったが、突撃した記者はホームの立ち上げに「謎の青年」がいたことを知り、楠木保本人を直撃したようだった。現在、老人介護施設「陽栄ホーム」の親会社は日本有数の不動産ディベロッパーである「四菱《よつびし》地所」だ。そこに謎の青年が関わっていると記事には書かれていた。

「だからどこかで会ったことがあると思ったのか」

真宮は苦笑した。

雑誌で見た青年を「どこかで会った気がする」などと刑事の勘に結びつけて誤解するなら、いよいよおれも刑事を辞め時だ。

陽栄ホームは「入居費が安いのにどこよりも安全で、働く職員も愛情深く、医療機関と直接提携を結び、入居者にとってもその家族にとっても、理想的な介護施設」と紹介されていた。

当然妻の沙世子も調べてくれていて、いまは人気のため見学も順番待ちになっているらしい。新宿で見た青年は、記事では「介護福祉事業の時代の寵児」と書かれている。が、青年が雑誌に載っていたのは、彼の本意ではなさそうであった。介護施設の運営方法などが話題となり、一部のマスコミが彼を追い回したあげく、盗撮したらしき写真が掲載されていたからだ。

記者の問いにもあまり答えていない。

――楠木保さんですよね？

「…………」

――陽栄ホームの評判が、すこぶる良いですが。

「そうですか」

――あなたは、ホームの立ち上げに関わっていたのですよね？

「…………」

――「創始者だった」という噂を耳にしたのですが？

「施設の立ち上げに協力しただけです。いまは経営も他の方に譲り退いているので、まったく関係はありません」

――いまはなにをされているのですか？　株などを運用されているのでしょうか？

記者のこの質問を最後に、楠木保は駅へと消え去って行っていた。

真宮はしばし、週刊誌のなかの青年を見つめた。

――不思議な縁も、あるものだな。

母親を預けたいと思えるかもしれぬホームの創設者と、偶然街で出会った。

彼はとても憂鬱な影を顔に浮かべていた。その表情の意味を、いまわかった気がする。名もなき自殺者を見て、悲しみを覚える、慈悲にあふれる青年なのだと。彼のような青年が作った老人ホームであれば、きっと素晴らしいだろう。

が、同時に思った。

どうしてあの場所にいたのだろうか。

*

二十三時十五分。真宮は新宿署に到着する。

刑事課にはぽつん、ぽつんと自席で報告書を書いているらしき刑事たちがいる。課に置かれた無線機からも、なにもきこえない。重大な事件が発生していない、課のひとときの静寂だった。

「おつかれさまです」

「おつかれです」

真宮に気がついた者が頭を下げる。本来であれば非番のなかでの出署だが、みな「自宅は新宿署」と言われている真宮が顔を出したことになにも思ってはいなさそうだった。

「おつかれさん」

自席に座る。

空席の隣の机に目をやる。机上には真四角の白い物体がある。

パソコンだった。数年前に五台ほどこの課にも支給された。真宮は黒い画面の明かりの付け方さえ、わからなかった。

部屋を見回すと、ひとりの男と目が合った。先日自らのところへやって来た、香下という刑事だった。はさみで切るという相変わらず細い眉が、こちらにむけられていた。

しばし、見合った。

真宮は席を立ち香下に近づく。細い眉毛の男は無視するように机上にペンを走らせる。やがて、また新宿署に似合わぬ甘いバニラの香りがした。

「元気か」

「元気っす」

「なにやってる」

真宮は香下がなんの作業をしているかわかっているのに、言葉が出ず、稚拙な質問をしてしまった。

「報告書を書いています。真宮さんがお話しされた、ほんとうは最初に手を出してもいないやくざの報告書です」

目すら合わせず紙にペンを走らせる若造を見て、「来るんじゃなかった」と真宮は思った。が、その空気を察したように、若者は手を止め真宮を見やった。

「なんですか。また偽証の指示ですか」

「……ちょっとこっち来い」

真宮が自席へ戻り椅子に腰を下ろすと、後ろから香下が迫ってくる足音がきこえる。

「なんですか」

「どうやって電源を入れる」

「は？」

「このパソコンって奴は……どうすれば動く」

恥ずかしさを悟られぬよう、真宮はさらりと口にした。

だが脇に立つ香下を視界に入れると、明らかに勝ち誇っている顔が見えた。一瞬「やはり、いい」と席に戻そうと思ったが、知った署員には関わらせたくない。いまからすることは、捜査となにも関係のないことだったからだ。刑事であるじぶんの、せめてもの矜持だった。

「わかりますけど」

しずかに、勝利を確信したような香下の声がきこえる。真宮は忸怩《じくじ》たる思いを堪えながら隣の椅子を引いてやると、座った香下は簡単にボタンを押し、パソコンに光が灯った。

しばし、ふたりで画面を眺める。香下がじぶんが放つ言葉を待っているのが、嫌というほどわかる。時だけが無情に流れた。

「やりましょうか」

「頼む」

先に折れてくれた若者に、この瞬間だけは感謝した。香下は真宮が頼んできたことをすこし意気に感じてくれたのか、表情を緩め真宮を見る。

「なにをすればいいのでしょうか」

真宮は部屋を見回し、他の署員がこちらを注視していないことを確認する。

「ちょっと、照会にかけて欲しい人間がいるんだ。君たちは最近これで調べたりするんだろ？　おれなんかはいちいち係のところまで行くが」

「ええ。パソコンですぐに出ますよ。警視庁並びに全国の警察組織とデータベースを共有出来ていますから。名前を言ってください」

「――楠木保」

名の漢字を説明すると、香下は画面を見ながらすらすらと文字を打ち込んでいく。

「出ました。この男ですかね」

あまりの速さに驚きながら、真宮は首を伸ばし香下の顔と横並びになり、画面を見た。

「楠木保　昭和五十年五月二十一日生」

昭和五十年生まれというと、今年で二十五歳になる。娘のふたつ年下だ。

「前科はあるか」

「ありません。言えば交通違反のひとつもない。きれいな躰です」

「本籍は」

「東京です」

「――そうか。ありがとう」

真宮は、ほっと息をついた。

新宿で偶然に見かけ、苛立つ自らの心をなだめてくれ、その後、素晴らしいと評判の老人ホームの創設者とわかった。妻の沙世子からも人気がある老人ホームときかされている。「やはり粘ってこのホームをいちど見に行こう」と告げようと思ったが、やはり出会いの場が場だ。

自殺者とはなんの関係もないだろうが、雑誌に「謎の」と書かれていたこともあり、一応調べておきたかった。前科がないこともわかり、刑事として心底安堵した。

「この男が、なにか」

　香下が真宮の目を見て言ってきた。

「ちょっと親戚の子の関係でな」と嘘をついた。意外に純朴な面もあるのか、「そうですか」と香下は納得した様子だった。

　すると、「あ」と画面を動かしながら香下が呟く。

「どうした」

「もちろん前科はありませんが――その……」

「なんだ」

　香下がキーボードを手早く打った。

「名前を変えていますね」

「名前？」

「はい。七年ほど前に戸籍を変えています。生まれ持った名前は――」

「早く言え」

「釜利――釜利修一です」

　香下が言った。

「釜利、修一？」

「はい」

　真四角のパソコンと呼ばれる物体の画面に、確かに「釜利修一」の名はあった。

　香下の言う通り、いまから七年前の一九九三年五月に、戸籍上の名前を生まれ持った「釜利修一」

から「楠木保」に変えている。

彼が十八歳の頃だ。

彼は結婚でもしたのだろうか？

だが、妻側の両親と養子縁組をしたとしても、あるいは養子縁組はせずに婿入りだけだったとしても、姓は変えても名までは変えられないはずだが。

「ちなみに、釜利修一にも前科はありません」

先回りして香下は手際よく確認したようだった。真宮は「そうか」と答えた。

「あの、検索してみましょうか？」

香下が言う。

「検索？」

「ええ」香下がまた、すこし憎たらしい勝ち誇った顔をしている。

「け、検索ってなんだ」

「数年前に起業した世界的な会社があるんです。ヤフーっていうのですが、そこが検索エンジンというものを出してまして」

香下の話を要約すれば、検索窓と呼ばれる枠に調べたいキーワードを入力しボタンを押すと、世界中のウェブサイトから入力したキーワードと関連性の高いサイトを検索してくれるという。

「つまり調べたい人物がいたとして、名前を入力すれば、その人物が例えば事件を起こして記事になったことなどがあると、その記事がパソコン上に出てくるというわけです」

真宮は娘の也哉子の言葉を思い出した。今年二十七歳になる也哉子は大学卒業後、ＩＴ会社なるものに就職をした。いまは主なる業務として企業や店舗のホームページというものを作成しているという。なんどきいても理解することはできなかったが、娘がある日真宮に言ったのだ。「これからの時代は、図書館なんかに行く必要はなくなるよ。パソコンがあれば調べたいことは概ね手に入るから」と。

　それは事件などで調べたい事柄があると、すぐに図書館へ出むく父親への揶揄でもあったのだが――真宮はようやく、インターネットなるものを理解しはじめた。

「君は捜査に活用しているのか。その検索エンジンとやらを」

「はい、時々ですけどね。容疑者や被害者や、地名なんかを。まだこの課の上の方たちには受けいれられていないですが、はっきり言ってこちらの方が断然早いです。じぶんから言わせてもらえば、警視庁も新宿署も古いんです」

「現場百遍が滅びていくわけだ」

「なんですか、現場百遍って」

「いいよ、わからないなら」

「調べます」

　香下が「現場百遍」とキーボードに打ち込むので、真宮はその手を止めた。

「事件のあった現場に、足繁く通うってことだよ」

「ああ、昭和のやり方ですね」

　余裕面で微笑む香下を見て、真宮は一瞬頭を叩いてやろうかと思った。が、いまは香下がいなければなにもできない。真宮は母親に少しでも恵まれた終《つい》の棲家を見つけるため、怒りを鎮める。

「いや――でもすごい時代ですよ。毎日のニュースもこのサイトから見ることができますし、昨年からはヤフーショッピングというものができて、パソコンから買い物までできるようになったんですから」

「まあいい。楠木保の元の名前、釜利修一を調べてみてくれ。その検索エンジンとやらで」

「わかりました」

納得したように笑顔を見せ、香下はパソコンにむかって背筋を正す。ふたたび彼の打つキーボードの音が刑事課に響く。

「あ――ありました。釜利修一」

「なに？」

真宮は香下の背をどけてパソコン画面の正面に行く。

〈知床半島――北海道――バス事故――釜利修一くん（10）――生存者はわずか七――〉

真宮は老眼の目を細め、画面に羅列された細かい文字を必死に速読していく。どうやら昭和の新聞記事を載せているようだった。

気ばかりがはやり、うまく読めない。香下がまた先回りして記事をプリントアウトした。

が、が、が、が、がー。

おおきなコピー機が叫ぶ。記事のコピーを受け取ると、真宮はすぐに目を凝らし読む。

一九八六年、昭和六十一年一月三日の大手新聞社の紙面記事だった。

［北海道で悲劇的なバス事故］
昭和六十年十二月三十一日大晦日。夜に札幌駅を出発した大型観光バス『北斗流氷号』が年が明けた一月一日未明、北海道上川郡上川町《かみかわぐんかみかわちょう》にある石北峠で崖から転落。運転手を含む乗員乗客四十一名が死亡した。『北斗流氷号』は一月一日元旦の初日の出を見に、斜里郡斜里町にある知床半島ウトロを目指し走行していた。事故当時、北海道全域には雪が降っており、事故現場となった石北峠も吹雪が舞っていた模様。現在、運転手の釜利紀一《のりかず》さん（40）が死亡しているため、生存者の回復も待ちながら、事故原因を北海道警が調査中。事故現場となった石北峠は最大標高

が一〇五〇メートル。決して楽ではない道ではあるが、北斗流氷号の運営元である北斗バス会社社長の小脇良一《こわきりょういち》氏によれば、「今月末からはじまる本格的なバスツアーにむけ、万全の態勢で走行練習を繰り返していた」とのことだった。生存者はわずか七名。全員北海道在住で会社員の暮《くれ》山昇《やまのぼる》さん（62）、主婦の光山洋子さん（45）、運転手の息子さんである釜利修一くん（10）、小学六年生の能瀬由里子ちゃん（12）、北海道大学大学院医学院生の与義宗和《よぎむねかず》さん（26）、浅地恒雄《あさちつねお》さん（14）、北斗バス会社社員の八田晋平《やだしんぺい》さん（48）。関係者を除く乗客は全員、今回の『北斗流氷号バスツアー』のオープニングレセプションの抽選に応募した者たちであった。関係者によれば北海道警は被疑者死亡のまま、運転手である釜利紀一さんの業務上過失致死傷罪も視野に入れながら捜査をすすめているという。元旦の知床半島ウトロの初日の出を待ちわびて、亡くなってしまった乗客三十九名。すべての人のためにも、一刻も早い全容解明が待たれる。

一枚の写真も載っていた。

白黒の写真。

崖に落ちた北斗流氷号が、横むきに倒れている。

警察官、自衛隊、地元ボランティアの捜索隊であろう人々が、バスを見ている。

なかから、担架で運ばれるふたりの子供がいる。

真っ暗な夜空を見上げている少年の写真の下には、「釜利修一くん（10）」と書かれている。

後ろから運ばれる担架に乗った少女は、「能瀬由里子ちゃん（12）」と書いてあった。

真宮は担架で運ばれる写真のなかの少年を、しばし見つめた。

――こんな事故があったな。

真宮はプリントされたモノクロームの新聞記事を読み、思い返した。

事故を起こしたバスが札幌を出発したのは十二月三十一日大晦日。一九八五年最後の日。

たしかに年明けすぐに報道された、この北海道の観光バスが起こした大事故は記憶にある。乗客のほとんどが亡くなり、確か――後に事故原因が運転手の飲酒運転であったことが判明したと記憶している。

その運転手の息子が、陽栄ホームを設立した青年なのか。

名前を変えるのも、無理はない。父親が飲酒運転がもとで大事故を起こし、多くの犠牲者を生み、自らは生き残る。その後どのように生きてきたのかはわからないが、たいへんなことだけは想像できる。

それが青年になり、大人になり、いまや「時代の寵児」と言われるほど、温かく、金銭的な負担も少ない高齢者施設を立ちあげるなど、なんとすばらしいことだろうか。

「北斗流氷号」に乗り事故にあった当時、彼はまだ十歳だ。

その釜利修一という少年が、どれほどの苦労をしてきたのだろうか？　父親の飲酒運転が原因で三十九名が亡くなるという業を背負い、普通に生きられたのだろうか？

いや――真宮は首を振った。普通に生きられるわけがない。やがて生まれ持った名前を消し、新たな戸籍で生きていきたいと思うことは、至極普通だろう。

真宮は過去の記事を読んだことで、胸のざわめきは消えていった。自殺現場で偶然出会った楠木保。いや――元の氏名は釜利修一という青年。辛い思いを経験し生きてきた彼が作りあげた施設なら、きっと良いところであろう。

「もういいですか？」

香下の声がきこえる。

「ああ、助かったよ。ありがとう」

真宮が頭を下げると、戸惑ったように香下も首を垂れ、自席へと戻っていった。

――母に、すこしでも良い終の棲家で過ごさせてやりたい。

早く、見学に行きたい。

記事に載る写真のなかの少年を見ながら、真宮は思った。


翌週。

真宮は新宿署を出た先にある、中華料理店「昌平」にいた。

警視庁刑事部長である駒田と一献交える日であった。

東京にしては珍しく朝から降りつづいている大雪は、灰色のすり硝子で出来た入口ドアのむこうを見ても、まだ止む気配はない。両手を丸め、はあ、といちど息を吹きかける。

かじかんだ手のひらがすこしだけ温まった気がした。

真宮は予約したテーブルにひとり座りながら、店のなかに備えつけられたブラウン管のテレビを見つめる。

夕刻六時半。駒田はまだ来ない。

テレビのニュース番組は、再来年行われる日韓ワールドカップの話題を取り上げている。街頭インタビューに意気揚々と答える大学生たちは、顔に日本の国旗をペイントし、「中田英寿《なかたひでとし》がいい！」「いや、稲本《いなもと》だ」などと楽し気に話をしている。

ふとインタビューに答える学生たちの背景を見ると、池袋《いけぶくろ》の街並みだった。「懐かしいな」真宮は思う。

いまから会う駒田と絆を深めたのも、池袋がはじまりだった。

「東京教育大学生リンチ殺人事件」と呼ばれた事件は、学生運動の最中、中核派と革マル派の対立のなかで起きた。

東京教育大学に在籍する革マル派の青年を、池袋駅東口で街宣活動を行っていた中核派の活動家たちが発見すると、激しい暴行を加えた。そのまま法政大学六角校舎の地下室へ拉致すると、彼らは「自己批判」を要求しながら壮絶な集団リンチを加え青年を死亡させ、翌日遺体を新宿区にある東京厚生年金病院の車寄せに、上半身裸のまま遺棄した。

一九七〇年八月に起きたこの内ゲバ事件は、警視庁が設置した特別捜査本部による捜査の結果、中核派の都内大学生ら二十三名が逮捕された。

その現場で、駒田に一生の傷を負わせてしまった。

当時駒田は、見習いの立場であった。見習いといっても階級はすでに警部補であるが、キャリア組は基本、捜査のことはなにもわかっていない。いずれ警察庁の中枢を担う彼らは、若いうちに数年間、所轄で勤務することになる。

そんな時、この事件が起こった。駒田は当時の署長から「あなたは署に残るように」と言われたが、それを拒否し現場へ行くときかなかった。当然将来の幹部候補を傷つけるわけにもいかず、真宮が駒田の面倒をみることになった。

しかし過激派のアジトに突入した際、暴力団と違い暴れることに不慣れな学生たちが一心不乱に木材を振り攻撃してくるなか、ひとりのバットが真宮にむかって振り下ろされた。その瞬間、横にいた駒田が真宮の前に飛び出し、バットをじぶんの身に受けた。

バットは駒田の左足に命中すると、なぜか離れなかった。

馬鹿な学生が、相手を殺す覚悟もないくせに、格好だけつけてバットに何十本も釘を刺していたのだ。おまけに釘は古かった。錆びた釘を受けた駒田の足は破傷風にかかり、あやうく切断するところまでいった。当時の署長から、「キャリアを傷つけるとはなにごとだ」と、激しく叱責された。

なんとか持ち直し左足は健在だが、いまも疲れたときなどは、駒田は自然足を引きずる。見舞いに行ったじぶんに、二十代だった駒田は愚痴ひとつ言わなかった。

「これでおれも刑事よ。勲章よ、勲章」

若き駒田の笑顔を思い出す。

その後もおなじ帳場に立つこともあり、同い歳ということもあって、少しずつ話すようになった。互いにキャリア組とノンキャリア組という隔たりを気にしない気質もあったのかもしれないが、それよりも一種異様な熱い時代を、犯人検挙のために駆けずり回ったからこそ、いまの関係があるのかもしれない。

テレビで話す大学生を見ながら、「こんな時代だが、いいのかもしれない」とふと思った。「よど号ハイジャック事件」「豊田商事会長刺殺事件」……異様な緊張状態がつづいた昭和より、よほどいまのほうが、良い時代なのではないだろうか。

暖房で窓が曇った店内を見回す。

壁際の汚れたちいさなテーブル席で、若者が酒を呑みながら語っている。

駒田ともよくあの席で呑んだなと思い出す。

あの事件の捜査方法はおかしい、いまの時代はこうだなどと話題も尽きず語り合った。

時には意見がすれ違い喧嘩別れしそうになった時もあったが、おばちゃんがテーブルに運んできた勘定を見て「おれたちこんなに呑んだか」と目を見合わせ、互いに財布のなかを覗き笑った日もある。

刑事を辞めると決めたことで、すこし感傷的になっているのかもしれない。

――ビールでも先にやっておくか。

そう思ったとき、携帯電話が鳴る。

着信相手を見ると「コマダ」と表示されている。奴が携帯に電話をしてくるとは珍しい。きっと遅れる、という報告だなと察しながら通話ボタンを押す。

「おれだ」

「わかってるよ。遅れるのか？」

「まだきいていないな？」

駒田の声には異様な緊張感が含まれていた。

「すぐに署に戻れ。どの道戻される」

「なにがあった？」

店内に流れるテレビの音が大きく、思わず片方のあいている耳を手で塞いだ。

駒田が早口で言った。その声は友の声ではなく、東京を管轄する警視庁上役の声だった。

「よくきけ。相沢誠彦《あいざわまさひこ》が殺された。管轄は新宿だ」

「え？」

「銃で一発だ。わかるな？　殺されたのは相沢誠彦——運輸省特別顧問の相沢誠彦だ」

真宮は水を口に含むと、急いで席を立った。

第二章

釜利修一は、ただ雪を見ていた。

窓の外に映る、吹雪く雪を。

部屋のなかに流れるラジオからは、「速報です。運輸省特別顧問の相沢誠彦さんが、本日午後、東京都新宿区余丁町《よちょうまち》で何者かに銃で撃たれ死亡しました。繰り返します。運輸省特別顧問の——」と事件の第一報を伝えていた。

雪は吹雪く。ごうごうと音を立てて。

釜利修一が見つめる窓硝子は、一枚の絵画のようであった。が、動かぬはずの絵画は無残にも時を流す。闇夜のなかを風に打たれ北へ南へ流れていく吹雪は、「前へ進め」と自らに命じているようにも見えた。

吹雪く雪——。

その景色は否が応でもあの時を思い出させる。

釜利修一は「ぎし」と音を立て席を立った。

手作りのテーブルと椅子。もう何年使っているのだろうか？　作製者である先代から譲り受けたから、もう五、六十年はたっているのかもしれない。槐《エンジュ》の木で作られた椅子は、物も言わず今日も修一を受け止めつづける。

釜利修一の部屋には大袈裟な物はひとつもない。

生きるうえで必要最低限の物だけが存在した。

修一は席を立ったまま、独特の文様が施された長方形のテーブルを見つめた。歴史を重ね傷みも染みこませた槐の木のテーブルの上で、炎が揺れていた。部屋を照らす、ちいさなランタン。風もないのに揺らめく炎は、赤に橙に色を変える。

――名前を変えて、もう何年がたつのだろう。

釜利修一は思った。

名を変えたことに、いまさらなんの後悔もない。いや、後悔などという感覚は、もうどこかに捨ててきてしまったのかもしれない。遠いあの日に。崖の下に。

――あの日も雪が降っていたな。

あたりまえか。

そう呟こうとも誰も返事をする者がいない部屋で、修一はひとり歩きはじめた。現実を思い知らせるような窓硝子の絵画へとむかうと、その下にぽつりと置いた、簡易ラジオに右手を伸ばす。修一よりも長く生きているであろう小型の簡易ラジオのボリュームを絞る。耳からは不必要な音は消える。窓の外を吹き荒《すさ》ぶ、ひゅー、ひゅーと存在を示す風の音だけが強まった。

釜利修一が思ったことはただひとつだけであった。「由里子がこのニュースを読まなくてよかった」それだけだった。ちょうど少し前に、由里子の番組は終わっていた。能瀬由里子が番組の途中でスタッフから紙を渡され、速報を読みあげるところだけは聴きたくなかった。

能瀬由里子は、つよい。

大切な者がいるならば、どんなに積雪の闇夜にあたりが吹雪き、風の音しか聞こえぬ夜でも、太陽でありつづける。木々の隙間から、彼女は現れる。微かな光をまとって。そして強引にでもその身を焦がし、あたりを照らす。大切な者のために。

その身を燃やし、積雪のなか、太陽でありつづける――。

だから――彼女が心配だった。

「なんだべ。金が欲しいのか？　おまえの親父に賠償金が入らんのが気に食わんのか。これだから貧乏人の子供は嫌いだべさ。おめえの母親は、男さつくって、おめえと親父残して逃げたんだろう？　ろくでもねえ血だ。おめえの家族の血は、全員汚れてる。だから町にも迷惑をかける。おめえは、そういう餓鬼だ」

窓の外を吹き荒ぶ雪を見ていたら、あの男の声を思い出した。

釜利修一は窓際に立ち尽くしながら、目を閉じる。あの日のじぶんは、小学校五年生だったか。

背丈はどれくらいだったのだろう？

足の大きさはどれくらいだったのだろう？

どんな声をしていたのだろう？

いまとなっては、なにも覚えていない。覚えているのはもうすぐ夕暮れに近づく積雪の山林のなかで、あの男と対峙していたことだけだ。あの日も今日と同じく、吹雪がすごくて、風がびゅーびゅーと躰にまとわりつき、目を細めて必死に凝らしながら、あの男を見つめていた。泣かないようにとどんなに思っても、足元を埋める白い雪に、ぼたぼたと涙が落ちていた。

男は林のなか、おおきな木を背に立ち、いちどずるっと鼻水を吸い飲みこんだ。そして十一歳のじぶんに、林のなかを駆け出す前に言った。

「疫病神だべな」

疫病神という言葉の意味すらわからなかったが、とても悪い神のことなのだろうと感じた。躰が地面の白雪に沈んでしまうかと思うほど、重くなった。

「……ほんとうのことを、言ってください」

「だからさっきから、おじさんはほんとうのことを言っているんじゃ。しつこいわ……ちょっとおじさん、煙草吸ってくるさ。でもほんとうに――おまえの親父が死んだのも、疫病神であるおまえのせいかもしれんな」

そう言って男は林のなかを突然、駆けて行った。

ざくざくざくざくざく。走る足の音がきこえ遠ざかる。

本能的に、その背を追った。

駆けた、駆けた駆けた。

いつの間にか男が踏みしめる新雪の音と、自らが埋もれるように踏みしめ走る新雪の音が重なってきこえた。

走った。ただ走った。「ひい、ひい」と息を切らす中年の声がきこえると、吹雪く雪靄の隙間に、みっともなく、必死に右手と左手を振り走る大人の姿が見えた。

「待て！」

そう叫んだように思う。

観念したのか、疲れ果てたのか、あいつは止まった。

男が、こちらをむく。

「冗談だべ……冗談。どこにも行かん。まったく……しつこい餓鬼だ」

はあ、はあと必死に息を整えながら睨んできた。十一歳のじぶんを見る目は、大人になったいまだからわかる。汚いものを見るような、決して立ち上がれぬ者を見るような、一言でいえば、蔑むような視線だった。あいつはスキー用の手袋をはめた指先を寒さで震える唇で噛み、片方を外すと、手でポケットを漁った。煙草を探しているようだった。

「お願いです。ほんとうのことを、教えてください」

必死に言った。おなじような類の言葉を、右に左にポケットに手を入れ煙草を探す男に、なんどもかけた。

ひゅー、ひゅーだったか、びゅー、びゅーだったか、吹雪舞う風の音だけがきこえた。

やがて煙草がなかったのか、あいつはあきらかに苛立ちを顔に浮かべた。そして何度も「ほんとうのことを教えてほしい」と言うじぶんの問いかけに、大声で答えた。

「うるさい！　すこしは黙れ！」

父親よりも年上の男に怒鳴られ、躰がびくと震えた。

「おめえの親父は酒さ飲んで運転したんだぞ⁉　この意味がわかるか？　乗客を四十六人も乗せて、酒を飲んで運転して、斜里町の――一大事業のチャンスを潰したんだぞ？」

涙が頬をつたった。

殺してやりたい。

そう思った。

「多くの人間死なせて、町のチャンスをふいにして、これがどれだけのことかわかるか！　それをなにがほんとうのことを教えてくれだべさ！　なんだその目は。薄汚ねえおめえの親父そっくりの目だ。大体がなあ、餓鬼のくせに、年上にむかって生意気なことを言うんじゃないよ。乗客の遺族に何億の金払わねばならんかわかるか！　親会社に頭下げて！　それを……金が欲しいのかしらんが、生意気を言うな。身寄りがない？　しるか。獣と一緒に山でどんぐりでも探して食って生きろ！　まったく……なんで煙草がないんだべや」

男はもう片方の手袋を唇で嚙み外すと、寒さに凍えながら両のポケットを漁った。

なんとも醜い光景だった。

そのとき——あいつの後ろが見えた。

なにかに導かれるように——一瞬、風がやんだ。

白い雪の円舞曲《ワルツ》が演奏者を失ったかのように、一瞬だけとまった。

男の後ろには、なにもなかった。

おそらく、崖だろう。

まるで神が修一にだけ秘密を教えるように、吹雪のむこうの隙間を見せた。

男は、背後の存在に気がついていないようだった。

「ほんとうのことを言ってください」

本来ならすでに訊く気が失せているような質問を、力なく呟いた。

「黙れ」

男は返すと、

「ちっ……なんだ、煙草さ忘れたのか？」

と煙草を諦め、じぶんをあの蔑むような視線で見下ろした。

その日はじぶんと父親と、母親をも蔑んでいるような気がした。気温は何度だったのだろう？ 父親に買ってもらった汚れたダウンジャケットは、とうに意味をなしていなかった。なのにこの瞬間だけは、凍える躰さえも、なにひとつ痛みも寒さも感じることはなかった。

「……バスの運転手風情の息子が、生意気言うな。だれが能無しのおめえの親父を、働けるように推薦してやったと思ってるのさ」

　呟く声がきこえた。と、あいつはスラックスの後ろポケットに手を入れると、「あった！」と叫んだ。くしゃくしゃの煙草を取り出すと、「あったわ」と修一に微笑んだ。

　男の背景には、美しい山々が遠くに見えた。

それ以外はなにも見えず、十一歳のじぶんはまるで中年の男が一枚の絵画の前に立っていると思った。

そしてこの男はこれからも、決してほんとうのことは言わないのであろう、と理解した。

死んだ父親の顔が浮かんだ。

駆け出した。

男にむかって、両の足を前に踏み出した。

駆けて、駆けて、走った。両手を伸ばせるだけ伸ばす。目を閉じて必死に前に押した。相手の柔らかなダウンの感触が伝わった。

「うわ！」

あいつの叫び声がきこえた。

我に返ると、もう、男はいなかった。伸ばした両手の先には、ただしずかに山々が連なっていて、目の前の絵画にはもう誰もいなかった。

一瞬だけ止まった白雪は、また右に左に円舞曲を踊る。

震えながら、崖下を見た。

「おおい……助けてくれえ。助けてくれえ……」

男は崖下に落下していた。頑張れば、大人ならよじ登れるかもしれないと修一は思った。が、男の首は見たことがない方向に曲がっていて、積雪の上に倒れている両脚も、膝から下がそれぞれVの字に曲がり折れているようであった。

「助けてくれえ。修一君……助けてくれえ」

か細い声がきこえた。

全身が震えた。寒さのせいではない。男にむかって駆け出した瞬間——明確な殺意があった自らに気がついた。殺してやる——そう思った。だが、何者かに囁かれ、その躰を押してしまった気もした。

「うわー」

泣いた。積雪の上に崩れ落ち、眼下からは「おめえが泣くな、おめえが泣くな。助けてくれえ、助けてくれえ」と声がきこえた。

泣きじゃくりながら、崖の先を両手でつかみ、下を見た。男は片目をひくひくと痙攣させながら、ゆっくりと震える右手を伸ばしていた。子供ながらに「もうこの人は死ぬだろう」と思った。同時に「誰か助けを呼ばなくては」とも思った。首があんな風に曲がろうとも、病院へ行き医者が診てくれれば助かるかもしれない。手術をすれば生き残るかもしれない。でもどうしたらいいか、わからなかった。

でも、でも——。

じぶんは殺してやろうと思ったのだ。

いや、殺してやる、と。

警察は、なんと言うのだろう。あいつは生き残ったら、なんと言うのだろう。ぼくは、どうなるのだろう。

自らの泣き声とあいつの助けを求める声が吹雪の音に入り混じる。男を押した瞬間の空気は、なんであったのだろう？　まるで神が一瞬の機会《チャンス》を与えるかのように、選択を迫るように、吹雪は凪いだ。なのに男を突き落とした瞬間、それは猛烈にまた吹き荒れた。えんえんと、えんえんと声を上げ泣いた。座り込んだズボンには雪が水となって染み込み、全身が震えた。

そのとき——音がきこえた。

急いで誰かが駆けつけて来るような音がきこえた。唇を震わせながら、音のする方をむいた。吹雪が左右に舞い、視界は真っ白な世界だった。微かに視界の先に木々が茂っているのが見えた。音はそのむこうからきこえた。ざく、ざく、と力強い足音で雪をかき分け歩く音と、ざあ、ざあ、と、白雪が積もる木の枝をかき分け、折り、進んでくる音がきこえた。熊か、と思った。熊が自らの終わりを告げに来たと感じた。

　必死に目を凝らす。

　木々の隙間に、微かに陽の光が見えた気がした。

涙でぼやけていたからか、怖かったからか、その木々の隙間から現れる陽の光がどこか幻想的にさえ映った。やがて視界がはっきりとしはじめると、じぶんより背の高い人影が映った。その人影は髪の毛が長くて、それを左右に必死に振り乱しながら、ざく、ざく、と雪を踏みしめ近づいてきた。

手を伸ばしてきた。

　それはあたりの雪とおなじ、真っ白なダウンコートを着ていた。

　相手の顔が、ぼんやりと見えてくる。恐怖と混乱でなにひとつ現実が理解できなかった。右手を伸ばした人影は、地面の雪に片膝をつき埋もれさせると、目線を合わせじぶんの手をつかんだ。

　そして言った。

　いまよりもすこし高い、まだ子供の面影を残す声で。

　変わらぬ、あたたかな、つよい声で。

「修一君。わたし。能瀬由里子。バスで隣に座っていた、能瀬由里子」

「……のせ、ゆりこ？」

「一緒にトランプをしたでしょ？　由里子のゆは理由の由に、りはたけのこの里の里。それに子供の子で——覚えてるでしょ、お姉ちゃんのこと」

　——うん。

　そう言って、頷き、彼女の顔を見つめた。

なんでこのお姉ちゃんがここにいるのだろう。彼女の目を見て思った。

彼女はじぶんをつよく抱きしめた。震えるじぶんをあの日とおなじように、前から必死に抱きしめた。能瀬由里子はゆっくりと、細い首を眼下にやった。しばし見つめ、いちど唾を飲みこんだのがわかった。由里子の躰も、すこし震えはじめた。が、彼女は言った。

「大丈夫だよ、修一君」

と。バス事故の夜から月日は流れ、彼女は中学一年生になり、すこしだけ大人になっていた。じぶんはただの、小学五年生だった。


釜利修一は昔を思い出すと、ため息をついた。窓硝子のむこうの雪は、先ほどより弱まっている。能瀬由里子が今日の『ONE DAY』の最後にかけた曲を思い出す。デヴィッド・ボウイの『チェンジズ』という曲だったな、と頭の片隅で確認する。由里子は余程の事情がない限り、自らの番組で流す曲はじぶんで選択していると以前話していた。

「余程の事情ってなに？」と訊くと、彼女は「番組のディレクターがレコード会社や芸能プロダクションに、いいからこれを絶対にかけてくれって脅されて、半ば死にかけてるときよ」と電話口で、いつもの様にからっと笑った。

由里子が流す曲のほとんどは洋楽が占めていた。いつかその訳を訊くと、実に彼女らしい答えが返ってきた。

「日本語の歌詞は意味を持つから。洋楽ならなにを言ってるのか、わからないじゃない」

両の口角がすこし上がった美しい唇で、彼女は受話器のむこうで笑顔を浮かべていたと思う。

彼女は笑う。

大切な者のために。

由里子に電話してみようか、と思った。むやみな連絡は控えると言っている以上憚られるが、心配な思いも廻《めぐ》った。部屋に充満する地元のラジオ番組はニュース原稿を読み上げた。「続報です。本日午後二時ごろ、東京都新宿区余丁町の路上で殺害された運輸省特別顧問の相沢誠彦さんの死亡時の状況がわかりました。相沢さんは法律事務所で打ち合わせをしたあと、待機する専用車へ戻る最中、何者かに拳銃で撃たれ死亡。銃弾は相沢さんの左胸、首元に一発ずつ命中した模様です。日中の犯行とはいえ、相沢さんが襲われた路地は人通りもすくなく、特別捜査本部がおかれた警視庁新宿署の発表によると、現在、事件の目撃者はおらず――」

釜利修一は、ゆっくりと電話の前にむかう。

部屋の片隅に立てかけた、銃の前を通り過ぎて。

槐の木でできたテーブルを見ると、いつものように、一枚のトランプカードが置かれていた。テーブルの中央に置いたトランプのカード。じぶんたちだけのカード。

誰にも触れさせぬ、それぞれのカード。

黒電話の受話器を上げ、ダイヤルをゆっくりと回す。ダイヤルが戻るたび、「じー、じー」と音がしずかに鳴る。能瀬由里子の電話番号。手帳に記さずとも、メモにも残さずとも、忘れることはない番号。

呼び出し音が鳴った。電話に出れば、由里子のすこし低く、妙に胸に突き刺さるような声がきこえるだろう。

能瀬由里子は、太陽のような女だ。

大切な者がいるならば、強引にでもその身を焦がし、照らしつづける。

だから、心配だった。

＊

「もしもし？」

能瀬由里子は焦れる思いで楠木保の電話番号を鳴らすと、ようやく呼び出し音を終わらせた相手に声を発した。

夜七時。由里子は自らの番組を終え、三軒茶屋オレンジタワー二十六階にあるサテライトスタジオにいた。

後続のお笑い芸人がディスクジョッキーを務める番組がはじまったので内勤を手伝い、帰宅の準備をしていた時だった。机上に置いた携帯電話の表示画面に明かりが灯った。登録していない、数字だけの表示。すぐに相手がわかったが、目の前に金森がいた。ディレクターの金森は着信に気がつくと、「急ぎだったら、出ていいぞ」と伝えるように、由里子にむかって眉を上げ、スタジオの外を指さした。

由里子はメモ帳に「弟の学園からかも」と走り書きをすると、金森は頷いた。由里子は硝子張りのスタジオの小扉を開け、夜景の美しい展望ロビーへと、長い脚をしずかに進めた。彼女の履くロングブーツの踵が、展望ロビーの茶色い絨毯に沈んでいく。

「まだ仕事中だったか」

楠木保のしずかな、躰に響くような低い声がきこえる。

「大丈夫」

由里子はうつむき答えながら、硝子窓に反射するスタジオ内を確認し、金森が怪しんでいないか横目で確認した。金森はやさしい眼差しで司会を務める芸人の発言に笑顔を浮かべ、彼らに右手でＯＫ

マークを作り見せていた。大丈夫。こちらのことは、見ていない。

「――修一、あなたこそ……」

「由里子」

由里子が「修一」と呼ぶと、楠木保は会話を遮り、注意を促すようにいちど由里子の名を呼んだ。

由里子は短いため息をつき、彼が変えた、現在の戸籍上の名前で呼び直した。

「保」

「そう、それでいい」

楠木保こと元の名を釜利修一は、彼にしては珍しく冗談でも言うように、軽い調子をふくませすこしだけ笑った。

「まったく。面倒ね」

「元の名は捨てているから。絶対に使うなよ」

「わかってるわよ」

言いながら、由里子はうすい唇を尖らす。

「唇、尖らせてるのか？」

楠木保は言った。その通りだったので、由里子はしずかに唇をもとの形にもどす。言い当てられた悔しさよりも、敢えて軽口を叩く彼の様子で、由里子は状況を察した。

嫌な出来事が起きているに違いなかった。

「保、大丈夫なの？」

「今日の最後の曲もよかったな。なんだっけ。デヴィッド・ボウイの――」

「……チェンジズ」

「そう、それだ。歌詞がよかった。なんとなくだけどな、わかった」

嘘だと瞬時に由里子は思う。

保はすべての英詞を理解できている。

彼は小学校、中学校すらまともに行っていないはずだ。当然高校へは進学していない。が、彼は学ぶ。生きることに必要であると判断したものは、独学であろうが徹底的に学ぶ。彼の地頭の良さはわかっている。

それに、執念も——。

「すべてを手になんかしなくてもいい。まるで由里子のことを歌っているようだった」

「わかってないわね。わたしは意外とがめついわよ。これでも貯めこんでるし」

「ならもうすこしいい部屋に住んだらどうだ？　どうせワンルームの狭い部屋だろ？」

保は、由里子の部屋に来たことはない。いちどだって、足を踏み入れたことはない。

いちどだけ、「たぶん、近くにいるんだ」と公衆電話から電話をしてきたことがある。ちょうど弟が帰省していたときだったので、由里子は「上がれば？」と尋ねた。保は「ううん」と優しく断ったが、「家だけ見せてくれよ」と言った。三軒茶屋にいた彼に、自宅までの道のりを教えた。五分ほどすると、由里子の住むマンションの前の通りを渡った、ペットショップの前の公衆電話からかけてきた。

由里子は部屋の窓から顔を出し、通りを挟んだ公衆電話ボックスのなかにいる保に、手を振った。

「もっといいマンションに住めよ」

保は言った気がする。

「これくらいで充分よ。屋根もあるし」

そう答えた気がする。

たわいもない話をカップラーメンすら出来上がらないほどの時間分だけして、弟も窓辺に呼び手を振らせると、保も優しく手を振り返し、寒空のなか帰って行った。

由里子は平穏だったあの日を思い出し、ふたたび現実にもどる。辺りを見、ロビーの角へ移動する。

「わたしの部屋も、デヴィッド・ボウイのチェンジズもどうでもいい。それより保、さっききいたニュース——運輸省特別顧問の相沢誠彦」

「ああ」

「……保が撃ったの？」

由里子がいちど唾を飲みこんでから訊くと、電話越しに、「ああ」と答える声がした。世田谷の街を見下ろせる巨大な窓硝子の前で、由里子は目を閉じる。

「——いまどこにいるの」

「家さ」

保は答える。由里子は保の家を知らない。どこに住んでいるのかさえ知らない。東京のどこかにその身を潜めているのはわかっている。が、決して保はじぶんの住家の場所を、由里子に教えなかった。それは万が一にも、自らと能瀬由里子に接点があるということを誰にも知られないためにだ。家を知ってしまえば、保になにかあれば駆けつけてしまう——そんな由里子の性格を誰よりも把握し、危険にさらさぬよう、楠木保がじぶんに住家の位置を言わないことを由里子もわかっていた。なにもできないことが、悔しかった。

「なにか動きがあるようなら、また連絡する。今日は電話してすまなかった。とにかく大丈夫だから」

「あなたは」

「平気だよ」

楠木保は他人事のように、つとめて冷静に言った。

しばしの間がつづいた。保との沈黙は、なにも気にならない。おそらく、互いにそうだろう。

目の前にある巨大な窓硝子のむこうを見る。東京にしては珍しく降りつづいていた大雪も、すこし弱まっていた。眼下では車たちが必死にタイヤを滑らせぬよう、のろりのろりと距離を開け進む。赤や橙の街のネオンを浴び歩く人々は、マフラーに首を埋め、笑い、どこか非日常の積雪を楽しむように歩を進める。由里子が見下ろす三軒茶屋の街には、青いユニフォーム姿のグループが点在し、あちらこちらを歩いている。

みな、楽しそうだった。「あ、今日はサッカーの日本代表戦がある日か」由里子は思う。雪が降るなか行われる試合をどこかのスポーツバーででも観戦するのか、胸に赤い日の丸を施したユニフォームを着た人間たちがたくさん歩いていた。

あのなかに、人を殺したことがある人間も、そんな友人を持つ人間も、いないだろう。

「窓の外、見てるか？」

しずかに保が尋ねる。彼も窓の外を見ているようだった。

「うん」

由里子も答える。

と、眼下の世田谷通りを歩くサッカーファンのひとりが転んだ。雪に足をとられたようだ。派手に足を滑らせ後ろに転んだ青年は、突いた腕とじぶんの尻を必死にさすりながら飛び跳ねている。その様子をおなじ青のユニフォーム姿に身を包んだ男女たちが揶揄《からか》うように、みなでハイタッチをして盛りあがっている。と、またひとりが転んだ。

「あ、また転んだ」

「こっちも」

由里子と保は、言った。

「誰が転んだ？」

「サッカーの日本代表のユニフォームを着ている男」

「こっちはスーツを着た男。ＩＴ系かな」

「なんでＩＴ系ってわかるのよ」

「なんか、言いようのない軽薄な雰囲気」

携帯電話越しに、こん、としずかな音がきこえた。ホット珈琲でも飲んでいるのであろうか？　多分それは、窓辺かテーブルにコップを置いた音だった。

――保はどこの街から、窓の外を見ているのだろう。

ふたりはしばし、互いの窓の外の景色を見つめた。派手に尻もちをついた青年は、グループの男女たちと肩を組み合いながら、横断歩道を渡り消えていく。楽しそうだった。雑踏のなかへと姿を消す一群を見て、「平和だな」と由里子は思った。同時に、おなじ姿に身を包み、群れを成してまでなにかに熱中しようとする姿が、じぶんたちには絶対に歩めない人生だなとも。

「平和ね」

由里子は言う。保はそれについてはなにも答えなかった。

「東京の雪は、貧弱だよな」

「わたしたちの知っている雪が、険しすぎるだけよ」

由里子が答える。それ以上、会話はつづかなかった。

「とにかく今日の最後の曲がよかったから電話したんだ。デヴィッド・ボウイの――」

「チェンジズ」

「それだ。とにかく、また乗り切るさ」

「わかった」

「じゃあ」

「じゃあ」

闇夜の枝に立つ梟は、今日も声だけを残し、両眼を光らせ、姿さえ見せずに去って行く。残り香さえとうの昔に、どこかに捨ててきたように。


電話を切ると由里子は唇を噛んだ。去年のクリスマスイブ――新宿の歩道橋であの男が首を吊って死んでから、すべてが狂いだしている。由里子は窓硝子に映るじぶんを見つめた。闇夜を背景に、もうひとりのじぶんが語りかけているようだった。「新宿の首吊り自殺の件からすべてが狂ったわけじゃないじゃない」硝子のむこうのもうひとりのじぶんが、口角を嫌味に下げて笑いかけてきた気がした。

その通りだった。

とっくにわたしたちの道は、狂っている。


「おつかれさま」

いつものように、いつもの笑顔でみなに別れを告げる。と、スタッフのひとりが「このあとみんなで呑みに行くけど、行く?」と声をかけた。四十を超えた音楽マニアの里見《さとみ》だった。里見は子供がふたりは入っていそうな腹を突き出し、今日も笑いかける。

「行かないわよ。それより早く家に帰って奥さんの手料理食べてあげなさいよ」

「食べたあげくに、この腹よ」

「嘘つけ。結婚前からその腹じゃない」

「彼氏とでもデートか？」

「そうそう、三人いるから忙しくて」

「そっちこそ嘘つけ」

里見が笑う。その奥で片づけをしていたディレクターの金森が、やさしく由里子に手を振る。由里子も軽く手を振り返し、スタジオを出た。

「少しはなにか食べれば？」

代官山《だいかんやま》にあるアジアンダイナーで、金森は言った。今日は金森と食事に行く日だった。四人掛けの白いソファーに、向かい合い座る。目の前にはグリーンサラダ、生春巻き、タイ風エビトーストなどが並んだが、由里子は手をつけず、そのしなやかな右手はグラスを持つばかりだった。金森が心配するので、由里子は生ハムとパクチーが入った生春巻きを左手で摑むと、むしゃとかぶりついた。

「美味しい」

「ほんとかよ」

「ほんとよ」

由里子は鼻にしわを寄せて笑う。

「まったく……少しはさ、躰のこととか考えろよ。エビトーストも食べな。炭水化物もバランスよく摂らないと」

「父親みたいな言い方」

「能瀬を見てると言いたくもなるよ。よくもまあ、食べないでそこまで呑めるよ」

由里子は金森の優しい声を受けながら、通りかかった店員にぴょこんと頭を下げると、「すいません、ジンのロックをお代わりで」と小声で頼んだ。金森は苦笑いを浮かべ、ため息をつく。

「ほんとうによく呑むな。そんなに酒が好きか？」

「好きとか嫌いとかじゃないな」

「じゃあ、なに」

「素面《しらふ》でいられるほど、この世界はいい世界？　って思ってるだけよ」

「酒好きなじぶんを、名言風でごまかすなよ」

「すいません」

　由里子は無邪気さを纏《まと》った笑顔を見せる。金森はそれを見て、まるで「しかたがないな」とでも言うように、鼻で息をついた。

　由里子と金森は、月に一回は外で食事をする。

　数年前、いちどだけ寝た。それ以来、躰は結んでいない。金森はあの日のことは言わない。「どうして？」とも「なんであの日以外は」とも。

「あの話、どうする？」

　金森が問うた。

「──ああ」

　金森は先日、由里子にとある芸能プロダクションから誘いがあったことを告げた。ちいさな世田谷のローカルラジオでＤＪをはじめた由里子の評判は、ゆっくりと業界に広まった。涼し気な目とつんと空をむいた鼻は、彼女の美しさをよく映しだしていた。そして変幻自在に表情を変えるように見えるその口元も、彼女が人目につくひとつの要因であろうと、金森は思っていた。

　芸能プロダクションからの誘いは今回が初めてではない。週に一度、ＴＯＫＹＯ　ＦＭでディスクジョッキーを務めるようになってからは、この手の誘いが日常茶飯事になった。

「悪い話ではないと思うぞ。むこうは、能瀬がこだわってくれているうちの弱小ラジオ番組も、つづけていいって言ってくれているし」

「いいよ」

「それに——女優もやらせてみたいって言ってるんだ。能瀬には興味がないって一応は伝えたけど、それでも可能性があるのにもったいないって。喋りもここまでできるんだから、タレントでもいけるって。とにかく熱心なんだ。今回は業界でも大手のプロダクションだし、給与の条件も悪くない。いい話だと思うけど」

「嫌だって。断っておいてよ」

「……わかったよ」

金森はため息をつき、ぬるくなったビールを一口喉に通した。

「大体がさ、わたしはＦＭ世田谷だけでよかったのよ。ＴＯＫＹＯ ＦＭでって話も、金森さんたちがどうしても、って言うからはじめただけじゃん」

「まあ、うちのラジオ局の宣伝にもなるしさ、能瀬の将来を考えても、やっておくべきだと思ったんだよ」

「本音を言えばあのちいさなラジオブースで三軒茶屋のみなさま相手に喋っているほうが、わたしは幸せだったんですけど」

「わかった。断っておくから、もう一杯呑めよ」

「ありがとう」

由里子は少女のように、笑った。

「まったく……欲がないっていうか……」

金森は言うと、その後はとりとめのない会話をした。今後発売されるアーティストの新譜情報や、それぞれの観た映画の話。金森とは趣味が合う。音楽も映画も、本来の気質も。

周りから見れば、店内に点在するカップルそのものであったであろう。それほどふたりの雰囲気も、自然なものであった。

三時間ほど時を過ごし、ふたりは店を出た。

いつものように、ふたりは近くにある西郷山《さいごうやま》公園へと足を延ばした。様々なカフェや雑貨屋が立ち並ぶ、旧山手《やまて》通り沿いにあるこの公園は、ちいさいながらも丘があり、そこに立つと世田谷方面の景色が見渡せ、美しい場所であった。

由里子は雪の積もる公園を、すいすいと歩いて行った。

「ほんと、雪の上を歩くのがうまいな」

「そう？」

「北国出身か？」

「四国出身だって言ってるじゃん」

「そっか」

金森が雪に足をとられ、滑った。由里子は笑って、手を伸ばす。金森はその手を掴み、なんとか転ばずにすんだ。

「かっこわる」金森がばつが悪そうに言った。

「そこが金森さんのいいところじゃない？」

由里子が丘の上で優しく笑うと、金森が抱き寄せた。

由里子が思うより、つよく抱きしめられた。金森は、しずかに口づけをした。

抱き寄せられた躰は温かく、包まれるその感覚は、すべての苦しみも業も忘れられるのではないかと思った。金森の手が頬に触れる。まるで壊れやすい物を大切に扱うかのように、そっと包んだ。温かかった。が、由里子はそっと金森から唇を離した。

「どこか……行くか」

「やめとく」

「明日……休みだろ？　映画でも観に行くか。去年渋谷のシネクイントで、ヴィンセント・ギャロの『バッファロー’66』観てから行ってないだろ。ちょうどヴェンダースの新しいやつ、いまやってるし」

「明日、朝から親戚の叔母さんが家に来るのよ。東京観光したいっていうから、ちょっと面倒なんだけど、時間なくて」

「そっか」

金森はそっと、由里子の躰から離れた。

由里子は微笑んだ。

金森もその笑顔を見て、苦く笑い返す。

「飯、すこしは食えよ」

「わかってるわよ」

「心配になるんだよ」

由里子は「父親みたい」と再度笑い、丘の上から遠くを見つめた。

「昴《すばる》君、次はいつ帰ってくる？」

「来月。暦で連休があるから」

「そうか……レンタカーでも借りるから、海でも見に行くか」

「海は駄目駄目。あの子急に走り出すから危ないのよ。わたしも昴も泳げないし。でもありがとう。いつもみたいにのんびり過ごすよ」

「あまりひとりで背負わなくてもいいからな」

金森がしずかに、ぽつりと言った。

「なに？　いまもしかして格好つけた？」

由里子は笑う。

「うるせえ」顔を歪ませ、金森が照れたように言った。

国道二四六号線を歩き、閑静な住宅街がある路地を折れる。そこに金森が住む家がある。赤茶色の煉《れん》瓦《が》の外壁の一軒家。路地に立ち並ぶ家のなかでも、すこしだけおおきい。でも金森の性格同様に、偉ぶることはなく、玄関先に付けられた照明のせいか、温かく感じる。

「じゃあね」

「またおれが送られちゃったよ」

「そりゃ三軒茶屋方面に帰れば、この道順だし」

由里子は笑う。

と、金森の家の玄関の扉が開いた。五十歳を過ぎたあたりだろうか、寝間着に厚手のカーディガンを羽織った女性が忙しなく出てくる。

「うわ」

金森がばつが悪そうに顔をしかめた。

と、女性は満面の笑みに変わった。

「あら裕太」

「おふくろ」

金森は由里子に、どこか恥ずかしそうに言った。

「ああ……」

由里子は立ち止まり、背中を折り頭を下げる。金森の母親は手に持っていた青と黄色のプラスチックの籠を家の前に置くと、速足で近づいてきた。籠には「カン」「ビン」と記されている。近所のごみの集積所となっているようだった。

「お帰り」

「ただいま」

風呂を済ませたのか化粧っ気はないが、肌艶がよい女性だった。由里子は暗い地面に視線を下ろした。金森の母がどこか嬉しそうに、探るように金森の顔を見ているのがわかった。

「あ、ええと」

「能瀬さん？」

金森の母親は、口角を上げ由里子に尋ねる。

「はい……能瀬です。初めまして」

再度頭を下げると、母親も頭を下げる。元の姿勢に戻り、ふたりは視線を合わす。金森の母は、緊張を解くような優し気な笑みを浮かべていた。

「裕太からきいているわよ。ラジオ、一緒にやってくださっているんですって？」

「母さん」

金森がどうかその話はやめてくれと言わんばかりに、話の腰を折る。

「なに？　あなた女の子を送らずに先にじぶんの家に帰ってきてるの？　まったく」

母親は金森を見て言った。

「能瀬はひとりで帰るのが好きなんだよ。そりゃおれだって送るつもりはあるよ」

金森が頬を膨らませ言う。

「て言ったたってね」

母親は能瀬を見て、冗談めかした。その笑顔からは金森と通ずるものを感じた。他者への慈しみ。人間に対する情愛がこもっていた。

「上がっていって、って言いたいけど、突然じゃね。こんどご飯作っておくから、ゆっくり遊びに来てね。わたしもそのときは化粧をしておくから」

金森の母は由里子の目を見て言った。

「はい……ありがとうございます」

金森が「早く家に戻ってくれ」と母親に視線を投げる。母親は再度笑みを由里子に見せ、嬉しそうに歩を進ませ家のなかへ消えていった。

玄関先に付けられた薄い照明が、家全体を温かく包んでいる気がした。

由里子はしばし、その光景を見つめる。


「悪いな」

恥ずかしそうに金森が頭を掻く。

「ううん」

由里子は言った。やがていつものように別れの挨拶を交わし、ひとり歩いた。


自宅に帰る。新たな年になって一ヵ月ほど。窓際に置かれたシングルベッドの片方を見つめる。

「明日は布団でも干すか」由里子は一週間分の皺のついた片方の掛布団とシーツを見て覚悟を決めた。じぶんの寝床ではない、片方のシングルベッド。由里子は近づくと、布団を手に取り匂いを嗅いだ。二つ歳の離れた、弟の匂いがした。布団を三週間ほど干さなかったのも、無精したわけではない。弟、昴が部屋にいた痕跡を、そのままにしておきたかったからだ。

弟の昴は、自閉症という障害を持って生まれた。

生まれつきの病気だ。東京都から渡される『愛の手帳』には、心身障害者福祉センターが判定した、「第1種精神薄弱者《せいしんはくじゃくしゃ》」という文字が書かれている。精神薄弱者なんて嫌な言葉だが、偉い人が決めたのだから仕方がない。昴の場合は、字を書くことも、話すことも、お風呂にひとりで入ることも出来ない。

　IQは二十程度だそうで、自己決定も意思表示も非常に難しく、日常生活をおくるのに、常に誰かの介助が必要となる。トイレもひとりで済ますことは出来ず、姉のじぶんが付き添ってやらねばならなかった。ふたりでバスに乗れば、周りの人には「突然、訳もなく」と思われるであろうが、大声で奇声を発することもしょっちゅうだ。でも、そんなことはもうなにも気にならない。奇声を発したときの世間の恐怖の目も、街をふたりで歩いているとき、突然つないでいる手を弟が振りほどき走り出したときの世間の嘲笑の目も、そんな者たちへの感情はなにひとつない。ただ、共にいるときは昴の身の安全のことだけを考える。だから、周りの目はなにも気にならない。そんな感情は、寒い北海道のどこかに、幼いころに捨ててきたように思う。

　弟の昴は、二十五歳になる。いまは茨城県大洗町《おおあらいまち》にある障害者施設、「こころ実《み》学園」で暮らしている。ダウン症、重度の自閉症の者たちが入所し、先生方が二十四時間見てくれている。昴は廃油を利用して石鹼を作製する班や手芸班、食品班などがあるなか、地域の道路の掃除や花を植える作業もこなす農作業班に属し働いている。こころ実学園のよいところは、入所させると頻繁に会えなくなる他の施設も多いなか、盆暮れ正月、週末と連続する祝日、ゴールデンウイークなど世間一般でも長期と言われる休みの間は、保護者の元に子供を帰してくれるところだった。これが、由里子が愛する弟を学園に入所させる決意に至る、おおきな要因にもなった。

　今年のお正月も、昴とふたり、たいへんだが楽しい時間だった。由里子はお風呂場に目をやる。昴はお風呂が大好きだ。が、ひとりでお風呂から出ることはできない。こちらが「上がって」と言わなければ、湯が水に変わろうが、五時間でも六時間でも入ってしまう。だから昴が帰って入浴するときは、いつもドアの外で座って待つ。

「いー、いー」

と風呂に浸かりながら湯船のお湯を自らの手で掻きまわすのが好きだ。でもあまりにもおおきな声になると隣の部屋から苦情が来るので、時々「昴、もう少しちいさな声で」と声をかける。扉のむこうの昴は一瞬「……いー、いー」と声を抑えるが、また数秒後にはおおきな声に戻る。そして昴は、じぶんで躰をきちんと洗えない。これも彼が持つ特性の一部だ。だから二十五歳となるいまも、帰宅すれば由里子が洗う。さすがに男子の部分を洗うのは——などと甘いことは言っていられない。幼い頃からじぶんが風呂に入れることがほとんどだったから、今更弟の性器を見ようが洗おうが、なんとも思わない。「生意気に毛なんて生えやがって」そんな感覚だ。そして風呂から上がるときの儀式。昴は湯船に浸かり、姉の合図を待つ。

「はい、行くよー昴。せーの、一、二の三！」

言うと、昴は思いきり湯船に潜りじぶんのおでこを底に触れさすと、「ばー！」と湯から顔を出し酸素を吸う。なにがどう楽しいのか、いや、ある意味「やらなければいけない」という彼の強迫観念にも近いのだが、昴はこの儀式を三回繰り返し、ようやく上がってくれる。

トイレもなかなか大変だ。彼はトイレットペーパーを見ると、すべて流してしまう。だから昴がいるときは部屋のどこかに隠すのだが、なかなか勘が良く時々見つけてしまう。北海道のアパートでも、東京に越して住んだこのマンションでも、何度トイレを詰まらせたことか。だから昴が大きいのをしに行った時は、隠したトイレットペーパーをお尻を拭く分だけその都度取り、トイレの前で座って待つ。やがて「あー」と終わった声がきこえると、扉を開け紙を渡す。彼は帰宅時は興奮してほぼ寝ない。トイレに行く回数も多いので、夜中も何度もこの行為を繰り返す。そんなときはさすがに欠伸をしながら、トイレの前に座り舟を漕ぐこともある。

昴は幼い頃から、睡眠が細切れだった。頭のなかで絶えず気になることが巡っているのだろう。酷いときは五分すれば目を覚まし、数時間後にまた目をつむり――この繰り返し。ひとりで戻れぬのに勝手に家を出てしまうこともあったので、必然じぶんも起きていることが多かった。そんなとき、夜中にラジオを聴いていた。いまのようにテレビなど夜中にやっていなかったから。でもそのおかげで、いまラジオのディスクジョッキーがやれていると思う。

大変だが――この世でいちばん愛しい存在だ。

罪を犯したじぶんを、狂いゆくじぶんを、なんとかこの世に存在させてくれる。

「よし」

由里子は着ていた黒いセーターの袖をまくる。一気に弟が寝ていた掛布団のカバーとベッドのシーツを外す。枕カバーも取り顔を埋めると、生意気に汗臭い、青年男性の匂いがした。由里子はひとり、「おっさんくさ」と笑いシーツと一緒に丸めた。丸めながら、先ほど金森についた嘘を申し訳なく思った。叔母など来ないし、明日もひとりだ。

金森は――優しい。

昴とも何度か会わせた。普通障害のある子を見ると、どこか嫌悪感を示す人間も多いなか、金森はとても自然だった。金森といるときは、いちばん普通でいられる。じぶんが罪を犯していることさえ、忘れている時がある。

金森の母親を思い出す。幸せそうだった。彼女が戻っていった家は、照明に照らされ、ぼんやりと光っていた。

「これが普通の人生なのかな」

金森と顔を合わせ映画や音楽についてや仕事の愚痴を話していると、ふと思う瞬間がある。でもすぐに我に返る。今日金森が言った「あまりひとりで背負わなくてもいいからな」という言葉。揶揄ったが、うれしかった。が、すぐに思う。彼はわたしが、障害のある昴を見つづけていく将来を思って言ってくれている。だが、真実は違う。わたしには背負うものがある。それにそんな時、どうしても保の顔が浮かんでしまう。

由里子と昴に、父親はいない。

いや、この世に産み落とされたのだから存在はするのだろうが、名前も顔も知らない。一夜の情事なのか、形式上一応は付き合いがあったのかさえ知らぬが、とにかく母親の胎内に精子だけを残し去って行ったのだろう。会ったことさえないのだから、恨みのひとつも由里子は感じない。

母親の能瀬杏子《きょうこ》は——派手な女だった。北海道網走《あばしり》市のスナックで働き、屋根のあるアパートだけは子供たちふたりに用意してくれた。よく酒を呑み、笑い、泣き、男に抱かれる人だった。まだ昭和の時代だったから、自閉症という言葉も意味も、いまよりももっと世間から認知されていなかったので、それなりに母も苦労したと思う。

母、杏子は、一九八五年十二月三十一日から新年にかけて起きた「北斗流氷号バス事故」で死んだ。「昴は邪魔だから連れていけない」と母親は出来の悪いじぶんの妹に一万円を渡し弟を預けた。由里子はいまでも覚えている。深夜、バスの薄明りのなか、突如車体が左に傾くと回転しはじめた。がん、がん、がんと強烈な音が響き、大人たちが突然人形のように上に下に舞った。由里子はシートベルトをしていたので辛うじて躰は宙に浮かず、その代わりに修一とババ抜きをしている最中だったので、手に持っていたトランプのカードの何枚かが宙に飛んだ。

バスはやがて、崖を転がり落ち、動きを止めた。

シュー、シュー、と、車体のなにかが煙を吐き出す音がしていた。

横に傾きながら、「重いな」と思った。じぶんの躰の上には見ず知らずの大人が口を開け重なっていた。動かぬ男は頭頂部から赤い血を流し、それがじぶんのおでこから頬に垂れた。じぶんも頭が痛かったが、男の血と重なり、自らが血を流しているのかさえも判別ができなかった。

なんとか後ろをむくと、幾重にも折り重なった人間たちの真ん中あたりに、母親の手が見えた。ぴくり、とも動いていなかった。

あの時の感情を、由里子は忘れていない。

「お母さん」

いちどは、声に出して呼んだと思う。が、下品な、血よりも赤い躰の曲線を強調するニットのワンピースから伸びる母親の手を見て、頭をよぎった。

「――どうか、そのまま動かないでいてくれ」

と。

冷蔵庫を開け残り物の野菜をかき集め、塩と胡椒を振り、炒める。白いご飯と一緒に食べながら、洗濯機が止まるのを待つ。「昴はご飯を食べたかな？」「楠木保はご飯を食べたかな？」「いや、修一は食べたかな？」頭を巡らし、食べる。自然、楽しかったバスのなかの時間を思い出した。トランプを持ちながら、ババ抜きをしながら、小学六年生のじぶんが笑ってしていた会話を。

「ねえ？　流氷って見たことある？」

「ないんだ」

「実は、わたしも」

「流氷ってさ、どこから来るんだろ」

「シベリアから、って言ってた」

「きれいかな」

「きれいだよ」

「じゃあ、いつか一緒に見よう。流氷を」

「約束？」

「うん。約束」

「で、どのカードを取る？」

「ちょっと待って」

「待てないよ。だってわたしもう、早く修一君にジョーカーを引かせたくて仕方がないんだから——」


当たり前だが、わたしたちもずいぶん大人になったな、由里子は思う。ふいに、楠木保の顔が思い浮かんだ。「とにかく、ＯＮＥ ＤＡＹの最後の曲がよかったから。それを伝えたくて。デヴィッド・ボウイの……なんだっけ？」彼が電話で話した言葉を思い出す。由里子はしまったな、とじぶんを責めた。楠木保からカードは届いていなかったので、彼がラジオを聴いていないと思い、特に意味もなくあの曲をかけてしまった。

『チェンジズ』

変化していくことに苦悩する様を歌っている。それでも時はいつも流れ、待ってくれないと。あの歌を、楠木保はどんな思いで聴いたのだろう。

由里子は黙ってテーブルを見つめた。視線を上げる。窓際に立てかけた、一枚のトランプのカードを見る。古くて、よれて、それでも立っているカード。血のついたカード。すべての秘密を知っているカード。わたしたちだけの、たのしかった、トランプのカード——。

しずかに椅子を引き、立ち上がる。

テーブルのすぐそばにある窓辺に立つ。

ゆっくりとカーテンを引き、窓を開けた。

目の前を通る世田谷通り。通りを渡ったところにあるペットショップの前には、いつか楠木保が手を振った公衆電話ボックスがある。今日はただ蛍光灯に照らされた緑色の電話がしずかに、そこに佇んでいる。

楠木保は、いなかった。


由里子はもういちどテーブルに座り直す。冷めた野菜炒めを口に入れる。キャベツの芯をがりがりと噛み、飲みこむ。生きるために飲みこむ。日にちが経ち色もくすみ傷んでいたキャベツは、炒めたことで命の芽を吹き返す。由里子は彼をいつか、解き放ってやらなければならないと思った。逃げきれるだけ、逃げきって。そしてみなで流氷を見たのなら、そのときは、彼の名をつよく呼んであげたい、と思った。

楠木保なのか、釜利修一なのか、どの名かはわからないけれど。

*

新宿警察署刑事の真宮篤史は、帳場となる会議室の廊下に貼られた「新宿区余丁町　運輸省特別顧問　相沢誠彦氏銃撃事件　特別捜査本部」と書かれた看板を見つめていた。刑事は隠語でこの看板を戒名と呼ぶ。忙しなく署員が新宿署の廊下を走るなか、真宮は二度、三度、戒名を右に左にずらす。ようやく誰がどの方向から見てもまっすぐに戒名は立った。何事も初動が大切だ。最初の衝動を忘れては、犯人検挙への道は困難になる可能性がある。それほど事件解決とは、ちいさな事件ですら危うさを持つ。また戒名の位置を直すことくらいしか、いまのじぶんは役に立たないであろうと思った。

段ボールの箱を重ねた台車を押す若い署員が、廊下に立つ真宮に声をかける。

「真宮さん、これはどこに」

「ああ、給湯室の横にある第五会議室に入れておけ。あ、段ボールに詰めっぱなしで重ねるなよ。五箱分くらいは中身を出しておけ」

「はい」

捜査本部が立ち上がれば、泊まり込みの捜査員も増える。大量に買い込んだカップラーメンの段ボールを、若き署員は憎らし気に見つめ、真宮の言葉に息を切らしながら頷いた。

「領収書もらったか？」

「りょ、領収書？」

「馬鹿、新宿署で領収書切っとかないで誰が精算するんだ。おまえの給料から引くか？」

「勘弁してください」

「あとで隙見て、買った店に戻って領収書もらっとけ」

「はい」

大量の飲料水、簡易味噌汁などを何往復もして運んでいるであろう若き署員は、再び頷き、項垂れながらまた小走りで台車を押し去って行った。

真宮は戒名の掲げられた大会議室に入り、後ろに置かれたパイプ椅子を並べていく。警視庁捜査一課の面々が到着する前にすべて終えなければならない。若い署員たちに交じり椅子を運ぶ真宮は浮いているともいえたが、誰よりも手際よくそれを並べていく。現場から帰って来た捜査員のひとりが「真宮さん、やめてください。そんなの若い奴にやらせますから」と言ってきたが、真宮は手で制し、早く椅子に座っておけと促した。

真宮が動きつづけるのには訳があった。

今回の帳場で、じぶんは一線に出られないからだ。「新宿区余丁町　運輸省特別顧問　相沢誠彦氏銃撃事件　特別捜査本部」と戒名のついた帳場は、大規模なものとなる。

事件に大小はない、人の死に違いなどない――そう言いたいが、現実はそうはいかない。殺された被害者は運輸省の特別顧問を務める相沢誠彦だ。正式な議員バッジはつけていないとはいえ、政府の中枢で働く要人である。

また世間的にも相沢誠彦は良くも悪くも名の知れた男だった。否が応でも注目を浴びる事件。その第一線に、もうすぐ刑事を辞める人間を立たせるわけにはいかない。かといって人員は猫の手も借りたいほど欲しい。だから真宮は指示を受けなくとも、自らいちばんの後方部隊に立とうと思った。

これが最後の帳場となる――退職するまでの残り二ヵ月、他の刑事たちを支えることが、警察官として三十六年間勤めさせてもらった桜田門への最後の恩返しだと思った。


しばらくすると、大会議室に並べられた長テーブルに置かれた椅子は、召集を受けた捜査員でほぼ埋まった。新宿署署員、応援要請を受けた四谷《よつや》警察署署員、また左胸に「Ｓ１Ｓ　ｍｐｄ」と刻まれた赤バッジをつけた警視庁捜査一課の面々――一様にその表情は曇っていた。真宮は会議室の一番後ろのパイプ椅子に座りながら、顔を横にむける。日付が変わろうとする深夜だというのに、未だ会議室の窓のむこうには雪が舞っていた。

「雪の野郎が」

苛立ちを言葉にする捜査員の声がきこえた。

東京にしては珍しく降りつづいた大雪の日の犯行。きっと初動捜査は難航したであろう――真宮は思った。会議室に、警視庁刑事部長の駒田徹を先頭に、副本部長、事件主任官、捜査班運営主任官、広報担当官――総勢百名を超える特捜本部の陣頭指揮を執る面々が足早に歩を進め入ってくる。

一瞬、駒田と目があった。平時であれば今頃はこの特捜本部の目と鼻の先で紹興酒を呑みながらテーブルを挟み、つけ麺か広東麺でも流しこんでいただろう。真宮は背筋を正し、深々とこうべを垂れる。普段は友人といえども、いまは犯人検挙へと突き進む指揮官だ。他の刑事の目も考え、真宮はより礼を尽くした。

「起立！　礼！」

一斉に捜査員が立ち上がり、礼をする。重大事件特有の焦げるような緊張感が漂うなか、駒田を中心に話が進められる。初動の捜査報告は、真宮の予想通り、厳しいものであった。

まず相沢誠彦が銃撃された場所が問題だった。新宿区余丁町は、区こそ新宿ではあるが、歌舞伎町やデパート街からは距離があり印象も真逆な土地だ。駅で言えば旧フジテレビ本社のあった都営地下鉄新宿線曙橋《あけぼのばし》駅の方が新宿駅よりも近く、観光客や買い物客はほとんど存在しない、古くから住む者の多い下町の風情が漂う町だ。しかも相沢が何者かに銃弾を受けたのは普段から人気の少ない路地裏であった。その路地裏には数年前に廃業した豆腐屋が一軒存在するだけで商売店舗もなく、木造アパート、古い一軒家が軒を連ねるだけで、極めて人通りが少ない。

「相沢誠彦が襲われた時刻の午後二時ごろは、まさにこれから吹雪になるのではというほど雪が風に乗り暴れているときでありました。ただでさえ人通りの少ない路地には人っ子ひとり存在せず、銃撃現場を見た者、歩く相沢を見た者、挙動不審な者を見た者、犯人らしき者を見た者――目撃者は初動では皆無です」

起立した刑事が述べる。

「相沢が殺害前に訪れたという法律事務所には、なんの用があって行ったんだ」

別の刑事が立つ。

「はい。相沢誠彦は月にいちどほど、矢内《やない》法律事務所を訪れるそうです。代表の矢内彰《あきら》は弁護士で、相沢は古くからの顧客だそうです。矢内に話を訊いたところ、今日も特別な話はなにもなかったと。相沢は常に訴訟案件を多々抱えている男で、はじめの十分ほどこそ業務の話をするものの、そののちは相沢の武勇伝や現在の自慢話などを肴にお茶を飲む、いわば世間話をしに来訪していたそうです」

「運転手は」

「相沢の運転手は、銃撃された余丁町の現場から徒歩十分ほどのところにある、靖国《やすくに》通り沿いに車を止め待機していました。矢内法律事務所に行くときはいつもおなじとのことです。今日は午後一時五分ごろに相沢は下車し、運転手の携帯電話には午後一時五十六分、『いまから戻る』と相沢から連絡が入っています。ですが電話があってからなかなか戻ってこないことを心配し、路地裏にむかった運転手が倒れている相沢を発見したと」

「死亡推定時刻は」

「彼が運転手に電話を入れた午後一時五十六分から発見された午後二時十分の間と推定されます」

駒田が短く息を吐く音が、会議室に響く。

「あれはどうなんだ。駅や街にある監視カメラは」

「防犯カメラのことでしょうか」

「どっちだっていい！　それで追えないのか」

「いま映像を繋がせている最中です。ですがとにかく雪なもので……雪国と違って東京都民は不慣れなので、皆ほとんど傘をさしています。どこまで期待できるか」

前方に座る本庁の面々が苛立つのがわかった。

「足痕《ゲソこん》はどうなってる」

「雪でほとんど消えました。路地裏で相沢誠彦を撃った後、犯人はおそらく靖国通りへと逃走していると思われます。しかも犯人は雪の上に足痕が残ることを回避するためか、殺害現場から『まるで蟹が歩くように』横をむき、後ろ足の靴の側面を引きずり立ち去った可能性があるのでは、と鑑識から報告を受けました。よって足痕から靴のメーカー及び購入場所を特定し、人物を割り出すのは難しいかと」

「大通りに出たら出たで、大人数の足痕に紛れ、後はぐしゃぐしゃと溶けるだけ。しかもまだ雪は降ってやがる。さらに積もって足痕は消えていく」

警視庁捜査一課の刑事が呟いた言葉が、会議室に広がった。

「……犯人像は」

ここに関しては、少なからず想定できるものはあった。

会議室全体に、緊張が走る。

ひとりの男が、ゆっくりと立ち上がった。

警視庁公安部の刑事だった。

本庁から来た捜査一課の面々は、露骨に嫌悪感を眉根に浮かべる。が、そんなことは眼中にも入らぬほど冷静に、公安部の刑事が説明した。

「まず、運輸省特別顧問の相沢誠彦は、左胸の心臓、首の左側頸動脈に一発ずつ被弾し死亡しています。その他に撃たれた痕跡はありません。正確に二発急所を狙い仕留めるというのは並大抵のことではないです。要は犯人は、銃に慣れた人間、そうなるとまず目星をつけねばならぬのは、『友國塾《ゆうこくじゅく》』ではないか、と」

一同が息を呑む。

「友國塾」は戦後に立ち上げられた日本有数の右翼団体であった。最大三千人の構成員を持ったといわれるこの団体は、指定暴力団との繋がりもつよい。その友國塾代表の半藤《はんどう》秋冬《しゅうとう》を、最近相沢誠彦は有名月刊誌などを使って糾弾していた。昨年発売された月刊誌にも「戦後を代表するフィクサー　友國塾代表半藤秋冬がもたらした日本経済の墜落」というおおきな記事が掲載されたが、そこに相沢の寄稿も載った。が、実情は相沢誠彦が月刊誌に企画を持ちこみ書かせたのでは？　という噂がもっぱらのようであった。

　暴力団系右翼団体のトップに喧嘩を売る――相沢にどんな勝算があったのかは分からぬが、襲撃を受ける充分な理由にはなる。暴対法が立ち上がり、彼らは昔よりは大人しい。が、それは獣の牙を国が、法で無理やり押さえこんでいるうちだけだ。彼らは、いつだって血が滾《たぎ》っている。疎外され、端を歩いてきた人間たちの最後の矜持に触れれば、彼らはいつだって牙をむく。二〇〇〇年になり数は減ってはいるが、いまだ任侠の世界には殺しを専門とするヒットマンが存在する。古参の刑事の共通認識は、「暴力団の必須の仕事は、まずヒットマンを作ること」である。それはなにより、組の親の矜持を守ることになるからである。相沢誠彦の急所を二ヵ所正確に撃ち抜いている状況からも、友國塾と事件の関連は捜査の最重要案件に指定された。が、相沢誠彦も仕事上、敵の少なくない人間だった。捜査員には、友國塾関連以外にも相沢に恨みを持っていた者の捜査が命じられた。

　会議も終盤、割り当てが発表され、ざわざわと声が響き一同が席を移るなか、真宮の隣の椅子に誰かが座る音がきこえた。

　香下だった。

「おつかれさま……す」

　です、なのか、っす、なのか語尾の判断のつかぬ挨拶をし、香下は明らかに不機嫌そうに、捜査員たちが互いにペアを組む刑事と名刺交換をしている様を憎らし気に見つめる。

香下に真宮が声をかけた。

「どうした」

「真宮さんと組むそうです」香下はぶっきらぼうに答えた。

「おまえがおれと？」

「ええ――なんかおれ、上に目つけられることしましたかね？」

通常捜査本部が立ち上がると、所轄の刑事と本庁捜査一課の刑事がペアを組むことになる。理由は単純で、事件現場付近に地の利がある所轄刑事と本庁捜査一課の刑事を組ませることで、事件解決にむけ有利に働かせるためだ。確かに所轄の刑事同士が組むことは多くはないが、単純に奇数になり香下があぶれ、じぶんと組むことになったのであろうと真宮は思った。

「いや、誤解しないでください。真宮さんと組むのが嫌という訳ではないんです。真宮さんが本来であれば最前線に行っているのはわかっていますから。ただ、なんか上から期待されていないのかとか、嫌われているのかなとか色々考えてしまって――」

きっと半分は当たっているのだろう。だがここで議論してもなににもならない。

「深く考えるな。事件が事件だ、現場も余裕がない。すこし時間が経っても状況が変わらなければ、おれから本庁と組ませるように言ってやる」

「ありがとうございます」

香下はばつが悪そうに、真宮に頭を下げる。

「香水はつけるな」

「ボディークリームです」

香下は返しながら、本庁捜査一課の刑事が胸につける赤バッジを遠くから見つめた。

三日目の夜、ようやく一時帰宅を許された真宮は、新宿駅からＪＲ山手線に乗る。たった一駅分の車窓から流れる景色を、真宮はドアの横に立ち見つめる。

何十年、このちいさな窓からの景色を見つめつづけたであろうか？

まだ一軒家が多かった景色はマンションの群れに変わった。ビルに掲げられた看板も、大手企業の広告から怪しげな健康食品や探偵事務所の広告に様変わりしている。でも唯一変わらないのは、いつだってこの車窓の景色が、自らの時を後方に流していくことだけだ。——諸行無常。眺める景色も、一秒たりともおなじではない。

新大久保駅で下車し、通りを歩く。二年後に控えた日韓ワールドカップの影響か、最近では大久保通りも観光客目当ての店が増えた。ラブホテルが点在するため立ちんぼと呼ばれる娼婦の多いこの街も、すこしずつ変わろうとしている。

前方で通りに立っている中年が真宮に頭を下げた。十年ほど前に真宮が挙げた覚醒剤の売人だった。男は薄汚れた衣服に身を包み、パチンコ屋の宣伝看板を両手に持ち立っていた。「どうも」と頭をぴょこんと下げたときに見せた目には、決して感謝の念は込められていない。真宮は人混みのなか看板を持ち立ちつづける自らの不運を、まるで「おまえのせいだ」と言われている気がした。地の底にいるのは、おまえのせいだと。

大久保通りから裏道に入り、立ち止まる。まっすぐ歩いていけば、自らの家がある。真宮は長年連れ添ったベージュ色のトレンチコートのポケットから、携帯電話をとる。妻に電話をした。

「おつかれさま」

沙世子の声がきこえる。

「いまから戻る」

「ご苦労様。お風呂温めておくわ」

「おふくろは——変わらないか」

「大丈夫よ。安心して」

母の世話をしつづけてくれる妻に、ひたすらに申し訳なく思った。


自宅に戻り、その足は真っ先に母の部屋に行く。

畳の上に置かれたベッドの上で、母は眠っていた。八十五歳になった母の腕はか細く、布団から出ていた。母ひとり、子ひとりで育ってきた。この腕で母は子を抱き、育ててくれた。細く皺だらけになった母の腕が、悲しかった。

母はすこし眉間に皺を寄せ、口を開けていた。はあ、はあ、と彼女が漏らす寝息をきいていると、介護老人ホームを探すじぶんが、自らが検挙したどの犯罪者よりも悪党に感じた。

真宮はそっと母の腕を布団のなかへと戻すと、その身をリビングへ移した。


妻の沙世子が風呂を用意してくれていた。久方ぶりの温かい風呂で命を洗い、寝間着に着替える。翌朝までは自宅待機となったので、真宮は居間のテーブルにつく。着慣れた寝間着が、疲れた躰を癒した。沙世子が缶ビールと漬物を運んでくれる。「ありがとう」と礼を言うと、真宮はすぐさまプルトップを引き上げ、それを喉に流した。

「どう？」沙世子が座り、問うてきた。

「駄目だな。まだなにも出てこない」

「そう……」

事件の目撃者はいまだ現れず、首相が相沢誠彦への哀悼の意を表したことで、より事件はセンセーショナルに報道された。特別捜査本部が置かれた新宿警察署の署内には、明らかに苛立ちがつのっていた。

「とにかく無理はしないで」

妻の言葉にうなずき、白菜の漬物をがりっと嚙んだ。

「陽栄ホーム、見学の予約日が取れたわよ」

「ほんとか」

思わず真宮は声をおおきくする。

「三週間後の日曜日。あなた、行ける？」

「……なんとかする」

真宮は安堵に包まれた。

楠木保という青年が作った老人ホーム。その日だけは他の捜査員には申し訳ないが、数時間抜けさせてもらい、陽栄ホームを見学しに行こう、真宮は思った。

「じゃ、お風呂入ってくるわ」

妻がやわらかな笑みを浮かべ去ると、入れ替わるように階段を下る足音がきこえた。娘の也哉子だった。也哉子は「あ、お父さん帰ってたんだ」と言うと、冷蔵庫からペットボトルの飲料水を取り、テーブルについた。

「どうだ、仕事は？」

「パソコンを弄ってばっかり、とか言わないでよ」

也哉子が笑う。

「いや、もう言わん。我が署の若い捜査員も、地図を広げる暇があったらパソコンだそうだ」

「だから言ってるじゃん。もう調べものは図書館へ行く時代じゃないんだから」

真宮はばつが悪い思いで、ちびりとビールを胃に入れる。

ふと、香下と也哉子が同年代だったな、と気づいた。真宮は警視庁捜査一課の刑事と組まされず不貞腐れた香下の話題をだす。と、也哉子は宙に目線を移すと、「わかるような気もするわ」と言った。

「わかるか」

「わかるというか、その彼の場合、完璧に嫉妬だと思う」

「嫉妬」

「そう。本庁刑事さんへの、嫉妬」

なるほど。そういえば香下は憎らし気に、本庁捜査一課だけが胸につける赤バッジを見つめていた。「S1S　mpd」と金文字が刻まれた赤バッジ。「選ばれし捜査第一課員　警視庁」の意味だ。

「香下さんって、わたしと同い年なんでしょ？　ってことは今年二十七歳だから、昭和四十八年生まれになるわけ。このあたりの生まれは、結構きついのよ」

「どうして」

「単純にさ、第二次ベビーブーム生まれなわけじゃん。お父さんたち第一次ベビーブームって言われる団塊の世代から一斉に生まれたから、団塊ジュニアなんて呼ばれてさ、とにかく子供の人数が多かったわけよ。学校のクラスだって、いまと違って七クラスくらいあるところもあったし」

「つまり、なにが言いたい」

「つまり、競争原理のなかで生きてきたわけ。単純に人数も多いし、時代もバブルで景気が良かったから」

「なるほどな」

真宮は也哉子の意見に妙に納得した。自らも若いころは、本庁の刑事を異質の者として見ていたことはある。が、それは主に憧れと敬意からだった。むしろ負けるものか、と闘志を燃やしたものだったが、香下は違う。そもそも生存競争に敗れたという卑屈な思いもあるのだろうか。それは刑事としても、生き方としてもいらぬことだと真宮は思うも、もう刑事を辞める身だ。口うるさくなにかを伝えるよりしずかに去ろう——真宮はひとり思った。

「お父さん」

「ん？」

　也哉子がテーブルを見つめていた視線をそっと上げた。

「実はさ、さっきちょっと、おばあちゃんが暴れちゃって」

「え？」

「——通帳をお母さんが隠してるって、急に妄想をしだして。そのとき、ちょっとお母さんの胸を叩きだしちゃってね。偶然手が、お母さんの顔に当たっちゃって」

「あいつは」

「鼻血がでちゃって。お父さんには言うなって言われてたんだけど」

「そうか」

　真宮は押し黙った。妻にも、母にも、娘にも、すまないと思った。

「そういうことがあったってこと。あとそのときわたし、おばあちゃんを止めようと思って、すこしつよく躰を押さえちゃったよ」

「仕方がない。おまえに……怪我はなかったか？」

「全然。でももうすこし、お母さんを助けてあげてよ。わたしも働いてるから……お母さんのことそんなにフォローできないし」

「……ああ」

「お休み」

　娘は自室へ戻って行った。

力なく二本目の缶ビールを開け、呑んだ。と、携帯電話が鳴る。

表示画面には新宿署の番号が記されていた。

なにか進展があったか――真宮は急いで電話に出る。

「真宮です」

「帰宅中に申し訳ない。鑑識係の矢田部だ」

「なんだ――どうした」

鑑識係の人間から携帯電話に連絡が入るのは珍しい。思わず真宮は気の抜けた声を漏らした。

「いやね、会議室を覗いたら、今日は一時帰宅してるっていうから。ビールでも呑んでいるんじゃないかと思って、その邪魔だよ」

矢田部はくすくすと笑った。

「どうした、なにか進展はあったか」

「ああ。明日正式に書類がそっちにもまわると思うが、凶器となった拳銃はトカレフで間違いがない。首を貫通した銃弾から判明した」

「……トカレフか」

真宮は矢田部の報告をきき、「厄介だな」と思った。

トカレフは平成に入ってから、日本にもっとも違法流通した拳銃である。一時期は新宿歌舞伎町の街中でも平然と、違法薬物をさばくイラン人の売人が、薬と同様トカレフを扱っていた。特別な銃でないことが、また捜査を難しくさせるだろう。

「でもトカレフで……よく急所を撃ち抜けたな」

「それはわたしも思うよ」

トカレフは、決して正確性の高い拳銃ではなかった。その銃で相手の急所、心臓と頸動脈に命中させているということは、やはり拳銃の扱いに慣れた、暴力団のなかでも限られた人間である可能性が高くなってくる。

「いや、すまん。本題はこっちではなくてね」

矢田部がすまなそうに切り出した。

「覚えてるだろ？　ほら、去年あった新宿駅前の歩道橋で起きた首吊り自殺」

「――ああ」

矢田部には申し訳がないが、またその話か、と真宮は一瞬思った。

「その遺体のジャンパーのポケットの奥に硝子片のような物があって、科捜研に出したじゃないか」

「ああ、そんなこともあったな」

たしか……黒く美しい硝子のような破片だったはずだ。

「覚えてるよ。結果が出たのか」

「うん。それが、おもしろい結果が出て。いや、おもしろいなどと言っては、自殺した彼には申し訳ないのだが」

「早く言えよ。あの硝子片はなんだったんだ？」

「――石だよ」

「石？」

真宮は思わず訊き直した。

「ああ。黒曜石《こくようせき》という名の石だ。そんなに街中に転がってる石ではない。わりと珍しい」

矢田部の口調は鑑識係特有の、珍しい証拠を発見したときの高揚感を滲ませていた。

「……黒曜石」

「なんでそんな物の破片がポケットの奥に詰まっていたのか、それはわからないけどな」

「その石は……鋭いのかな」

「ああ。ナイフに使われることもある。まあ、いまや鑑賞品としての用途がほとんどだが。なにかあるのか？」

「いや――」

　真宮の記憶に、なにかが引っかかったような気がした。石。石というキーワードが、かつてあった気がするのだ。

「まあ、名もなき自殺者の遺品だけどな。わかったから、真宮さんには伝えておこうと思って。――どんなことでもいい。じぶんが関わった事件は、気になることがあればなんでも報告してくれ。それが真宮さんの流儀だろ？」

　矢田部も相沢誠彦銃撃事件の捜査で家にも帰れていないだろう。軽口を叩き、ふと笑った。

「報告してくれてありがとう」

「とんでもない」

「あの――」

　矢田部が電話を切ろうとした刹那、真宮は呼び止める。

「なんだ？」

「いや、つまらんことを訊くかもしれないが――その、黒曜石というのは、どこで採れる物なんだ？」

「ああ……日本各地で採れると言っちゃ採れるが、主な産地は信州長野県、和田峠《わだとうげ》、霧《きり》ヶ峰《みね》や八《やつ》ヶ岳《たけ》。それに静岡県ってところかな。まあ、日本は火山国だから産地は広いと言えば広いんだけど。それでもいちばん多いのは……」

「多いのは？」

「北海道だね」

「……北海道」

「ああ、北海道がどうかしたか？」

「いや……なんでもない」

真宮はしずかに礼を言い、電話を切る。携帯電話をテーブルの上に置き、ぬるくなった缶ビールを呑んだ。なにかが、頭をよぎっていた。ふと、陽栄ホームを設立した楠木保の、戸籍を変える前の本当の名前はなんであっただろうと思った。

「う、うん」

顔をしかめ、いちどおおきく喉を鳴らす。

なぜだろう。

魚など食していないのに、喉元に一本小骨が刺さっている気がした。

第三章

石。石のような物。

真宮はひとり呟きながら、自室をうろうろと歩いた。右手の指は自然、彼のこめかみを叩く。まるで側頭葉に刺激を与えるかのような、真宮が思考するときの癖だった。

深夜二時。階下で眠る妻と母、おなじ二階にいる娘を起こさぬよう、そっと押入れを開ける。何段も積んだ段ボールを真宮は見つめた。〈手帳　記載用紙〉と黒いマジックで走り書きされた段ボールだった。昨年、早期退職を決めてからゆっくりと準備をしはじめた。新宿署で長年共にしたじぶんのデスクの引き出し、机上にある物を少しずつ自宅へ持ち帰っていた。それは新宿署以外の、三十年以上勤めた他の勤務署の物も含まれていた。

桜の代紋が刻まれた、茶色い警察手帳。警察手帳には恒久用紙と呼ばれる白紙の頁《ページ》が存在するが、刑事は普通そこには書きこまない。署から支給される記載用紙という紙の束にメモを書き、それを手帳に差しこめるようになっている。

「捨てようか」とも思った。が、手帳がまだ捨てるなと訴えてくる気がした。いや、自らの苦悩と執念を誰よりも知っている、己の分身のような手帳の中身を手放すことができなかった。

ゆっくりと、段ボールに触れながら真宮は考えた。

なにをじぶんは気にしているのか。

なにが訴えかけてきているのか。

喉元に刺さった一本の疑問は、なんの小骨なのか——。

石しかなかった。

石。石。真宮は呟く。鑑識係の矢田部に尋ねられた言葉を思い出す。

「刑事を辞めることに後悔はないのかい？」

「ないと言っちゃないし、あると言ったらある」

——そうだ。未解決事件なんだ。

真宮の脳裏には過去三十年以上の未解決事件が映像のようによぎった。

一九八一年、昭和五十六年の三月から六月に起きた「新宿歌舞伎町ラブホテル連続殺人事件」。歌舞伎町内の三軒のラブホテルで、三人の女性が絞殺された。いずれも三十代とおぼしき若い男が女性とふたりホテルへ入った後、殺害し姿を消している。

また一九八二年、昭和五十七年に起きた「新宿歌舞伎町ディスコナンパ殺傷事件」。新宿で若い男に声をかけられた女子中学生ふたりがドライブに誘われ、千葉県内でひとりが首を切られ死亡、もう一名は殴られた後に首を絞められ失神するも一命をとりとめた。生き残った女性が気を失った間に姿を消した若い男は、その後の懸命の捜査でも見つけることができずに行方をくらまし、時効をむかえた。一九九〇年、平成二年「警視庁独身寮爆破事件」。

……いや、そんなでかいヤマじゃない。真宮は自らの思考を否定した。

もっとあるはずだ。誰からも忘れられてしまうような、どこにでもある事件。

「石だ。石なんだよ。いや、石のような物……」

真宮の右手がぴくりと動いた。触れていた段ボールを急いで降ろす。所狭しと押し込まれていたそれを乱雑に床に置いていく。

ひとつの薄茶色のよれた段ボールが、左の奥、いちばん下に残った。真宮は薄く口を開けしずかに呼吸すると、ゆっくりと奥に手を伸ばす。〈手帳　記載用紙〉とマジックで書かれた文字の下には、〈１９９０〜１９９３〉と年が記されている。

　ゆっくりと、その箱を両手でとった。

　床に降ろし、封をしたガムテープを指先ではがす。つん、と紙の束の匂いがする。幾重にも詰め込まれた記載用紙を取り出していく。自らが書き記したペンの匂いが数々の事件を思い起こさせる気がした。

「石」はどこにあるのだろう？　が、大量の記載用紙を床に放りだしながら、真宮は言いようのない自信にあふれていた。

　——むこうから、来る。

　そう信じた。事件解決は一瞬の積み重ねだ。諸行無常ともいえる。一秒たりともおなじ景色は存在せず、時は流れる。が、流れた新しい一秒にも、その手前と先には過去と未来が常にまとわりつく。安易だと思われていた事件が解決に至らぬときもあれば、逆に困難を極め迷宮に入りこんだ事件でも、思わぬ一手から犯人検挙に至るときがある。真宮は長年の刑事生活で確信にちかい考えがあった。いや、昭和の刑事にはそれしかなかった。

　集中するように鼻で呼吸を繰り返し、真宮は一束を手に取った。微かに視界に入る文字が、「思いだせ」と語りかけてくるような気がした。

　急いで束を両手で持つ。蛇のようにうねる自らの文字を、老眼鏡越しに目を細め見つめる。

〈木内博也　四十二歳　タブロイド系雑誌『筆の逆襲』記者〉

〈新宿歌舞伎町ラブホテル街の路地裏で、首頸動脈を一突きで刺され死亡〉

〈目撃者なし〉

〈後ろから羽交い締めに？　容疑者の指紋なし〉

〈防犯カメラなし〉

〈鑑識ぽつりと。「凶器はナイフに間違いはないと思うが、石を削った物かなあ。石のような物。いや、そんな面倒なものは使わないか」。鑑識の気のせいか？〉

「これだ」

真宮は呟いた。

――一九九三年。サッカーJリーグが開幕した年。新宿区歌舞伎町の路地裏で殺人事件が起きた。殺された被害者の名は木内《きうち》博也《ひろや》、四十二歳。隔月刊誌『筆の逆襲』の記者として働いていた男性だった。

「これだ。この事件なんだよ」

確か被害者となった木内博也さん自身、調べれば調べるほど悪評だらけの人間であった。特に借財が酷かった。彼が勤めていた『筆の逆襲』という雑誌社の編集長兼社長も、西麻布にある薄汚れた雑居ビルにはいった編集所で、「あいつはいつ殺されてもおかしくなかったよ。殺されて悲しんでるのは、金貸していた奴だけさ」と顔を歪め話していた。木内は会社からも三百万ほどの借金をしていたという。が、それは彼の借金のごく一部で、仕事関係者、女性、都内に縄ばりを張るトイチを超える闇金業者など四方八方に手を出し金を借りていた。

「ま、悪い記者ではなかったけどな」

確か編集長は煙草片手に煙を卑屈に吐き、そんな印象を語ったような気がする。

だが、徐々に事件は闇夜に消えていった。それほどに狂乱のバブルの匂いを残した不夜城新宿では、歌舞伎町で身持ちの悪い男がひとり死ぬことくらい、どうということではなかったのだ。

そんなとき――鑑識係が言ったのだ。自らが書き残した記載用紙によれば、事件発生から四ヵ月後の四月。新宿御苑の桜が春を告げたころに、新宿署の喫煙所で彼は言った。

「いや、真宮。凶器はナイフに間違いないとは思うが、石を削った物のような気もするんだよな。おそらく犯人は後ろから被害者を羽交い締めにして右手を前方に回し、一突きで前から刺している。刺すと言うより押しこんでいるような様子があるんだよ。これが珍しい。普通は犯罪者とはいえ、そう人を刺す経験などないし恐怖もあるからな、刺した後になんども深く刺そうと思ってうまくはいかず、ぎざぎざとした切り口になる。が、この犯人は――一切の躊躇がない。いわば刺す、相手を殺めるということに迷いと苦しみがない気がするんだ」

そう紫煙を宙に揺らしながら言ったのは、ベテラン鑑識係の大前《おおまえ》喜《き》一《いち》さんだ。大前さんの最後の言葉が気になったのか、時に放置されくしゃくしゃと乾いた記載用紙には、最後の一文としてこう結ばれていた。

――石。石のような物。気のせいかもしれんが。

――とにかく犯人は、プロの匂いがするよな。なあ、真宮。

「なあ、真宮。どう思う？」

すでに定年してしばらくたったはずの、大前さんの声がきこえた気がした。

*

「おい」

新宿警察署内にある道場。普段は柔道や剣道の訓練に使われる畳の上には、何十体もの署員が布団を敷き横になっていた。

窓の外はまだ日も昇らぬ、午前三時。眠る者、目を閉じながら眠れぬ者、天井を睨みつける者。真宮の靴下からは底冷えが伝わる。微かに街のネオンを映しこむ道場の空気はどこか淀《よど》み、運輸省特別顧問、相沢誠彦氏銃撃事件の捜査の難航状態を伝えていた。何十人もの寝息と苦悩が渦巻くなか、目的の人物の位置はすぐにわかった。

「おい、起きろ」

真宮はすこしだけ声を響かせ、足の指先で香下の背中を突いた。

「な、なんすか」

暗闇で携帯電話の光を顔半分に浴びながら、驚いたように香下は顔を上げた。

「いいから、ちょっと来い」

真宮が足音を忍ばせるように道場を出ると、灰色のジャージ姿のまま肩をすぼめ、香下は後につづく。署の廊下の寒さが身に染みるのか、彼は小刻みに唇を震わせていた。真宮はただ前を歩き、やがて自動販売機のそばにある長椅子に座った。

脇には、床に置かれ縦に伸びた簡易灰皿があった。

「……失礼します」

香下がすこし距離を開け、真宮の横に座る。その顔は理由も告げられぬまま夜半に床を出されたことへの困惑と不満を浮かべていた。

「あの、なんですか」

真宮は答えず、円柱形に伸びる灰色の灰皿を見つめていた。

「真宮さん、煙草吸いましたっけ」

しびれを切らしたように香下が尋ねると、「昔はな」と真宮は答える。

「いや、ちょっとね。昔ここで鑑識の人と話したことを思い出してさ。大前さんっていうんだ」

真宮がそう口にしたのは、香下が両手に息を吹きかけこすり、ようやく躰が温まってきた頃だった。

「そうなんすか」

「優秀な方だったけどな。定年退職してすぐにがんで亡くなった。皮肉なもんだ」

簡易灰皿に視線を送り語る真宮を見て、香下は「失礼します」と頭を下げると、ジャージのポケットからくしゃくしゃになった赤のマルボロを取りだし、一本に火をつけた。

「おまえは――」

「はい」

「なんで警察官になったんだ」

真宮は香下を見た。

「え？」

「理由くらいあるだろう」

「ああ……」

しばし香下は考え、耳の上まで伸びた髪の毛をとかすように指先で掻きあげ、視線を床に落とした。

「ま、争いに負けたんでしょうね」

「争いに負けた」

「ええ。じぶん、中学受験に失敗したんですよ。これでも小学校のころは出来が良くて、成績もトップクラスだったんです。そうしたら学校の先生も親も勘違いしちゃったんですかね。じぶんではこのまま近所の公立中学へ進むんだろうな、と思ってたんですけど中学受験することになって」

「いわゆる有名私立中学か」

「そうです。ＯＢに政治家とか企業の創業者とか輩出してる、都内の有名私立です。合格間違いない成績だったはずが、いざ試験の日に――緊張したんでしょうね。あまりにも学校が大きくて、綺麗で。付属の小学生見てもなんか高貴な制服着ているし、背負ってるランドセルもじぶんらとは違う本革だし。なんか金持ちって一発でわかる雰囲気の子供ばっかりなんですよ。それでいざ試験がはじまったら、急にお腹が痛くなっちゃって。その調子で三つの学校全部落ちましてね。で、結局地元の公立中学へ」

「高校は」

「そのまま挫折したんでしょうね。全然勉強に身が入らなくなって。で、親の期待に応えられず家から近い高校へ行って、無名の大学行ったところでもちろん一流企業なんて入れないし、世間からもいいって言われる、名の知れた就職先なんて無理ですからね。だったら安定する警察官かな、と。言葉は悪いですけど、消去法でしたね。自衛隊なんてきついし、周りからの見た目もよくないし」

「なるほどな」

真宮は娘の也哉子が言った「わたしたちの世代は競争原理のなかで生きてきた」という言葉を思い出した。

競争などどの世代でもある事だと思うが、彼らが育ってきた時代はまさにバブル全盛期だ。じぶんたちのように戦時中に生まれ、その後の復興を目にし、ある意味昭和の良さを感じながら〝生きる〟ということに勢いがあった時代とは違う。どんなブランドのなにを着ているのか、どこに住んでいるのか、どこの学校なのか、家は金持ちなのか、そうではないのか——自己を確立するうえで常に「周りからの評価」を気にする。

二〇〇〇年という新時代をむかえたいま、真宮はあらためて娘たちの育った時代を感じた。

「だから警視庁本部から来た人間を見ると腹が立つんすよ。胸に特別な赤いバッジなんてつけて、なにエリートぶっているんだよって。無性に腹が立つんです」

「だからか、おまえが最初おれに食ってかかってきたのは」

「は？」

「あれだよ。やくざもんの件。手なんか出してないのに、そうしたってことにした」

「すみませんでした……どうしても手柄が欲しかったんです。認められないと上に行けないし」

香下は短くなった煙草を、灰皿の汚れた水のなかへぽちゃん、と落とした。

「真宮さんはどうして刑事に？」

「おれは簡単だ。親父が戦争で亡くなって、片親でおふくろが女手一つで育ててくれたから、すこしでも早く楽にしてやりたくてな。で、おまえさんみたいに消去法で選択肢をしぼれるほど出来は良くなかったから、就ける職に飛びついた」

「そうですか。なんか、いいっすね、シンプルで」

香下が見せた自虐的な微笑みにつられ、真宮もすこし笑った。

香下はちら、と真宮の横顔を見た。

「真宮さんは、どうなったんですか？」

「なにがだ」

「いや——退職の件。課の刑事が話していたんで。ほんとうに辞めるのかって」

「ああ……ようやく正式に受理されたよ。四月いっぱいで退職だ」

「そうですか。なんか寂しくなるな。あんま話す人もいないし」

香下は本音だったのか、唇を軽く嚙んだ。

「おまえは出世したいのか」

「え？」

「認められて上に行きたいって言ったじゃないか」

「そりゃ、まあ。しいて言えば、同窓会で友達からすごいな、って言われるくらいにはなりたいですよ。最近じぶんより地頭が悪かった奴がやれ『海外勤務になった』とか『ヘッドハンティングされそうだ』とか言ってるんで。そいつらに一泡吹かせたくて」

香下は迷いなく言った。

「でもなんなんですかいったい？　夜中に叩き起こしてじぶんの生い立ちを訊きたいわけじゃないですよね？」

「まあな。いや、一個だけ確認をしようと思ってな。おまえがこの組織で上に行きたいのか」

「だから……ありますよ」

真宮は念のため、辺りに視線を送った。

署に張りついている新聞、テレビ局の番記者たちも、姿は見えない。

「なら、おれに付き合え」

「え？　相沢の事件に関することですか？」

「いや、まださっぱりわからん」

「は？　なんすかそれ」

「実はある未解決事件なんだ」

「はあ」

「暴力団対策法が施行されたばかりの平成五年。歌舞伎町でひとりの男が殺された。そいつはタブロイド系の雑誌記者で、木内博也という」

「ええ」

「いまとなっては考えられないだろうが、当時は街に防犯カメラなどほぼ設置されていなくてな。犯行現場周辺はラブホテル街で、聞き込みをしようにもそこにいた人物たちは訳ありのカップル、自らの躰を金に換える立ちんぼばかりで、みな口を開く前に姿を消した。十二月の寒い冬の夜のことだった。結局容疑者の影すらつかめぬまま、不夜城の迷路に入り込み署員にも忘れられた事件だ」

「はい」

浄瑠璃のように語る真宮の顔を、香下は見つめた。

「そこで犯行に使われた凶器が、石を削った物の可能性があってな。最近……ある自殺者のポケットからもおなじような石が見つかったんだ。その現場に——とある青年がいてな」

真宮は長椅子から立ち上がると、両手を上げ伸びをし、コートの襟を正した。

「まあ、無駄足になるかもしれんが。喉元に一本、小骨が刺さっているんだよ」

「小骨？」

「ああ。黒曜石という石だ。それに北海道。真冬のプロのような犯行——なにか繋がりがあるかもしれん」

「真宮さん？」

「いいから顔洗って着替えて、好きなボディークリームでも躰に塗ってこい」

「はい？」

「無駄足かもしれんが。退職前に最後の務めだよ。まあ、おまえが出世がしたいというなら、無駄な動きじゃない」

「動き、ですか？」

「釣りに出かけるんだよ。この世界で出世したいのなら、一に組織への従順さ、二に昇任試験を受けつづけること、でも結局は三なんだよ」

「三ってなんですか」

ゆっくりと歩きだした真宮の背に問うと、灰色の新宿署の廊下に響くような低い声で、

「でかい魚を釣ること」

ときこえてきた。香下はサンダルの踵をぱたぱたと鳴らし、横に並ぶ。と、真宮は二つ折りの携帯

電話を開く。

「こんな時間に誰に電話ですか？」

「どんなに出世しても、心根が刑事な奴は眠れないもんなんだよ。特におおきな事件が解決しないときはな」とボタンを押した。すぐに相手は「どうした」と電話に出た。真宮の相手は相沢誠彦銃撃事件特別捜査本部の陣頭指揮を執る、警視庁刑事部長の駒田徹だった。

「真宮だ」

「わかってるよ。なんだ」

真宮が一呼吸置くと、駒田はなにかを察したのか黙った。

「ちょっと本部の動きから逸れていいか？」

駒田はなにも答えない。

「どの道退職する四月まで、この帳場で雑用だ。雑用がふたりくらい減っても、なんとかなるだろ？」

駒田はようやく、「用件にもよるな」としずかに言った。

「小骨が喉に刺さっていてね。取り除くのに、じぶんの手だけじゃ取れないんだ。帳場でおれと組まされてる眉毛の細い刑事がいるから、そいつを連れてな、すこし医者巡りだよ」

眉毛が細いってなんすか、と香下は苛立ち呟く。が、真宮はしずかに灰色の廊下に視線をおろしながら歩いていた。

「小骨は確かなのか」

通話口から駒田の声がきこえた。

「ああ、それは間違いなく刺さってる」

「餌は」

駒田の声が香下にも届いた。

「餌なんてないよ。でも――」

「でも？」

「餌なんてつけなくても、ときどきおおきな魚がむこうからやってくる。それが事件だろ」

言うと、やはりしずかな声で、「許可する」という警視庁刑事部長の声が香下にもきこえた。

*

一九九二年。平成四年。

もうすぐ日付が変わるというのに、街は赤、青、黄、紫、月よりも明るいネオンがあたりを照らしつづけている。

客たちの高級外車が次々と店の前で停まり、店の黒服がドアを開ける。芸能人、財界人、若き経営者――生きる自信を隠さない男たちが地へと降りてくる。黒服は一礼するとゲストをビルディングのなかへと導く。自ら運転してきた者の車は、店専属の駐車係が運転席に代わりに乗り込み、駐車場まで運んでいく。

いっぽう、帰宅の途につく男たちは煌びやかな女性に見送られ、車へと乗りこんでいった。

東京都中央区銀座八丁目。バブルの泡はちいさくなったが未だこの街は今夜も人々に夢と狂乱を与えることに勤しんでいた。

「インターネットの時代になるよ」

楠木保が言われたのは、十七歳のときだった。銀座八丁目にあるクラブ「フォースフロア」。生ピアノが客の気持ちをもてなし、座り心地の良いソファーが並ぶテーブル席から、奥まった場所にあるバーカウンター。蝶ネクタイに白いジャケットで身を包み、バーカウンターで山崎のオンザロックを作っていた楠木保は、客の淀川真治《よどがわしんじ》にそう言われた。そのとき楠木保は、まだ釜利修一という名前だった。

「釜利君はさ、なにがしたいの？」

「それは将来、ってことですよね」

突然の問いにも戸惑わず、釜利修一はしずかに答えた。

「そう。さすが機転がきくな」

薄い照明に照らされながら、カウンターで淀川は微笑んだ。五十代半ばで大手電話会社に勤める淀川は、じぶんの正面で器用にバカラのグラスに氷をからん、と入れる釜利修一を見つめる。

「――将来ですか」

修一はしずかに言いながら、一重の鋭い目を横にむかせ、グラスにウイスキーを注ぐ。

「もうすこしうまく淀川さんのお酒を作れるようになるくらいですかね？」

一杯幾らの勘定ではない、ひとり座れば最低三十万円はする店のカウンターで茶褐色の液体を数センチ注ぎ終わり、修一は薄い笑みを浮かべながら言った。淀川の前に店の名が刻まれたコースターを差し出し、重みのあるグラスを置く。釜利修一は淀川がいつも通り、山崎のオンザロックを一口胃の腑に落としたら煙草に火をつけるだろうと、さりげなくちいさな灰皿を差し出した。

「ありがとう。ほんとうに君は気が利くな。とても十八歳には思えない。大人びているというか。わたしの息子にも爪の垢を煎じて飲ませたいくらいだ」

淀川が笑いながら煙草に火をつけた。

「いえ」

釜利修一は店にも客にも十八歳と言っていたが、戸籍上の彼はまだ十七歳だった。年齢を偽ることは簡単であったし、必要でもあった。

　前年に「持ち歩ける電話」が誕生したばかりの激動の世の夜は、まだまやかしが蔓延《はびこ》っていた。いや、真実など必要はなかった。むしろまやかせばまやかすほど、東京という夜の街に紛れ生き抜けることを、釜利修一は肌で感じていた。昨年、並木通りで拾われるようにこの職を得た修一は、身に染みてそのことがわかっていた。隠れるように、でも目は見開いてこの街で生き抜いていくためには、正確な履歴書など必要はない。いや、いざとなれば身分を証明できる戸籍抄本さえあれば、なんとでも生きていける。

「駄目よ、淀川さん。修ちゃんを引き抜こうったって」

　御年六十歳をむかえるとは思えぬ妖艶さを見せる、オーナーママの順子《じゅんこ》が笑顔を見せながら淀川の横に座る。修一は軽く頭を垂れ、しずかにもうひとつ灰皿を差し出す。

　ママが金色に輝くデュポンのライターを開ける、かちん、という音がきこえた。

「別に引き抜こうってわけじゃないよ、ママ」

「そうかしら」

　淀川の落ち着いた笑みに、順子も笑みで返す。

「いや、久しぶりに重しのある子だなと思ってね」

「重し？」

　順子はカウンターの脇に立つもうひとりのベテランバーテンダーから冷や水を受け取ると、ぐっと飲み干し淀川を見る。

「そう。重し。最近の若い社員はどうにも骨がなくてね。仕事への打ち込み方も、挨拶も、人間としての基礎がどうしても軽くてね。軽率ささえ感じるんだ。こうなると国に対してとか、どうしてもおおきな仕事に加えるのが危うくてね。はっきり言えば育てるのに時間はかかりそうだし、果たして育つのかなという疑問さえある。そんなときに釜利君を見ているとね、感じるんだよ。彼が重しのある人間だと」

淀川が空けたグラスをそっと前に置くと、修一は恐縮した表情を見せながらウイスキーを注ぐ。

「いやね、これはこちらが勝手に思っているだけなんだけれども、彼にその気があるのなら、うちの系列会社にでもどうかなと思ってね。推薦くらいはできるから」

やっぱり引き抜きじゃない、と順子が言うと、

「じぶんは、学がありませんから。高校にすら進学していませんし」

修一が答える。と、淀川は薄い笑みをたたえながらも真剣に、まだあどけなさが残る少年の顔を見た。

「大検、受けるんだろ？」

一瞬、修一は黙った。

「――ええ」

「それはつまり、いつかはきちんとした企業に就職したい、そういうことなんじゃないのかい？」

ちょっと、きちんとってどういうこと、ここは銀座でも三本の指に入る老舗よ、と順子がわざと睨みを利かす。淀川は「わかっていますよ、ママ」と温和な表情でいなした。

修一はグラスを磨きつづけた。

「――そういう意味ではありません」

「なら、どうして」

「好奇心……のようなものです。中学しか出ていないじぶんが、どこまで出来るのかと」

そうか――と淀川は言った。

「ずいぶん修ちゃんにご熱心ね。でもほんと、この子を店から引き抜いたら、あそこに座ってる銀座

一の女豹が鬼に変わるわよ」

順子が首を後ろに回した。

そこは淀川が先ほどまで座っていたテーブル席であった。自由党法務大臣の大西渉《おおにしわたる》を中心に、日本最大手の広告代理店「電空」役員の面々、日本有数の不動産ディベロッパー「四菱地所」「四菱商事」役員などが坐するなか、ひときわ目を引くひとりの女性が座っていた。

他のホステスのなか、弱冠二十四歳でフォースフロアのナンバーワンを張りつづける——涼子《りょうこ》だった。涼子は大西大臣の右横に坐し、純白のドレスでしなやかな身を包む。大西に場の空気は支配させながら、その目はしずかに大西を見つめ、かつその他の面々の細かな機微さえ感じとるようであった。

「ほんとだね。涼子ママに嫌われちゃ、こちらの仕事が進まん。損なだけだ」

娘ほど年の離れた美しい涼子の横顔を見て、淀川が笑った。

「まあ釜利君、君のファンは多い。大検に合格して、それなりの大学を卒業してもし——という気持ちになったらいつでも相談してくれ。君のような若者には、チャンスがあるべきだと思うから」

淀川は言うと、ぽんぽん、と自らの頬を軽く叩き、「戻りますか、ママ」と順子に言った。

「そうよ。あなたもやるべきお仕事がまだ残っているでしょ？」

よし、と淀川は言いながら背筋を正し順子と席を立つ。

と、テーブル席から男がひとりやってきた。スーツの下に着た白シャツの襟元のボタンを外し、ネクタイを緩めている四《よ》ツ木《ぎ》幸一郎《こういちろう》だった。いかにも遊び人風情を漂わせる四ツ木は、不思議とシャツのボタンを外していても、この高級店に恥じぬ上品さは醸しだしている。

が、その背中は明らかに不機嫌で、どん、と音を立てるようにバーカウンターのチェアに座ってきた。

「酒くれ」

低い声がきこえた。

四ツ木幸一郎、四十九歳。彼は財閥である四菱商事創業者、四ツ木大吉《だいきち》の玄孫《げんそん》にあたる御曹司だった。いまは四菱グループの子会社の社長をしている。

「四ツ木ちゃん、ほら、さぼってないで戻るわよ」順子がたしなめると、

「いいよ。やるべきことはやっただろ。おれにしちゃ、行儀よくやったつもりだ」

顔を歪め、すこし後ろを振り返ると、涼子の横に鎮座する大西法務大臣を見た。

「くだらねえ狸爺の太鼓は持ってやっただろ」

四ツ木は、醜い狸のように肥えた大西大臣の様を揶揄し笑った。

「まあまあ、四ツ木さん。席に戻ろうよ」

淀川が四ツ木の機嫌を戻そうと、優しく声をかける。

「勘弁ですよ、淀さん。あんたたちはお国やらに法改正で借りはあるだろうけど、うちはないからね。あんな利権とじぶんの政治生命しか考えていない狸には、愛想笑いは一時間まで」

「愛想笑いすらしてないでしょ、四ツ木ちゃんは。仏頂面で睨むようにお酒呑んでるだけじゃない」

長年の付き合いである順子が揶揄う。

「おれにとっちゃあ、仏頂面が政治家に対する最高級の愛想笑いだよ。おい、いいから酒くれ」

ちら、と順子が修一に視線を送る。「気をつけろ」というメッセージの視線だ。四ツ木幸一郎は酒癖が悪かった。いや、良いときもある。が、なにが引き金になるのかはわからぬのだが、日や時間帯によって粗暴になるときがある。

今日は明白だった。大西渉との会合に同席させられているのが不満を通り越して不愉快なのだ。

彼は権威を嫌う節があった。平日の夜のほとんどは銀座のクラブを渡り、たいがいはひとりで席に

座る。一軒に居座る時間も短く、ホステスを口説くこともない。会話も遊び人特有のユーモアを交え、上品で人気だ。店には高級シャンパンをはじめなんでも躊躇なく入れて、呑み干していく。が――四ツ木の機嫌を損ねると、面倒なことは銀座中が認識していた。ホステスではなく、客に絡むのだ。他のテーブル、同席者、誰かが四ツ木の苛立ちに触れた瞬間、彼は品の良い御曹司ではなくなる。

いま、その目をしていた。順子は修一に送った目線を四ツ木に戻し、落ち着かせるため偽りの笑顔を見せる。

「四ツ木ちゃん、行くよ」

「……くだらねえよなあ」

四ツ木がつぶやく。

「見てみろよ。この店の客を。政治家、大手企業役員、テレビ局局員、作家――みんなじぶんが地球を回してるって顔《つら》してる。勘違いするなよ、みっともねえ」

順子の隣に立つ淀川の顔が曇った。

四ツ木の発言の原因は、彼の出自に由来するのかもしれない。

四ツ木幸一郎は日本を代表する財閥の血を受け継いでいるが、本体の子ではなかった。母親は四ツ木財閥本家の四ツ木与《よ》一郎《いちろう》の愛人であり、いわば妾の子だった。彼はそれを隠すこともひけらかすこともしない。妾の子とはいえ四ツ木家のなかでもきちんと扱われつづけ、幼稚舎から大学へとすべて付属の学校へ通い、本妻の子供たちとも差別されることもなく子会社の社長を務めている。ただ、彼はどこかじぶんを嫌っていた。

「そんなこと言っても四ツ木ちゃんも一緒でしょ。こうして毎日銀座の住人になっているんだから」

「おれは違う。おれは敢えて金を散財してるだけだ。裕福な暮らしをしていること、すべて家から受け継いでいることを、これでも恥じてるからな。おれにはそこの崇高さはあるのさ」

店の客を横目で見つめる四ツ木に、修一がそっと尋ねた。

「なんのお酒になさいますか」

順子は一瞬にして目尻をあげ、修一を睨んだ。四ツ木は自らに意見するように口を挟んできた少年に、ゆっくりと視線を送った。

「なに？」

「なにになさいましょうか」

淀川が息を呑むのがわかった。

完全に四ツ木の目が据わりはじめた。

「いまおれが喋ってるんだよ」

「わかっております」

バーカウンターを隔てたわずかな距離で、四ツ木と修一の間に言いようのない緊張感が走る。その冷えているようで、いまにも爆発してしまいそうな熱量が一気に店内に広がる。ふたりの会話はきこえないが、大西大臣の隣に鎮座する涼子が、後ろの席でまず異変に気がついた。涼子の射るような視線に、店のホステス、客たちが順を追って対峙する二匹の男たちを見た。

「――この店でいちばん安い酒はなんだ」

四ツ木がつぶやく。「はい？」と修一は問うた。

四ツ木は一枚板の茶色いカウンターから、ゆっくりとその目を少年にむける。

「この店でいちばん安い酒はなんだ、と訊いてる」

「焼酎ですかね」

四ツ木は修一の答えをきくと、皮肉交じりに鼻で笑った。

「焼酎か。いいじゃないか。労働者の酒だよ。気取った店で気取ったつもりで呑んでる一流かぶれの連中にはぴったりだ」

生ピアノがやみ、四ツ木の声がしずかに店内に充満した。

「客にひとりずつ、焼酎のボトルを出してやってくれ」

四ツ木ちゃん、順子がちいさくつよい口調で諌める。

だが、四ツ木は修一だけを見ていた。

「ひとり、二本ずつだ。わかったか、少年」

店内にいる全員がふたりを注視する。

常連たちも、新参者のホステスもみな感じていた——四ツ木がそろそろ爆発したがっていることを。ある者は「その機会を与えるな」と願い、また別の者は「すぐさま詫びを入れろ」と幼さを残した少年に目をむける。

順子は状況を全身で感じながら「わかっているわね」と念を込めた視線を四ツ木に気がつかれぬよう修一に送る。店の誰もが四ツ木幸一郎に「愚行はやめろ」と言いたかった。

が、誰ひとり、彼に物申せない。理由は簡単で、四ツ木が日本を代表する企業の御曹司だからだ。法務大臣である大西でさえ、無粋な意見は四ツ木にしないようにしているほどなのだ。

客たちがざわつくなか、ただひとり大西大臣の横に座る涼子だけが、凛とした背筋さえも微動だにさせず釜利修一を見つめていた。瞬きもせずしずかに見つめる視線は誰よりも美しく、また得も言われぬ迫力があった。自らが拾ってきた釜利修一を信じる——いや、試すような、そんな瞳だった。

「きこえてるのか？」

「できません」

みなの視線を集めるなか、修一が言った。

「なんでだ」

「お客様のご迷惑になるかもしれませんから。みなさん、それぞれお好きなお酒を呑まれているでしょうから」

「……そうか」

修一の言葉を受け、四ツ木はしずかに顎を下げた。そして古参のバーテンダーに視線を移した。

「それ取れ」

「え？」

「それだ」

四ツ木は力感なく人差し指でバーテンダーの背後を指す。橙色の薄い照明が灯るなか、高級酒とグラスなどが置かれている棚。そのいちばん下に存在する円柱形の銀の筒を指さしている。氷を入れるアイスペールだった。

「焼酎も出せ。二本」

バーテンダーが、普段は表に出していない焼酎のボトルを棚のなかからおずおずと出す。薄ベージュ色の陶器でできたそれが二本と、店でいちばんおおきなアイスペールがカウンターに置かれる。四ツ木は慣れた手つきで注ぎ口のカバーを外すと、ぽん、と音を立てて焼酎のコルクを抜いた。

「飲め」

四ツ木は瞬きもせず、修一を見て言った。修一は黙って、四ツ木を見つめた。

「客に出せないなら、おまえが飲め。飲んでいいよ」

順子は安堵の表情を見せた。

「よかったじゃない、修ちゃん。頂きなさい。焼酎は安酒だ、なんて馬鹿にするお客さんも多いけど、ロックで呑むと鼻に抜けていく香りがなんとも――」

「ちがうよ」

四ツ木は言った。と、氷が入っていないがらんどうのアイスペールに、四ツ木は焼酎のボトルの中身を注いだ。一本、一・八リットル。じゃぼじゃぼと音を立てながら、左右の手に持った二本の壺の中身を入れていく。

あっという間に、四リットルちかくのアルコールが空のアイスペールに注がれた。

「誰が味わって呑めと言った。飲みこむんだよ」

生ピアノの演奏を失った店内に、しずかな四ツ木の言葉だけが放たれる。

「おまえは客のおれがやれと言ったことをやらなかった。責任取れ」

「四ツ木さん、戻ろう」年下の四ツ木に淀川が真剣に言った。

「四ツ木ちゃん、いい加減になさい。いくらなんでもこんな量飲んだら死んじゃうわよ。修ちゃんいくつだっけ？　十九？　二十歳《はたち》？　どっちにしろわたしたちみたいにお酒に慣れてないんだから」順子が言う。だが、四ツ木は釜利修一だけを見ていた。

「淀さんに気に入られて妙な空気入れられたのか、涼子のお気に入りだから調子に乗ってるのか知らないが、なめるなよ。この店でこの酒をいくらで出してる。おそらく一本五万だ。おれは客に二本ずつ出せと言った。合計四百万だ。それをおまえはバーテンダー風情のくせに生意気言って、一秒でゼロ円にしたんだ。だからおまえが責任とれ。それが社会だ」

順子はため息をつき、「謝りなさい、修一」と言った。誰もが店の長である順子の言葉で修一が謝り、場がおさまると思った。

その時だった。

「――失礼します」

修一は薄く伸びた一重瞼の目を瞬きさせることもなく、アイスペールをしずかに持った。

両手で挟み込み、口をつけ、飲みこんでいく。

「やめなさい！」

順子が叫ぶように叱るが、修一はやめない。まるで水を飲みこむように、アルコール度数二十五度の酒を胃の腑に落としていく。客たちもまるで見世物小屋にでも来たかのように立ち上がり、騒然とした様子で場を見つめた。やがて修一は、二本分の焼酎を飲み干した。

「……ご馳走になりました。生意気を言って……たいへん失礼いたしました」

修一は青ざめた顔で四ツ木に言った。息を必死に抑えようとしながらもぜえぜえと、肺が誰かに助けを求めるように呼吸を漏らしていた。

が、修一は倒れそうになる躰を必死に踏ん張り、まるで睨むように、四ツ木を見た。

「はい、終わりましょう」

四ツ木の背後からしずかな声がきこえた。

涼子だった。

「ショーは終了。四ツ木さんも満足したでしょ？」

四ツ木が修一を見る顔には先ほどと違って動揺が見えた。

まさか二十歳にも満たぬどこの出かもわからぬ少年が、じぶんが売った喧嘩を買うとは思っていなかった。

当然、詫びるだろうと思っていた。

「……ちっ」

心の揺れを隠すように四ツ木が舌を打つ。

涼子は数秒、じっと少年を見つめた。そして、表情ひとつ動かさぬまま修一の頬を思いきり平手で叩《はた》いた。

店が水を打ったように静まりかえる。

「お客さまに、もういちどきちんと謝りなさい」

「――すみませんでした」

修一はいまにも倒れそうになるのを堪えながら、唾を飲み、頭を下げ、四ツ木に詫びた。直後、とうとう躰が自らを支えきれなくなったのか、ぐわんと片膝が折れ崩れ落ちそうになった。

「その子ん家《ち》に帰して。役に立たないから。白タク呼んでやってちょうだい」

「いいです。働けます」

「帰りなさい」

涼子は睨んで言い、近づいてきたボーイに帰すようにしずかに言った。

修一は頭を下げ、歩きだす。

「さあ、四ツ木さん。お金使いたいんでしょ？　この愚行のお詫びはすべてのホステスにピンクのドンペリ二本ずつでいいかしら？　それくらい格好つけられるわよね？」

甘く刺すような香水の香りを漂わせながら、涼子は四ツ木の頬に顔を寄せ言った。

「……勝手にしろ」

「いただきました」

涼子は敢えてしずかにホールの客たちに振り返ると、一夜のまやかしの劇が終わったかのように薄い笑みを浮かべた。

まるで幕を下ろすような涼子の振る舞いに応えるように、生ピアノが演奏を再開する。四ツ木は不機嫌さを残したまま淀川とともに席へと戻った。

修一は必死にひとり歩き、カウンターをよろめきそうな足取りで去って行く。

その後ろ姿を射るように、涼子は見つめた。

「やりすぎよ。死ぬわよ」

午前四時、明け方の東京都港区白金《しろかね》。

芸能人や起業家と言われる人種が好むように通う、通称プラチナ通り——東京という大都会のなかでどこか異国を思わせる、しずけさと煌びやかさを共存させた通りからほど近い、坂を上りきったところにある高級マンション。

そのなかの家賃五十二万円の一室が、フォースフロアでナンバーワンを張りつづける涼子の塒《ねぐら》だった。涼子は帰宅しリビングに入ると、まとっていた純白のドレスを脱ぎ部屋着に着替え、修一にそう言い放った。

修一は黙って目を閉じ、白く長いソファーに仰向けになっていた。

「ああ」

数秒だったか、数十秒か、ようやくちいさく修一は答えた。その時にはもう、涼子は留めていたピンをすべて外し、束ねていた長い髪をくしゃくしゃと手で梳《と》かし下ろしていた。

涼子はちらと、目を閉じ横たわる少年の横顔を見た。

「大丈夫」

「ああ」

「ちゃんと吐けた」

「ああ」

修一の答えを確認すると、涼子は裸足でフローリングを蹴るように歩き、冷蔵庫へむかった。炭酸水を取り出すとぐいと飲みこむ。

「珍しいじゃない。あなたが目立つことするなんて」

涼子が修一を見て言う。その視線を感じ、修一は深いため息をつくと、ようやくソファーから躰を起こし座った。が、右手で自らの両のこめかみを押さえ、呼吸を整えるように首を垂れていた。

「――あの手の人種を見て、思わず腹が立っただけだよ。悪かった」

「そ」

涼子はそれ以上なにも言わず、向かいのソファーに座る。

着替えたジャージ姿で足を組み、窓の外を見つめる。

涼子の住む白金の高級マンションのおおきな窓からは、東京タワーが見える。涼子は煙草に火をつけ煙を吐く。きつめのメンソールの紫煙が暗闇のなか光る赤色のタワーにまといつくように上った。ようやく修一はゆっくりと顔を上げ、涼子の吐く煙に囲まれたタワーをぼんやりと見つめた。

「アフターだったの」

修一が呟くように問う。

「そう。大西大臣はご機嫌で公用車で帰ったわ。だから誰かさんのせいで不機嫌になったお坊ちゃんと淀川さんとね、ワインバーに行って帰ってきた」

「お坊ちゃん……ああ、四ツ木さんのことか」

「彼以外誰がいるのよ。日本一自由な悪童御曹司じゃない」

修一はふ、とだけ短く笑うと、ふたたびこめかみを右手で押さえ顔を下げる。

「悪かった、と謝っといてくれって四ツ木さんが言ってたわ。あの少年にって」

「そう」

「明日店に来ると思うわよ。で、あなたのいるバーカウンターにも座ると思うわ。〝悪かったな〟って、短く詫びを入れるために。あの人は愚行はするけど歳も立場も関係なく人間には対等なタイプだから。そこがお坊ちゃんのいいところだけど」

「そうなんだ」

涼子は修一を見ながら、「それを知っていて、あんな無茶をやったんじゃないの?」とは言わなかった。涼子はなおも修一を見つめる。こめかみを押さえて項垂れ、必死に四リットルの焼酎で灼けた喉と躰の痛みを我慢する少年を。「ねえ? わざとでしょ。わざと四ツ木の愚行を受け入れるようなことをして、なにかがあるのでしょ?」とも訊かなかった。

いや——釜利修一にはそういった類の疑問を言わせぬところがあった。

店では十八歳と言わせているが、ほんとうは十七歳の少年。じぶんよりも年下の少年。涼子も店では二十四歳と称していたが、ほんとうは二十一歳だった。

バブルの匂いが微かにのこる東京、銀座。この街では若くサバを読むより足した方が説得力を増す。だから涼子は並木通りで捨て犬を拾うように手を差し伸べた修一に、「年齢を上に偽るよう」指示した。彼はしずかに、「わかった」とだけ言った。

釜利修一はしばらくすると、涼子に自らの戸籍抄本を見せた。一九七五年生まれのまだ十六歳だった。「これしかじぶんを証明するものがなくて、すまないけど」彼は言った。「いいわよ、そんなの」涼子は言った。

涼子自身がそうであった。山陰の田舎で生まれ、中学もまともに通っていない。そこから太陽を追いかけるように東に上った。名古屋——大阪と渡り歩き、夜の街の住人となった。十六歳で東京に辿り着くと、「ここだ」と思った。

学もなく、コネもないじぶんがこの先生き抜くには、このまやかしの街しかないと。じぶんが摑める太陽は、街のネオンしかないのだ——そう悟った。田舎でも地方でもなく、巨大な東京という街でのし上がるしかないと。

だから、釜利修一という少年にも詳しいことなど訊かない。

彼になにがあったのか、どんな風に生き抜いてきたのか。

そんなことは訊かない。いや——それを訊かせぬ雰囲気があった。野暮な質問をさせぬなにかが、年下の少年にはあった。身長は百七十センチほどか。あどけなさを残しながら、心はどこか大人びている。どこにでもいる顔に見えるのに、なにか惹かれる——寂しさと影を同居させたような面様《おもよう》をしている。とにかく、不思議な少年だった。

「インターネットって?」

修一の声がきこえた。

「え?」

「〝これからはインターネットの時代になる〟って淀川さんが言っていたんだけど、あれはなに?」

「ああ……それが、これになるみたい。いずれね」

涼子は修一の横に置かれた細く縦長の携帯電話を指さすと、こんどは指で宙に正方形の図を描いた。修一は眉根に皺をよせた。

「どういうこと?」

「その持ち歩ける電話が、去年から世の中にも普及しだしたでしょ? いずれそれを進化させて、携帯電話自体がパソコンみたいになるんだって。いや、携帯電話とパソコンがつながる、って言ってたかな」

「これが、パソコンとつながる?」

「そう。近いうちにパソコンが一部の企業だけでなくあたりまえに家庭にある時代になるって淀川さんが言ってたわ。いや違う、〝する〟って言ってた。あんなかちゃかちゃうるさい音を立てる邪魔な機械がほんとうに? って訊いたら、パソコン自体ももっとノートのように薄くなって、見た目もよくなって、一般人も手が出る価格になるって。で、近い将来、その携帯電話自体がパソコンに代わる物になるので、というお願いよ。大西大臣に対してね」

　淀川が勤める日本最大級の大手電話会社、ＮＢＳは、日本電信電話公社の民営化によって誕生した巨大企業だった。

「なんかそれに関することをインターネット、って呼んでいたかな。まあ、社会を変えるほどの動きのときには、あの人たちは政治家を避けられないから。法改正やらいろいろ、変えてもらわなければならないし」

「たいへんだな」

「なにもよ。現に大西大臣、そうか、そうか、って満面の笑みだったわ。だってむこうが頼み事してくるんだから、リターンも求めやすいじゃない。近くまた選挙があるらしくて、じぶんのパーティー券の話してたわよ。要は、買えってこと。一企業に対して一千万円かららしいわ。魑魅魍魎《ちみもうりょう》ね、あの狸爺。で、四ツ木さんはその席に巻き込まれていたから、余計に腹を立てていたってわけ」

「なるほど」

「いずれ携帯電話でいろいろな物が楽しめるんだって。信じられないけどね。ゲームとか、テレビとか、ニュースとか」

「ニュース？」

　修一がしずかに涼子を見た。

「そう。過去も含めて、新聞の記事も携帯電話で読めるようになると思うって語っていたわ。要は過去も未来の情報もすべてこのちいさな機械のなかに、っていうお話みたい。夢みたいだけど、現にあれだけ助かっていたポケットベルも携帯電話さえあれば用なしになってきたしね。わからないわね」

　涼子は二本目の煙草を灰皿で消した。

　修一はなにかを考えているのか、ずっと窓の外を見つめていた。

「どうしたの。なにか気になる？」

涼子が問う。

「いや、別に」

修一は涼子を見て笑みを浮かべる。

涼子はその哀愁のこもった笑みを見るたびに、どきりとした。修一の表情の奥にある、影。そこに、得体のしれないつよさのようなものを感じるのだ。誰も立ち入ることのできない痛み――そんなものが、修一の笑みからは感じられた。年下ということを一瞬忘れてしまう。

ふいに同年代、いや、年上なのではないかと錯覚してしまうことがある。それくらい、釜利修一の顔には彼が背負ってきた人生が刻まれている気がした。

「あなたの携帯電話代、払ってあげようか」

「大丈夫だよ」

「だって、月に七、八万円はするじゃない。まだあなたみたいな若者なら、おいそれと持てない金額よ」

「平気だよ。金ならある」

修一はまた窓の外を見て言った。

「そ」

涼子もそれ以上は訊かない。

「寝る？」

「いいよ」

しずかに修一が答える。と、携帯電話がりん、りん、と音を立てた。

修一は横に置いたじぶんの黒色の携帯電話に目をやった。

修一は、しばし電話を見つめた。

「由里子ちゃん、って子じゃない？」

「ああ。たぶん」

修一は電話を取ると、よろよろと痛む躰をおこし、部屋の隅へとむかった。涼子は壁にかけられた時計を見る。朝の五時ちかくだった。

修一には、ときどき電話をかけてくる子がいる。訊くと、「由里子」という名前の女の子だった。修一は、「地元の連れだよ」とだけ涼子に話していた。

涼子はすこしだけ耳を立てた。

修一は「どうした？」と彼女を案じているようだった。もちろん地元の連れという彼女の声はきこえないが、修一の口から発せられる言葉からすると、「弟」「見つかったのか」「大丈夫か」などの問いを彼女にしていた。

三分ほど話すと、修一は電話を切りまたソファーに座った。

「どうしたの？　なにかあった」

「大丈夫だ。解決したらしい」

「地元の子」

「そう」

「彼女の苗字、なんて言うんだっけ」

涼子は尋ねた。

嫉妬しているわけではない。確かかわいい苗字だった記憶があった。いや、すこしは気になるのかもしれない。なにも知らない、この少年のことが。じぶんも人のことは言えないが――そう思いながら涼子は問う。

「能瀬。能瀬由里子」

修一は答える。

「いい名前」

涼子は素直に思ったことを口にした。

「そうかな」

ふたりはしばし、見つめあった。

「涼子はほんとうの名前、なんていうの」

すこし悪戯っぽく、修一が訊く。

「じぶんの名前なんて捨ててるわよ。だから源氏名があるんじゃない。わたしは涼子でいい。親の苗字も、親がつけた名前もいらない」

「そっか」

涼子は修一を見つめ、立ち上がる。修一の目の前へと歩き、着ていたシャツを脱がす。涼子は唇を修一の唇に寄せた。

赤く、赤く塗られたまやかしの紅を、修一に取ってほしかった。

赤い紅を剝がしてもらって、一瞬だけただの二十一歳の女に戻りたかった。

夜の街で戦い抜く鎧を剝いで、ひとりの女になりたかった。

修一が応えるよう、しずかに彼女の唇を剝いでいく。

東京タワーの灯りが、ふたりを灯す。一瞬、「修一の躰は、大丈夫かな」と涼子は思った。が——涼子は修一の躰が好きだった。彼が脱いだ裸の躰は、それだけで、涼子の痛みを癒した。

——傷だらけの、彼の躰。

それを見るだけで、彼にどんな生き方をしてきたのか尋ねる必要はなかった。

なにがあったのかは、しらない。

が、この少年は戦ってきたのだ。

いや――きっと、いまも戦っている。

「だから彼は悲しいのだ」

そう思いながら、涼子は十七歳だと言う、修一の胸に抱かれた。

*

二〇〇〇年二月――真宮篤史は、部下の香下を連れて宙を見上げていた。港区西麻布にある、薄汚れた雑居ビルの前。なかなか足を踏み入れず、ぼんやりと顔を上げる真宮の横顔を、香下は怪訝《けげん》そうに見つめる。

「どうしたんですか？」

「あ、ああ――」

真宮は雑居ビルの上に広がる、空を見ていた。

雲が流れていた。

「冬の空にしては珍しいな、と思ってな。北風が吹いているからだろうか」

透き通るように青い冬の空に、白い雲が走っていた。

――なにかが動けばいい。

流れる白雲をしずかに睨みながら、真宮は思う。

楠木保こと、釜利修一。

楠木保こと、釜利修一――。

ぶつぶつと念仏のようにひとりの男の名を唱えながら、真宮はしずかに「行くぞ」と香下に言った。

第四章

真宮が香下と共に足を踏み入れた西麻布の雑居ビルは、想像以上に暗かった。午前十時だというのに、日も当たらない。太陽の影すら感じさせぬ一階部分の簡易的なエントランス。真宮は昭和の匂いが満ちる薄汚れ古びた剝き出しのコンクリートの壁に備えつけられた、ポストを目で追っていく。

「これか」

手書きで記された表札。三階建て、十五室分のポストのなかにそれはあった。黒マジックで乱暴に書かれた『筆の逆襲』の文字。一九九三年、冬。新宿区歌舞伎町の路地裏で「石のような物でできたナイフ」で頸動脈を一突きされ死亡した、木内博也が勤めていた雑誌社だった。

表札に書かれた『筆の逆襲』という手書きの文字の上にはさらに乱暴に、マジックで二本の横線が引かれている。その書き殴るような取り消し線の筆跡に、この部屋の主がいま、決して幸福な人生を歩んでいないだろうと真宮は察した。真宮は、簡易的なダイヤル式の施錠さえもしていないポストを開け、束になり重なる郵便物を手に取る。

「おうおうおうおう」

「いいんですか？」当然の質問を投げかける香下を無視し、真宮は郵便物の束をめくる。

住民税の督促状、年金、健康保険料の督促状、各保険会社の銀行引き落としができぬ旨を伝える督促状、カードローン会社からの督促状、携帯電話料金の——日本全体から追われているのではないかと苦笑いしたくなるほどの、督促状の束だった。

「いいぞ」

真宮が呟くと、香下が「なにがですか？」と問うた。

「自棄《やけ》になってる奴は話すさ」

「はあ……」

真宮はコンクリートの地面にこつ、こつと革靴を鳴らし、薄暗い階段を上っていく。

三階の灰色の廊下に着く。三〇五号室。真宮はベージュのトレンチコートを脱ぎ自らの腕にかける。呼び鈴を見ると、「壊れているので鳴りにくい為、なんどか押してください。右下を押すと鳴るかもしれません」と手書きの注意書きが貼られていた。

指示のとおり、四角い呼び鈴の右下を押す。

と、乾いたようなぴんぽん、という音が鳴り、部屋のなかから人間が動く気配がした。重そうな音を立て灰色に染まったドアが開く。

「なんだよ」

見覚えがある中年の男が顔を出す。七年前のおなじ季節、なんどか事情聴取をしたタブロイド系雑誌『筆の逆襲』編集長兼社長の大山又一郎《おおやまたいちろう》だ。大山は薄く青色に染まったサングラスの奥の目を光らせた。

「どこの闇金だ？　金ならまだ返せねえぞ。返せる金があるならそこの呼び鈴とっくに直してる」

大山はふてぶてしく顎で玄関の壊れた呼び鈴を指す。

「ああ、違いますよ。金貸しじゃない。わたし、覚えてませんか」

「おお……刑事か」

「そうです。七年前おたくに勤めていた記者の木内博也さんが殺されたとき、なんどかこちらに伺った……」

「覚えてるよ。確か新宿署の真宮とかいう刑事だ。相変わらずいい男だな」

自らが経営する雑誌社が困窮しているにもかかわらず、刑事の突然の訪問にも臆することもなく、また相手の名を覚えていることに、優秀な編集長なのであろうと真宮は感じた。

『筆の逆襲』は日本がもっとも盛況を極めたバブル前夜の時代に現れた雑誌だった。隔月刊誌ではあったが、社会、経済、政治、事件、芸能、性風俗、三面記事――大手出版社とは明らかに差別化された、忖度の「そ」の字もないかなり斬り込んだ雑誌で一部では有名であった。過剰な想像とやたらに攻撃的な筆こそあったが、「まあ、よく調べて書いているな」という印象を覚えていた。真宮がすこし表情を緩めると、大山は「どうぞ」と訪ねてきた訳も訊かずに部屋に入ることを許した。


「で、なんだ。木内を殺した奴でも見つかったのか。いや、そんな顔はしてねえな。迷宮超えてお蔵入りか？」

大山は笑いながら、雑然と積まれた紙の束と段ボールをかき分けるように進み、デスクに座る。真宮と香下は自らデスクの脇にあるパイプ椅子を取り、大山と対峙するように座った。真宮が部屋を見渡すと、社員らしき男が二名いた。来客を全く気にすることなく、それぞれのデスク――デスクといっても机上に隙間さえ見えぬほど原稿、自社、他社の入り交じった雑誌、辞書などが山のように積まれたそれの前に座り、黙々と作業していた。

「ふたりともうちの記者だ。ま、あそこに座ってる中年の禿《はげ》坊主は経理も兼任してるけどな。若い方は法学部出てっから、うちの裁判案件のスペシャリストでもある。なんてったってうちの出版社は、訴えられることしょっちゅうだからさ」

大山はサングラス越しに目尻を下げ、笑ってみせた。

「で、新宿署の刑事さんが午前中からなんの用だ。やっぱり木内の件か」

「ええ」

「ふん。そうか。まだ追ってくれていたのか」

大山はすこし険しい表情になった。その顔は七年前に黄泉に渡った元社員への多少なりともの哀悼と、刑事に対する謝意を感じさせた。

「うちもくたばった木内の弔いじゃないが、殺した奴らの尾でも捕まえて、特集号にでもしようと思ってたんだよ。〝『筆の逆襲』魂の記者木内博也を殺したのはこいつらだ！〟という感じでな。でも尻尾どころか影すらつかめなかった」

　大山はいつ淹れたかもわからぬ冷めた珈琲を音を立て飲んだ。

「どこらへん探ったんですか」

「あんたら警察と基本は変わらんだろうが、木内が殺された原因は間違いなく金だ。いや、金と女。だからまずほじくったのは、借金のおおきな原因となっていた裏カジノ。渋谷道玄坂《どうげんざか》、新宿、六本木——あいつがチャイムを鳴らしていた雑居ビルの連中はくまなく調べたさ。でもまあ、たいした情報はつかめなかったな」

「はまっていたのはルーレットとかブラックジャックより、バカラでしたっけ」

「そう。木内は裏カジノへ行ったら、バカラ賭博一本よ。そこだけは筋が通っていたな。バカラはゲームの決着が早いだろ。ディーラーが配るカードに対して、プレイヤー側に賭けるかバンカー側に賭けるかコインを置くだけだ。早けりゃ数秒で決着がつく。せっかちなところがある木内には、はまったんだろうな。まあ、トランプっていうのは不思議な魅力があるからよ。手で触れると微妙な固さと冷たさが指先に感じられて、なんともいいんだ。ま、木内はトランプの魅力と罠に見事に堕ちていったってわけさ」

刑事相手に臆することもなく大山は違法賭博の魅力について語り、どこか懐かしげに笑った。真宮は笑みで受けながら、会話をつなげる。

「木内さんが殺された一九九三年、渋谷、新宿、六本木で裏カジノの賭場を開けていたのは、山目組、住丸会、稲山会」

「そ。その三つのやくざだ。関西から本格的に山目組が東京に進出してきていたから、関東が母体の住丸会と稲山会とはばちばちだったな」

「おかげで日々忙しかったよ」

「こちらもおかげで、いい記事書けて本も売れたよ」

わずか七年という時の流れだが、バブルの気泡さえも存在しなくなったいまを、懐かしむように、ふたりはどこか嘆くように苦笑した。

「その三つの暴力団体からは、どこまで話を訊きだせたんだ？　おれたち警察が訊くよりよほど話すだろ」

真宮は敢えて自らを「おれ」と汚い言葉で呼ぶことを選択した。大山のような堅気でありながら海千山千の男には、そのほうが効果的な会話になるであろうと踏んだからだ。

「いや、たいした話は出なかった。警察は木内の借財、いくらときいてる」

「競馬、競輪、競艇、そして裏カジノ。飲み屋へのツケや個人的な女関係からの借財、ふくめて一千万円ってとこか」

「実際はもうすこし多かった。あいつは元々がギャンブル好きだからな。競馬などの公営ギャンブルで積んだ借金を、結局は裏カジノで一発逆転して返済しようと考えていた節がある。で、ますます泥沼に堕ちたのさ。人生の一発逆転を狙って店でいちばん高額なレートのテーブルに座りたがるから。そこであいつはまず、〝最初はほどよく勝たせて、そのあと泥沼に沈める〟というわかりやすいやくざの方程式にかかったのさ。結局暴力団の連中から訊くと、店で手持ちがなくなっちゃあ、その場で借りられる闇金に手を出して、バカラだけでも三千万まで借財は膨らんでた」

「そんなにか」

「馬鹿な男だろ。でもそんな馬鹿を沼に堕とすのはやくざだけが原因じゃない。あんたらみたいな立派なお上、警察のせいでもある。だろ?」

真宮は答えることはせず、黙って大山を見つめた。大山が言いたいことは、わかっていた。

「一九九二年――暴力団対策法、施行。すべてはここから変わったのさ」

――暴力団対策法。通称「暴対法」。大山は皺だらけのジャケットのポケットから紙煙草を取り出すと、火をつけた。

戦後、激動の高度成長期を駆け抜け見事に先進国へと成長を遂げた日本は、その後世界でも稀にみる「バブル経済」へと突入した。

わずか六年間の狂乱の夢であった。このバブル景気に日本が踊りつづけていた最中、暴力団のなかから新たな勢力が誕生した。「経済やくざ」と呼ばれる人種だ。彼らはまるで、暴力と仁義のなかでしか生きられなかったはずの種族のなかから、予告もなく現れた突然変異種のような存在だった。経済やくざはバブルという時が生んだ、必然の怪物だった。彼らは刃物と拳銃の代わりに、経済新聞をスーツのポケットに忍ばせた。

経済やくざが目を付けたのが「表」だった。日陰に咲く花という辛うじての美学を、彼らは手放した。その主たる手段は株と地上げだった。急激な景気上昇により、土地価格が異常に上昇する。秒単位で恐ろしいまでの大金が上下するリスクを回避するため、一部大手銀行と不動産会社は禁断の果実に手を出す。それが暴力団だった。大手銀行、不動産会社などの一流企業は、土地を購入するための時間的経費、裁判費用を抑えるため、彼らに地上げを頼んだ。正規の道を歩むより、時間的短縮にもなり手っ取り早いからだ。彼らは地上げで得た大量の資金を株取引でマネーロンダリングし、金で金を洗い、さらに資金を増やす。こうして一流企業は彼ら自身が生んでしまった「経済やくざ」たちに寄生され、金を横取りされていった。

　こうして日陰に咲く花だったやくざはフロント企業を持つようになり、表舞台へと進出する。そして泡は崩壊する。不動産価格と株価が急落するなか、金融機関は巨額の債権を抱えていく。銀行も必死に不良債権を回収しようとするが、銀行の副頭取や支店長が射殺される事件まで勃発した。ようやくここで、一流企業の面々は現実に気がつく。

　飼い犬に、噛まれだしたことを。飼い犬が、おおきく育ちすぎたことを。

　そして巨大化した経済やくざの資金源を締めあげるため、世論を味方につけバブル崩壊からまもなく、暴力団対策法が法案で可決された――。

「あんな法律ができたから、またやくざは裏へ帰らなきゃいけなくなった。いや、一旦表へ出て莫大な資金を得た奴らもいたから、前よりもたちが悪い。そこで資金源を断たれたあいつらが、なにをした？　一般の堅気を客に巻き込む裏カジノをあちこちに開き、いままでは一定の客にしか供給していなかった覚醒剤を、当時の六本木、西麻布、芝浦《しばうら》、横浜――若者たちが集まって踊るクラブでばら撒いた。こうなることは、はじめからわかっていた。暴対法なんて安易な法律に逃げた警察庁のせいだよ」

「言いすぎじゃないですか」

　香下が珍しく語気を強め言い寄った。

「なんか偉そうに能書き垂れてるけど、あんた結局その手の記事で飯食ってたんだろ？」

「……なんだと若造」

　大山の目の色が変わった。突然の若い刑事からの物言いに腹が立っている。

真宮は心中で、「香下、もっといけ」と呟く。

香下は真宮の心の声も知らず、大山を睨んだ。

「あんたらみたいな駄目な大人がいるから、おれたちは苦労したんだよ。知ってるか？　おれたちは就職氷河期なんて名づけられた世代なんだよ。氷河期だぞ氷河期。マンモスも凍るってのにあんたはいい飯食って下らない記事書いてたんだろうが！」

「てめえ……なにも知らないケツの青い警察官がなまいき言うんじゃねえぞ。木内も入り浸っていた裏カジノ、どれだけ警察が検挙した？　まるで無法地帯だ。裏にいる暴力団は、きちんと地元の警察署にお礼をしている。そのお返しにガサ入れするときはご丁寧に日時まで暴力団に伝える刑事すらいる。その間に馬鹿な堅気がカジノで身を亡《ほろ》ぼす——そこを記事にするため、おれは木内を最初裏カジノに連れて行ったのさ。それがミイラ取りがミイラになって殺されたっていう、笑えもしない話さ」

「そんなもん当たり前じゃねえか！　綺麗ごとじゃ街はきれいに出来ないんだよ！　こっちはな、この間初めてパクれる相手に取引されて貧乏くじ引いてんだ。刑事舐めんじゃねえぞ！」

真宮は内心ほくそ笑んだ。基本刑事が聞き込みをする際、ひとりは訊き手、もうひとりはメモを取るという決まりがある。ある意味ルールを犯す若い香下の言動が、なにかを破るかもしれない。

「てめえ」

大山は香下を睨んだ。異端の雑誌を立ち上げた男だ。真宮は熱くなって語る大山又一郎の、心の奥底にある思想を垣間見た。が、大山は手元にあった茶をごくごくと飲む。香下の意表を突いた言葉の弾で冷静さを失っている。いまがチャンスだと真宮は思った。

「で、木内さんのことなんだけど」

真宮が冷静に話を切り出す。

「なんだよ」

「木内さんは、いったい誰に殺されたんでしょうね？」

　真宮が問うた。

「え……そりゃ――」

「暴力団じゃないことは確かだろうね。死んだ木内さんには申し訳ないが、いくら高額な借金が闇金にあったとしても、奴らに木内さんを殺すメリットがない。だいたいが木内さんはあなたが経営する出版社の記者だった。となると金額は知らないが収入がある以上、返済能力はあるわけだから、引きつづきいいカモだ。それに一九九〇年代に入り、下っ端の組員が起こしたちいさな事件でも、組織の長、ようは組長に多額の賠償を求める裁判が日本各地で起こっただろ？　そんなときに木内の借金くらいで、やくざもんが危険な橋をわたるかね？」

「……そうだな」

　穏やかに、だが大山に口を挟ませぬよう一気に話す真宮の問いに、彼は頷いた。

「となると女かい？　我々が摑んでいるだけでも木内さん――いや、木内には五人は言うことをきく女がいた。そのなかでも一番太いのは錦糸町《きんしちょう》のソープランドで躰を売っていた女性だ。木内に八百万ほど金を渡している。でも彼女は事件当夜、木内を殺せるわけがないんだ。一九九三年冬、彼女はすでに東京拘置所にいた。覚醒剤取締法違反の罪でね。そうだろ？」

「ああ」

「じゃあ、誰が木内を殺したんだ。正直に言う。あんたもわかっている通り、うちの署も木内博也殺害事件に関して、恥ずかしながら本腰をいれていたわけじゃない。はっきり言や、当時の新宿で警察官やっていれば満月見るより珍しくもないありふれた事件だ。当然かける人員も時間も少なかった。それを七年越しで、一兵卒の刑事で申し訳ないが、詫びたいんだ。すまなかった」

　真宮は突如、首を垂れた。香下はよほど大山が嫌いなのか、得意の仏頂面で大山を睨んでいる。大山だけが、真宮の突然の詫びに驚いた様子だった。

「――で」

真宮は顔を上げる。

その目には刑事の眼光が宿っていた。

「石なんて興味あるか？」

「い、石？」

「ああ。北海道がおもな産地のな、黒曜石」

「古美術商じゃねえんだから、そんな石は知らねえよ」

「あんただけに言う。実は木内殺しの犯人《ホシ》に繋がる物証らしき物が出てきた。七年越しにだ。あんたも理解しているだろうがこんなことは滅多にない。しかもおれが微かに感じている違和感が正しければ――木内殺しは二〇〇〇年になったいまもなお、時を越えて繋がっている。ある自殺者のポケットにも、似たような石が入っていてな」

大山は蛇に睨まれた蛙のように、ただ真宮を見つめた。

真宮は警察手帳を開く。両眼は大山の目を見たまま、手帳の間からなにかを取り出す。

写真だった。真宮は雑誌や新聞、原稿に埋もれた机上に、まるでマジックのトランプを出すようにそっと置いた。緊張感が伝わったのか、大山が禿坊主と呼んだ経理も担当するという記者と、もうひとりの若い記者も、それぞれに計算機とペンを止め、真宮たちを見る。

「――この男を知ってるか」

「……なんだこれは」

「去年のクリスマスイブの早朝。新宿駅南口を出てすぐの歩道橋の真ん中で、首を吊って死んだ男の遺体だ」

「自殺か？」

「おそらく。でもいまは、わからん」

香下は真宮の手法に必死についていこうと思っているのか、口を真一文字に結んでいた。

大山は薄い青のサングラスのレンズを上げる。と、指紋と脂がべとべとと付着した無色のレンズが出てくる。老眼鏡が下についているらしかった。大山は眉根に皺を寄せ、写真に近づく。

「……汚い男だな。ホームレスか」

「衣服や躰の見立てからすると間違いないだろうな。検視を担当した解剖医も肌の状態から、少なくとも半年は風呂に入っていないだろうと言っていた」

「しかしこの男に覚えがあるかと言われても……こう髭顔《ひげづら》じゃなぁ」

写真は警察が臨場した直後、歩道橋の中央からロープを垂らし首を括った遺体を引きあげ、歩道橋に寝かせた状態を写した物だった。

「じゃあ、こっちはどうだ」

真宮はまるで大山とブラックジャックでも対戦しているかのように、もう一枚の写真を新たなトランプのカードを切るように目の前に差し出す。

それは司法解剖の前、髭を綺麗に剃り落とした名もなき遺体の素の顔であった。

「どうだ。この男に見覚えはあるか」

「どうだと言われても……言っては悪いがその、どこにでもいる顔というか、日本人でよくいる顔だよな。街中で顔を見ても、三秒後には忘れてしまうような」

大山は無縁仏となった男の死に顔を見て言った。真宮は写真を指でつまむと、こちらに視線を送るふたりの記者に写真をむけた。

「どうですかね。知ってる、なんてことはないですかね？」

禿坊主と呼ばれる経理兼記者の男と、三十代前半と思われる眼鏡をかけた記者は軽く身を乗り出し見つめた。が、ふたりとも首をかしげるばかりで、「さあ」「見覚えはありませんね」と感想を口にした。

「そうですか。事件なんてものは、やっぱりそんな甘くないですな。そうそう挙がるもんじゃない。わかるか、香下」

真宮は首を曲げ、香下に微笑む。香下は訳もわからぬまま、頷いた。真宮は煙草のやにで茶色く変色した壁に貼ってあるカレンダーに目をやる。「二〇〇〇年」と刻まれた今年の西暦に目をやり、ため息をつく。

「しかし世知辛い世の中になったよな。でもあんたみたいにこうして、きちんと話をしてくれる人を見ると安心するよ。ちゃんと相手の目を見てさ。昭和世代としては」

「え？　まあな」

大山は悪い気がしなかったのか、煙草を一本取りだすと机上にとん、とん、と叩き葉を詰め、火をつける。

「ところで一階のポストの表札に取り消し線が引いてあったけど、ありゃなんだい？　あんたの雑誌の〝筆の逆襲〟の文字の上に、マジックで線が引いてあったけど」

「ああ――」

大山は不機嫌な顔になった。

「休刊するんだよ」

「休刊？」

「おれが政治色のつよかった前の雑誌を変更して、新たに筆の逆襲を立ち上げたのは昭和五十九年、一九八四年のことだ。郷《ごう》ひろみもまだ若くて松田《まつだ》聖子《せいこ》もぴちぴちしてた。あのころはよ、軒並み大手出版社が写真週刊誌を発行しはじめたんだよ。フライデー、フォーカス、フラッシュ——女性週刊誌を除いても五誌はおれたちみたいな雑誌があった。まさに戦国時代さ。でも時が終わりを告げに来た、って感じだよ。噂じゃフォーカスも来年あたりに休刊を考えているらしい」

「売れないのかい？」

「売れないもなにも、売り上げは全盛期の三分の一以下だ。若い奴もサラリーマンも、通勤通学の電車のなかで雑誌なんて読みゃあしねえ。みんなこれだよ」

大山は自らの細く縦に長い携帯電話を手に取り、揺らして見せた。どこかの観光地ででも買ったのか、達磨《だるま》のストラップが右に左に奇妙に揺れた。

「こんなもんばっかり触って見てよ。やれメールだ着メロだって、そんなにあんなもんが楽しいかね。でも刑事さん、おれは必ず復活する。必ず年内には、筆の逆襲を再開する。命を懸けるよ。これは決めているんだ。時代が変わろうと負けてられねえよ。おれたちみたいな無頼の記者がすっぱ抜かなきゃいけねえ記事は山ほどあるんだ」

「たいしたもんだ」

大山はふたたび青いサングラスにレンズを戻すと、その奥で目を光らせた。

その後は二、三分ほどか、真宮と大山は世間話の雑談を交わした。やがて真宮は席を立った。

「じゃ、行くか香下」

「はい」

香下も席を立つ。ふたりの記者もこちらを見たので、真宮は丁寧に「ありがとうございました」と礼を言い、頭を下げた。

「あ……」

「ん？」

「最後にひとつだけ」

真宮はもういちど、躰を大山に向けた。

「あんた、最初におれが話を訊いたとき、奴ら、って言ってたけど、あれはなんで」

「え？」

大山は話の筋道が見えないのか、素っ頓狂な声を上げる。

「いや、おれが木内さんを殺害した犯人を追っていると話したあと、あんたは軽く礼を述べて、〝殺した奴らの尾でも捕まえて〟と言ったんだ。普通は殺した奴を――と言うだろ？　でもあんたは、殺した奴らと言った」

静寂が流れた。

経理も兼任するという記者が打つ、計算機の音が止まったのが真宮にもわかった。

「あれはどうしてかな？」

「そりゃ――」

大山は机上を見つめた。

「言葉のあやじゃねえかな。か、おれの言い間違いか、あんたの聞き間違い。お互い歳ってことだ。な？」

「そうだな」

真宮は微笑を浮かべた。

「じゃあ、もうひとつ」

「……最後じゃなかったのかよ」

「あんたがもしこれからおれが出す名前を知っていて、なんらかでも話してくれりゃあ……いずれ検挙する直前に、あんたにだけ逮捕の日時と詳細を教えてやる。他の報道機関より早くだ。でかいヤマだぞ。どうだ？」

わかった——大山は言った。

「楠木保」

「え？」

大山は突然の問いに、サングラスの奥の目をしばたたかせた。

突然の名に、横に座る香下も思わず真宮を見た。

「くすのきたもつ、という人間だ」

敢えて真宮は楠木保の名をゆっくりと口にした。大山はしばし真宮の顔を見つづけたまま、「知らん」と言った。

「では、こっち。釜利修一。飯を炊く釜に利発の利、修めるに漢数字の一だ」

大山は真宮の目を見たまま、目を細め考える。

「楠木保——釜利修一を、知らんかね」

「知らねえ」

「そうか」

大山と真宮は笑った。

真宮と香下はちいさな雑誌社の玄関を出て、灰色の階段を下る。陽さえ届かぬじめじめとした重い空間を落ち、一階のエントランス部分へと出た。

真宮は頭を上げ、空を見る。

あれだけ漂っていた雲は、青のなかに止まっていた。

香下も倣うように、顎を上げる。

「雲、止まっちゃいましたね」

「いやいや」

真宮は含みを持たせるように、口を横に結び停止する白雲を見つめつづける。

「大山って編集長も、なにも話しませんでしたね」

「充分話したさ」

「え？」

と、香下が真宮の手を見て、口を開けた。

「真宮さん、コート忘れていますよ」

スーツ姿で真宮は空を見上げて立っていた。その手にも躰にも、長年連れ添ったベージュ色のトレンチコートはない。

「ああ、いいんだ」

「いい？」

「釣りっていうのはよ、時々餌付け替えてやらなきゃいけねえ。獲物が食わなくてもいい。それでも、釣りたきゃ餌かけつづけるしかねえんだ」

香下はまるで要領を得ていないのか、困惑の表情を浮かべた。

そのときだった。

こん、こん、と真宮たちの後方でコンクリートの階段を靴で鳴らす音がきこえた。

真宮と香下が、振り返る。

「あの――」

五十代前半であろう、小太りの男が立っていた。

「――これ、忘れてますよ」

男の手には、真宮のトレンチコートが握られていた。男は大山が禿坊主と呼んだ、経理兼記者だった。

男は視線を灰色のコンクリートに落としたまま、コートを差し出した。

「ああ、忘れていました。ありがとうございます」

真宮が笑みを見せる。

と、男はちらと横目で人の気配を確認し、呟いた。

「――一時間後。青山《あおやま》にある喫茶店、ルノアール」

「そこに行けばいいのか？　どうして」

「話がある――大山には絶対に言わないでくれ」

「いいですよ。用件は」

「七年前に殺された木内と……さっきあんたが見せた、新宿の歩道橋で首を吊って死んだ男の話だ」

「わかりました」

「話すにはいくつか条件がある。それさえ守ってくれれば……話す」

「場合にもよりますが、検討しますよ」

男は視線を地に落としたまま、辺りをいちど見回すとふたたび階段を上っていった。

香下は真宮を見る。

真宮がにやと、笑った気がした。

＊

男が現れたのは、真宮と香下が頼んだ珈琲がすっかり冷めたころだった。男は悪びれる様子もなく、すこし小走りで、ルノアールのなかを歩いてきた。辺りをちらちらと見回すと、前の席に座る。

「大山がなかなか出かけなくて」

男は詫びのつもりなのか、ちいさな声で言った。

「いいんですよ」

「珈琲冷めたでしょ」

「いえ、慣れっこですから」

真宮の言葉に安心したのか、男は脇を通る店員を呼び止めると、「ブレンド」と言ってすぐに真宮と香下の目を見た。初めて真正面から見る顔は、しっかりと年輪の刻まれた皺を、ふやけた頬に浮かべていた。

「で、話というのは」

「まずはこちらの条件だ」

男が差し出した名刺には、筆の逆襲と社名の他に、平良《たいら》直比古《なおひこ》と書かれていた。

「平良さん……」

「ああ」

平良という記者は緊張しているのか、それとも元来気のつよい性格ではないのか、すこし声を震わせながら答えた。

「で、条件というのは」

「あんたがさっき大山に話していたことだ。うちの木内が殺された事件が、二〇〇〇年になったいまも時を越えて繋がっている——しかもちいさいヤマじゃない、でかいヤマだとあんたは言った。それがなんの事件なのか知りたい」

真宮は黙って平良の目を見た。平良は覚悟が揺るがないようにする為か、必死に真宮の目を見つめた。

「教えてくれないのなら、わたしは一言も話さない」

「なんで知りたい」

　真宮は問う。

「……うちの会社は、もう駄目だ。経理を担当している以上、わたしがいちばんよくわかっている。大手銀行、信用金庫、闇金——そんなところへの借金の返済が滞っていることは、どうでもいい。いちばん不味いのは、印刷会社にノーを突きつけられたことだ。なんとかやりくりして誤魔化してきたが、昨年の秋から金が払えなくなって、とうとう正月明けにうちとのやり取りは今後一切しないと通告が来た。こうなるともう駄目だ。うちは大手出版社じゃないから他の印刷会社もどこもうちとは付き合わない。終わりだ」

　平良は苛立ちと嘆きを一気に吐き出すように語り、机上の水を飲みこんだ。

「まあ、あなたのところが大変そうなのは、一目《いちもく》してわかったよ」

「大変どころじゃない。十人いた社員もこの数年で一人辞め二人辞め、残るはわたしと先ほどいた若い記者だけだ。わたしも、今月で辞める」

「社長兼編集長の大山は知っているのか」

「知る訳がない。辞めるなんて言ったら、あの性格だ。やれ長い付き合いなのにおまえは船を降りるのかと罵声を浴びせ、次はおまえがいてくれないと困ると泣き落としだ。そりゃ——大山は敏腕編集者だ。それは認めている。他社が踏み込まない事件にも平気で突っ込んでいくし、そこに惚れていた部分ももちろんあったが、もう時代も変わった。娘もまだ中学生で、金もかかる」

「なるほど」

　真宮も雑誌が売れなくなってきていることは当然ニュースなどで耳にしていた。ふとＩＴ会社なるものに勤める娘の「これからの時代は調べものをするのに図書館へ行く必要などない。すべてはパソコンで調べられる」という声が脳裏によぎった。

「――わたしは来月から大手出版社に再就職する。大学時代の先輩が、窓際だがなんとか席を用意してくれた。でもわたしもまだ五十一だ。窓の近くで天気を眺めながら、毎日肩身を狭くして過ごしたくない。これでも……記者としての矜持もある」

平良はじぶんに言いきかせるよう、唾をいちど飲みこんだ。

「……土産が欲しい。新しい出版社への、土産が」

自らの羞恥を飲みこんだうえで、平良は覚悟を口にした。真宮はすぐに平良の出す条件を理解した。

「あなたは大山に――く、くす……なんとかいう男について知っていることを話せば、検挙する直前に逮捕の日時を教えると言った。あれをおれに教えて欲しい。それが木内と新宿駅の首吊り遺体に関することを話す条件だ」

平良は必死に目を見開き、真宮を見た。

真宮は平良の眼差しをしばし受け、机上の冷めた珈琲に視線を落とす。横に坐する香下はこのような駆け引きを初めて見るのか、ただ背を固くしたまま真宮を見つめる。

「いいだろう」

「ほんとうか」

「そのときがきたら、他社よりも先に、真っ先にあんたに教えてやる」

「よし」

平良は息を呑み、頷いた。

「――まず、木内殺しが七年の時を越えていまに繋がっているという事件とはなんなんだ」

真宮は敢えて、男の問いから間を置いた。同時に、「ほんとうにこの男に話してもいいのか」と最後の再考をした。

が、自らの喉元に刺さっている一本の小骨が訴える。確かな違和感を覚えている。そうなると、釣り糸にかかった魚を一匹一匹、丁寧に釣りあげていくしかない。あとはこの男にどこまでを話しどこからは話さないのかの塩梅だけだ。

最後の――目的の大魚を釣りあげるまでは。

真宮は言った。

「いま世間を賑わせている事件さ」

「世間を？　もっと深く」

真宮は念のため眼球だけを動かし辺りを確認した。

「……政治的な事件だ」

「……相沢誠彦銃撃事件か」

真宮は珈琲カップを口元に運びながら、しずかに頷いた。

「……すごいな、そりゃ」

平良は自らが思う事件よりおおきかったのか、呼吸も忘れたように宙を見つめた。

「新しい出版社への土産にはなるだろ？」

「ああ、充分だ。で、そのあなたが言った……く、くす……という男と、なんだ……か、かま……ふたりの男の名前を大山に訊ねただろ？　そのふたりが木内殺しと相沢誠彦銃撃事件に関わっているということだよな？　失念というより、そのふたりの名前がきこえなかった。教えてくれ」

平良は鞄から慌ててノートとペンを取り出す。

「それは言えない」

「え？」

「あんたがいま知る必要はない」

「ちょっと待てよ。だったらわたしも木内と首吊り自殺の男について知っていることはなにひとつ――」

「調子に乗るなよ。こっちはもし検挙する場合は真っ先にあんたに情報を渡すと言っているんだ。それにあんたも記者だ。余計な核心に触れたらすぐに動いて書きたくなる。それは現段階の捜査上、こちらに多大な不利益となる。事件が解決にむかえば他社を差し置いてあんたにだけすっぱ抜かせてやる。それで充分だろ？」

「身の程を知れ」と言わんばかりに真宮はしずかに語った。

平良は立場を理解したように、「わかった」とちいさく答えた。

「まず七年前に新宿歌舞伎町の路地裏で刺殺された、木内博也について話してくれ」

平良は開きかけたノートを閉じ、諦めたように溜息をいちどついて話しはじめた。

「木内は、ほんとうにどうしようもない男だった。酒臭い息で出社してくることもしばしば……まあ、そんなことはわたしたちも大差はないのだが、もっと根源的にどうしようもない男だった」

「人間的にということですか」

「ああ。人間としてあるべき優しさとか慈悲に、欠ける男だった。生まれ持ってないというか、そんな印象の男だ」

「ではどうしてそんな男を雇いつづけたの」

「ここが不思議なところで、まず人の懐に入りこむのがうまい。人間というのは自らの恥部をなるべく隠したいという本能があるじゃないですか。彼にはそれが一切ない。まるで無防備に自らの駄目な部分をさらしていく。計算でやっている部分もあるかと思います。自らをさらせば相手もさらしてくる、ということがわかっていたとでもいうか。だから三本に一本、とんでもないおおきなスクープを摑んできたりする。大山も七年前の聴取の際に言っていたようですが、我々にとっては悪い記者ではなかったんです」

「木内はいつから筆の逆襲に来たのでしたっけ」

「亡くなる十年前にはうちに来ました。元は毎朝新聞の記者ですよ」

「新聞記者《ぶんや》だったのですか」

「ええ。うちは過激な記事が目立つタブロイド系の雑誌だから誤解する方もいますけど、ぶんや上がりの記者は多かったんです。かく言うわたしも、五大全国紙出身ですから」

「なるほどね」

　真宮は頷いた。

「どうして木内にしてもあなたにしても、新聞社を辞めてまで大山の元へいったんだ」

「新聞社にいても書くものは制限される。下手に理想なんかあったから、行き詰まりましてね。その点大山又一郎は有名でした。まあ、とにかく癖も激しいし一筋縄ではいかない人間ですが、筆の逆襲ではどんな記事を書いてもいい、逆に書けない記者は来るな、という考えでしたから」

「じゃあ、殺された木内博也も似たような」

　いや――と平良はちいさく否定するような表情を見せ、言葉をつないだ。

「あいつの場合は、それだけではないと思います。毎朝新聞も木内の金の使い方や給料の前借りなんかで頭を抱えていたらしいのですが、まあ、よからぬ噂もあったみたいで」

「噂」

「ええ……これです」

　平良は右手のふくよかな人差し指の関節を、鉤《かぎ》に曲げて見せた。

「――窃盗」

「そうです」

真宮はほう、と言わんばかりに口を開ける。平良は覚悟が決まってきたのか、真宮の目を真正面から見、唇を滑らせる。

「あくまでも噂ですが、木内のいた政治部と隣の文化部で金が無くなることがあったらしくて。で、ある日の夜半、月だけがおぼろげに窓から見える社室で、木内がとある社員のデスクを開けていたのを見た、という人間が出たらしいんです」

「で、問題になったと」

「いや、木内は否定したらしいです。おれは腐っても人様の財布に手を出す人間じゃない。母親に謝れ、なんて言ったらしくてね。でも結果、それが引き金となって辞めたようなものです。まあ、社内でもうまくいってなくて、居心地も悪かったのだろうけど」

平良は熱い珈琲を、ずるると飲みこんだ。

「筆の逆襲で、そのような案件は」

「ないです、ないです。うちを見たらわかるでしょ？　新聞、雑誌、資料に段ボール。大山は物を捨てない主義だから、常に荷物が重なっていて、みんなじぶんの物すら探すのに泥棒みたいになるんですから。それにみな高給取りじゃないし、取る物なんてありませんよ」

「そうですか。じゃ、あなたがわたしに話そうとしたことはなに？」

平良はいちど、深くため息を漏らした。

「あいつが死んだ一九九三年十二月……〝まとまった金が入るから〟、と借金の申し込みをしてきたんです」

「借金……まとまった金」

「ええ。いつもみたいに、表情ひとつ変えずわたしのデスクに来て。平良さん、金貸してくれと。あいつは会社から金を借りることなんてなんとも思っていないから、正直に言っていました。裏カジノの借金で、暴力団系の闇金がうるさいから、ある程度まとめて返してしまいたい、と」

「それで」

「その頃にはわたしは経理も担当させられていましたから、木内の借金の申し出には辟易していたんです。返したり返さなかったりする男なのでね。その時で会社からの借り入れは百数十万残っていたんです。だから無理だと答えると、悪びれる様子もなく、いやあ、明後日までに闇金に二百入れないと不味そうだから出してくれと。そうしたら、木内が言ったんです。〝いまはまだ言えないが、とんでもなくでかい餌を捕まえた。しかも、おおきな記事付きだ〟と」

「大きな記事」

「ええ。で、会社から金を貸す最終責任者は大山ですから、大山に言ったんですよ。こんなことを木内が言っているが、金を貸すかと。大山はしばし考えていたけど、やはり木内の独自のルートから掘り出してくるスクープ力を知っていますし、編集者として当たりの気配が匂ったのでしょうね。貸してやれ、と」

「なるほど。それが木内博也が歌舞伎町のラブホテルの路地裏で、首を一突きで刺殺された……」

「そのちょうど二週間くらい前でしたね」

　真宮は考えた。七年前の事件直後に、今日とおなじ筆の逆襲の編集室で大山に話をきいたとき、無頼の雑誌を出しつづける編集長らしいシニカルさを見せて木内の借金について語っていたが、いま平良からきいた話は言わなかった。

　なぜなのか――。

「大山が、木内が殺されたあとに、犯人の影を摑んだら追悼記事を出そうとしていたのはほんとうなのか」

「はい。間違いないです。なにせ大山はあの性格ですから。逆に興奮しているというか、燃えてましたよ。表紙はでかでかと生きている木内の写真の横に、路地裏で死んだ直後のデスマスクを並べて出してやろう、なんて構想を練って。こりゃ売れるぞ、と笑っていましたから」

「そうですか――」

真宮は自らのこめかみを指でとん、とんと叩く。

「なのに――なんで大山は記事を出さなかったんだ？　犯人の影すら摑めなかったとはいえ、自らの社員が新宿の路地裏で一突きで殺された事件なんて、彼が言うように当時の雑誌なら売れただろ。なのになぜ、大山は特集記事を出さなかったんだ？」

真宮は平良に語るように、また自らの心に問いかけるように呟いた。

しばしルノアール特有の、高度成長期を駆け抜け、西洋文化に倣った昭和の風情を残すピアノのＢＧＭだけが真宮のテーブルを包む。

と、ふいに、こめかみを揉むように、叩くようにリズムを取る真宮の手が止まった。

「出さなかったのではなく――出せなかったんじゃないのか？」

真宮が呟いた。

平良がごくんと唾を飲みこむのがわかった。

「大山は木内の特集記事を出すつもりでいた。センセーショナルになりうる売れる記事を、あの手の男が放っておくわけがない……でも、出せなかったんじゃないのか？　なんらかの事情で」

平良は一気に緊張感を顔に浮かべた。

「刑事さん……さっき石の話をしていましたよね」

「ええ」真宮は眼光を強める。

「石はわからないのですが……北海道と」

「言いましたよ」

「木内……金を貸してくれと相談してきたとき、金を返せるあてのとんでもなくでかい餌は、北海道に関わることだと言っていたんです」

「なに⁉」

「いえ、それ以上は訊かなかったし、木内が死ぬまでわたしも大山に言わなかったし……でも刑事さんが北海道と口にして、驚いて」

「あなたが話せることを、もっと教えてくれ」

真宮は刑事の目で平良を見て言った。平良は飲みこまれるように「はい」と頷き、言葉をつなぐ。

「先ほどあなたが提示した写真、もういちど見せてください。新宿駅前の歩道橋で起こったという……首吊り写真」

真宮は警察手帳に挟んだ、新宿駅前の首吊り遺体の写真を取り出し、テーブルに置く。真宮は射るような視線で、警察官の手により首からロープを外され、歩道橋の上に寝そべり死んでいる男の写真を見つめる平良の表情を観察する。

両目を閉じながら死してもなお、苦悩をまといつづけるような名無しの男の顔。

平良は真剣に、顔を近づけ見つめつづける。

「もう一枚も、いいですか」

真宮は司法解剖前に撮影された、顔を覆った髭を剃り落とした写真を置く。

「……佐《さ》竹《たけ》さんだと、思うんです」

「なに？」

「これは……佐竹さんです」

平良は言った。

「やはり、知っていたんだな」

真宮の言葉に驚いたように、香下が横顔を見た。

「はい。間違いないです。もちろん長い間お会いしていなかったし、当時は髪も短かったですから、この写真の風貌とは違いますが。でも……間違いないと思います。この人は、佐竹さんです。うちに勤めていた記者の、佐竹満《みつる》さんです」

――引いた。

真宮は思った。

瞬きも忘れ平良の目を見つめつづける真宮が、テーブルの下で自らのスーツのズボンをきゅっと握る姿を、香下は見逃さなかった。

「さっき編集室で言わなかったのは、大山が知らないと否定したからか」

「――そうです。でも大山が知らないなどと否定するので……これは言ってはいけないことなのだろうな、と感じて……すみません」

大山との主従関係を恥じるように、平良はちいさな声で詫びた。

「そんなことはいい。その写真の佐竹満さんは、筆の逆襲にいつまで在籍していたんだ」

「佐竹さんは――三年ほどうちにいたと思います。人間的に、ほんとうに素晴らしい方で。確か在籍していたのは……昭和五十八年くらいから、六十一年の冬くらいまででしたかね」

「一九八三年から――一九八六年か」

「はい。特に筆の逆襲を辞められた時期はよく覚えています。その年、わたしは大山に命じられて、主に芸能と文化風俗の三面記事を担当させられていたんですよ。それが不本意でね。何と言っても一九八六年はまだ言葉こそ誕生していませんでしたが、いわゆるバブル景気が到来した年じゃないですか。一応新聞記者上がりのじぶんとしては、そちらを書きたくて。そんな時に佐竹さんがわたしの担当する芸能などの取材を手伝ってくれることになったんです。でも結局その年の冬に、〝ごめんな、辞めることになった〟と言ってきて。取材途中なのに申し訳ない、と丁寧に詫びまでしてくれて。だから、よく覚えているんです」

「佐竹さんが、あなたの担当する芸能などの手伝いをすることになったのは、どうして」

「大山は表向きは、佐竹の息抜きだ――なんて言っていましたが……」

　饒舌に語っていた平良の口が止まった。

　真宮は身を前に乗りだす。

「なにがあった？」

「実は……佐竹さんの書いた記事でちょっと。そのことが原因で、この年の春、筆の逆襲が出版差し止めになったんです」

「――出版差し止め」

「一九八六年四月号です。とある大手企業の裏金問題を佐竹さんが記事にしたのですが、企業側から名誉毀損にあたると訴えられまして。裏金問題に関わった人物のひとりが、いわゆる被差別問題を抱えていて、そこも佐竹さんは書いたんです。すでに書店やコンビニエンスストアにも搬入を済ませてしまっていたし、大山も言う通り、うちは裁判沙汰なんて日常茶飯事ですから。訴えられてなんぼの商売、逆に雑誌に箔がつくくらいの考えですからね。当然、大山もスルーすると社員は思っていたのですが――結局、出版にかかった費用などを背負ってでも、大山は出版差し止めに従ったんです」

「出版差し止めはなんどかあるのか？」

「いえ、わたしは筆の逆襲になる前の雑誌から大山の下で働いていますが、このケースは初めてでした。出版後に訴えられて東京地方裁判所からの決定で差し止められたケースはありますが、出版前の段階で発売を退ける、ということは経験がありません。ですので、わたしも大山に訊ねたんです。なぜ訴えてきた企業の言うことをきくのか、と。そうしたら、大山は、〝それは表向きだ〟と言ったんです。問題は、別にあると」

「別？」

「踏んじゃいけない地雷を踏んだ、と大山は言っていました」

　真宮はテーブルの下で、両膝の上に置いたふたつの拳を、ぎゅっと握りしめた。

「――踏んじゃいけない地雷」

「はい。あくまでわたしの推測ですが、出版差し止めを選択した理由は企業からの訴えではなく、別の記事にあったのではないかと。それが……佐竹さんが追っていた事件なのではないか、と」

「当時佐竹さんは、どんな案件を追っていた？」

「山ほどあります。佐竹さんはいわばうちのエースでしたから。でも――」

「でもなんだ。ここまできたら言え」

「でも……その出版差し止めの後、二年ほど北海道の企業がうちの雑誌を大量に定期購入してくれていたんです」

「なに？　北海道の企業が？　どこの？」

「それは大山は言いませんでした。でもうちみたいな会社は大量に定期購入してくれるところは神様みたいなもので……もし、佐竹さんの記事が北海道に関係していたら、と」

「……出版差し止めになった号は、一九八六年の四月号で間違いがないんだな」

「はい」

　――それが、出版差し止めになった原因が、

　――一九八五年に起こった、北海道知床半島行きのバス事故だったとしたら。

——大山の言う、踏んではいけない地雷が、北海道バス事故だったとしたら。

——その後記事にしないことを条件に、大山が北海道の企業に大量に雑誌を買い取ってもらっていたとしたら。


真宮はとっくに冷めた珈琲の黒い海をじっと見つめた。

——楠木保こと、釜利修一。

——北海道知床半島行き観光バス事故の被害者。

——バスの運転手は、自らの父親。

そして——新宿駅前で起こった首吊り自殺の現場に、あの青年はいた。


真宮は顔を上げる。

視線は平良の顔をむいていたが、思考はすでにその先を見ているようだった。

真宮の頭のなかで、なにかが繋がりかけていた。微かな偶然の出会いという点と点が、喉元に刺さった一本の魚の小骨が、すべてぐるぐると捻じれながらも螺旋のように、繋がっていく感覚を覚えた。

「佐竹さんは、奥様が元々お躰がつよくなくて、その療養も兼ねて思い切って社を辞めて、地方に暮らそうと思うんだ、と言って辞められたんです。でも実際はどうなのかと、正直感じていました。会社を辞めるのは、出版差し止めになったなんらかの佐竹さんの記事が原因なのではないか、って。右翼団体から佐竹さんの奥様に脅迫があった、なんて噂も社では出ていたんです。でも饒舌な大山が出版差し止めの件は語らなかったので……こちらもそれ以上は深追いできなくて」

「……そうですか」

「大山やわたしたちがなにより恐れるのは出版差し止めなんです。他と違って、わたしたちはおおきな後ろ盾がないちいさな会社ですから、国からの決定はおおきすぎる。ですから大山は、踏むべきでない地雷はなにがあっても踏みません。雑誌を発行しつづけることが、彼のいちばんの使命ですから。だから……さきほどの首吊りの遺体が佐竹さんではないかと思って、やはりあの方はそれに関わるなにかを踏んでいたのではないか、と。同時に、なぜあのときに佐竹さんに真実を問う勇気がわたしにはなかったのかと」

平良はよほど佐竹に敬意の念があるのか、唇を震わせながら横に結んだ。

「佐竹さんは、ほんとうに自殺なんでしょうか？　まさか首を吊ったように見せかけて、誰かに殺されたなんて――」

「それはないと思います。早朝とはいえ、新宿駅南口の前にある出来たばかりの美しい歩道橋です。下は甲州街道が通っているので車通りも人通りもそれなりにある。おそらく自殺で間違いはないでしょう」

「なら、なぜ」

平良は訴えるような視線を真宮に見せる。

「だったらなぜ、佐竹さんはあのような場所で、人目もある場所で、首を吊ったのですか？」

真宮は息を呑んだ。それはまだ名もなかった首吊り遺体を見たとき、自らも疑問に思っていたからだった。

平良が、意を決したように言葉をつなぐ。

「わたしは佐竹さんの死に顔を見て、お話をきいて、いま思うんです。あれは自殺というより――自決ですよね」

「自決？」

「三島由紀夫《みしまゆきお》じゃないけれども、佐竹さんは個人的な思いと、なにか……もしかしたら、社会に対する訴えに近いものがあって、あのような目立つ場所で死んだのではないのかな、って」

「社会に対する……」

「はい。佐竹さんが書きたかったこと、書けなかったこと、世に問いたかったことへの、償《つぐな》いだったのではないのかなって」

話しながら平良の目には、熱いなにかが滲んでいた。

「刑事さん」

「はい」

「佐竹さんはなにを――償ったのでしょうか？」

真宮は香下と共に店を出た。

こんどはわざとコートを忘れる必要もないので、しずかに襟を立て躰に纏った。

遠くにはしずかに去って行く、平良の背中がある。

真宮は最後に、「この話は決して誰にも言わぬこと。他言無用」「それさえ守れば、犯人を検挙するときに、必ず真っ先に平良に知らせる」「ただ万が一にも余計な動きをした、または他社に情報を漏らした場合は、この話は反故《ほご》にする」ことを約束させた。

ただ、平良という記者は捜査の邪魔はしないであろう、と真宮は感じる。冬の青山通りを歩き去って行く彼の背中を見て、そう思う。その背中は人生の終盤が見えてきた、疲れた男の背中だった。

「再就職先に、土産が欲しい」と取り引きを要求してきたが、話をしている途中からは、ひとりの記者としての、人間としての後悔を感じた。

なぜ、佐竹満に真実を問えなかったのだろう、と。そうすれば、彼は非業の死を遂げる必要などなかったのではないか――。

　微かに残る善良さが、平良からは見えた。

　あとは、螺旋のようにつながってきたこの偶然を、糸が切れぬよう手繰り寄せていくだけだ、真宮は思う。

「真宮さん」

　隣に立つ香下が声をかけた。

「なんだ」

「真宮さんはどうして、大山という編集長や平良が、木内のことや、新宿駅の首吊り遺体の男のことを隠している、と感じたんですか？」

「ああ……単純だよ。まず督促状だらけのポストを見たときに、しめたと思った。おまえに言った通り、人生が立ち行かなくなって自棄になっている人間は話すからな。寄り添うふりをしておなじ目線に立ってやれば、この人はじぶんをわかってくれている、と勝手に感じ情報を話してくる。が、大山に会ってみて、すぐに感じたよ。ああ、こいつはまだ人生を諦めていないってね。あの状況でも、たとえ残るふたりの記者がいなくなっても、大山という男は雑誌をもういちど出すことを使命としている。そうなると、あの手の男は話さない。他者への憐れみなんてものは、あいつの勝手な使命の前では虫けらだよ。不利益になることは言わない」

「なのにどうして、大山が隠しているとわかったのですか？」

「大山は立派に話していたからさ。話さないよう、話さないよう気をつけていたが、ここぞというときに、しっかり話していた。まず、借金だらけの元記者、木内博也の殺害事件について。帰り際にも大山にわざと確認したが、大山はおれとの雑談のなかで、ふと言っただろ？　殺された木内の追悼記事を、という話のときに、〝木内を殺した奴らの尾でも捕まえて〟と。あれはどう考えてもおかしい。大山は言葉のあやだなんて嘯《うそぶ》いていたが、彼のなかでは確実に、犯人は複数だったんだ。木内を殺害した犯人はひとりだったとしても、その背後にはまとわりつく人間たちがいる——大山はそう見立てていたんだ。でもそこまで摑んでいながら、大山は追悼記事を出さなかった。ということは、大山はうっすらとでも摑んでいる背景と天秤にかけて、〝書かない方が得〟と判断したんだ。いや……書けなかった、ということだ」

「なにを大山は恐れているのでしょうか」

「大山のいちばん恐れることはなんだ。本を出せなくなることなんだよ。平良も言っていただろ？ わたしたちのようなちいさな出版社がいちばん恐れるのは、出版差し止めだ、と。そのためには踏んではいけない地雷は決して踏まない男だ。大山は誰をいちばんに恐れる？」

「……企業とかですか」

「違う」

真宮は青山通りに立ち、行き交うたくさんの労働者、学生、親子連れ——人間たちを見つめ呟いた。

「おそらく……国だ」

「国？」

「出版差し止めを決めるのは東京地方裁判所じゃない——その裏にはなにが控えている？ 国なんだよ」

香下は黙った。

「まあ、まだおまえは深いことを考えないでいい。とにかく他の署員にも誰にも、この件は言うな。おれが指示したことだけをやってくれ。で、あとはなぜ疑問を感じたかというと、大山に佐竹満の首吊り遺体の写真を見せただろ？ あのときも大山は、〝自殺か？〟と不用意にも問うてしまったんだ。大山は知らぬふりをしていたが、写真を見てすぐに佐竹だ、と気がついたはずだ。その時に瞬時に感じたんだ。殺されたのでは？　と。それはおそらく、佐竹が踏んでしまった地雷のおおきさを知っているからだ。普通はあの写真を見た人間は、百パーセント自殺と脳が認識する。でも大山は過去が蘇ったんだ。おそらく佐竹の踏んでしまった地雷を。だから思わず言ったんだ。自殺か？　と」

「トレンチコートを忘れたのも」

「わざとだ。平良という記者はわかりやすいんだ。おれが大山と話していて核心に近づくと、怯えたように計算機を打つ手が一瞬止まる。まあ、心根が優しいんだろう。あとは大山より、よほど人生に自棄になりかけている、ということだ。言っただろ？　釣りたきゃ、餌をかけつづけるしかない、って」

　香下は、仄かなボディークリームの香りを漂わせ、アスファルトを見つめた。

「真宮さん……格好いいですね」

「は？」

「いや……真宮さん、刑事なんだなって」

「うるせえ」

　ふたりはしばしば黙った。

「香下」

「はい」

「おまえが大山又一郎に食ってかかったの、あれは良かった。あのおかげで大山は平常心を失った。礼を言う」

　香下は嬉しそうに笑った。

「あざっす」

「そこはありがとうございますにしとけ」

「……ありがとうございます」

真宮は微笑む。

真宮は香下に、新宿駅前で首を吊って死んだ佐竹満の妻の居所を調べろ、と命じ帰した。

ひとり、真宮は警察手帳に挟んだ記載用紙を開く。

今日大山と平良と会い、感じたこと、わかったことをメモしていく。

真宮は香下にも言わなかったが――もうひとつ、大山は大切なことを隠していた。

大山は――楠木保を知っている。

雑然と物や雑誌、資料が積まれている編集室にそれはあった。真宮が初めて楠木保、という存在を知った大手出版社が発行する週刊誌だった。その、〈介護福祉事業の時代の寵児　楠木保氏の姿を初激写！〉と見出しがついた号が、積まれている雑誌のなかに見えた。大山ほどの敏腕といわれる編集者が、その記事のことを忘れるはずがない。

おそらく――楠木保の名前は知っていた。が、「知らぬふりをしたほうがいい」と即座に感じたのだ。細部までの繋がりはわからなくても、大山又一郎の本能が――刑事には否定しろ、と告げたのだ。

「なにがある?」

呟くと、真宮は最後に記載用紙にペンを走らせる。

〈平良言う。「佐竹さんはなにを、償ったのでしょうか?」〉

「……償い」

と、真宮が筆を走らせる記載用紙の頁が終わった。

もう、おまえは刑事を辞めるんだぞ、ともうひとりのじぶんが呟く。

——あと二ヵ月ほどで、おまえはただの人間に戻るんだ。高齢の母親と、苦労を背負ってくれる妻、娘と共に生きるんだ。

が——もう一言だけ、どうしても記載用紙に書きたいことがあった。刑事生活三十年以上、確証がなくとも、喉元に刺さった一本の小骨が訴える言葉は必ず記してきた。その執念が、最後に犯人に辿り着くのだ。

もう、刑事は終わりなんだ。

そうわかりつつ、真宮は一旦新宿署へと戻り、会計課へ行き記載用紙をもらおう、と思った。

そして、真新しい、白い記載用紙の一頁目に、じぶんは書くのだ。

〈釜利修一、楠木保は、なんらかの罪に関わっている〉

〈償い〉

〈なにかをされたのか……それとも、なにかをしたのか？〉

*

釜利修一は、ひとり部屋で窓の外を見つめていた。窓のむこうには雪が積もっていた。

名前を変え、もう何年がたつのだろう。いまさらそんなことは、どうでもいいが。

部屋には、ほとんどなにも置いていない。生きるために必要な物だけ、基本的にそう決めている。

ひとりが眠れるベッド。ひとりが食事のできるテーブル。ひとりが座れる椅子。何着かの服。簡易的なラジオ。ランタン。そして何丁かの銃。

そして、テーブルの上に置いた一枚のトランプのカード。

楽しかったトランプのカード。

カードが、「それだけあれば、充分だろ？」と言っている気がした。

ふと、由里子の声を思い出す。まだいまみたいに少し低い声ではない、女の子らしい幼き声を。

「ねえ？　流氷って見たことある？」

「ないんだ」

「実は、わたしも」

「流氷ってさ、どこから来るんだろ」

「シベリアから、って言ってた」

「きれいかな」

「きれいだよ」

「じゃあ、いつか一緒に見よう。流氷を」

バスの中で交わし合った幼き声。

いまじぶんは、ひとり窓の外を見ている。

――僕たちの流氷は、どこまで行ったのだろうか。

ふと、彼は思った。

第五章

金森はこの瞬間が好きだった。

本番がはじまる一分前。能瀬はマイクの前に座るとしずかに紙の束を整える。携帯電話を裏返し、じぶんのすぐ横にある椅子に置く。そして窓の外を見つめる。天気でも確認しているのか、誰かを想っているのか。それすら彼女にしかわからない。もしかしたらただぼんやりとしているだけかもしれない。でもただしずかに窓の外に視線を送る、能瀬の横顔を見るのが好きだった。その横顔を見られるのが、じぶんだけのささやかな特権であるように金森は感じていた。

能瀬は十秒前になるとその視線を前に戻す。彼女が「まるで動物園の檻」と冗談めかす透明なスタジオの前には、今日も中学生、高校生——たくさんの能瀬のファンが立ち並んでいる。番組スタッフには馴染みのおなじ制服を着た女子高生ふたり組が、スタジオブースのなかに座る能瀬にむかい満面の笑みでぴょんぴょんと飛び跳ね、手を振る。彼女はその様子が視界に入ると、ふざけた顔をして返してやり、フェーダーを上げる。

そんな彼女の優しさを見つめ、今日も金森は合図を送った。

「さあ。午後四時となりました。二月十八日金曜日、天気は曇り。今日もほどよく元気にまいりましょう。ユーリのユニオンザライフ」

いつも通り、番組がはじまる。おなじ制服を着た女子高生ふたり組がまた飛び跳ねると、「ほどよく元気に、って言ってるでしょ？　それじゃ無茶苦茶元気にじゃん。わたしはあなたたちと違って幾分歳はとってるから、そのパワーじゃ一時間持たないの。わかる?」と能瀬は返す。その言葉をきき、彼女たちはまた満面の笑みを浮かべる。能瀬は人に笑顔を与えるのが上手だ。その分、彼女はじぶんが辛い時でも笑顔を浮かべることを、金森は知っているつもりだった。

観覧者のひとりが、能瀬に携帯電話をむける。最近はビデオやデジタルカメラでなく、携帯電話で撮る者も現れだした。金森はしずかに、手でバツ印を作って送る。男性は「写真撮影、動画撮影禁止」とスタジオの表に貼られた注意書きに気がつき、カメラで撮ろうとした手を下ろす。金森はちいさく頭を下げ詫びる。能瀬がディスクジョッキーを引き受けてくれたときの条件だった。「本名は明かさない。写真も載せない」。昨今インターネットが普及してきたこともあり、能瀬はより敏感になっている。ここはじぶんが守ってやらねばと、金森は常に思っていた。

人気コーナーの『ＯＮＥ ＤＡＹ』がはじまると、能瀬は本番前に用意した紙に目を落とす。いつも届いている投書のなかから、十通ほどを選ぶ。番組がはじまる前にふたりで、仕分け作業をおこない選別する。が、番組の最後にかける曲同様、最終決定は能瀬に任せている。その方が彼女のトークの個性が際立つ、という金森の判断でもあった。

「えー、では今日のお便り一通目。ペンネーム、『ノストラダムスの大予言大外れ』さんから。『僕は都内に住む中学三年生の男子です。実は今年になって、初めて彼女ができました。とっても嬉しいです。相手はおなじ中学に通っているA子さんといいます。ですがここで問題が。彼女とは学校の帰り道など一緒に帰るのですが、その時はなんとか普通に喋れます。だけど毎晩の電話になると、とたんに用件がうまく伝えられません。空白の時間がたくさん出来てしまいます。こんなとき、ユーリならどうしますか? ちなみに僕の彼女は、去年モーニング娘。に入った後藤真希さんに似ています。ユーリ、電話でうまく彼女と話せる方法を教えてください。このまま彼女と将来、結婚出来たらなあ、なんて思っています。日本と僕の未来はＷｏｗＷｏｗＷｏｗＷｏｗです』」

のろけね、とまず能瀬は苦笑いを浮かべる。

「でも中学三年生で初めての彼女、そりゃ嬉しいか。のろけるのも無理ないね。まず電話でどう話せばいいのか、ってことよね。わたし見ての通り、これだからね。口から先に生まれてきたような人間だから、喋るのに苦労したっていう経験がないのよ。学校でもさ、先生にもうるさいって言われるような感じだったから。彼氏とも、電話で話すときに苦労した経験ないな」

と、観覧者のいちばん先頭に立つおなじ制服を着た女子高生ふたり組のひとりが、「ユーリは初めて彼氏が出来たの、いつ⁉」と笑顔で叫んだ。能瀬は髪の毛を引っ掛け後ろに流している片耳を、彼女たちにむけた。

「え？　いつ初めて彼氏が出来たかって？　そんなの秘密よ」

能瀬の答えにみなが笑った。同時に昔能瀬が酒を呑みながら言った、「弟の昴が喋れないからさ、お喋りに生まれたじぶんを恨んだこともあったよ。神様って奴がいるなら、わたしのお喋りを半分でも弟にあげてよって」と漏らした言葉を思い出した。その時も、能瀬は笑っていた。

金森は思い出し、いかんと気を引き締める。番組の進行を確認し、能瀬の答えに耳を傾ける。

「でもノストラダムス君の相談も切実か。なんてったって後藤真希さんが熱でうなされたくらいには似ている美人さんなわけでしょ。逃がしたくないもんね。電話でうまく話す方法……そうね。わたしの友達でひとり、あなたくらいの歳の頃かな、思いを寄せる相手と電話するときにね、やっぱり緊張してうまく話せなかった子がいて。その子はね、電話をする前に一時間かけて電話で話す内容をノートに箇条書きにしたんだって。で、例えば『今日の部活の話』っていう話題なら、そこから相手の返事を何パターンか想定して、まるでドラマの台本みたいなものを作ってたの。『今日部活で先輩がこんな意地悪を言ってきて』『それは酷いね、大丈夫？』みたいな。でもいざ電話をしてその話題を出してみたら、相手もまだ異性に慣れてないからさ、『へえ、そうなんだ』で終わっちゃって妙な間が出来て、余計におかしくなったって。結局毎回電話を切るたびに、台本破り捨ててたってよ」

　透明な硝子張りのブースのなかの能瀬を見て、また観覧者が笑う。金森はこの答えを、「もしかしたらこれは、能瀬の経験談かもな」と思った。

「だから結局ね、これも慣れだから。最初から好きな人とは、うまくは話せないってことよ。だいたいわたしからすればね、毎晩なんて電話しすぎ。そりゃずっと話していたら話題もなくなるよ。まあ、会話が途切れたあの独特の間ってあるじゃない。あれを怖がらないで楽しみなさい。きっと相手も緊張しているんだから。それで合わなきゃね、男と女は別れるの。将来結婚したい、って思ってるノストラダムス君には酷かもしれないけど、初恋が実るなんてことは万万万が一の奇跡だから。だからとにかく、学校の帰り道を一緒に歩く、なんて結構最高なことなんだからさ、その時間を楽しんでくださいな。で、いざお別れのときが来たら、『なんで？　どうして？』なんてしつこくしないのよ。別れたいとか終わりにしたいって言われたらそれまでなんだから、その時は心で泣きながら『はい！』って言って次に行きなさい。以上」

　由里子は手際よく、次のお便りも読み答えた。「『夫が毎晩の食事をなにがいいか訊ねても、なんでもいいとしか言いません。どうしたらよいでしょうか』」という三軒茶屋に住む主婦からの相談にも、「結婚してないからわかんないよ」と言いながら、結局は「もやしでも渡して、じぶんで炒めて食えって言いなさい」と短く答えみなを笑わせた。

　番組はいつも通り、エンディングに近づく。

　番組の途中で流す曲は、当然だがいつもきちんと決めてある。が、最後に流す曲だけは違う。最後にかける音楽は、能瀬が当日の番組の流れで感じた曲をその場で選択する。金森にとってはスリリングだが、ふたりだけの秘密のゲームにも感じる、楽しい時間だった。本番前に能瀬からヒントが渡される。今日は「王室に盾を突いて売れた連中か、アメリカ的でもイギリス的でもない、ケルト音楽から影響を受けたボーカリスト」この二択だった。

さあ、来い。

金森は能瀬を見つめる。

能瀬も金森を試すような、悪戯を楽しむような視線をむけ、微笑む。

王室に盾を突いて売れたミュージシャンは、セックス・ピストルズだ。残りは後者。

彼女のいちばんの特徴と言ってもいい、口元。唇。どこか儚くもよく笑う唇が、ふう、と一度だけ短く呼吸する。

「では本日最後の一曲。五年前か。早いね。一九九五年発売のヒット曲。エンヤで、『Ａｎｙｗｈｅｒｅ　Ｉｓ』」

金森は両手でちいさくガッツポーズを作り能瀬に見せた。彼女は悔しげな顔を作り、が、安堵の表情で笑ってみせた。金森はそっと、電子の針を落とす。

宇宙を思わせるような、幻想的なイントロが流れる。

が、金森は心配になった。能瀬が癒しを感じさせるような曲を選ぶことは滅多にないからだ。

疲れているのかな。

最後の投書の紙に目を落とす、彼女の表情を見て思う。

*

金森が最後の曲を正解してくれたことに安堵しながら、また慌てふためく彼の様子をすこし見られない悔しさも感じながら、由里子は最後の投書の紙に視線を落とす。

すこし疲れているな。

自らが選んだエンヤの曲を聴きながら思う。

すべては去年のクリスマスイブに起こった、あの事件からだ。新宿駅南口の歩道橋で、あの男が首を吊ってから。――佐竹満という男。『筆の逆襲』という雑誌で記者をしていた男。わたしの家のポストに、

〈もう、やめてください。

あの人にも、おなじことを伝えています。

あなたたちの罪は、わたしの罪です〉

説教じみた手紙をいれてきた男。

この出来事から、余計な疲弊がはじまった気がする。

いや。

由里子は自らの考えを否定した。ふと、先ほど自らが発した言葉に気づいた。エンヤの曲をかける前、リスナーに放った言葉。

「では本日最後の一曲。五年前か。早いね」

佐竹という雑誌記者が首を吊ってからおかしくなったのではない。すべては一九八五年、十五年前の大晦日からいまにも割れそうな薄氷を渡ってきたのだ。いまにはじまったことではない。あれから十五年。この道が長かったのか短かったのかさえわからない。

十五年か。

エンヤの『Ａｎｙｗｈｅｒｅ Ｉｓ』をかけながら、ふと手元にある和訳のカードを見る。ものごとの終わりを予感させるような歌詞で、不穏だった。

ふ、と苦笑いを浮かべた。まずい曲をかけてしまったなと思った。まるで、わたしたちのことではないか。こういう歌詞が潜んでいたのか。偶然にも悪いトランプのカードを引いてしまったかのようなじぶんに、一瞬苛立った。でも由里子は、この曲を英語がわかる修一——いや、楠木保が聴いているのかはもう気にならなかった。この間デヴィッド・ボウイの『チェンジズ』を聴かせてしまったときは反省した。が、もう、それどころではない気がしていた。なにかがひたひたと、近づいている気がする。

由里子はエンヤの曲を聴く、動物園の檻の前にいる観覧者たちを見つめる。

——誰か、異物がじぶんを見つめている気がした。

目を光らせ、自然に、誰にも気づかれず、闇のなかからこちらを窺っている気がした。

まるで、わたしたちがそうしてきたように。

由里子は窓の外を見つめる振りをして、二十六階にいる面々を目視する。涼し気な目だけを、ゆっくりと誰にも気がつかれぬように、右から左へと動かす。自らが籠るサテライトスタジオの前にいる人々は、だいたいが見知った観覧者だった。あとは、オレンジタワー最上階のおおきな窓にむかい備えられたソファーに座る、カップルや、冬の夕焼けを眺める面々。その奥にはオープンカフェがある。そこにはやはり、早めの仕事終わりにビールを飲むサラリーマンや、本、携帯電話を黙って見つめる人々がいた。広いフロアのエレベーター近くには「スカイオレンジ」というレストランがある。が、普段よく目にする従業員たちが出入りしているだけだ。

怪しい人影は、どこにもなかった。

だが、由里子は細胞に、背中に、なにか気配を感じていた。

——誰かがじぶん、いや、じぶんたちを見ている。そんな気がする。

由里子はこれが、やや疲れている自らが醸し出す勘違いであって欲しいと願った。とにかく、三軒茶屋オレンジタワー二十六階には、自らを窺う異物はいないように思えた。

と、金森がこちらにむかって人差し指を揺らしているのに気がついた。

流していた曲が終わっていた。由里子は一瞬慌てそうになったが、ぐっと丹田に力をこめ、噯《おくび》にも出さぬよう、自然な笑顔を浮かべた。

「エンヤさんが終わっていたね。想像以上にわたしが癒されちゃった。これが最近流行のヒーリング効果ってやつかしらね。それでは最後のお便り。ペンネーム『元ガングロちゃん一号二号』、おう、あなたたちか」

透明なサテライトスタジオの最前列に陣取る、おなじ制服を着た女子高生ふたり組が嬉しそうに頷いた。

「『ユーリ、平素よりたいへんお世話になっております。一号二号でございます』なんじゃそりゃ」

由里子は笑顔をふたりに向ける。

「『見ての通り、わたしたちの顔もすっかり冬が似合う白い顔に戻ってきました。トースターで間違えて食パンを十五分焼いてしまったような焦げた顔では、もうありません』そう？　まだ七分焼いたくらいには黒いけどね」

ふたり組の女子高生が嬉しそうに笑う。

「『白くなってきた肌も気に入りだして、先週の夜久しぶりに渋谷の街へ行ってきました。ですがあれだけ仲の良かったギャルサーの仲間には無視されました。ここでは言えない罵声を浴びせられたり、蹴られたり、殴られたりもしました。久しぶりに渋谷でオールしようと思っていたのですが、〝あんたたちは二度と渋谷に来ないで〟と集団で言われ、追い出されるように帰ってきました。顔を黒くして目元に白いメイクをしていなければ、もう友達ではないって。悔しくて泣きました。でもガングロを止めたことにも、また生まれ持った白い顔に戻ったことにも、後悔はありません。ギャルサーのみんなと、もう連絡が取れなくなったとしても。最近では顔が白くなって、夜もきちんと家にいることも多くなったので、仲が悪かった父親と母親に、いまの方がいい、よかった、なんて褒められています。敬愛するユーリに、元ガングロちゃん一号二号からの冬の感謝のご報告でした。チース』」

由里子はしずかになんどかちいさく頷くと、「よかったね」と言った。この投書を読むつもりはなかったが、ディレクターの金森がつよく推薦してきた。「今日も来ているだろうから、読んでやれよ」と。

由里子はなるべく、「父親」「母親」というキーワードは避けてきた。あまり読みたくない。が、普段番組のなかでかける曲も、ほぼじぶんの意見で決めている。勝手を金森に許してもらっていること、迷惑をかけていることも自覚している。だから、今日はこの投書を金森の言う通り読むことにした。

由里子は机から顔を上げ、優しい笑みを浮かべる。

「よかったじゃん。そりゃ元の仲間に酷いことを言われたり、殴られたりしたのは辛かっただろうけど、よかったよ。群れる必要なんて、ないからね」

どこから見ても不良には見えない、普通の女子高生ふたり組に見える彼女たちが、由里子の言葉に頷く。

「あなたたちくらいの時期に群れてみたり、そういうことから学ぶこともあるかもしれないけど、これからの人生にはそう必要ないよ。結局あなたたちが顔を白くしただけで、『裏切った』とか思うくらいの関係なんだからさ。そりゃ、あんたたちもそのギャルサー？　やっていたときは楽しいこともたくさんあっただろうけど、そんなのは一瞬だからね。いま、いくつになったんだっけ。十七歳？　高校二年か」

スタジオのなかの由里子を見つめるふたりが、ぶんぶんと首を縦に振る。

「十七歳っていったら、大人だから。よく『親のことが許せない』なんていい歳こいて言う人がいるけど――大人になっても親を許せないっていうのは、いいことではないからね。他人にはわからない事情があっても、親のことは許さなきゃ。でないと、いつまでもじぶんが子供のままで辛いだけよ」

由里子は自らに問いかけるように言い、やがて彼女たちに優しい笑みをむけた。

「とにかくお父さんとお母さんが喜んでくれているなら、それがいちばんじゃん。それにいまは仲間が去ってさみしいかもしれないけど、結局人間なんてものはね、誰かひとり、じぶんのことをわかってくれている人がいればいいんだと思うよ。それがあんたたちお互いでもいいし、いつか巡りあって好きになる相手でもいいし。ま、とにかくよかった。あれだっけ？　将来やってみたいこと思いついたんだっけ？」

「ネイリスト！」

「看護婦！」

肩まで髪の毛を伸ばした女子高生ふたりが叫ぶ。

「オーケー。じゃ、頑張ってよ。いつかわたしの爪のお手入れと、入院でもしたら面倒みて頂戴。はい、以上」

金森がＢＧＭを流す。

由里子は女子高生ふたり組の投書を読み答え終えたことに、人知れず安堵した。親に関わることは苦手だ。答えたくない。じぶんがどう答えろというのだ。「北斗流氷号バス事故」。崖から転落し、どこに天井があるかさえわからぬほどバスは傾き、灯りは消え、非常灯だけがぱちぱちと音を立て時折闇を照らしたあの夜。窓は割れ氷点下二十度の外気と雪風が入り込み、じぶんも人々も物のように折り重なった。

その後方に、母親はいた。

サンドイッチの具のように、母親は上下を人に挟まれ倒れていた。

真っ赤な、母親がお気に入りの毒々しい花のような下品なワンピースが見え、最期にその細い手が、じぶんを求め小刻みに震えた。

——由里子。

彼女は途切れてしまいそうなちいさな声で、手を必死に伸ばし、じぶんに言ったと思う。

その時わたしは思ったんだ。

決して、その手は摑んではいけないと。

じぶんも大人が上に乗り押しつぶされながらも、なんとか抜け出して母親の元へ行かなければ——などとは微塵も思わなかった。昴のことだけを考えた。弟とより良く生きていくことだけを。だから、

「死んで」

と思った。

「そのまま、死んで」

と。

そんな十二歳だったじぶんが、小学六年生だったじぶんが十五年の年月を経て、大人になった。いまじぶんは——親を許せているのだろうか。

金森の流しているＢＧＭの終わりが近づく。次の山を越えれば、今日の番組はぶじ乗り越えられる。由里子は決して周りには悟られぬよう、平常心を保つ。心臓の鼓動など、いつだってコントロールできる。そうやって生きてきた。そうしないと、生き抜いてこれなかった。

金森がちいさく手を振り合図を出す。

由里子はいつも通り、手元のニュース原稿に手を触れる。

「さあ、今日のニュースです。先月一月三十一日に新宿区余丁町で起きた『運輸省特別顧問、相沢誠彦さん銃殺事件』の続報です――」

　ニュースを読み終わり、わたしは今日も乗り切った、由里子はしずかに思う。躰と心がぐったりと、疲れている気がした。


「能瀬」

　スタジオを出ると、後ろから声がきこえた。金森だった。

「どうした？」

　由里子が返事をすると、優しい笑みをたたえ金森が歩を進め、止まる。

「飯でも行くか」

　金森の言葉に感謝した。でも、そうする訳にはいかない。

「ごめん。家に帰ってＣＤ聴かなきゃ。ＴＯＫＹＯ　ＦＭの分も、わたしたちの番組の分も溜まってるし。あ、〝とか言いながらおれが音楽業界から頼まれてる邦楽はかけないじゃないかよ〟とか言うのはなしよ」

　金森は優しく苦笑いを浮かべる。

「ほんとだよ」

「ごめん」

「でもわかった」

　金森の目が、じぶんが着ている洋服に目がいったのがわかった。しまったな、由里子は思う。

が、すぐに金森は笑顔に戻り言った。

「そうだ、三月に東京ドームでマライア・キャリーのコンサートがあるだろ？　チケット取れそうだけど行くか？」

金森がじぶんを元気づけようとしている空気が、由里子はわかる。去年のクリスマスイブには「マライアの曲でもかければいいわけ？」みたいなことを言ってしまったが、彼女の歌声も楽曲も由里子は好きだった。だけど——。

「いいや、やめとく。ありがたいけど」

「わかった」

金森は、優しく今日も微笑む。


由里子は金森と別れ、オレンジタワーを出ると世田谷通りを渡った。

珍しく、今日はジーンズではなく、ニットのワンピースを着てきた。

薄茶色の、膝下まであるニットのワンピース。

足元も同色の茶色いロングブーツで合わせた。

「馬鹿みたいだな」

由里子は歩きながらひとり思う。


行きつけのバーに着く。人と車の往来の多い世田谷通りを奥に進みなんどか折れると、不思議なほど街の喧騒がきこえなくなる。

そこに由里子が訪れる、『BAR Sheets』がある。ビルの一階、まるで皮を丁寧になめしたような伸びのある艶やかなコンクリートの壁の中央に、横長の長方形の窓がある。窓の奥は薄い茶色のかなり落とした照明で包まれ、ちょうどバーカウンターの奥に並ぶウイスキーやスコッチ、ブランデーやジン——百本は超えるであろうアルコールの瓶が、まるで上質な古書を扱う書店の棚のように陳列されているのが見える。

その手前には、カウンターの中央付近に座る客の背中が辛うじて薄明りのなかシルエットで浮かぶくらいで、決して顔は見えない。

由里子は木製の重厚なドアを開けなかに入る。六名が座れるちいさなカウンターには、右端に常連の男性がシガーを片手にしずかにグラスを傾けていた。

まだ早い時間だからか、客はこの男性ひとりだった。

「いらっしゃいませ」とちいさな声がきこえる。声の主はこの店のオーナー兼バーテンダーだった。

Ｓｈｅｅｔｓは実にバーらしい店だった。客席六つのちいさなカウンター。他に一席のテーブルこそあるが、客数は多く取らない。経営者でありバーテンダーの彼がひとりで店を回す。その佇まいはとてもしずかで、来訪を重ね常連になろうとも、決して自らは声をかけない。店内に流れるジャズや店主が主張もせず手首を揺らし作るカクテルの音、グラスに注ぐウイスキーの音、――すべて薄暗い店のなかでは、ちいさな音だけが主役だった。そんな雰囲気が、毛羽だった気持ちのことも多い由里子にとって、心地よかった。だから由里子は時々、このバーを訪れる。

六席あるカウンターの中央付近の椅子に、由里子は腰を下ろす。まだ四十ほどか、しかしバーという空間を愛していることがわかる店主がしずかに迎える。

そっと由里子の前に、デミタスカップが置かれる。西洋の柄で絵付けされたカップのなかには、美しい、やや茶色みを残しただけの底が透けるようなコンソメスープが入れられている。「お酒を呑む前に、胃の腑を温めてください」ということなのかな、と由里子は理解していた。

スープを胃の腑に運ぶ。

温かで嫌味のないコンソメの風味が口のなかを潤す。二月の冬空に冷えていた躰に、ぽっと灯りがついた気がした。

頼んだホットワインを呑みながら、待ち人が来るのを心で数える。

由里子が二杯目のお酒を口に運ぶころ、彼は現れた。

物音すら立てず木製のドアが開く。店主がしずかにいらっしゃいませ、と出迎える。木目の床をしずかに進む、革靴の音がきこえる。じぶんと一席離し、カウンターの左の奥の椅子を引くのが視界に映る。

カウンターの左隅に釜利修一——いや、いまの名は楠木保が腰を下ろしたのが横目に見えた。

保は差し出されたスープを、ゆっくりと飲んだ。白いセーターの上に、黒のスーツ。彼のよく見る服装だった。彼は服などに執着しない。いま着ている白いセーターも、去年の保の誕生日に、由里子が渡したものだ。「よく似合っている」と思いながらも、もう少し他の服も着ればいいのに、と思う。冬場はだいたい、スーツの下はこの白いセーターか黒いセーターだからだ。黒いセーターも、由里子が以前に渡した物だった。

あの日も白いセーターだったな、と由里子は左目の視界で保を感じながら思う。

昨年のクリスマスイブの早朝。新宿駅南口の歩道橋で首を吊り死んだ佐竹満の遺体を挟みながら、むきあったあの日。あれからもう、二ヵ月が経つ。

保はバーテンダーにスコッチを頼むとしずかに口元に運ぶ。つよさと寂しさを共存させたような一重瞼の奥の瞳で、目の前に並ぶ薄茶色の照明に照らされる瓶を見つめていた。

由里子は壁を見る振りをして、保を見た。

視界のなかに映る彼の姿は、痩せても、太ってもいない。病気などは、していないように思う。会うたびに、「ご飯はきちんと食べているのかな」「なにを日々食べているのだろう」と由里子は思う。が、結局はいつも、ちゃんと食べているはずだという結論で終わる。

ジャズピアノの音にアルトサックスが交じり合う。

保は二杯目のスコッチが空になったころ、しずかにトイレへ立った。

由里子はバーテンダーにジンのロックとレーズンバターを注文し、少しばかり、バーテンダーと話す。

由里子の前におおきめの氷を入れた透明なジンと美しい皿に盛られたレーズンバターが置かれたとき、保が戻ってくる。バーテンダーがアロマの匂いを微かに染みさせた温かなおしぼりを保に渡し、微笑をそなえて「なにか他の物をお出ししますか？」と問う。保は「ああ」と言い、「ブランデーを。銘柄はお任せします」とだけ言った。保の声がきけて、すこし嬉しかった。

間をあけ、こんどは由里子が席を立った。

木の床にブーツの踵をしずかに鳴らし、しっかりと、誰にも気づかれぬよう、自然な振る舞いでトイレのドアの鍵を閉める。

そうなれば後は、余計な感情はいらない。

由里子は用を足すことも鏡を見ることもせず、素早くトイレの上部に付いた陶器のタンクの蓋を慣れた手つきで両手で持ち上げ、外す。なかを見ると、目的の物はあった。タンクの内側の壁に、貯まる水に万が一落ちても大丈夫なように、二重に巻かれた防水性のおおきめのパケ袋がひとつ、それとは別にちいさめのパケ袋がガムテープで貼られている。由里子は、音も立てずそれを取り、ちいさなパケ袋はすぐに鞄にしまう。

おおきめのパケ袋を開けると、新しい、白い携帯電話が見えた。

保はいつからか——そう、釜利修一から楠木保に名を変えたころから、「由里子の携帯電話はおれが用意するから」と言った。理由は「どうやら携帯電話の通話履歴が、販売元の通信会社のデータのなかに残っているらしい」という情報を得たからだった。付随して「刑事事件に関する容疑者の捜査に際して、警察組織もその通話履歴を確認できる法律に変わりつつある」と保は言った。

それからは由里子の携帯電話は、保が用意するようになった。保は由里子に、三ヵ月おきに新しい携帯電話を用意する。もしなにか警察組織に足跡を摑まれ由里子も捜査対象のひとりとなったとき、携帯電話自体に残る通話履歴の跡は少ない方がいい、という保の判断だった。だから今日は、BAR Sheetsに来た。ここ半年は携帯電話の受け渡しの場所をこの店にしている。それに、席は隣同士にならず間隔をあけるとしても、会って生存を確認することは出来る。由里子は新しい携帯電話を鞄にしまうと、再度パケ袋のなかを確認する。

袋のなかに、ちいさなメモ用紙も入っていた。

保の字で書かれた、羅列された数字。

〈090-3129-55……〉

これは保が今日から使用している新しい携帯電話の番号だった。

保もだいたい三ヵ月もたたず、新しい携帯電話と番号に変える。契約者も楠木保本人ではない、偽りの携帯電話。いわゆる、〝飛ばし〟の携帯電話だ。

保がじぶんの物も含め、どこから、誰から飛ばしの携帯電話を手に入れているのかも知らない。そんなことは知らなくていい。大切なのはいまを生き抜くことだ。

由里子はトイレのタンクに入れられた保の新しい電話番号を頭のなかで復唱し、覚える。こんなことは慣れている。一瞬で、死ぬ気で番号を自らの躰に叩き込む。叩き込んだら、そのメモ用紙を細かく破ると、トイレットペーパーを多めに取り、千切ったメモの屑をなかに詰め、トイレのなかに落とす。

洗浄レバーを回し、メモ書きを飲みこませ、三十秒数える。

それで紙屑が浮かんでこなければ、保の新しい携帯電話番号はこの世でわたししか知らない。

神なんて者が、この世にいなければ。

こうしてバーのトイレは、今日もじぶんと楠木保の秘密を飲みこんだ。

鏡を見ると、今年二十七歳になるじぶんが、そこにいた。

もう十二歳の子供ではない、大人になった能瀬由里子がじぶんを見つめていた。身長も伸び、髪の毛の色もかわり、眉も引き、立派な女になった。

――なにをしてるの？

鏡のなかのじぶんが、ふいに問いかけた。

――お気に入りのバーなんでしょ？　こういう場所はのんびりひとりで来るか、好きな人と来るものよ。例えば金森さんとか。それを犯罪者みたいに、なにしてるのよ。

由里子は黙って、鏡のなかのじぶんを睨んだ。もうひとりのじぶんだとしても、たとえ幼き時代のじぶんの言葉だとしても、許したくなかった。

由里子はリップを塗ることも、グロスを引くこともなく、鏡のなかのもうひとりに言った。

「生きてるのよ」

鏡のなかの由里子は消えた。

鞄のなかに手を入れる。

由里子もパケ袋とテープを用意していた。保が用意していた物よりちいさな袋。そのなかに、ちいさなキーホルダーを入れておいたのだ。

子供じみているが、先日偶然見つけて買った。彼も疲れているだろうから、プレゼントだ。彼が付けるとは思わないが、携帯電話のストラップにもできるようになっていた。

紐の先には、菱形のような水晶が付いていた。

これが由里子には――流氷に見えた。

由里子はタンクの内側にプレゼントを貼り付けると、そっとタンクを閉めトイレを出た。

再び由里子の耳にジャズが流れ込む。

まるで他人のように、一期一会で店内に居合わせた客のように、保の横を通り過ぎる。

しずかに椅子を引き、元の通り楠木保と一席を空けカウンターに座った。

その時だった。

木製のドアが遠慮がちに開くと、サラリーマンらしき男たちが入ってきた。

「……すみません。初めてなんだけど、いいかな?」

スーツを着た先頭の男が腰を低くしてバーテンダーに問う。

「もちろんです。いらっしゃいませ」

薄明りの下、バーテンダーは笑顔を浮かべなかへと誘う。

店に足を踏み入れたのは、三人の男性だった。自然、カウンターに座る三人は気配を感じる。いちばん右端に座る常連は首をちら、と曲げ後方を見る。が、我関せずと首を正し、またシガーを燻《くゆ》らせる。カウンター席は六名掛け。テーブル席にも三人は座れなかった。必然由里子は、「ずれますよ」とちいさくバーテンダーに告げる。店主はゆっくりと首を垂れ、由里子のグラスとコースターを一席分左に置いた。由里子は立ち上がり、保の右隣に座る。

「すみません」

他人のように、保に微笑む。

「いえ」

保は一瞬視線を由里子にやり、また顔を正面に戻した。

隣同士に座れただけで、なんだかいい気がした。

今日一日も、すべての年も。

それからは十五分ほどか、保は由里子の左にいた。グラスを傾けながら物思いにふける振りをして、左に座る楠木保を感じる。店内に流れるバド・パウエルの疾走感あふれるジャズピアノに躰を任すふりをして、顔を左にむけ、保を視界いっぱいに入れる。「生意気に、すこし髭なんて浮かんで」「彼も大人になったな」「耳の上で綺麗に揃えている髪は、美容院で切っているのかしら？」「いや、じぶんで切っているのだろう。子供の頃から器用だったもんな」とひとり心でじぶんと会話をする。バーテンダーが作っているこの店の逸品のレーズンバターを口にする。塩気を残しながら砂糖の甘みとレーズンの酸味が心地よく胃に落ちていく。「美味しいな」と思う。突然隣にいる保に「食べます？」なんて尋ねたら流石に彼も意表を突かれて「え？」なんて言って、そうやって驚かせたらどんなに面白いだろう、とひとり空想する。でもそんなことは出来ないから、由里子はたった十五分、薄暗いバーの灯りと音に応援されるように、保との時間を楽しむ。保の右側でその体温と匂いを感じながら、「わたしたちは生きている」と実感する。左に座る保が、わずか数十センチの距離で隣に座るじぶんとの空間のなかでなにを考えているのかはわからない。金森とのように、普通には話せないから。でも、どこか昔の懐かしさを覚えたり、一瞬でも心が安らいでくれていたらいいな、由里子は思った。

「会計を」

保が低くしずかな声で、店主に告げた。

もう、この時間も終わりか。

由里子は思う。すこしだけ、悪戯したくなった。由里子は自然な仕草で右を向くと、サラリーマンの三人は今日行われたプレゼンテーションの話に浸り、こちらのことなど眼中にもない様子だった。店主もちいさなキッチンに身を潜め会計をしている。由里子はそっと鞄のなかからペンを取る。何杯目かのジンのロックが入ったグラスを持ち上げ、『ＢＡＲ Ｓｈｅｅｔｓ』と刻まれた紙のコースターを裏返す。まるでじぶんたちが育った北海道の冬景色のように真っ白なそれに、由里子はペンを走らせる。お道化たように、わざと可愛らしい白熊のイラストを描き、ささっと漫画のように吹き出しを

書く。吹き出しのなかに、

「ひとりじゃねえぞ、がんばろうぜ～」

と、お道化た白熊の台詞を書いてみた。

左肘で——保の右腕に触れる。

細く筋肉でしまった保の右腕が、由里子を感じる。

保がしずかに、右にいる由里子に視線を合わせる。

「じゃーん」とは言えないが、そんな気分でコースターの裏を保に見せる。由里子はまるで十代の少女のように、悪戯っぽく美しい涼し気な目で保を見つめた。

保が意表を突かれ——一瞬「ふ」と声を漏らし、笑いそうになるのを堪えていた。

それだけで、由里子は「やった」と思った。保を笑わせたのならわたしの勝ちだと、名もなきゲームの勝利に酔いしれた。

由里子は再びコースターをカウンターに置き、グラスを載せる。

しばし、あたりまえの沈黙が流れる。

互いに、他人同士のように前を向き、一点を見つめる。

由里子からも、保からも、数秒前の楽しかった一瞬の気配など、もう消えていた。

「——がんばろう」

由里子は右側に座る男たちに決して気づかれぬちいさな声で、保に言った。

保はただ黙って、いつものように前を見ていた。由里子は一枚板のテーブルの下で、自らの左手で保の右手に触れた。

保の右手が一瞬、驚いたようにぴくりとしたのが伝わる。

でも、やめなかった。由里子は保の右手を、ぎゅっと握った。

――がんばれ。がんばろう。

とでも言うように。

店主が戻り、手を離す。保はお金を払いお釣りを受け取り、トイレへと向かう。誰にも疑われぬ短い時間で、保は再びトイレから出てくると、店を去って行った。

由里子の背中と背骨が、店のドアがしずかに閉まったことを感じる。ひとりになり、ジンを躰に染みこませる。酔えはしなくても、すこしでも心にある重石を軽く感じたかった。保はきちんとプレゼントに気がついただろう、由里子は思う。毎回携帯電話の受け渡しの日は、保がタンクに入れ、由里子がそれを取り、最後に保が確認をして帰るからだ。あの水晶のキーホルダーを、保は喜んでくれるだろうか？　あの水晶を見て、いつか一緒に見る流氷だと、保は気付いてくれるだろうか？

「チェックで」

由里子も言う。

と、隣に座るサラリーマンの客が遠慮がちに顔を沈めながら、「よければ一緒に呑みませんか？」と問うてきた。由里子が断ると、「だから言ったじゃないですか」「無理ですって、あんな可愛い子」と他のふたりの男に言われ、苦笑していた。

悪戯書きをしたコースターを、鞄にしまう。

最後に食べたレーズンバターは、甘いはずなのに、なぜか苦いだけだった。

家へと帰る。玄関を開け、真っ暗な部屋の電気をつける。ダウンコートを脱ぎ、弟とじぶん用のふたつ並んだシングルベッドの上に、そっと置く。鞄から保から受け取ったちいさなパケ袋を取り、冷凍庫にしまう。

暖房をつける。北海道で生まれ育ったから上京した頃は東京の寒さなどわけはなかったが、最近はこの街の生活に慣れてしまったのか、それなりに寒さを感じる。「ピ」という暖房がつく音が鳴ると、「コー」としずかに白いエアコンは無理やりに部屋を暖めていく。

インスタントの珈琲を淹れ、窓際のちいさなテーブル前に腰を下ろす。今日保から受け取った新しい携帯電話と、古い携帯電話を並べる。ずると一口珈琲を飲み、並べた二台を見つめる。テレビもつけず、音楽もかけない。暖房のコーという音と窓の外を通る世田谷通りの微かな音と声だけがきこえる。細いその手に、金槌《かなづち》とドライバーを持ち、真剣に二台の電話を見つめる。三ヵ月にいちどの頻度で携帯電話を替えていることなど、誰にも知られてはいけない。だから毎回新しい携帯電話になるたび、古い携帯電話についた微かな傷さえ新しい物にもつける。細かなことだが、生き延びるためには大切なことだ。万が一にも、怪しまれてはいけない。

顔をテーブルに近づけ、じっと見る。今日まで使っていた携帯電話の右下と左上に、微かな傷がある。どこかにぶつけたときにでも付いた物なのか、右下は縦に二本、左上は横に擦れたような傷だった。

トン、トン、トン。

新しいそれにドライバーの先を当て、金槌で叩いていく。しずかに、壊れぬよう、そっと叩く。こんな細かな傷を誰かが覚えているわけもないだろうが、再現していく。

万が一にも足跡に気づかれないように。

絶対に、捕まらないために。

トン、トン、トン。

右下の縦二本の傷はうまく再現できた。今度は左上の擦ったような傷だ。「どうしようかな？」由里子は印象的な薄い唇を尖らせ、嚙み、考える。立ち上がり、小銭入れから十円玉を持ってくる。まるでなにかの技師のように、真剣に繊細に、新しい携帯電話の左上をドライバーと金槌で打ちちいさな傷を作る。こんどはそこを、十円玉でしずかに削っていく。しばらくすると、いままでの携帯電話が乗り移ったかのように、おなじ傷を持つ新たな携帯電話が出来た。

ふと横をむくと、開けたカーテンのむこうの窓硝子に、じぶんが映っていた。ワンピースを着ているじぶんが、そこにいた。

薄茶色の、ニットのワンピース。膝下まであり、先月珍しく気に入って、買ったワンピース。今日は、買ってから初めてこの服をおろした。

楠木保と会う日に。

秘密の携帯電話をトイレで受け取るためだけに、会う日に。

新しい、お気に入りのワンピースを着てみた。

そしていま硝子のなかのひとりの女は、真剣な顔で手に金槌とドライバーを持って映っている。

馬鹿みたいだな、と思った。

この素敵な服を考えたデザイナーも、まさか金槌とドライバーを持つシチュエーションは想像していなかったであろう。明日からはきっと、またジーンズを穿く。

だが眠る前にまだやることはある。古い携帯電話を壊さなくてはならない。跡形もなく、粉々にする。このまま捨ててもよいが、リスクは過剰なほどに減らしておいたほうがいいことは経験上知っているし、身についてしまっている。

楠木保は、ちゃんと家に帰っただろうか？

流氷に似たキーホルダーは、気に入っただろうか？

弟の昴は、施設のじぶんの部屋でぐっすり、眠っているだろうか？

そんなことを考えながら、由里子はしずかに、両腕のワンピースの袖を肘までまくる。

今日一日のつかの間の幸せに別れを告げるように、硝子に映るじぶんなどとはサヨナラをするように、今日も由里子は細い腕で、金槌を古い携帯電話に振りおとした。

すべての過去を粉々にするために。

一秒も待ってくれないいまを、未来にむかわせるために。

＊

香下純也はため息をついた。

真宮に命じられた佐竹満の妻の居所を調べた後、新宿署へと戻って来た。

窓の外は真冬の夕暮れが寂し気に映っている。

真宮は、なにも言わない。

自らが頼られているのか、部品の一部なのかさえわからなかった。

もしかすると、もうすぐ刑事を辞する彼の思い出作りの一環に付き合わされているのではないか、そんな邪念さえよぎった。『筆の逆襲』での立ち回りは見事だと思ったが、いまじぶんがなにを追っているのかわからない以上、どこか気乗りしない感情もあった。

香下は灰色の廊下を歩くと、自然「新宿区余丁町　運輸省特別顧問　相沢誠彦氏銃撃事件　特別捜査本部」と戒名が掲げられた部屋の前に立つ。なかでは警視庁捜査一課の人間と新宿署の刑事が話し合っている。

——おれもこのなかにいるはずだったのにな。

醜い嫉妬のような気持ちが香下を包んだ。

「おい」

後ろから新宿署の刑事に声をかけられた。入り口を塞いでいたからか、捜査が難航しているからか、先輩の刑事は明らかに不機嫌さを顔に滲ませていた。

「どけ」

「すいません」

香下は背中を扉につけ、道をあける。刑事はなかへと入ると、一瞬立ち止まった。

「おまえいま、なにをやってるんだ」

「いや……」

真宮からは「他の署員にこの件は話すな」と言われている。

香下は黙った。

「おまえ、評判悪いぞ」

「え？」

「こんなときに本部の手伝いもしないでどうする。辞める刑事とつるんでいたって、先はないぞ」

「……はい」

「せめて雑用こなすとか考えろ。ノンキャリなんだから、それじゃ一生出世できないぞ」

先輩刑事は忠告するように言葉を放ると、捜査本部のなかへと消えて行った。

――そんなことはわかっているよ。

言えなかった言葉を、心中で吐いた。

＊

真宮は足早に歩いた。

「土産が欲しい」と交渉をしてきた『筆の逆襲』の記者、平良と別れた後、普段より足を前に出し、コンクリートの地面を進んでいった。

平良と会った青山から電車を乗り継ぎ、新宿署へむかう。前のもので最後の頁となるはずだった警察手帳の記載用紙を会計課から受け取る。会計課の署員は真宮が四月で刑事を辞めることも知らず、当たり前に、日常の風景のひとつとして機械的にそれを渡した。

本来持つはずではなかった新しい記載用紙の白を、真宮は見つめる。

「もう、記載用紙もなくなるらしいですよ」

真宮と親子ほど年の離れた若い会計課の署員が、一頁目を見つめる真宮に言った。

「そうなんだ」

「もう、誰も手書きでなんて書かない時代になってきましたからね。これからは刑事の聞き込みもデジタル化です」

真宮は署員の目すら見ずに署を後にする。今度こそ最後となるはずの記載用紙を警察手帳に挟むと、夕暮れが迫る青梅《おうめ》街道をひたすら歩く。

踵の音がかつ、かつ、と鳴る。早く事件を解決しなければ——真宮は新宿駅に近づきネオンが輝きだした街を睨み思った。

なぜかはわからない。ただ、とにかく時間がない気がした。自らが刑事を辞めるまでのわずか二ヵ月という物理的な時間ではない。刑事としての勘が自らの細胞に訴えている気がした。

——早くこの事件を解決する。

——犯人《あいて》は、導かれるように来ている。

喉元に刺さった一本の小骨が言っている気がする。真宮はホームレスの間を通り、新宿駅ガード下から地下鉄へ入った。

ホームに飛びこむ丸ノ内線の目玉が赤く光る。雪崩のように押し流されてくる乗客が降りると、真宮は入れ替わるように身をなかに移した。

乗り継ぎを入れて十五分。真宮は永田町にある国立国会図書館に辿り着いた。

真宮は事件の資料を独自に調べたいときも足を運ぶが、しんと静まり返る空間に身を置きたいときも来ることがあった。

新聞、雑誌を保存する新館に出向き、まずは新聞閲覧室へと入った。

「ええと」

落ち着けよ、と自らに言い聞かせながらコンピューターの前に座る。

国会図書館の閉館は午後七時。書物の複写を頼むのは夕方五時までとなっている。時間がないなか狙いは絞っていたが、まずは難敵のコンピューターに向かい合わなければいけない。ここの施設も数年前から閲覧物を探すのにまずパソコンで検索しなければならなくなった。なんとか国会図書館でのやり方は覚えている。真宮は四角いコンピューターの前で目を細め、ゆらゆらと十本の指を宙で揺らすと、たどたどしくもキーボードを打ちはじめた。

［一九八六年一月一日から一月十四日　北海新聞］

［一九八六年一月一日から一月十四日　讀日新聞］

［一九八六年一月一日から一月十四日　毎朝新聞］

すべては昭和六十年、一九八五年十二月三十一日に起きた『北斗流氷号バス事故』からはじまっているに決まっている。

そう信じ、バス事故発生の翌日一月一日から二週間分の全国紙二紙と、地元最大手である北海新聞を選んだ。

「できた」

真宮はコンピューター相手に自画自賛の笑みを浮かべ、検索した請求記号番号を書きだし受付に渡す。

待つこと十分。閲覧室のテレビモニターに真宮の利用カード番号が表示され光った。歩を進め礼を言い受け取ると、急いで真宮は椅子に座った。

記事を確認していく。

新年を迎えた一月一日――三紙すべての紙面に北斗流氷号バス事故の記事がおおきく載っていたが、一面に掲載したのは地元北海新聞だけで、その他全国紙二紙は三面に持ってきている。これは事故が発生し警察消防に連絡が入ったのがおそらく深夜を越えた時刻であったため、事故の詳細までがわからなかったからであろう。そして新年最初の朝刊ということもあり、全国紙はめでたい雰囲気の一面を崩したくなかったことが想定できた。

だが、どちらにせよ新年最初の新聞の入稿時間を考えると、新聞社が慌てふためきながら記事を書き印刷所とやり合う様が想像でき、その苦労が刑事の真宮にさえわかった。

一月三日。

閲覧する各新聞の一面はすべてこの事件についての記事で覆い尽くされていた。

「北海道知床半島ウトロ行き　豪華観光バスが石北峠の崖から転落」

「新年を迎えた一月一日深夜　乗客四十六名を乗せたバスに一体なにが？」

「乗員乗客四十八名のうち四十一名が死亡　生存者はわずか七名」

「新年の初日の出を見るために抽選で選ばれた乗客たちを襲った悲劇」

「運転手は死亡　原因究明が急がれる」

「悪天候　吹雪による事故か？」

全国紙二紙もふくめ一面だけでなく、社会面もこの記事で埋め尽くされている。真宮が香下にヤフーなるもので検索してもらった記事もあった。

［バス運転手釜利紀一さん（40）の息子・釜利修一くん（10）も乗車　奇跡的に一命をとりとめ救助父を失いながら極寒の峠を耐え抜き生還］

楠木保――いや、十歳の釜利修一や少女が物のように横たわるバスから救助されている写真がおおきく掲載されている。

一月四日。

前日の夕方にバスの運営会社「北斗バス会社」社長の小脇良一による緊急会見が行われ、その様子が各紙一面を躍る。この日から各新聞社が統一して「北斗流氷号バス事故」と呼ぶようになっている。これは北海道警察が事故の名称を決定したことを受けて統一されたのであろう。記事の概ねはまだ発表されぬ事故原因には触れず、北斗流氷号バスツアーの運営元である北斗バス会社社長への厳しい糾弾が主となっていた。

そして会見で発表された死亡、生存をふくめた乗客名簿が詳細に載っている。

［北斗流氷号バス事故　死亡者名簿］
東吉郎さん（84）元会社員――夕張市滝ノ上――死亡
東清美さん（83）主婦――夕張市滝ノ上――死亡
高塚栄吉さん（46）会社員――千歳市長都１１００の――死亡
高塚頼子さん（43）主婦――千歳市長都１１００の――死亡
大前田浩さん（57）漁師――網走市大曲２の――死亡
栄蘭さん（34）教師――札幌市中央区北14条西19――死亡
光山貞雄さん（50）会社員――札幌市豊平区月寒東――死亡

能瀬杏子さん（30）飲食店店員――網走市北10条西5の――死亡
……………
新海麻由美さん（20）バスガイド――斜里郡斜里町本町――死亡
釜利紀一さん（40）北斗流氷号運転手――斜里郡斜里町港町――死亡

乗員乗客四十八名のうち死亡が確認された四十一名の名前が記載されている。丁寧にそれぞれの住所まで書かれていることに、真宮は昭和を感じた。
死亡者一覧の隣に、生存者名簿も載っている。真宮はぐっと、腹に力を込めた。

［北斗流氷号　生存者一覧］
暮山昇さん（62）会社員――虻田郡ニセコ町里見――重体
光山洋子さん（45）主婦・パート職員――札幌市豊平区月寒東――重体
釜利修一くん（10）※運転手息子小学四年生――斜里郡斜里町港町――重体
能瀬由里子ちゃん（12）小学六年生――網走市北10条西5の――重傷
与義宗和さん（26）北海道大学大学院医学院生――札幌市東区北13条東――重篤
浅地恒雄さん（14）中学二年生――沙流郡平取町旭――重体
八田晋平さん（48）北斗バス会社部長――斜里郡斜里町文光町――軽傷

もちろん、狙うべき、釜利修一の名があった。
真宮は新聞に印刷された「釜利修一くん（10）」という名を見つめる。
しばし、紙に顔を近づけ、息を整えながら釜利修一の名を見つめつづけた。

そのとき、視界の中央におく釜利修一くんという文字の横に、真宮の左目の眼球がなにが気になったのか、揺れた。ぼんやりと、釜利修一の横に並ぶ文字に、目が行く。

「……能瀬、由里子ちゃん」

真宮は新聞に記載されたその文字を呟く。

当時十二歳の小学六年生だという。先日香下にプリントアウトしてもらった過去の記事でも、彼女の名は載っていた。が、そのときは特段真宮の心には触れなかった。幼い子供がかわいそうに――そのような印象しか持たなかった。

真宮は一月三日の北海新聞を見直す。全国紙も同様に広げた。先ほどは楠木保――釜利修一にばかり目が行っていたが、彼女自身もかなりフォーカスされている。

［バス運転手釜利紀一さん（40）の息子・釜利修一くん（10）も乗車　奇跡的に一命をとりとめ救助
父を失いながら極寒の峠を耐え抜き生還］

横たわる北斗流氷号から、救助員に見守られ担架で運ばれる釜利修一の写真。

それとはまた別の写真にこの少女は写っている。

少女は儚げに天を見上げていた。

釜利修一とすこし間を置くように離れた担架の上で、少女は毛布にくるまれながらその目をしっかりと開け、雪降る真っ暗な夜空を見上げていた。

急いで死亡者名簿を見直す。

［能瀬杏子さん（30）飲食店店員――網走市北10条西5の――死亡］

能瀬由里子という救助された少女とおなじ苗字、住所の女性が同乗し亡くなっている。仕事は飲食店店員、と記されていた。

「……母親、か？」

急いで新聞を捲っていく。

やはりそうだった。翌日以降には能瀬由里子ちゃんの写真と記事が躍っている。

「母を失いながら極寒の石北峠を耐え抜いた能瀬由里子ちゃん」

「奇跡の生還　能瀬由里子ちゃん　容体も安定」

「悲劇のなかの救い　四月から中学生の能瀬由里子ちゃん　窓の外を見つめる」

　釜利修一と同様、様々なショットの写真が掲載されている。北斗流氷号から助け出される少女、吊るされた担架で崖を上っていく彼女、救急車に乗り込む彼女——また昭和の時代ならではとなるが、入院中のベッドの上の能瀬由里子、やがて立ち上がれるようになったのか、病室の窓辺に立ち、入院服姿のまま外を見つめる彼女の写真も外から撮られ、掲載されている。

「母親を失った、悲劇のヒロイン」

　人目を惹く彼女の容姿も相まったのか、また母親を失いながら子供が生き残るという悲惨さが事故の悲劇を際立たせるのか、能瀬由里子は北斗流氷号バス事故のシンボリックな存在にさえ真宮には映った。

　翌日以降の新聞を駆け足で見ていく。

　真宮も認識していたとおり、事故から一週間後、バス事故の原因が運転手である釜利紀一の飲酒運転だったと北海道警察が発表する。それまでも事故原因は運転手にあるのでは、と皆予感していたが、「飲酒運転」という想像を超える報告が出てきた。こうして被害者のひとりであった彼は、釜利紀一さんから釜利紀一容疑者と呼び方を変えられた。

　事故原因も判明し、徐々に新聞から事故の記事が減っていく。地元北海新聞は毎日記事を載せつづけたが、やがて真宮の読む新聞三紙から、まるで流氷が溶けるように、北斗流氷号バス事故の文字は消えていった。

真宮は壁時計を確認する。まだ辛うじて時間は残されていた。

真宮は北斗流氷号バス事故の記事が掲載された紙面だけを複写してもらうよう受付に頼む。その足は自然、雑誌閲覧室へとむかう。新聞を閲覧したときとおなじく、コンピューターの前に座り打ち込んだ。午前十時半以降の入館は、一回の貸し出しにつきひとり雑誌二冊までと決まりがあるため二誌に絞る。一九八六年一月六日、十六日発売の写真週刊誌を選んだ。やがて電光掲示板に真宮の利用カード番号が光り、それを受け取る。

激動のバブル前夜——日本中に狂乱の勢いがあった世情そのままに、写真週刊誌の両雄である二誌の表紙はいまでは考えられないほどの勢いを感じさせる。

両誌ともに、表紙には「北斗流氷号バス事故！」の見出しが刻まれている。

頁を捲る。二誌ともにかなりの紙幅を割いている。売れる記事とわかっているからか、両出版社の体重の掛け方が伝わった。飲酒運転をし事故原因を作った釜利紀一が事故前日の明け方まで呑んだという、札幌市内のスナック女性オーナーの証言もある。思わず手を止める。やはり新聞とおなじく、運転手の息子である釜利修一と、ともに助かったおなじ小学生の能瀬由里子の記事が大きく載っていた。写真は新聞社とは異なり、かなり少年少女の表情をアップに写していた。昭和という時代からか、またそれだけ雑誌も戦国時代だったからか、能瀬由里子はシンボリックな存在から昇華し、それ以上の——言うなれば下衆な活字となっていた。

「悲劇の美少女　能瀬由里子ちゃん」

「悲劇の美少女は救出の夜空になにを見たのか！　母親を奪った北斗バス会社とは！」

「能瀬由里子ちゃん、退院姿を激写！」

軽々しく美少女などという言葉を使わなくてもよいだろう——真宮は思う。が、真宮は知っている。昭和の時代にとっては、ありふれた光景だ。言葉も、文字も、写真も、現代の甘さはそこにない。「他に勝つ」、すべての仕事がその唯一の精神で行われていた。

またもっと悲惨だったのは、釜利修一だった。新年最初の一月六日の号ではまだ事故原因もわからず、「運転手の父親を失ったかわいそうな息子」として扱われている。母親がいないらしく、「父ひとり子ひとりで育った修一くん。天涯孤独に」「このあと少年は、どう生きるのか」などとリード文が添えられている。が、十六日の号では一変する。

「生還した釜利修一くんの父、まさかの飲酒運転！」

「父親が起こした大事故！　酒を呑み運転した父を、釜利修一くんはどう思うのか！」

思わず真宮は唇を噛んだ。

じぶんの娘がこのように扱われたら、どう思うだろう。きっと正気ではいられない、常軌を逸してしまうかもしれぬ、真宮は思う。

が、心が痛みながら、同時に——真宮の刑事としての細胞が騒いでいた。

思わず真宮は、目を見開き頁を睨む。時が止まった気がした。釜利修一と同様バスに乗り、北斗流氷号バス事故で同乗していた夫を失ったという、生存者七名のうちのひとり、光山洋子さんの言葉だった。記事は地元新聞記者に語った光山洋子さんの言葉として、紹介している。


——子育ても終え、楽しみにしていた夫との豪華観光バスの旅行。助かった光山洋子さん(45)が嗚咽しながら語った事故の風景。彼女が見た景色とは。

「——あの運転手さんの息子さんも、能瀬由里子ちゃんも、とっても可愛かったんです。偶然隣同士に座ることになったみたいで。わたしはとても楽しい気持ちでバスに乗っていました。ふたりが最初から知り合いではなかったのは、斜め後ろのわたしの座席から見ていても、きこえてくる会話からもわかって。わたしも年頃の娘がいるので、どこか懐かしく、とても親近感をもって

ふたりを見ていました。長いバス旅でしたから、並んで座るふたりもいつからかだいぶ打ち解けてきて。そのうちにバスガイドさんから貰ったトランプでババ抜きをして……とても楽しそうにしていました。子供たちは流氷を見たことがないらしく、『流氷ってどんな形なんだろう？』『菱形なんじゃない？』『流氷ってさ、どこから来るんだろ』『シベリアから、って言ってた』とか話していて。そのうち『いつか一緒に流氷を見よう』『見ようね』なんて言いながら時間を過ごしていました。わたしもまさか……修一くんという子が運転手さんの息子さんだとは知らずに。そして事故が起きました。崖から落ち横転したバスのなか、人が折り重なり、転がり――窓も粉々に割れて気絶しそうなほどの冷たい風がバスのなかに吹き込んでいました。わたしの意識が徐々に無くなっていくなか、彼女たちが目に入りました。能瀬由里子ちゃんが年上だったからですかね、ぎゅっ、と釜利修一くんのことを抱きしめていて。『寝ちゃ駄目、寝ちゃ駄目、修一君』って。『起きるんだよ、生きるんだよ、寝ちゃ駄目』って。ちいさな子供たちが転がる遺体のなかで必死に抱き合い、暖をとっていました。最後は、『寝るな、修一』って……励まし合いながら、必死に……」

真宮は記事を読みながら同情と同時に、あの日の光景が脳内に走った。

去年のクリスマスイブ。新宿駅南口の歩道橋の上。

名もなき首吊り遺体だった佐竹満を挟み、左右に引かれた規制線。

そこに、楠木保はいた。

そして楠木保は力なく遺体を見つめていると、一瞬だけ――そう、一秒あるかないかほどの一瞬だけ、視線を上げたんだ。その視線はじぶんとは反対側の野次馬に移されていた。そしておれは見たんだ。楠木保は、野次馬のなかにいる、ひとりの女性を見た。不謹慎だが、どこか印象的な美しさを持つ、白いダウンコートを着た若い女性だった。週刊誌の写真を見直す。両手に荷物を持ち病院からひとり退院する少女――彼女もまた、白いダウンコートを着ていた。

――あの女性は、あの女は、

――能瀬由里子なのではないのか？


首が痙攣するように、いちどぶるっと震えた。なにを言っているんだ――じぶんでもそう思った。が、邪推かもしれない。行きすぎた想像かもしれない。しかし、警察官として三十年以上――真宮の直感がそう訴えている。一本の小骨が刺さった喉元が、じんじんと、がんがんと痛んでいる。

「……複写をお願いします」

真宮は言った。

全てを受け取ると、しずかに閉館の鐘が鳴った。


外へ出るともう真っ暗だった。北斗流氷号バス事故から救出された楠木保――釜利修一と能瀬由里子ではないが、ふと夜空を見つめた。東京の中枢である永田町から見る空は、おぼろげな月に照らされ灰色の雲が漂っていた。

すぐに香下に電話しなければ。

真宮はかじかむ手で必死に、携帯電話のアンテナを伸ばし電話をする。が、いくらコール音が鳴っても、彼は出なかった。

「……なにやってるんだ、あいつは」

苛立ち画面を見ると、留守番電話が入っていた。きくと、香下からのメッセージだった。

「真宮さんに指示された筆の逆襲の記者、佐竹満の妻の件です。照会をかけたところ立川《たちかわ》に住所がありました。行ってみたのですが、古い住宅街の一軒家の借家には、もう別の家族が住んでいて。聞き込みをしたところ、おそらく十四、五年前に引っ越しているそうです。仲の良い夫婦だったらしいのですが、いつの間にか佐竹満を見かけなくなり、その後、妻も夜逃げをするようにいなくなったそうです。住民票も本籍も立川の借家から移していないので、現在の居所まではわかりません」

留守番電話のなかの香下は、ぽつぽつと語り、やがて音声は切れた。

――住民票を移さずに消えた佐竹の妻。

実家へ帰ったのか。それとも身を寄せる場所がどこかにあるのか。あるいは、なんらかの事件に巻き込まれたのか。おそらく――じぶんの見立てが正しければ、佐竹満が書こうとした、北斗流氷号バス事故になにかしら関わっているはずだ。

香下に電話をするが、やはり出なかった。いちどため息をつき、自らを落ち着かせる。

――この事件はおれが想像するより、でかいかもしれない。

ふと夜空に目をやる。

黙って月夜に照らされる国会議事堂が見えた。

それはやましいことなどなにひとつないように、威風堂々と、地に立っていた。

*

「えー、その刑事さんの言う通りじゃない？」

香下は今日が誕生日である彼女の佐紀帆《さきほ》と食事をしていた。新宿にあるイタリアンレストラン。香下なりにいい店を選んだつもりだったが、佐紀帆は青山の店でないことに不服を感じていそうだった。

「ねえ、きいてるの?」

「あ、悪い。なんだって」

香下はテーブルの下で握った、自らの携帯電話を見つめる。先ほどから真宮からなんども着信があった。が、出なかった。

「だから、その先輩の刑事が言うことが正しいんじゃない、って言ってるの。辞める刑事とつるんでるより、現場を手伝ったほうがいいよ。出世に響いたらたいへんじゃん」

香下は心のなかで舌を打った。こんな話をするんじゃなかった、と後悔した。彼女の佐紀帆とは高校時代から付き合っている。佐紀帆は無事六大学へと進み、大手企業の事務をしている。最近はいくつもの飲み会に参加しては、楽しんでいる様子だった。

「ねえ、この間広告代理店の面子で呑んだんだけどさ、やっぱりなんかイケてる感じあるよね。時計とかもそれなりのしてるし」

「そうなんだ」

「ご飯もさ、広尾《ひろお》の隠れ家レストランみたいなところへ連れて行ってくれて。あ、ここの店のこと言ってるわけじゃないよ」

「へえ、そうなんだ」

「でさ、この間有紀《ゆき》いるじゃん? 大学の友達の——」

香下は機械のように「そうなんだ」を繰り返す。それで充分に会話は成立してしまう。

彼女にしては安いであろう二万円を払い店を出る。「カラオケに行きたい」と言うのでカラオケボックスへと行き、佐紀帆の歌う浜崎《はまさき》あゆみをきいた。むしゃくしゃしてきて、ブルーハーツの歌を熱唱した。叫べば叫ぶほど心は虚しく、横目に映る佐紀帆はずっと機械を見つめ次に歌う曲を選んでいる。「おれはなにをやっているんだ」そう思った。

安っぽいラブホテルへ入り、抱く。

「広告代理店の面子」などと言っていた彼女は、猫のように喘《あえ》ぐ。ただおざなりに、すべては終わる。

ベッドから天井を見上げた。

「純也っていまさ、お給料どれくらいなの？」

横から佐紀帆が問うてくる。

「一応ほら、結婚とか考えるなら、ね」

香下は黙った。

「ねえ、純也最近ボディークリームやめた？　ちょっと汗臭いよ」

「眉毛もなんか、剃ってないでしょ？　青くなってる」

佐紀帆はいったい、誰と話しているのだろうと感じる。きっと、おれとじゃなくても、彼女はこうして楽し気に、延々とじぶんのしたい話をするのだろう。

おおきくため息をつき、香下はベッドから出た。

床に投げ捨てたよれたスーツを手に取り、着替える。

「え？　帰るの。終電ないんだけど」

「寝て行けよ」

香下は言った。

「ちょっと待って、ひとりで帰るわけ？　あなたどこ行くつもりよ」

佐紀帆の声が怒りに変わったが、香下はなにも思わなかった。最後に安いコートを着る。

「現場百遍」

「え？」

「おれ、刑事だから」

香下は安っぽい絨毯を蹴り、部屋を出た。

新宿の街を歩く。木内博也という男が殺された現場は、このあたりのはずだった。何本かの道を曲がり、目的のラブホテル街に到着する。いまさら見てもどうしようもないだろうが——思いながらも行ってみたかった。と、香下は足を止めた。

真宮が、道の先に立っていた。

いつものように、こめかみに手をやり考えている。しばらくすると木内博也が倒れていた場所なのか、薄汚い地面を見つめ、手で触れる。やがて真宮はしずかに、去って行った。

携帯電話の着信を見る。真宮からなんども電話がかかっていたことは知っている。

それがなにより、じぶんの気になっていたことなのだとも。

*

「すみません。電話出れなくて」

自宅のある大久保を歩いていると、香下から電話があり、唐突に詫びられた。

真宮は責めなかった。どうなるかわからぬ捜査に、この若者を付き合わせているのだ——そう思った。

「いや、いい」

真宮は言った。

「じぶん、なにかやることはありますか」

先ほどの留守番電話の声より、その声には張りがあった。なにかあったのかな、と真宮は思いながら、彼が元気を取り戻したのならそれでいい、と微笑んだ。

「じゃあ、さっそく調べて欲しいことがある。いまメモできるか？」

「はい。署にいますので。言ってください」

真宮は背筋を伸ばし、冬の空気を吸いこんだ。鼻からしずかに息を吐くと、複写してもらった紙を捲る。

「いまから言う人間の名前と住所をメモして、すぐに現在の所在地と状況を洗ってくれ。すべて北海道の人間だ」

「わかりました」

「まず最初、暮山昇さん、暮れるに山に日が昇るだ。一九八五年十二月時点の住所は、北海道虻田郡ニセコ町里見……次は――」

真宮は北斗流氷号バス事故の七名の生存者の名と住所を告げていく。

「この方は念入りに調べてくれ。光山洋子さん、当時四十五歳。住所は札幌市豊平区月寒東――」

真宮はバスに同乗していた夫を亡くした、光山洋子という女性が気になった。気になる理由はもちろん、先ほど読んだ地元北海道の新聞記者に話したという記事の内容だった。バス事故の際の、釜利修一と能瀬由里子の様子を知っていた人間だからだ。真宮は香下が間違えぬよう、慎重に、だが口早に、名前の漢字も説明しながら読みあげていく。医学院生だったという与義宗和さん、中学生だったという浅地恒雄さん、そして北斗バス会社部長の八田晋平さんの名と住所を告げる。

いよいよ、残り二名の名となった。

「最後のふたりだ。いいか？　しっかり書け」

「はい」

「……釜利修一。当時十歳。住所は北海道斜里郡斜里町港町――だ。当時は小学四年生。今年で二十五歳になる。現住所、健康保険、勤め先、可能な限り細かく調べろ」

「わかりました」

「最後に……」

真宮は一瞬言い淀んだ。先ほど事件の点と線を想像したとき、自らが脳内で選んだ言葉が原因だった。

新宿駅南口歩道橋の上で楠木保が視線を送った相手を、自らは、あの女は――と呼んでいた。まだ、事件に関わっていると決まったわけでもないのに。本来であればバスで母親を亡くし自らも重傷を負った、不幸な女の子のはずなのに。

じぶんは頭のなかで「あの女」と呼んだ。それは刑事としてのじぶんが、紛れもなく事件に関わっているひとり……そう嗅ぎつけたからに決まっていた。真宮はいちど唾を飲み、覚悟を決めたように呼称を選択した。

「最後は能瀬由里子、十二歳。当時小学六年生だ。一九八五年十二月時点の住所は北海道網走市北10条西5の――。生きていればいま二十六歳の大人になっている。釜利修一同様、詳しく足取りを追ってくれ」

「さん」、も「ちゃん」、もつけずに能瀬由里子の名前を呼んだ。香下に七名の名と住所を復唱させ、

「わかりました。わかり次第、すぐに連絡します」

「ああ、頼んだ」

真宮は遠くを見た。

真宮は一点を見つめた。冬の暗闇に浮かんだ灰色の雲が、微かに流れている。

「――香下。変な意味じゃない。この件は今日別れるときにも言ったが、誰にも言うな。誰にも話さ

ず調べろ。どの署員にも話しては駄目だ」

「……どうしてですか」

「刑事なんてものはな、みな心のなかではでかいヤマが欲しい。でかいホシを挙げたくなる。罪を犯す者を追いつづけていると、そのうちにハイエナみたくなっちまう。それが刑事って奴の本能なんだよ。だからいい刑事は犯人の尾を捕まえても、ぎりぎりまで捜査本部では一切語らない。なぜかわかるか？　話した瞬間、〝我も我も〟と尾を捕まえたくなる人間が出てくるからだ。そうなると、捕まえられる尻尾も、相手は尾を切ってでも逃げちまう。敵は外にいるだけじゃない。出世から外れたり、署に一物ある刑事だっている。そいつ等が記者に話を流す可能性もあるんだ――いいか、それくらい、捕まえるってことは難しいんだよ」

真宮の語り口に、電話のむこうの香下は「わかりました」と言い電話を切る。

大久保を走る車に目をやる。ベンツ、ＢＭＷ、ベントレー、高級外車があたりまえのように走り抜ける。ふと、「バブルはまだ終わっていないのではないか」という錯覚を覚えた。同時に街と、いま自らが追おうとしている事件、自らが歩んできた昭和という時代との乖離を感じた。いや――泡はとうに消えている。

「ミレニアム」「二十世紀最後の年」などと誰かが作り謳われる言葉に、この二十世紀最後の年を生きる人々が、誰かが残した夢の狂乱の残骸を、気がつかずに引きずり、生きているだけだ。車の光もクラクションも、すべてが疎ましく感じた。

真宮は街を彷徨《さまよ》い、しずかに自宅の鍵を開ける。

そのまま母の眠る和室へ行く。畳の上に置かれたベッドの上で、母は眠っていた。明かりを消した暗い部屋のなか、付けたままのテレビから流れるコマーシャルの光が、青白く母の顔と躰を照らしていた。

真宮はコートを脱ぎ、母の眠るベッドの脇に座る。

母は、テレビが好きだ。

幼い頃は夜になれば、母と一緒に近所で唯一テレビを持っている家へとよく通った。その家の主も嫌がるそぶりなど見せず、近所中の人がわらわらと出入りしては、モノクロームの野球の試合や外国のドラマを観てみなで笑っていた。戦争で夫を亡くし母ひとりで子を育てていたが、不思議と悲愴感はなかった。テレビのない隙間風の入る小屋みたいな家に戻っても、母とじぶんはなにも思わなかった。貧乏には慣れていたし、貧しい人もたくさんいたからかもしれない。

東京に出て、警察官となった。

当時は警察署全体から、「家を買え、家を買え」と言われる時代だった。過酷な警察官という職業柄、「家を買ったほうが責任を背負い、署員が辞めない」という事情もあったからだが。妻と出会い、結婚し、それを機に署の慣例に従い家を買った。

母はとても喜び、泣いた。子が生まれる頃には母の暮らす田舎も人が少なくなりはじめ、妻も嫌な顔をせず承諾してくれたので、母を東京に呼んだ。最初は慣れぬ東京暮らしに戸惑いも見せていたが、二階建ての一軒家で、ちいさいながらも自らの部屋があることに、母はとても喜んでくれた。職を見つけ、母はちいさなテレビを買い、部屋に置いた。暇を見つけては、自室でテレビを楽しんでいた。嬉しそうに微笑を浮かべながらちいさなカラー画面を見つめる母の顔が忘れられない。痴呆がはじまり、母はテレビを消すと暴れるようになった。

だから眠るときも、テレビは付けっぱなしにしている。あの頃はなかった深夜番組の光が、いま八十五歳となった彼女の寝顔を照らしている。

布団からだらんと垂れる、か細い母の腕に触れた。

無性に、涙が出そうになった。

いまじぶんは、母を捨てようとしている。

それが正しいことなのか、そうでないのか、それさえも考えたくなかった。

テレビの画面は時をまたぐ短いニュースに変わった。

「パチンコ店の駐車場に停めた車のなかに、一歳の子供を放置し――」

「ホームレスに集団で暴行を加えた罪で、十七歳の少年少女が――」

「ストーカーと呼ばれる見ず知らずの男性に付きまとわれていた女性が昨夜未明――」

「経団連の発表によりますと、いわゆる非正規雇用と言われる成人の割合が――」

「年金で暮らす九十歳の女性が、銀行員を名乗る若者たちから金銭を――」

真宮は暗い部屋のなか、両手を頭にやった。すべてが嫌なニュースだった。もう白髪となった髪の毛を、ぐしゃぐしゃと揉んだ。

おれは、なににこだわっているんだ。

なにをそんなに、楠木保、釜利修一にこだわっているんだ。

刑事はもう、辞めるのではなかったのか。

襖が開くと、寝間着の上に厚手のカーディガンをはおった妻の沙世子が入ってきた。

「帰ってたの？」

「ああ」

「お帰りなさい」

真宮は苦悩を悟られぬよう笑顔を浮かべ、妻を見た。沙世子は寝ている母を見て真宮の隣に座る。

とん、とん。と真宮の肩を叩いた。

「ちゃんと寝れてる？」

沙世子が問う。

「ああ。ぐっすりさ」

「嘘ばかり」

沙世子がしずかに笑った。

おまえの方が、きちんと寝れていないだろう——真宮は言いかけた言葉を飲みこみ、黙ってテレビを見つめた。しばし、微かなテレビからの音量に乗って、若いタレントたちの笑い声がきこえた。

と、「お母さん、このままでいいのよ」と妻の声がきこえた。

「いや——もう、そうもいかない」

「でも、苦しいんでしょ?」

「家を抜けだしたときに事故にあったら悔やんでも悔やみきれない。このままではみなも限界だ。いいんだ。おふくろも旅立って、いつかおれも黄泉に行ったら、そのとききちんと詫びるよ」

真宮は答える。

「もうすぐだよな、陽栄ホームの見学は」

「うん」

母を預けたい老人ホームのいちばんの候補が、いまじぶんがその背を追っている青年が作った介護施設だとは言わなかった。

「その日は、必ず行く」

真宮は言った。

「無理して警察を辞めなくてもいいのよ」

「もう退職届も受理されたよ」

「そんなの、あなたの親友の駒田さんになんとか言って取り下げてもらいなさい。警視庁のお偉いさんでしょ。なんとかなるわよ」

悪戯っぽく言う沙世子の顔に、真宮は苦笑した。

「ありがとう」

真宮は短く、礼を言った。

「とにかくなにか気になる事件があるようだから、悔いなく頑張って」

驚き妻に視線を送ると、「顔を見てればわかる」と言い、妻は去って行った。

携帯電話が鳴る。

真宮は携帯電話のアンテナを伸ばし、自室にむかいながら電話に出る。香下だった。

「真宮さんに指示された人間の現住所など、おおよそわかりました」

自室に入ると明かりをつけ、国会図書館で複写した紙の束を机上に置く。慌てて、北斗流氷号バス事故の生存者名簿の紙を摑んだ。

「まず、一九八五年十二月時点で六十二歳だった暮山昇さん。真宮さんがおっしゃった北海道の住所に変わらず登録されていましたが、もう亡くなられているようです。次に主婦でパート職員の光山洋子さんは埼玉県新座《にいざ》市に住所変更、中学生だった浅地恒雄さんは変わらず北海道の平取町《びらとりちょう》というところのままです。能瀬由里子さんは――」

「どこだ。能瀬由里子はどこに住んでいる」

「東京です。世田谷区の三軒茶屋。近いですね」

――来た。

「で、医学院生だった与義宗和さんは、一九八六年四月に死亡。釜利修一君……いや、いまは楠木か。この人、以前真宮さんがおれに調べさせた男ですよね」

「そうだ」

「これ真宮さん、釜利と楠木、どっちで呼べばいいですか？」

「楠木保でいい。彼はどこに住んでいる」

「東京です。東京の港区芝浦」

芝浦に住んでいたのか――まだ容疑者でもなんでもない楠木保を想像し、真宮はすべての細胞が沸き立つのを感じた。

「それで、すこし気になったのはこれなんですが――」

香下の口調が変化した。

「なんだ。早く言え」

「北斗バス会社というところに勤めていた八田晋平さん……当時四十八歳。この方が……」

「この方が？」

「亡くなられています。それも病気でもなく、事故で。……知床半島にちかい斜里郡斜里町の山林で、崖から落ちて亡くなったそうです」

「……崖から転落」

「ええ」

「いつのことだ？」

「念のため北海道警察に連絡を入れてみたところ、発見されたのは一九八八年七月。昭和六十三年です」

「発見ということは、死後だいぶ経っていた、ということか」

「ええ。電話に対応した北海道警察の署員が若かったようで、詳しいことまでわからなくてすみません、と言っていましたが、遺体は雪が解けて見つかったようです。雪に埋もれて崖の下に落ちていた遺体はほぼ白骨化していて、衣服のなかにあった財布から、八田晋平さんだとわかったようです。もしもし……もしもし？」

「――ありがとう。助かる」

真宮は香下に礼を告げた。

「あと、勤務先がわかった方だけ、お伝えしておきますか？」

「そこまでわかった人間がいるのか？」

「ええ。ひとりだけ。能瀬由里子さん――彼女は身内に障害を持った方がいるらしく、その方の保責任者になっているんです。それでその身内の方の件で、なんどか警察と関わることがあって。そのデータベースが残っていました」

真宮は息を呑みペンを握ると、真新しい記載用紙を捲る。

「能瀬由里子さん、二十六歳。東京都世田谷区三軒茶屋二丁目――在住。勤務先はおなじく世田谷区三軒茶屋にある株式会社ＦＭ世田谷。地元のラジオ会社のようです。住所は――」

真宮は一晩、考えた。一晩といっても、母の手を握り妻と話し、部下の香下から電話を受けて数時間のことだったが。

陽が昇る午前六時。早々と玄関へ行くと妻の沙世子が待っていた。数日分の下着とワイシャツ、握り飯を二個渡される。いつもの挨拶を交わし、真宮は家を出る。

電車を一時間ほど乗り継ぎ、芝浦に出る。

香下が調べた楠木保――釜利修一の住所を確認したかったのだ。芝浦運河沿いを歩くと、工業地帯の空気を漂わせるように様々な大手電機メーカーの製作所が建ち並ぶ。バブル経済のときはここからほど近い場所にジュリアナ東京もでき、芝浦周辺はウォーターフロントなどと呼ばれ若者たちによって栄えた。だがバブルも消え去ったいま、元の工業地帯に落ち着きを取り戻しているように思えた。

香下が調べた、楠木保の住所に着く。

ただの倉庫群だった。東京湾から流れる潮の香りを吸いながら、真宮は倉庫のなかを歩くと、住所通りに三階建ての建物がある。入り口に行ってみると、潮で傷み剝き出しのプレハブ小屋のようなこの建物は、どうやら借主たちは倉庫代わりに使用しているようであった。

——楠木保は佐竹満の自殺現場にいた。

——もし楠木保が、誰かになにかをされたのではなく、罪を犯す側の人間だったとすれば。

真宮は昨晩から脳裏に宿った、刑事としての想像を頭のなかで巡らせた。

薄汚れたポストのひとつに、「ＫＵＳＵＮＯＫＩ」と白地に黒で印刷されたローマ字表記の紙が貼られている。ポストに鍵は付いていない。真宮はなかを確認する。電気代の支払い済みの領収書などが届いている。階段を上がり楠木の部屋の前まで行くも、どうにも人が住んでいる気配はない。電気メーターなどは普通に回っている。

この有様に、真宮は異様な用心深さのようなものを感じた。

と、隣の部屋から段ボールを台車に載せ運ぼうとする男が出てくる。

「あの、この部屋って誰か住んでますかね？」

「さあ、見たことないね」

男はトラックに荷を積むのか、急いで台車を押し去って行った。

そうであろうと思った。

しかし、おそらく捜査令状を取りこの部屋に踏みこんだとしても、もぬけの殻ということはないはずだ。当たり前に、ベッドがあり、ポットがあり、「ここで生活をしていましたよ」となっているような気がした。要は——楠木保は隠れているようで隠れていない。気配を消しすぎれば逆に怪しさが増すことを彼は知っている。

言い方を変えれば、それほどまでして、彼は生きることを選んでいる。

その裏にあるものはなんなのか。きっと彼がひとりではないからだ。

――誰かのため。

もし罪を犯す側の人間だとすれば、その誰かのために自らが捕まるわけにはいかないのだ。

真宮は一階へと降り、東京湾を眺めた。ゆらゆらと貨物船がどこかの国へむかっている。冬の冷たい海風が、目を覚まさせてくれた。

じぶんはなにをこだわりだしたのか。

なぜ刑事を辞めると決めたのに、楠木保――釜利修一にこだわるのか。

冬の早朝の風に揺れる、海の水面を見て天命を受けたようにそれが理解できた。刑事を辞めようと思っていたのは、母親の介護の問題だけではない。もう、限界だったのだ。刑事としての、じぶんの心が。金のために老人を騙し、見ず知らずの女性に入れあげたあげく相手を殺し、我が子を子とも思えぬほど成熟しないまま大人になり子を殺し、ゲームのようにじぶんより弱い者を選び罪を犯し、無差別に殺し、反省もせず、そんな罪を追っているじぶんが、もう嫌だったのだ。楠木保に、こだわる理由。それはおそらくこれが事件だとすれば、そこには情念があるからだ。

真宮は警察手帳を開き、記載用紙の最初の頁を開く。

白紙を見つめた。

なぜだか切なさを感じた。

ペンを、紙にのせる。

――崖から落ち死んだという、八田晋平という男
――もしそれに、楠木保……釜利修一が関わっていたとしたら？

――能瀬由里子が関わっていたとしたら？

右手がもう一行書きたがっていたが、真宮は必死に堪えた。

*

「はい、今日もはじまります、ユーリのユニオンザライフ」

いつものようにオープニングのＢＧＭが流れ、金森が合図の手を振る。

白いセーターにジーンズを穿いた能瀬由里子が、いつものようにすこし低い声で進行していく。三軒茶屋オレンジタワー二十六階から見る窓の外は、先ほどまで晴天だったのにいつの間にか雨が降り出していた。透明な硝子で仕切られたサテライトスタジオの周りには、いつものように由里子のファンや野次馬、見物人が立っていた。由里子は最前列で満面の笑みを見せジャンプする元ガングロちゃん一号二号を窘《たしな》めると、いつものように、番組を進めた。

「今日のＯＮＥ　ＤＡＹ、お便り二通目。ペンネーム『いつか見たいな渡良瀬橋』さんから。なに？　森高《もりたか》千里《ちさと》さんのファン？　まあいいや。えー、ユーリ、こんばんは。はい、こんばんは。いつもその声に癒されています。今年の冬は寒いですね。どうぞ、躰には気をつけてください。今日は急に雨も降ってきましたね。帰りは雨に濡れず、気をつけて帰ってください……ちょっとなに？　いい子じゃない。こんなことたまには言われたいわよね。わたしが癒されたわ。『いつか見たいな渡良瀬橋』さん、ありがとう。あなたもお躰、気をつけてね。はい、次のお便り、ペンネーム――」

いつものように番組を進め、いつものように曲をかける。

目の前にあるフェーダーを操作してマイクのボリュームをオフにし、しばしサテライトスタジオから見える窓の外を見つめた。

――楠木保は、あの流氷に似たキーホルダーをつけているだろうか？

馬鹿なことを考えているな、と思わずすこし、苦笑した。

あと一分で曲が終わる。

ニュースを読み、投書を読み、挨拶をすれば今日も終わる。

由里子はぼんやりと、自らが動物園の檻と呼ぶ透明なサテライトスタジオの外にいる面々に目をやった。おなじ制服を着た女子高生ふたり組も、だいぶ肌が白くなってきた。

あのカップルは、この後デートかな？　あのサラリーマンは、仕事に悩んでいるのかな？

そのとき、一瞬だけ由里子の眼球が止まった。

異物がいる。自らの防衛本能が、そう囁いた気がした。

由里子は誰にも気づかれぬよう、心拍数さえも上げず、自然な振る舞いで外にいる面々を見つめる。

群衆のいちばん後ろで、オレンジタワー二十六階展望ロビーの巨大な窓硝子に背をむけ、コートのポケットに両手を入れ、じっとじぶんを見ている男がいた。

歳は、五十代ほどか。白髪の髪を丁寧にわけている。清潔感もあり、世で言えばいい男に入る部類に見えた。が、刻まれた顔の皺には堅気ではない、なにか特別な場所で生きている者特有の匂いが、ここまで届いてきそうだった。

由里子の心拍が上がる。

危険だ、危険だ、危険だ――我が身が叫び訴える。

思い切って、涼し気なまなざしを、その男だけにむけた。

――男はこちらを見ていた。

第六章

「ユ――ユーリの、ユニオンザライフ。ええ……提供は世田谷――」

由里子は流した曲が終わると、珍しく言葉に詰まった。

オフにしたボリュームを上げることだけで精一杯だった。

番組が滞りなく終わった頃には、すでにオレンジタワー最上階の窓の外は冬の夜空だった。ベージュ色のトレンチコートを着た男は、最後まで番組を観覧していた。

すっと伸びた卵型の顔をむけ、瞬きもせずしずかにこちらを見ていた。その視線が自らに注がれていたものなのか、たまたま通りかかり物珍しさで番組を観ていたのか――まだ由里子に判別する余裕はなかった。

番組が終了するといつものように軽く片付け、ディレクターの金森と明日の打ち合わせをこなす。すべてが終わると由里子はそそくさと白いダウンコートを取り、

「おつかれさま」

とスタッフに声をかけてサテライトスタジオを出た。

窓の外の予想外に降り出した雨を確認するふりをして、由里子は展望ロビーを見る。トレンチコートを着た男は、巨大な窓にむかって設置されているソファーのひとつに座り、雨の糸と三軒茶屋の赤や橙や青のネオンが点々と染める窓のむこうを眺めている。

「おつかれさまです！」

由里子がダウンコートを着ると、いつもの女子高生ふたり組が来た。

満面の笑みで由里子を労うふたりを由里子は視界の隅に男の姿を残しながら、見た。

「ありがとう。ほら、外も暗いんだから、早く帰りなさい」

「えー、でもお母さんには八時までには帰るって言ってあるもん」

由里子は細い手首に巻かれた腕時計を見る。

「そんな時間残ってないじゃない。渋谷なんか行くんじゃないのよ。嫌な思いするだけだから。傘持ってるの？」

「うん。ほら、ちゃんとある」

学校指定の鞄から折り畳み傘を出し、ふたりは由里子に笑った。

「わかったわかった。じゃ、またこんどね」

「おつかれさまです！」

再び歩きだす由里子を、女子高生ふたり組が見送る。由里子はちらとソファーに座る男に視線を送った。男は白髪の頭を微動だにもさせず、まっすぐに窓の外を見つめているようだった。

心拍が速まっている。オレンジタワー二十六階にあるエレベーターが到着するのが、こんなに長く感じたことはなかった。

なにかがじぶんに囁いている。

危険だ、危険だ――二十六年間培ってきた細胞が、生き抜くために共にしてくれた細胞が、自らに訴えている気がした。

チン、と音が鳴る。「26」と赤い電子の文字が光り、扉が開く。じぶん以外、誰も乗り込んでこないことが、なにか逆に不吉めいた感じさえした。

扉が閉まっていく。

由里子は黙って、狭まっていく展望ロビーを睨みつづけた。

＊

真宮はゆっくりと席を立った。一人掛けのソファー席から腰を上げる。三軒茶屋オレンジタワー二十六階。

ここに来て正解だったな。

「ユーリ」と名乗るラジオのＤＪ。

あれは、間違いなく佐竹満の首吊り自殺の現場にいた女だった。新宿駅南口の前の歩道橋。署員に引き上げられ、橋の中央に寝かされた佐竹の遺体を挟むように張られた規制線。そのむこうに、彼女はいた。そしておなじく現場にいた楠木保——いや、釜利修一が反対側の規制線のむこうから一瞬見つめた女だった。

はっきり言えば、綺麗な女性だ。

涼しげな目元、凜と伸びた鼻、そしてラジオのブースのなかにいるのを見つめると、自然目が行ってしまう彼女の口元。まるで変幻自在に操るように、彼女の口はよく笑い、ある時は宙へとむき、かと思えば唇を噛み、尖らせる。

そして彼女が帰り際に着た白いダウンコート。

——間違いない。新宿で見たのと、おなじ物だ。

おそらく彼女が自覚しているより、彼女は人目につく。その自らの美しさへの多少の鈍感さが、彼女の盲点になっている。

首吊り現場にいた女が、能瀬由里子だと確信が得られた。

そしてそこに、釜利修一もいた。それは北海道で起きた「北斗流氷号バス事故」から十五年――楠木保と名を変えた二十四歳の釜利修一と、二十六歳になった能瀬由里子がいまだに繋がっている、なによりの証拠だった。

偶然であるはずがない。ふたりは「なにかの地雷を踏んだ」という記者、佐竹満の遺体発見現場に間違いなくいたのだ。それもご丁寧に、二本張られた規制線の向こう側とこちら側に分かれて、ふたりは立っていた。そして一瞬だけ、釜利修一は能瀬由里子を見て、そしてふたりは別々に去って行った。

これが、普通の繋がりであるはずがない。

そして「ユーリ」こと能瀬由里子は、確実にじぶんのことを見ていた。真宮は番組が終わり、ソファー席に座って窓硝子のむこうを眺めていた。が、ぼんやりと三軒茶屋の街の灯りを感じていたわけではない。視線は、巨大な窓硝子に映る能瀬由里子を見ていた。彼女は間違いなく、じぶんを気にしていたようだ。サテライトスタジオから出てきた後も、直接こちらを見ることはなかったが、真宮は窓硝子に反射して映る能瀬由里子の挙動からそれを感じた。

かなり用心深いな。そんな印象を持った。

真宮は番組中も、敢えて能瀬由里子の視界に入る場所に立っていた。彼女の反応が見たかったからだ。能瀬由里子は確実に――異変に気がついた。「いつもとは違う視線」を浴びていることがわかったはずだ。それは罪を背負っている人間特有の警戒心からくるものだ。能瀬由里子にはそれがあった。だから彼女はじぶんを発見したあと、言葉に詰まった。

微かな動揺――刑事にとってこれだけ感じられれば一先《ひとま》ずは充分だ。あとは吉と出るか凶と出るかはわからぬが、餌を撒くしかない。

真宮は歩く。目的の人物へと近づいた。目的の人物は散り散りになった観覧者のなかにいた。

「ちょっと、いいかな？」

「な……なんすか」

公開生放送の番組中、ずっとスタジオの前列に張りついていた女子高生ふたり組だ。日焼けのあとが目立つふたりはおなじ制服を着ていた。番組中も能瀬由里子に出したお便りが読まれ、飛び跳ねて喜んでいた元ガングロちゃんと名乗っているふたりだった。中年からの突然の声掛けに驚く彼女たちに、真宮は慣れた様子で話しかけた。

「すまんね。突然声をかけて」

「はあ」

「いやね、偶然お茶を飲みに来て観たんだけど、あのラジオのディスクジョッキーの子は上手いね。ユーリって言うのかい？」

真宮は敢えて温和な表情で言った。声をかけたふたり組はおそらく補導歴があるだろう、真宮は瞬時に踏んだ。黒髪は傷み、以前相当な色に染めていたか脱色していたことがわかり、鞄の汚れ具合、靴の手入れの無さや踵の減り具合を見ても、彼女たちがいかに街を徘徊しているかがわかる。この手の子たちには、警戒心を解かせるのがいちばんだ。大人を信用していない。ましてや警察などもってのほかだからだ。真宮は通りすがりの一市民を装い、柔らかな自然な笑みを浮かべた。

「――もしかしてスカウトの、人？」

「ん？」

背の小さい、眉を細くした女の子が真宮に問うた。真宮は口角を上げたまま一瞬止まり、顔をくしゃくしゃにして笑って見せた。

「そうなんだよ。ばれちゃったか」

「やっぱりー」

女子高生ふたり組がクイズに正解した解答者のように、満面の笑みで互いの手を叩き合った。彼女たちはどうやら、じぶんを芸能プロダクションの人間と思ってくれたようだ。「スカウト」と言っていたことから、能瀬由里子には頻繁にその類の話がきているのであろう。

まだ純粋さを残す思春期の彼女たちには申し訳ないが、真宮はしばし芸能関係の人間を演じることにした。

「君たちは、ユーリさんのファン？」

「そう」

「長いの？」

「え？　長いよ」

「どれくらい？」

「一年半くらいかな」

「ずっと通ってるの、ユーリさんの生放送がここであるときは」

「うん……そうだね」

なにか含みを持たせたように、ふたりは顔を見合わせて笑う。

「ん？　どうしたの」

もうひとりの、両耳に無数に開いたピアスの穴が目立つ女の子が真宮を見た。

「実はわたしたちもおじさんと一緒で、最初は偶然ここに来たの」

少女たちはオレンジタワー二十六階の展望ロビーを、軽く見回す。

「高一の夏に仲間と揉めちゃって。あ、わたしたちゴリゴリのギャルだったんですよ。顔真っ黒に焼いて、そこに白いペンキみたいな化粧品で線引いてさ。ね？」

「うん」

少女たちは懐かしそうに笑った。

「そいで渋谷の別のグループと揉めて、ここに逃げ込んできたんですよ。そうしたらそいつら男の先輩とかを連れてきて、追っかけてきて」

引き継ぐように、眉の細い少女が話を繋げた。

「で、この展望ロビーの隅で囲まれちゃって。ライターで腕とか炙られたり、足思いっきり蹴られたりして髪の毛も引っ張られたの。最後は財布取られて、そのなかにおばあちゃんからもらった御守りがあったから、それだけ返してほしくて……周りに大人もいっぱいいたのに、みんな見て見ぬふりだよ。その時――びっくりしたよね」

「うん」

ふたりは懐かしそうに、真剣な顔で見合う。

「なにかあったの？」

「突然さ、囲まれてた輪が開いたの。そしたらユーリがさ、〝あんたたちなにやってんの？〟って。男どもが言い訳はじめたら、〝警察呼ぶ前に帰んな〟って。囲んでた奴ら、文句言いながらすぐ財布置いて逃げて行ってさ。冷静に顔見たら、すごく綺麗な人じゃん。でも凄みがすごくてさ！　わたしたちぺこぺこ頭下げたら、あんたたちもそんな格好してるから悪いのよ。色白くした方が可愛いから顔黒くするのやめな、って。で、まだあいつら下にいるかもしれないから、もう少しここで時間潰して帰んなさいって言われて。そうしたらすたすた歩いて行って、あの透明なサテライトスタジオに入っていくじゃないすか」

「へえ」

「へえじゃないよ、おじさん！　で、ブースの椅子に座ったと思ったら、〝失礼しました。ちょっと蚊が外にわんさかいたんで、潰してきました〟なんて喋ってさ。要は生放送中だよ！　なのにユーリ、みんな見て見ぬふりして我関せずだったのに、生放送中に気づいてスタジオの外に来てくれたんだよ！」

「それは凄いな」

「で、平然とラジオつづけて。もう、格好良かった。感動したもん。それから、日サロで焼くのもやめて、徐々に顔も白くなってきて、いまじゃここの常連、って感じ」

　その語り口調に、彼女たちがいかに能瀬由里子——ユーリを好きなのかがわかった。同時に見て見ぬふりをする大人たちも容易に想像できる。そのなかをひとりの女性が助けに来たら、それだけ好きになるのも仕方がないだろう。

「いい人なんだな、ユーリは」

「あたりまえだよ。あんなにいい人いないよ」

「そっか……ユーリさんの本名ってなんていうの？」

「え？」

「いや、スカウトしたいからさ、彼女の情報が欲しくて。もし知っていたら」

「駄目っす、駄目っす。ユーリ、年齢も本名も非公表だから。ねー」

　ふたりが笑顔で視線を合わす。

「非公表なんだ」

「そうだよ。写真撮影もＮＧ。他のディスクジョッキーのときは写真撮影ありなんだけど、ユーリの時は駄目。スタジオをよく見てごらん。ユーリの時は〈写真、動画撮影などはご遠慮ください〉って注意書きが貼ってあるから」

「そういうミステリアスなところも、ユーリの魅力なんだよね。おじさん、絶対ユーリやるなら売ってね。絶対スターになるから」

元ガングロというふたりの少女は、じぶんのことのようにユーリを一生懸命真宮に売り込んだ。

「ああ。で、ユーリって子は……」

その時――「なにをやってるんだ」と声がきこえた。

男の声だった。

少女たちは声の方向をふりむく。

視線の先に、三十代ほどの若い男性が立っていた。

「あ、金森さん」

少女が言う。

金森と呼ばれた男は、真宮をちらと見た。そして少女たちに視線を移すと、

「ほら、ユーリからも早く帰りなさいって言われてるだろ。早く帰りなさい」

と言った。と、眉の細い少女が嬉しそうに声を弾ませる。

「ねえ、金森さん。このおじさん、芸能プロダクションの人だって。ユーリをスカウトしたいって」

真宮は頭を下げ、「急にすみません」と言う。金森は鼻で息を吐くと、再度少女ふたりに帰宅を促した。

「わかった、帰るよ。また明日ね。あ、おじさん、この人はユーリの番組のディレクターで金森さん。この人もいい人だから。じゃ、約束だよ。ユーリを所属させたら、絶対に売ってね」

「がんばるよ」

真宮が笑みを浮かべ答えると、ふたりは時々振り返り、手を振りながらエレベーターへと消えて行った。

「突然すみません。彼女たちが言った通りたまたまここへ来たら、ユーリさんに目が行ってしまっ

て。それですこし彼女たちに話をきいていました」

　真宮は大人への対応に顔を変化させる。金森は話をききながらもあまり目線は合わさず、早く追い払いたい、とばかりに頷いていた。

「……彼女に、その気はありませんから」

「え？」

「だから……ユーリに芸能の世界に入る気はありません。結構プロダクションの方からスカウトの話もあるんです。でも彼女に一切その気はなくて。たぶん……取り付く島もないと思いますよ」

「そうですか」

　真宮は落胆の表情を浮かべて見せる。と、ようやく金森という男は顔を上げ、真宮と視線を合わせた。少女たちの言うように、いかにも人柄が良さそうな青年だった。同時に、ユーリ――能瀬由里子の盾になっている雰囲気もあった。

「彼女はいつからディスクジョッキーをされているんですか？」

　金森は昔を思い出すように、しずかに横目で展望ロビーを見つめた。

「彼女が――十九歳のときです。そこに……立ってて」

　金森が目線で、二十六階から街を見渡せる巨大な窓硝子を指した。そこには夜の街灯りを楽し気に見つめるカップルが立っていた。

「そこに」

「ええ。夏の夕暮れ、ひとりで立っていて。窓の外をじっと見つめて。それで――」

「あなたが声をかけた」

「……はい」

　どこか遠い日を思い出すような表情で、金森は窓辺を見つめる。

「で、スカウトされたんですね」

「いや……他意はないんですけど、夕日を浴びていることにも気がついてないというか……とにかく彼女の横顔を見ていたら、ここでディスクジョッキーをするのが似合いそうだなって。とにかく他意はないんですけど、少し話してみたら……やることになって」

「あの人気を見れば、わたしよりよほどあなたの方が先見の明がある」

「いえ……彼女の力です」

金森はしずかに言った。

「でも、そんなにすぐラジオのディスクジョッキーなんて、務まるものですか?」

「スタッフももちろん懸念はあったのですが、驚きました。すぐにじぶんのものにして、うちのＤＪのなかでいちばんの人気になって。喋りがとにかくスムーズだったんです。もちろん才能もあるけど、おそらく……小さい頃から相当ラジオを聴いていたんじゃないかなって、想像してます」

「想像してる?」

「はい……あまり、そこら辺の話はしないので」

金森は床を見つめ話しながら、ふとようやく語りすぎているじぶんに気がついたように、顔を上げた。

「とにかく、ユーリは芸能界に興味がないので。それに、この手のスカウトがあった話をきくと、あまりいい顔をしないんですよ。機嫌が悪くなるとまでは言いませんが、ちょっと情緒が乱れるんです……とにかく一応話はしておきますので。名刺頂けますか」

「ほんとうに申し訳ありません。完全な私用でここへ来ただけで、名刺を持ちあわせていなくて。後日改めて伺いたいので、金森さんのお名刺を頂戴してもよろしいですか?　もちろん、ユーリさんのいらっしゃらないタイミングで、もういちど来ますから」

「——はい」

金森は律義にＦＭ世田谷と社名の入った名刺を真宮に渡した。

「じゃあ」

金森が踵を返し、スタジオへと歩き出す。

「あの……」

真宮が金森の背に声をかける。

「はい」

「ユーリさんのご本名って、お訊きすることできますか」

「それは……言えないです。言わないことになっているので」

「そうですか。じゃあ、あのカメラ撮影禁止というのも」

「彼女がうちの番組を引き受けてくれた時の条件でしたから。名前も……写真も無しならやる、と。だから言ってるでしょ、芸能なんて彼女は無理ですよ。どこか目立つことが嫌いなんだから」

「最後にひとつだけ」

「なんですか」

金森は苛立ちを隠さなかった。が、真宮はなおも執拗に食い下がり、最後の問いを投げかけた。

「彼女はどこ出身ですか？　万が一やると言ってくれたら、売り方も変わってくるので」

「……四国、ですよ」

金森は言うと、透明なスタジオのなかへと消えて行った。

真宮は三軒茶屋の街に降りた。今朝方に楠木保の住所を確認しに行った後、突然降り出した雨。道中で買ったビニール傘を真宮は開く。

腕時計の針は夜八時に近づいていた。

そのままオレンジタワーを背にして、世田谷通りを西に歩く。

能瀬由里子が週に三度ディスクジョッキーを務めるサテライトスタジオから徒歩五分ほどのところに、彼女が住むマンションがある。多種多様な店舗が立ち並ぶ通り、ちょうど環状七号線の気配が漂ってくるあたりに、そのマンションはあった。

通りの反対側の三階の窓を見る。

白いレースのカーテン越しに、髪を後ろで束ねた女のシルエットが見える。能瀬由里子だろう。彼女の影は、まるで切り絵のように窓辺に映っている。

肝の据わっている女だな——真宮は直感した。おそらく気がついたじぶんという異物を、思考しながら探っているのだろう。

ふと横を見ると、公衆電話ボックスがある。じぶんが能瀬由里子なら、楠木保と連絡を取るときは携帯電話など使わないだろう。

雨は冷たい。今年の冬は特に寒かった。長年連れ添うトレンチコートの襟を寄せた。長年着古したコートでは、この寒さを防ぎきれなそうだった。

事件の真相はまだ、見えない。

が、解決しなければいけない。

いや——解決してやらなきゃいけない。

こめかみを右手で揉んだ。

なぜ、じぶんは「解決してやらなきゃいけない」などと思ったのだろう。

なにを、誰を——救えというのか。

新宿署へと戻る。すれ違い頭を下げる面々はみな、相沢誠彦銃撃事件の捜査員だった。どの顔も一様に、疲れ果てている。

「だからその近所の爺さんにはとっくに話きいたって言ってんだろうが！」

雨模様のせいか、あるいは彼らの想いを反映してか。普段よりもいっそう灰色に見える廊下に怒号が響いた。

「真宮《ミヤ》さん」

向かいから歩いてくる古参の捜査員が真宮に声をかけた。

「おう、どうだ」

立ち止まり、顔を突き合わせた。

「……迷宮入りしちまうかもしれません」

三池《みいけ》というベテラン刑事の顔は、蛍光灯の灯りで青白く見えた。

「捜査本部は友國塾を追ってるのか」

「ええ、相沢は『戦後を代表するフィクサー　友國塾代表半藤秋冬がもたらした日本経済の墜落』なんて寄稿文を月刊誌に執筆していましたから。まあ、元々論客気取りだったにせよ、相手は半藤秋冬ですよ？　ここに嚙みつくのは……」

半藤秋冬は右翼団体「友國塾」の代表で、政治家のみならず経済界にも怖れられる男――いわゆる激動の戦後の政界を裏で操ってきた象徴のような男だ。

「で、どうなんだ。友國塾は」

「実は悔しいですが公安部の主導で、任意で半藤秋冬に事情聴取やったんですよ。赤坂のキャピトル東急ホテルのラウンジを指定されて」

「どうだった」

「まあ――さすがの迫力です。周りのテーブルなんてその筋の連中がわんさか屯していました。相沢誠彦銃撃事件に関与しているかとストレートにぶつけたら、〝殺れるなら殺りたかったね〟と。でも笑ってね、もうそんな時代じゃないだろうと。なんと言っても馬鹿なお上と桜田門が暴対法なんてものを作ってしまったから。その法律の前にいくらわたしが大事な面子のためだと言っても、易々と愚行に出ると思うか？　って。その後は我々に講釈……いや、延々説教を垂れてましたよ。二〇〇〇年を越えたいま、先の時代は戦後より焼け野原になる。それは経済的破綻ということだけではなく、精神的破綻をもたらすと。秩序が乱れる。そして若者も大人も成熟することを否定し、身勝手さに走り、いちばん人間が陥ってはいけない、精神的な貧しさが蔓延する時代にとかべらべらべらべら」

「まあ、さすが半藤秋冬だな。悪なりに筋は通ってる」

「最後はもろにお説教です。『おまえたち警察はいつもそうだ。戦後ＧＨＱが東京を牛耳り無法地帯になった。人員も足りず気概も無く荒くれる外国人たちを警察は指をくわえて見て見ぬふりをして、逃げていた。そこで困った街の面々を守ったのは我々愚連隊と呼ばれた人間たちだ。警察が守らない代わりに、我々が市民を守ったんだ』って。こうも言っていました。『愚鈍な政治家どもと警察は時代が変わろうと常に一緒だ。困ったときは泣きつき、事が済めば放り出す』と」

　半藤秋冬と対面した警視庁の面々の、ぐうの音も出ない様子が想像できた。

「まあ……半藤秋冬の言う通りなんですよ。いくらじぶんを糾弾しているからといって、簡単に相沢誠彦を殺すわけがない。面子のために動くにはリスクが高すぎますしね。とにかく相沢は方々に敵を作っていたから容疑者を検討するだけでも数が多すぎる。犯人が撃った銃弾も、過去の犯罪で一致するものは出てこない。とにかく八方塞がれてますよ」

「それもおれたちの立派な仕事だ。世の中の役に立っていないようで立ってる」

「真宮さんは、今日はなんでこの時間に？」

三池が問うた。

「歌舞伎町のスーパーで老婆が万引きして難癖つけて暴れてるっていうから、その呼び出しさ」真宮は適当な事案で誤魔化す。

「いいな、気楽で」

三池が悔しそうに笑った。

「じゃ、がんばれ」

真宮は廊下を歩く。

「あ、真宮さん！」

「ん？」

「大事なことを教えますよ。今日捜査本部で決まったんですが、防犯カメラで犯人を捜すことを『リレー捜査』と呼ぶことになりました。街中にある防犯カメラを繋いで繋いで犯人の足取りを追うから、これはバトン渡して走っていくリレーみたいなもんだろって。そしたらね、いや、それを言うならタスキを渡し合う『駅伝捜査』じゃないか、なんて意見も出だして。そこから三時間。結局リレー捜査と命名されましたから、警察手帳を置く記念に覚えておいてください」

三池は言い、呆れ疲れた笑みを浮かべた。

「……そんなんに三時間。馬鹿ですよね」

「警察なんてものはな、名前がないと動けないんだよ」

「街中にある防犯……いや、監視カメラ。あんなものがこの先どんどん出来たら、おれたち刑事なんて存在は用なし、必要なくなるかもしれないですね」

「でも事件がなくなりゃ、いいじゃねえか」

「防犯カメラを素人がリレー捜査して、コンピューターが居所摑んで。そんな時代が来たら、真宮さん、なんか仕事していてくださいよ。で、おれを拾ってください」

　三池は真宮の背中に冗談とも本気ともつかない寂し気な表情を見せていた。


　刑事課強行犯捜査四係の部屋に入ると、灰色のスチール製の机の群れの隅に、香下が座っていた。香下はワイシャツの袖を捲り上げ、頭をぼりぼりと掻いている。近づくと、普段漂わせるボディークリームの香りが、汗の匂いに変わっていた。「だいぶ刑事らしくなってきたじゃないか」真宮は隣に座る。

　香下は目を擦りパソコンを操っている。

「お疲れさまです。これ、現状わかったことを記してあります」

　香下は机上に積まれたファックスとコピーした紙の束を真宮に差し出した。いちばん上には北海道警察斜里警察署からの報告書が置かれている。

「これは北斗流氷号バス事故の生存者の——」

「はい。昭和六十三年七月に山中の崖の下で、遺体で発見された八田晋平さんの捜査に関わったという刑事さんが送ってくれました。大変でしたよ……十二年も前の事故案件を知る刑事さんがなかなかいなくて」

　香下はすこしは褒めてくれ、と言わんばかりの表情を見せた。

「助かるよ。ありがとう」

「他は真宮さんから指示のあった人間で、現在の状況がわかった者のこととか。あの、ちょっとシャワー浴びてもいいですかね」

　真宮はわざと鼻を鳴らす。

「あと四日はいける。がんばれ」

「わかりました」

香下はなにか自信をつけたのか、微笑んでいた。

香下が調べた紙の束を持ち、真宮は小会議室へとむかった。

真宮は蛍光灯の灯りをつけると、しずかに鍵をかける。窓の外には雨に打たれる東京都庁と、様々な色が入り混じった眠らぬ新宿の街のネオンが浮かんでいた。

誰もいない会議室。

白い長テーブルに、ひとりで座る。

いちばん上にある紙に目を通す。

香下宛てに、手書きで送られたファックス用紙だった。

〈警視庁新宿警察署　刑事課強行犯捜査四係　香下様
なんども斜里署の方へご連絡をいただいていたようで、申し訳ございません。わたくしは現在、北海道知床半島にあります、ウトロ駐在所に勤務する和田《わだ》亮人《あきひと》と申します〉
和田という刑事は返信が遅れたことを簡潔に詫びると、依頼に誠実に答えた。
〈八田晋平さんですが、香下様の質問の通り、昭和六十三年、一九八八年七月に斜里町にある北《きた》斜里岳《しゃりだけ》の山中で遺体となって発見されました。北斜里岳は標高五百メートルほどの山で、八田晋平さんの遺体は山中に入り二百メートルほど登った崖の下で、仰向けの状態で倒れている形で見つかった、と記憶しております。

北斜里岳は特筆する植物もなく、また標高のわりに歩くには険しさがあり、獣道も多いことから、登山者はほぼありません。事実八田さんの遺体が発見されたのも、地元の人間がたまたま登った際に目にし、という状況でございました。遺体の状況は落下による首第一頸椎から第四頸椎あたりまでの骨折、四肢の骨折などが見られたと記憶しております。死亡原因は落下による後頭部の挫傷による出血もありましたが、最終的には「凍死」であったと思われます。遺体は司法解剖の結果、死後一年～二年と出ました。誤差が一年ほどあるのは、八田さんの遺体が冬場は雪に埋もれた状態であったため、白骨化はしていたものの、保存状態が良かったためかと思われます〉

遺体の発見は死後一年以上が経ってからのようだった。和田は遺体の状況をつまびらかにした後、遺族の気になる証言を書いていた。

〈遺体の一部、特に顔面と腹部は雪解け後に羆《ヒグマ》、その他の野生動物に食べられた跡がありました。身元は、ダウンヤッケのポケットに入っていた財布のなかにあった運転免許証などの身分証明書、歯型から八田晋平さんご本人との特定に至りました。

身元特定に至るまでの過程ですが、八田晋平さんは行方不明になるまで斜里駅近くにある「株式会社　北斗バス会社」に勤務しておりました。運転手に加え、重要な役職の立場にもあったと記憶しています。その八田さんには奥様、子供があったのですが、奥様にお話を伺ったところ、「遺体発見の一年半ほど前から自宅に帰らなくなり、失踪状態にあった」ということがわかりました。

ですが奥様、ご家族、ご友人などからの「捜索願」は警察署に出されていない状態でございま

した。その理由は直接、当時事故を担当したわたくしが八田晋平さんの奥様に伺ったのですが、「ご家庭内の事情」ということでお察しいただければ幸いです。書面でのやり取りとなるので詳細はここでは記せませんが、八田さんご自身のプライベートにやや問題があり——奥様も「自然失踪」「家出」と捉えておられたようです。

遺体発見後も奥様にそれほどの動揺も見られず、ご家族並びに北斗バス会社社員などの聞き取り後、しばらくは「未解決の不審死事案」として斜里署も捜査をはじめたのですが、結局ご遺族からのつよい要望も見られず、その後「事故扱い」として捜査は打ち切られた、と記憶しております。

もう少し詳しく状況をお訊きになられたい場合は、わたくしの方に直接ご連絡をいただければと思います。いまは斜里署の第一線を離れ、遠いウトロの地で海を眺めながら、のんびりと駐在をしておる日々です。お役に立てるようでしたら、どうぞわたくしの携帯電話にご連絡ください。電話番号　０９０－９２４３……

——北海道警察北見方面　斜里警察署ウトロ駐在所勤務　和田亮人〉

道警の和田という警察官に、心から感謝した。細かな記憶を手繰り寄せて教えてくれたことに、真宮は紙を見つめ手を合わせたい気持ちだった。

真宮はつづいて、香下から受けとった資料のコピーに目を通す。

まず、集まってきた点。これをじぶんの想像で良いので、線にすることが肝心だ。

真宮の手と目は自然、能瀬由里子と楠木保——釜利修一の名を探す。

「……あった」

蛍光灯の青白い光を天から一筋浴び、呟く。ゆっくりと、紙の束を捲る。

そこには「能瀬由里子」の名があった。

警視庁世田谷警察署、生活安全課による報告書だった。報告書は年代がわかれ、三通ある。香下が電話で話していたとおり、能瀬由里子には障害を持つ身内がいるようで、その件の報告書のようだ。読むと、彼女にはふたつ歳下になる弟がいる。名前は「能瀬昴」といった。

記述によると彼女の弟は生まれつき、「重度《じゅうど》精神薄弱《せいしんはくじゃく》」という障害を持って生まれてきていた。報告書のなかには東京都が知的障害者へ交付する『愛の手帳』のコピーも添付されていた。モノクロームの四角い枠に納まった、能瀬由里子の弟の写真。十代の頃の写真だろうか。髪の毛の短いかわいらしい少年が、薄《う》っすらと笑顔を浮かべたように、どこかぎこちなく写真に収まっていた。報告書を読む、真宮の眉根に思わず力が入る。

［平成三年　十二月九日　警視庁世田谷警察署　生活安全課］
本日午前一時二十二分。管轄内に住む能瀬由里子さんから「弟がいなくなった」と捜索願が出される。同午前三時半ごろ、自宅から二キロほど離れた世田谷公園野球場近くで、弟の能瀬昴さんを発見、署員が保護。同少年には生まれつき精神薄弱があり（通称＝自閉症という）、言葉も交わせない状態であるため、保護後に世田谷署へ。捜索をしていた実姉である能瀬由里子さんと署で合流後、彼女が満十八歳の未成年であるため、東京都が知的障害者へ発行する『愛の手帳』の提出を求める。だが、「弟と共に上京してきた」という彼女が提出した物は、まだ東京都に移しておらず、本籍が記載された北海道が交付する療育手帳のままだった。保護者の欄には、叔母の名前の記載アリ。なので、「東京都に転居したならば、『愛の手帳』に移さなければいけない」と注意をする。実姉、とにかく頭を下げ詫びていた。

［平成四年　一月十一日　警視庁世田谷警察署　生活安全課］
同管轄内に住む能瀬由里子さんから、本日午後十時六分、弟の捜索願が出される。実姉である彼女が数分シャワーを浴びている間に、自宅から出て行ってしまったという。実姉いわく、「以前までチェーンは外せなかったが、出てしまった」と報告。行方不明者、能瀬昴君は環状七号線をひとりで歩いているところを彼女が発見。実姉はシャワー後に着の身着のまま急いで家を出たらしく、髪の毛も濡れている状態で震えていたため、『愛の手帳』の提出、確認後、タオルを貸しだす。実姉、長時間の捜索もあり疲れ果てている様子。「すみません」と詫びる。気をつけるよう注意を促し、自宅へ戻す。

［平成五年　九月八日　警視庁世田谷警察署　生活安全課］
午前四時半ごろ、三軒茶屋世田谷通りにあるコンビニエンスストア『セブン-イレブン』から通報を受け署員が駆けつける。と、上半身裸、白色の短パン姿の少年（能瀬昴くん）が店員により確保されていた。少年は午前四時十五分くらいに同店に上半身裸の状態でひとりで入ってくると、動じることなく、すたすたと歩き菓子棚にむかい、『ビックリマンチョコ』を箱ごと手に取り出て行ってしまった。驚いた店員が店を出て声をかけるが、会話、応答が出来ず、店員が胸を押し地面へ倒してしまう。その後、警察に通報。少年を覚えている署員がおり、姉である能瀬由里子さんの携帯電話に連絡。すぐに慌てて来る。『愛の手帳』の提出を求めると、二十歳になり成人になった能瀬由里子さんが、正式に保護者として記載されていた。地面に倒された際怪我をした弟の傷口を押さえながら、なんども頭を下げる能瀬由里子さんに、ひとりの女性署員が「もっとしっかりと監視しないと。お母様やお父様はいないのですか?」と問う。と、目を上げ、彼女は署員を睨む。「あんたになにがわかるの」と激高。机をおおきく叩く。女性署員と、すこし

口論となる。「こういう子を持ったこともない人間が、偉そうなこと言うな」と言う。じぶんを含めた他の署員が落ち着かせると、疲れ果てたように頭を下げ詫びていた。弟の能瀬昴くんは終始、能瀬由里子さんの横に座り、姉が買い取ったビックリマンチョコを食べたそうにしていた。ひとりでコンビニエンスストアへ行ってしまった理由を姉に訊ねると、「昼間にこの商品のコマーシャルを見て指をさしていたので、食べたかったのだと思う。『明日買おうね』と言ったが、弟は自閉症特有のこだわりがつよいので、一日中頭にチョコのことがあったのだと思う。じぶんも気にしていたが、夜中に仮眠を取っている間に深く眠ってしまい、弟がドアを開けた音に気がつかなかった」と説明。人があたりまえに日常取る「眠る」という行為を、「仮眠」と称する彼女に心配を覚える。能瀬昴くんが上半身裸だったのも、姉いわく弟が持つ自閉症の特性のひとつだという。肌が健常者より過敏なのか、幼いころから衣服、主に上半身に身に着けるものをあまり着たがらず、特に襟の内側に付いているタグや素材がちくちくとする物を拒絶し、彼女も気を使っていたらしいが、昨夜は床に就かせる前にTシャツをどうしても着たがらず、夏であったため、そのまま寝かしつけた、ということだった。

　あまりにも疲れ果てていたため、わたくしが自宅まで姉弟をパトカーに乗せ送り届ける。なんども「すみません」とちいさな声で詫びていた。自宅前のマンションで降ろすと、姉は弟の手を取り、手を繋いだまま自宅へと入っていった。

――これか。

真宮は思った。

楠木保が雲のようにどこに住んでいるのかさえわからぬのに、能瀬由里子はきちんと居住地を登録し、その場所に住んでいる。その理由がわかった。

彼女は障害を持つ弟のために、都から交付される『愛の手帳』や福祉の事情があって、きちんと住居を登録する必要があったのだ――いわば、身分を隠すことが出来ないのだ。

もし楠木保、いや、釜利修一と能瀬由里子がなんらかの罪を犯していたとして、彼女には身を隠す術がないのだ。

同時に、胸が痛んだ。

八十五になる母親を思い出す。母が痴呆になってから、やはり時々家から出て行ってしまうことがあった。それを捜索する大変さは真宮にもわかっている。しかし、じぶんはほぼ、仕事にかこつけて、妻と娘に任せている。

だが、彼女は――。

十八歳の能瀬由里子が、十九歳だった能瀬由里子が、ひとりで弟の行方を生まれ故郷でもないこの東京で必死に探している様を想像すると、胸が苦しくなった。いや、彼女は十二歳のときにバス事故で母親を亡くしている。

先ほどの療育手帳を見ると、能瀬由里子が未成年の間は、弟の保護者の欄に「能瀬正子《まさこ》」という名が記されていた。母親の姉妹だろうか？　こうなると父親はなんらかの事情で、幼い頃からいなかった可能性もある。

能瀬由里子はちいさな頃から、あの華奢な躰で、冬の北海道で、真冬の網走で、弟を探し、手を繋ぎ歩いていたのだろうか――。

が、ともかくも点と点は結ばねばならぬ。

真宮は胸ポケットの内側から警察手帳を取り出し、真新しい記載用紙を開くと、左手でこめかみを押しとん、とん、と指で叩いて思考をまとめだした。

まず、じぶんはなぜ、楠木保が気になりはじめたのか？

能瀬由里子と、楠木保との関係。

楠木保。なぜ釜利修一という本名から名を変えたのか？

北海道。一九八五年。昭和六十年十二月三十一日『北斗流氷号バス事故』の生存者。

『筆の逆襲』木内博也記者が殺害される。新宿。首を一突き。社に借金を申し込むとき、「近々、まとまった金が入る」「とんでもなくでかい餌を捕まえた」「おおきな記事付きだ」と言う。

新宿の名もなき首吊り遺体。後に『筆の逆襲』に在籍した佐竹満とわかる。

編集長の大山又一郎。「踏んじゃいけない地雷を踏んだ」

一九八八年。北海道斜里町にある北斜里岳で、『北斗流氷号』に乗車していた北斗バス会社八田晋平という男が崖から転落死しているのを発見。謎の転落死。

そして今年、二〇〇〇年一月、運輸省特別顧問相沢誠彦が殺害される。新宿余丁町。首と心臓に一発ずつの銃弾。共に真冬の犯行。大雪の日。犯人は雪を利用し、足跡を消していく。

木内博也殺害時、鑑識官の大前さんの言葉がよぎった。

――「凶器はナイフに間違いないとは思うが、石を削った物のような気もする」

――「プロの匂いがするよな」

〈なぜ楠木保は介護施設「陽栄ホーム」を立ち上げたのか〉

〈「介護福祉事業の時代の寵児」と呼ばれるほどの男に〉

〈社会から隠れなければいけないはずなのに〉

能瀬由里子は写真を撮られることを嫌がる。拒否する。母親、父親、弟、雪、冬、北海道。バブル経済、東京、新宿。拳銃、ナイフ、石のような物、黒曜石。戸籍、名前、バス、みながつく嘘――。

真宮の脳内に雪崩のように疑問と言葉が流れ込む。あっという間に真新しかった記載用紙は、黒く文字で埋められた。頭のなかで、北斗流氷号バス事故の生存者が語った、子供だった能瀬由里子と釜利修一の会話が鳴り響く。

——いつか一緒に流氷を見よう。

——見ようね。


真宮はペンを置き、目を閉じた。

蛍光灯が時々ちか、ちかと声を鳴らし、窓の外のクラクションだけがしずかに真宮を包んだ。

ある仮定の想像が、真宮のなかで生まれた。拾い集めた点と点が、一本の線になった。渦のように曲がり、何本も絡み合っている線かもしれない。が、これしかない気がした。楠木保——いや、釜利修一と能瀬由里子が重ねている罪があるとすれば。

胸が苦しくなった。涙が零れた。が、解決せねばならぬとも思った。

彼らが十五年の時を超え、重ねつづけてきた犯罪を。

救ってやらねばならぬ、そう思った。


一時間ほど思案の後、真宮は運輸省特別顧問相沢誠彦銃撃事件の捜査員たちが眠る道場を覗いた。午前一時過ぎ。薄明かりのなか眠る者、天井を見上げ思考をつづける者、眠れない者、様々だった。目的の人物は当たり前だが、ここにはいない。

真宮が自動販売機の前にある喫煙所を確認し、その後帳場となっている大会議室を覗くと、やはりここにいた。目的の人物は長テーブルにひとり座り、反対側に置いたパイプ椅子に足を投げ出し、顔をしかめ天を見上げていた。特別捜査本部の指揮を執る、警視庁刑事部長、駒田徹だった。

「よう」

真宮が声をかけた。駒田はすでに真宮の気配を察していたのか、わざとゆっくりと首を曲げた。

「なんだ？　一兵卒」

駒田は真宮の顔を見ながら言い、寂し気に笑った。その顔は悪態をつく言葉とは裏腹に、苦悩に満ちた表情だった。相沢誠彦銃撃事件の捜査の難航を、まるでひとりで抱えているような。真宮は一礼して部屋に入り歩を進める。夜中とはいえ残っている数名の捜査員が、ちらと真宮を見、頭を下げる。

「帰ってないのか、家」

真宮が問う。

「まあな」

「ちょっと一軒行くか」

「どこに」

「『昌平』だよ。先月の借りを返せ」

駒田はパイプ椅子に座り、両手を後頭部に回し支えながらしばし考え、いちど「はあ」とおおきくため息をつき、「行くか」と席を立った。


新宿署を出ると真冬の街は底冷えするように寒い。互いにコートの襟を立てる。新宿駅西口に坐する巨大なビルの最上階に温度計が備えられている。電光掲示板にマイナス二度と表示されていた。

ふたりでコートの襟に手をやりながら、自然足早になった。新宿署と歌舞伎町を分断するようにそびえる西口の大ガード。その手前の青梅街道沿いに、町中華の『昌平』はある。昼から明け方まで営業しているため、眠らぬ街の面々には使い勝手の良い中華屋だ。最後はあまりの寒さに互いに小走りとなり、慣れた様子で真宮と駒田は店に入った。

駒田が先に入ると寒さで顔をしかめながら、指を二本立てた。見慣れた中年の店員が愛想も嫌みもなく、奥のテーブルを指す。温かな暖房の空気に身を寄せながら、ふたりはそそくさとテーブルに腰を下ろした。

「一杯呑むか」

真宮が言うと、駒田は顔をくしゃくしゃにしながら手を揉み温めつつ、「そうしよう」と答えた。

ふたりは卓上にあるメニューを軽く見回し、結局いつものピータンと紹興酒を頼んだ。しばらくすると若い不愛想な店員が人肌に温めた紹興酒の燗とピータンと共に、クラゲの冷製をテーブルに置いていった。長年馴染みのふたりへのサービスのつもりだろう。真宮が厨房に立つ店主に手を上げ礼を伝えると、店主は鉄鍋を振りながら表情も変えずちらと見、鍋を振りつづけた。

「ああ、温けえ」

指に伝わる紹興酒の温度に感謝しながら、ふたりは最初の一杯だけ互いのグラスに注ぎあう。真宮と駒田はちいさな円柱型のグラスを持ち、無言でちんと鳴らした。

茶褐色の液体が躰に染みこんでいく。自然、ふたりは図ったようにおなじタイミングで息をついた。

「で、どうだそっちは」

真宮は喉元に紹興酒を流し込みグラスを置くと、ピータンを口に放り込んで言った。

「お察しの通り難航だよ。いまのところ手も足も出ん。八方塞がり」

「そうか」

「さっきも会議が荒れて大変だった。あ、最近じゃおれらのときと違って街中にある防犯カメラを繋げて捜査するだろ。あれの名称が決まったぞ。明日から報道機関もそれで統一される」

「リレー捜査だろ?」

「おれは、それなら駅伝捜査の方がいいんじゃねえか?　って言ったんだけどな……結局若い奴の意見に負けて、リレー捜査に決まったよ」

　会議が長引いたのはおまえさんのせいか、真宮は言葉に出さず、くすくすと笑った。

「……なんだ、知ってたのか」

「いいから。ほら、相変わらずピータン美味いぞ。食えよ、好物だろ」

「絶対〝駅伝捜査〟のほうがしっくりくると思うんだけどな……だってそうだろ？　防犯カメラを繋いで犯人の足取りを追うって言っても、そう簡単にできるわけじゃない。リレーって表現だと速すぎる感じがするんだよな。もっと必死にタスキを、ってさ」

「若い奴は片仮名が好きなんだよ」

「まあな……うめえ」

　ようやく駒田は黒色に光る家鴨《アヒル》の卵を口に入れると、リレー捜査に納得したようだった。しばしの沈黙が流れた。互いに自らのグラスへ紹興酒を注ぐ音をきいた。

　店内にはホストらしき男性や、キャバクラ嬢、風俗嬢、泥酔し注文した拉麺にも手をつけず机に突っ伏し眠る勤め人、得体の知れぬ若者——様々な面々がいた。

が、これが新宿なのだ、真宮は思う。

　様々な人種が様々な事情を重ね、渋谷や西麻布、六本木、この街とは違う煌びやかなネオンが眩しすぎる人間たちがなんとか地に立つ街。それが新宿なのだ。深夜一時を過ぎた今宵の昌平も、いつもと変わらず誰にも平等で、誰にも優しくない店だった。降りつづく雨も、なぜか似合う気がした。

「家、帰ったほうがいいんじゃないのか」

「ん？」

「お偉いさんのおまえがいたら、下の者も帰れないだろ」

「眠れねえんだよ」

　駒田がちいさな声で答える。

「おれもだ。刑事、辞めるっていうのにな」

　真宮も紹興酒をちびりと口にし、言葉を返す。

「友國塾の線、捨てたらどうだ？」

　真宮が問うと、「そうもいかないんだよ」と駒田は言った。

「どういうことだ」

　駒田の言うことはこうだった。相沢の闇は深く、ここまで来るのに結構危ない橋を渡っている。元々、旧第二勧業銀行の相沢は、京大経済学部卒業後にハーバード大学に短期留学し設備投資などに関する実証研究を行って日本に戻ってきた。バブル期がはじまるもっと前に、日本の歴史的景気上昇を読み、日本へ戻り旧第二勧業銀行では主に融資と投資部門で手腕を発揮し、バブル経済が破綻しかけるや否や銀行を捨てて退職。するとハーバード大学時代の教授を頼り、共同創設者という形で日米経済研究所を立ち上げた。そして開発研究と設備投資の経済学をまとめた『実証分析という名の罠』を出版し瞬く間に評判となりベストセラーとなった。

　そこで相沢が変わっているのが、彼の名が官民にも知れわたり大蔵省財政金融研究所から誘いがあったらしいのだが、これを断る。断ったあげくにいくつかの投資会社の顧問をやりながら、自らのファンド会社も立ち上げた。そこからは論客としてマスメディアにも頻繁に露出するようになり、一九九八年、満を持して自由党運輸省特別顧問として政界に首を突っ込む――。

「なぜ大蔵省財政金融研究所からの誘いを断ったんだ？　相沢の経歴からすれば光栄なことだろ？」

「要は相沢の思考の中枢は金なんだよ。はっきり言えば金の亡者だ」

「なるほどね」

「バブルが弾ける前に銀行を辞めたのもそう。おれたちの世代じゃあまりない発想じゃないか。世話になった会社を捨てるというのは。が、相沢にはそんな甘さはないんだ。簡単に言えば沈む船には乗らない、それが相沢の考えらしい」

「それがなぜ、最近になって運輸省の特別顧問になったんだ」

「ここがおれたちも友國塾の犯行の線を消せない理由でもあるのだが、逃げ込んだんじゃないか？という噂があるらしい」

「逃げ込む？」

「ああ。相沢の旧第二勧業銀行時代、まさにバブル絶頂期をむかえる。当時銀行がいちばん頭を抱えていた相手はどこだ？」

「……総会屋か」

「そうだ。その筆頭が戦後最大のフィクサーと謳われる友國塾代表の半藤秋冬だ。相沢は当時頭取連中がみな怯えるなか、堂々と半藤と闘ったらしい。その武勇伝もあって相沢は銀行での地位も上げていった。だがその後、きな臭い噂も出てきた。途中から、裏で相沢と半藤秋冬は結託していたんじゃないか、という話だ」

「結託？」

「要はマッチポンプだ。火の無いところに自ら火をつけ騒ぎ、それを消したことで報酬を得る、やくざの常套手段だ」

「相沢誠彦の認めがたい雰囲気には合致する話だな」

「それだけじゃない。相沢と半藤は互いの利益が一致したことでより結束し、禁断の果実にも手を出していたんじゃないかとも言われている」

「……インサイダー取引か」

「そうだ」

駒田は店内の騒がしい客を一瞥し、小声で頷いた。

「それが長年の持ちつ持たれつの関係がなにかで崩れ――相沢は自由党からオファーのあった運輸省特別顧問の座についたらしい。なにしろ相沢を買っている政治家連中は、半藤秋冬も易々と手を出せない相手だからな」

「相沢は現総理に気に入られて、という筋書きじゃないのか？」

「もっと上さ。元総理連中と及びその周辺、とでも言っておく。数多い面々が相沢の後ろ盾になっている。要はその連中は――相沢がファンド会社をやっていた時に、ずいぶん旨味をもらっているわけさ」

真宮は自らが思考した点と点の線に、この話が繋がった気がした。

「じゃあ、相沢は有力者を後ろ盾にし、半藤秋冬から狙われているのを守っていた」

「そういうことだ。だから敢えて相沢は月刊誌に半藤を糾弾する寄稿文を渡した。おれになにかしてみろ。いつでもおまえの首を獲ってやる――自信にあふれた挑発だよ。まあ、半藤も半藤で相沢には脛の傷は握られているはずだ。要は寄稿文で宣戦布告をするように見せかけて、これ以上はやめろ、手打ちにしようと相沢は半藤に伝えたかったのだろう」

「でも相手は半藤秋冬だ」

「そう。だから友國塾の線は外せない。半藤が任意の事情聴取で語った、もうそんな時代じゃないだろという言葉は真に受けられない。半藤は相沢が太刀打ちできない思想と信念がある。戦争を渡り潜り抜けてきた猛者だ……最後は面子のために動くというのは充分にあり得る。いくら暴対法があっても、半藤秋冬には二次団体、三次団体も後ろにはいる。それに現役の暴力団の幹部も半藤には借りがあり、また崇拝している連中もいる。奴らを動かすのは半藤には簡単だ。でも捜査本部が頭を抱えるのは、相沢に敵が多すぎることだ。なにを勘違いしたのか相沢は、昨年自由党の議員になろうとまでしていた節があるそうだ」

「じぶんがバッジをつけて？」

「ああ。半藤と違って相沢には思想なんてものはない。欲の塊だ。要は金も手に入り自らの名も世間に知られるようになって、最後に名誉が欲しくなったんだろ。でも相沢誠彦は思うより金を持っていない、という噂もあったそうだ。太陽光発電に突っ込み財産のほとんどを溶かしていたんじゃないか、という話もある。だから余計に相沢は政界に入り込みたかったんだ。安定と名誉を求めてな。結局議員の件は後ろ盾の政治家連中に辞めておけと言われ諦めたらしい。その代わり相沢はけつ持ちの代議士たちが推す若い議員をバックアップしていくと宣言していたらしい。周りにはおれはフィクサーになる、なんて風も吹かせていたそうだ。まあ、どこまでも下品な男だよ。わかりやすいっちゃあ、わかりやすい。頭は良くても時々いる、フィクサーになることに憧れる男、みたいな感じだな」

駒田は酒をぐびりと呑んだ。

「——なるほどな」

真宮は黙って酒を口に運ぶと、店員に空になった紹興酒の燗を見せ、代わりを頼む。店内には酔客のおおきな笑い声が、あちこちで響いていた。

「おまえさんの方はどうなんだ。喉元に刺さった小骨は取れそうなのか」

「……ああ」

「なに？　本当か」

思わず駒田は身を乗り出した。

「おれがいまから話す内容は、あくまで仮定の推論だということを理解して欲しい」

駒田は頷く。

「あとうちの署に香下という刑事がいる。いまはこいつに事件を手伝わせている。眉を細くしてみたり今時の感は否めないが、悪い刑事じゃない。芽が出そうなら、おれが刑事を辞めた後気にしてやってくれ」

「わかったから、早く言え」

駒田はしずかに話す真宮を急かすように返事をする。

「まず時間を巻き戻す。最初は昨年の十二月二十四日のクリスマスイブ早朝。新宿駅南口の歩道橋で、名もなき男の首吊り遺体が発見された。そこに、ふたりの男女がいた。ひとりは落ち着いた雰囲気の青年、もうひとりは白いダウンコートを着た、人目を惹く聡明そうな女性だった。ふたりは署員によって引きあげられ橋の中央に寝かされた遺体を、挟むように張られた規制線のむこう側とこちら側で、群衆のなかから見ていた。おれはなぜか目が行った。青年に見覚えがあったんだ。彼は陽栄ホームという老人介護施設を立ち上げたという青年で、介護福祉事業の時代の寵児なんて見出しですこし前に週刊誌に取り上げられていたんだ。その青年は、なんともいえぬ目で遺体を見ていた。そして……反対側の規制線の奥にいる女性の顔を一瞬だけ見たんだ。その白いダウンを着た女性も、その視線を感じたように遺体から顔を上げ、彼を見た」

「うん……」

「その視線の交わりは一瞬だった。早朝の新宿の多種多様な人種のなかで、野次馬が携帯電話を握りしめるなかで、ほんの一瞬彼らは目を合わせただけだったにもかかわらず、それはなにか、特別なものに思えた。死者に対する意志を持った、そんな目だった気がしたんだ。ふたりは気がつけば……雑踏のなかへ消えて行った」

駒田は紹興酒を呑むことも忘れ、語る真宮を見すえた。重い話とは真逆な、「おばちゃんビールもう一本！」と叫ぶ客の声がきこえる。

「青年の名は楠木保。元の名を釜利修一という。女はいまラジオのディスクジョッキーをしている能瀬由里子。この楠木保と能瀬由里子は他人同士じゃない」

「というと？」

「覚えているか？　昭和六十年十二月三十一日大晦日。北海道の札幌を出発した豪華観光バスが知床半島へむかう道中起こした事故を」

「ああ、あったな。覚えてる」

「一九八五年の大晦日に起こった、北斗流氷号バス事故。四十一名が死亡した大事故で、このふたりはわずか七名しか助からなかったうちの生存者なんだ。いわば生き残りだ。このふたりはなぜか他人同士の振りをする状況におかれているが、おそらくは見知った仲だ。でなければあんな偶然、あり得ない」

「で、新宿駅の首吊り遺体は誰なんだ」

「佐竹満という元新聞記者で、筆の逆襲という雑誌の記者だ。なんでもそこの名物編集長、大山又一郎は腕の良かった佐竹をある時期にメインから外したらしい。『踏んじゃいけない地雷を踏んだ』……そう大山は言っていたそうだ。実際その直後に佐竹は結局雑誌社を辞めている。おそらく首を吊るまで浮浪していたんだろう」

「その佐竹が楠木という男と能瀬由里子という女となんの関係がある」

「亡くなった佐竹満の遺体を担当したうちの古株の鑑識係が、ある日おれを呼んだ。佐竹満のポケットのなかに、石のようなもの、黒い硝子の結晶のような屑があった。そこからだ。おれの喉元に小骨が刺さりだしたのは」

　真宮は一息ついて、また話しはじめた。

「いまから七年前。一九九三年に歌舞伎町で何者かに刺殺された男の事件。殺された男は木内博也。木内にも問題が多く、当時の新宿署で言や、道に転がってる石みたいにありふれた事件で、新宿の闇に消えていった。だがその時な、もう亡くなったベテラン鑑識係の大前という人がおれに言ったんだ。男を刺した凶器がもしかしたら、普通のナイフなんかではなく、石を削った物なんじゃないか、と」

「……石を削った物。それじゃ佐竹という記者のポケットに入っていた……」

「そうだ。鑑識係に調べてもらうと、首を吊った記者の佐竹のポケットにあった黒い結晶の屑も、やはり石だった。黒曜石という、黒褐色に光る美しい石……いちばん多い原産地は」

「北海道か」

「その通りだ。しかも七年前に新宿で殺された木内博也という男も、首を吊った佐竹とおなじく、筆の逆襲に記者としていた」

ふたりはそれぞれの前の机上に視線を下ろし、やがて目を合わせた。

「……繋がるな」

「殺された木内博也は悪評の塊だった。その木内が殺される前に社に借金の追加を申し込むとき、近々まとまった金が入るから大丈夫だと言った。しかもそれも、北海道に関わる人スクープだと。なんでも木内を知っている記者によれば相当癖がある人間で、前にいた新聞社を辞めたのも、木内の手癖の悪さが原因だったという証言も得た」

「手癖？」

「木内は新聞社時代おなじ部の記者の机を漁っていたらしい。木内がもし筆の逆襲でもおなじことをして佐竹満の私物を漁っていたとしたら——佐竹が摑みかけていたスクープのなにかしらを、手に入れていた可能性がある」

「そのスクープの目星はついてるのか？」

「おそらく楠木保と能瀬由里子が乗車していた、北斗流氷号バス事故に関わることだろう。でないと、首吊り自殺をした佐竹満の現場に、あのふたりが居合わせるはずがない。きっと死ぬ前に佐竹からなんらかの連絡が入ったんだ。おれは佐竹は死ぬじぶんを見せてまで……あのふたりの重ねる罪をやめさせようとしたと踏んでいる」

「でも木内が楠木保と能瀬由里子を脅してなにになる。スクープは置いておいて、まとまった金が入る、というのは」

「楠木と能瀬由里子はひとつだけ、莫大な金を持つ理由がある」

「賠償金か」

「そうだ。あれだけの事故、それもあのふたりは事故でそれぞれ身内を亡くしている。安い賠償金のはずがない」

「確かに……」

　駒田は顔をしかめ苦悩するように、思考している様子だった。

「……楠木と能瀬が佐竹満、並びに木内という記者の事件に関わっていたという線は認める。が、相沢誠彦とはどうだ。運輸省特別顧問である相沢の銃撃事件とはどう繋がる」

「ここはもう、勘だ。相沢は雪を利用した真冬の犯行。木内もおなじ季節に殺されている」

「勘って、おまえ——」駒田は黙る。

「非科学的だと笑われるかもしれないが、おれなりの根拠もある。相沢は東京では珍しい吹雪く大雪のなか、首と心臓に一発ずつ銃弾を撃ち込まれて死んでいる。降りつづく大雪のなか、一発だぞ？風も右に左に吹き、雪で視界もさえぎられるなか一発ずつ命中させて絶命させている。プロの犯行だとは思わないか？」

「だからおれたち捜査本部も、友國塾をふくめ暴力団の関与を疑っている」

「木内が殺された時、鑑識の大前さんも言ったんだ。犯人はプロの匂いがするよな、と」

駒田は黙った。

「相沢誠彦を射殺した犯人は、地に積もる雪を利用し消えている。真冬の大雪、殺すとすればリスクの方が多い日だ。犯人はきっとその日を選び、じぶんの経験してきた地の利を使ったんだ。確実に殺すために。人もいない路地裏を選んで」

駒田は黙ったままだ。

「――北斗流氷号に乗車していた、八田晋平という男がいる。事故を起こしたバス会社の人間だ。この八田も数すくない生存者のひとりだ。が、八田は事故から約二年後、北海道斜里郡にある山から遺体で発見された」

「死因は」

「崖から落ち、凍り死んだとなっている。だがそこから数年後――十代だった釜利修一と能瀬由里子は東京に出てきている」

「なに？　まさかおまえ、その八田は事故ではなく……」

「ちなみに楠木保と名を変えた釜利修一の父親はバス事故を起こした張本人の運転手だ。能瀬由里子に至っては、自らの母親も乗車し亡くなっている。普通で言えば、加害者の息子と被害者の娘が一緒にいるようなもんなんだ。こんな異質なことはないだろ？」

真宮は駒田に詰めよった。

「能瀬由里子には障害を持って生まれてきた弟がいる。その弟も能瀬由里子と一緒に東京へ出てきているんだ。当時の新聞記事を読んだ。釜利修一は元々父ひとり、子ひとりで育ったと書いてあった。能瀬由里子にもおそらく父親はいない。そんなふたりが十五年の時を超え、この東京にいるんだ。死んだ記者の佐竹満を見つめていたんだ。歩道橋の……端と端で」

駒田は真宮と視線をぶつけたまま、黙りこくった。

「……おれにどうしろという。この段階で警視庁として捜査は出来んぞ」

「わかってる。逆にこの話はおまえの胸にだけ仕舞っておいてくれ。おまえさんに頼みたいのは、今後おれが捜査をする際、どうしても桜田門の名前が必要な場合は出させてくれ、ということだ。迷惑はかけん」

「……わかった」

「あのふたりと相沢の事件が本当に繋がっているのか、まだ確証はない。だがやらせてくれ。確実なものになれば、すぐに必ずおまえに伝える。その時は……挙げてくれ」

「しかし運輸省特別顧問の相沢殺しにそのふたりが関わっているとして——その原因はなんだろうな。なにを記者たちはスクープし、死ぬ羽目になったのか。編集長の大山又一郎が言った、踏んじゃいけない地雷は、なんなのか」

　店内にはふたりの会話に不似合いな喧騒と、使い古されたブラウン管のテレビから流れる笑い声が響いた。

「どうやって挙げる」

　駒田が呟くように言った。

「おそらく今後どんなに捜査をしても、あのふたりから証拠らしい証拠は出てこないだろう。ただ楠木保と能瀬由里子は、追いつめられて罪を重ねここまできている。だったら……追いつめるしかないだろう」

　駒田はすこしだけ、酒を口に含んだ。

「挙げられるのか、おまえに」

「……救いたいんだ」

「救うって、なにを」

「……バス事故が起きた当時の雑誌に、ある生存者の女性の話が載っていたんだ。彼女はバスのなかの釜利修一と能瀬由里子をよく覚えていてな。あのふたりは、流氷が見たかったらしい。そして最後に言ったそうだ――いつか一緒に流氷を見ようね。見よう。と」

駒田も幼き子供たちの会話を想像したのか、黙った。

「駒田、おれは一切の同情を捨てる。これはおれたちが挙げてやらなければいけない事件だと思わないか？　昭和を生きてきたおれたちが。情念やらが詰まっていた時代を生きてきたおれたちが。その残骸に巻き込まれた子供たちを、救ってやらなきゃいけないと思うんだよ」

真宮は一息で酒を喉に流した。

もう、迷いはなかった。

駒田が黙ってじぶんと真宮のコップを持ちカウンターへむかう。水をくみに行くようだった。その左足は、右足と違い引きずっていた。真宮はその後ろ姿を見て、すこし胸が痛む。駒田は水の入ったふたつのグラスを持ち、席に戻る。

「ありがとう」

「いやはや、目が覚めてきたよ」

駒田は微笑む。

「足、痛むか」

「ああ……さっき店へ入るとき走ったからだろ。それにこの寒さだ。あとは歳」

駒田は気にするなと言わんばかりに笑う。

「すまんな」

「なに言ってる。いいか、おれはこう見えても警視庁の刑事部長だ。所轄の刑事がどうせキャリア組の頭でっかちだろ、なんて目線送ってきたら、おれはすぐスーツの左足を捲り傷跡を見せる。馬鹿野郎、おめえよりよほど躰張ってきた武闘派だってな、言ってやるんだよ。そうすると所轄の奴らもすぐに言うことをききだす。いわばこの足のおかげで出世してるのさ」

冗談を交えた駒田の優しさに、真宮は口元を緩めた。が、すぐにふたりは真顔に戻る。

遠くでは酔った男女の若者たちが、「未来に乾杯!」と立ち叫び、ジョッキを飲み干していた。

言葉にせずとも、互いに事件のことを頭に描いていた。

楠木保こと釜利修一。

そして、能瀬由里子のことを。

しばしの後、駒田は覚悟を促すような眼力をもって真宮を見た。

「兵隊が必要なときは、すぐ言え」

「わかった」

「だから必ず挙げろ。楠木保と……能瀬由里子を」

「ああ」

ふたりは雨降る街へと躰を戻した。

*

「なんなんですか?　私服で来いって」

エレベーターが最上階へと昇りつづけるなか、ダボ付いた青いジーンズに黒いダウン姿の香下が、真宮に呟いた。

真宮は横に立つ部下を見る。笑ってしまうほど、どこにでもいる青年に見える。とても警察官には見えない。すこしは太くなってきたがまだ細い眉毛も、今日は充分に役に立つな、真宮は思った。

「なんですか……その目は」

「おまえいますぐアメリカに渡って、おとり捜査官になれ。ぴったりだ」

「それっておれが刑事に見えないってことじゃないですか」

「そういうことだ」

「……馬鹿にして」

上昇していた箱が止まり、ふたりはフロアに出る。

「頼んだぞ」

「わかってます」

香下は刑事の顔を見せると、指示された通りオレンジタワー二十六階の巨大な窓辺へむかった。ポケットにはデジタルカメラを入れさせてある。

真宮は香下に、「おれが話している相手の写真を撮れ」それだけ命じていた。

真宮は香下と離れ、展望ロビーにあるオープンカフェに座り、珈琲をすすり待った。

午後三時、エレベーターホールから目的の人物はやって来た。

横に並んでいるのは先日真宮が話をした、ＦＭ世田谷のディレクターの、金森という青年だった。

その横には、薄化粧でも美しさがわかる、ひとりの女性が並び歩いていた。

真宮がちらと窓際にいる香下に目線を送ると、香下がちいさく頷き、返事をした。

黒い海のようなホット珈琲に別れを告げ、真宮は席を立ち、ふんわりとした厚手の絨毯に革靴を沈ませ、ふたりの元へ歩く。

まず、金森が真宮に気がついた。その顔は「スカウトするなら、じぶんにまず連絡すると言っていたじゃないか」とでも言うように、明らかに不満げなものだった。

その異変に気がついたように、目的の女はこちらを見る。涼し気な目は、一瞬にして真宮を捉えた。その目に何かが宿ったような気がしたが、それ以上の感情は読み取れなかった。

真宮がふたりの前に立った。

「どうも」

真宮は金森に笑顔を見せる。

「……ええ」

金森はため息をいちど漏らし、頷いた。女は黙って、真宮を見た。

「能瀬由里子さんですよね？」

「はい」

能瀬由里子は知らぬ男に本名を告げられても、表情ひとつ変えない。表情が変わったのは、横にいる金森だけだった。

真宮は、能瀬由里子の顔だけを見た。しばし、能瀬と真宮は顔を見合った。能瀬由里子は、じっと真宮を見た。

「突然すみません。ちょっと話を伺いたくて。わたし、こういう者です」

真宮は名刺を能瀬由里子に渡す。

金森は名刺を見ると、目を見開き真宮を見た。

名刺には、「警視庁新宿警察署　刑事課強行犯捜査四係　真宮篤史」と刻まれていた。

「ちょっと……」

思わず金森は真宮に言った。

「能瀬さん」

「はい」

「ちょっとある事件のことで訊きたいことがあるんですけど」

「ええ」

「楠木保さん、ってご存じですか」

真宮は微笑みながら、目だけは睨むように、能瀬由里子の目にむけた。能瀬由里子は動揺する様子もなく、唾さえ飲まなかった。

能瀬由里子が彼女のいちばんの特徴でもある、よく表情を変える唇を開いた。

その開きかけた唇は——微笑んでいるようにさえ真宮には見えた。

「知ってますよ」

「知ってる」

「ええ」

明らかに緊張感が三人を包んでいた。真宮は能瀬由里子のすべての挙動を見逃さぬよう、全神経を尖らせた。

「知ってますか……失礼ですが、どのようなご関係で」

「楠木って、釜利修一君のことですよね」

「……ええ」

能瀬由里子はただ黙って視線を真宮にむけた。

そして当たり前のように、まるで寝ざめに温かな珈琲でも飲むかのように、彼女は自然に言った。

「ときどき寝る関係……ってくらいですかね？」

金森は能瀬由里子に視線を送る。

真宮は黙って美しき、哀しき罪人を見つめる。

能瀬由里子だけ、なにも変わらなかった。

第七章

この女はなにを言っているんだ――。真宮は思った。

「ときどき、寝る関係？」

「ええ」

「……そう、ですか」

「それより楠木君は、なんの事件に関係しているんですか？」

能瀬由里子は印象的な薄い唇をすぼませ、眉根に皺をたたえた。一秒一秒状況によって変幻自在に変わっていくその表情は、まるで中国の変面のようだった。見る者を飲み込み、引き込んでいく類まれな特徴に真宮は完全に意表を突かれた。ここまで攻めてくる女だとは思わなかった。

「刑事さん」

「はい」

「だから、楠木君はなんの事件に関係しているんですか？」

真宮は心中で息を吐き、丹田に力を込めた。

この女は一筋縄ではいかない――そう確信した。こうなれば、こちらも引くわけにはいかない。

「いまから七年前の一九九三年、新宿歌舞伎町で殺人事件が起こったんですよ。殺されたのは筆の逆襲という雑誌記者の木内博也さんといいます。その事件が未解決だったのですが、ある物証が出てきましてね」

「物証？」

「ええ。そこで――楠木保さん……いや、釜利修一君の名前が浮上しましてね」

「え、浮上って……ちょっと待ってください」

能瀬由里子は、眉根の皺を更に寄せ驚きの表情を浮かばせる。

「楠木君が……疑われているってことですか」

「――はい」

「事件に巻き込まれた被害者でなくて」

「ええ。簡単に言えば」

「……容疑者ってことですか？」

能瀬由里子は呆れたように、くすくすと笑いはじめた。真宮はその表情をしずかに見つめる。

「楠木君が起こしたという事件の物証って、なんなのですか」

「それは言えません」

「なぜ？」

「捜査上の都合です。犯人しか知り得ないことに関わるので」

真宮は新宿の事件に物証などなにひとつないのに、鎌をかけた。

と、じゃあ、と能瀬由里子は呆れたように笑った。

「なんでわたしの元に？　もしかしてわたしもそのなんとかって男が殺された事件で疑われているんですか」

「まさか。それはないです」

「でもあなたは来た。ここに」

「――訊きたいことがあるだけです。ほんとうに恐縮なのですが、殺された木内博也さんを、あなたはご存じないですか？」

「聞いたこともないです。やましいことなんてないし、知っていたら言いますよ、刑事さん」

金森は一体何が起こっているのかと、呆然と由里子を見つめる。

それに——能瀬由里子は言葉をつづけ、誰かを想うような顔をすると、笑顔を浮かべた。

「ないない。ないです。あの子には無理です。楠木保？　いや釜利修一君が人を殺すことに関わるなんて」

「なぜ」

「世間でよく言う、虫も殺せない人間ですから。要は気が弱いんです」

言い終わった能瀬由里子の表情は、無に変わっていた。

「良く知っているんだね、楠木保。いや、元の名前は釜利修一のことを」

真宮は攻める。

と、能瀬由里子は挑発的な視線を真宮に送った。涼し気な二重瞼がきっと上がり、真宮は一瞬、その美しさと迫力に、引き込まれそうになった。

「知っているのは刑事さんじゃなくて？　だからわたしの元へ来たんでしょ？」

真宮はこめかみを触り、自らの足元を見つめ微笑んだ。

「なに笑ってるんですか」

「いや、笑ってません」

「笑ったじゃないですか」

明らかに芝居ではなく、能瀬由里子は本気で苛立ち真宮を睨んできた。その能瀬由里子の目は本能の表れだと感じた。本能と、生きてきた社会に対する怒り——権威的な者、適当に生きる者、幸せにのうのうと生きる人間への怒り。

能瀬由里子は心の奥底にマグマのような激情を飼っている、そのすべての根底には怒りがある――

真宮は思った。

「笑ったように見えたなら失礼しました。ではきちんとお訊きします。あなたと楠木保さんの出会いは、一九八五年、昭和六十年十二月三十一日の夜に札幌を出発した北斗流氷号ですよね」

「知っているから来られたんでしょ？」

「そのふたりが――いまはときどき寝る関係に」

「おかしいですか？」

「少々奇妙です。その……言っては申し訳ないが、被害者と加害者の息子が」

「罰ですよ」

「罰？」

真宮は女を睨む。

「わたしの人生を滅茶苦茶にした罰」

真宮は黙った。金森はただただ驚いた表情で能瀬由里子を見つめる。

「母親を殺し――大変な目にあわせた罰。十二歳のわたしに」

能瀬由里子は能面のように無の表情で一点を見つめた。

「知っているんでしょ？　バス事故のこと」

「ええ」

「あの後、わたしがどんな目にあったか、想像したことあります？」

真宮は負けじと能瀬由里子の目を見つめつづける。

「母は死に、父親は精子をばら撒いただけでどこにいるのかも知らず、わたしは生きてきました。おまけに――あんな事故にあった後だというのにマスコミはわたしを追いかけた。写真もたくさん撮って、それを週刊誌や新聞に載せて。それがどれほど生きることを困難にしたかあなたにはわかります？　その時あなたたち警察は、わたしたちを守ってくれました？　相談したって……これは民事だからとか、そんな言葉ばかりですよ」

「それはほんとうに——申し訳……」

「十二歳よ、わたし。小学六年生の」

　真宮は返す言葉が見つからなかった。能瀬由里子は隙も見せず唇を開く。

「どんな生き方をしてきたかなんて、それがどんな関係になったかなんて、あなたたちには絶対にわからない。話したって、理解できるはずもない」

「しかし……やはり解せない。あなたをそんな目にあわせたのは、楠木保、いや釜利修一君の父親が起こした飲酒運転が原因ですよ。その相手とあなたが寝る関係なんて」

「頭が固いわね。刑事さん」

　能瀬由里子は真宮の目をじっと見つめる。

「女にだって性欲くらいあるの」

　場が一気に凍りついた。

「いまは二〇〇〇年ですよ？　愛があろうがなかろうが、女にだって誰かとしたい日もある。男どものなかで働いて、闘って、疲れて、発散したい日もあるの。なにかに癒されたいなんて甘いことじゃなくて」

　真宮は完全に流れを能瀬由里子に持っていかれた。

「そんなときにね、あの子はちょうどいいんです」

「……どうして？」

「都合のいい男だから」

真宮は固唾を呑み、横にいる金森は苦しげに見えた。

「愛なんていらない。そんな甘いものは冗談じゃない。だからわたしの人生を苦しめたことへの罰を与えるように、わたしは時々楠木保に躰を差し出させる。わたしの躰を満足させるように。幸い、躰の相性だけはいいんですよ。だから、わたしから母親を奪って苦しめた穴を埋めさせるように、わたしは彼を呼び出す」

「呼び出す？」

「きっと刑事さんはあれでしょ？　楠木保の居場所や連絡先が知りたいんでしょ？　でも残念だけど、わたしも知らないの。互いに教えないようにしてる」

「教えない？　なぜ」

「知りたくもないし、ややこしいから」

「それは君……」

「だから言ってるでしょ？　わたしたち、歪んだ関係なの。普通に生きてきた人にはわからない。あの子はわたしにとって時々起こる欲望のはけ口。彼はわたしに首を垂れながら詫び苦しみ躰を差し出す、それだけの男。だから罰」

オレンジタワー二十六階には、能瀬由里子の言葉と不似合いな呑気なＢＧＭが流れる。

「じゃあ、連絡先も居場所も知らないで、どうやって会っている」

「二ヵ月にいちど、決まった日にあるモーテルで会うようにしてる。決まりごとは簡単。楠木保はなにがあっても必ず来なければならない。わたしはじぶんにそんな気がなければ、そこに行かない。終わったら会話もなくわたしが先に部屋を出る。それだけのこと」

「どこのモーテルだ」

「言いたくありません」

「最近はいつ会った」

思わず真宮は語気を強めた。が、能瀬由里子は動揺を一欠けらも見せず、鼻で息を吐き微笑を浮かべた。

「さっきですよ」

「なに？」

「何の因果か……刑事さんがここに来る前のさっきまでですよ」

真宮は呼吸を整える。

「……証拠は？」

「わたしの躰のなかにありますけど」

「躰？」

「ええ。言葉通り、躰のなか。わたし、避妊する必要のない躰なんで。あのバス事故から」

真宮は能瀬由里子の攻撃に、方向性まで見失いかけてきた。

「なんか……腹が立つから話しているんですけど。礼儀もなく、まるで答えることがあたりまえのように、当然の義務のように、わたしの幼い頃のバス事故さえ使って話を訊きに来て。楠木保が罪を犯したかなんて、はっきり言えばわたしにはどうでもいいんです。庇う義理もあんな子にはないし。ただあなたの態度に腹が立って、わたしはぺらぺら話したくもないことまで同僚の前で言っているんです。思い出しますよ、バス事故の後の警察の対応を。だからいま話してる。楠木保と会っていることも躰を差し出させていることも逢い引きする方法も。もう二度とこんな話したくもないから、わかりましたよ……どうぞわたしのなかから証拠を引っ張り出してくださいよ」

「証拠を？」

「病院に連れていけばいいじゃないですか。それで、採取すればいいんじゃないですか？　楠木保の精子を。そうすれば、あなたが疑問に思う〝被害者と加害者の息子がなぜ？〟なんていう稚拙な質問の答えが出るんじゃないですか？」

「それは、いまの段階ではできないんですよ」

　真宮は黙って能瀬由里子を見た。

「え？　ちょっと待ってください。よくわからないけど、これ令状っていうんでしたっけ。よくドラマとかで観る、捜査令状とかいうものもなくわたしの元へ来て話をきいているんですか？」

「――ええ」

「……任意、ってことですか？」

「……はい」

「呆れた。ほんとにずるいんですね、警察って」

　――能瀬、とちいさな声でなだめるように、横で金森が呟いた。

「なんだかわからないけど、その七年前の新宿？　そこで殺された男の件でわたしまで疑われているみたいだから、いいですよ。ラジオの本番のあとなら時間ありますから。どうぞ然るべき場所でわたしのなかからあの子の一部を取ればいいじゃないですか。なんて言うんでしたっけ……ＤＮＡ？　もし楠木保が疑われているのなら、そういうのが必要なんじゃないですか？　物証があるというのなら、役立つんじゃないですか？」

「――そうですね」

「その代わり二度とくだらないことで、わたしの前に現れないでください。彼が犯人なら捕まえればいいし。それもあの子の呪われた血筋への天罰ですよ。まあ……人を殺すなんて犯罪やれる子ではないと思いますけどね。なんと言っても、気が弱いから」

　能瀬由里子は微笑を浮かべた。

「――ほんとうにいいんですね」

「ええ。どこでもいいですよ。この近くの自由が丘なら、わたしが通院しているレディースクリニックもありますし。あなた方が捜査をしやすい病院があるなら、そこでもいいし。どうぞ」

「では、そうさせてもらいます。お仕事が終わった頃に、また来ます」

じゃ、ラジオの本番の準備がありますので――能瀬由里子は言うと、透明なスタジオブースへと入っていった。彼女の横にいた金森だけが、時が止まったように立ち尽くし、いちど真宮を睨んだ。そして能瀬由里子の後につづいた。

*

冬の陽は早々と落ち、空を闇に変えていく。

真宮は能瀬由里子がサテライトスタジオのなかへ入ると、オレンジタワーを出て、巨大な二十六階建ての建物の後方へむかい、香下が合流するのを待った。

香下にはデジタルカメラで先ほど隠し撮りをした、能瀬由里子の写真を三軒茶屋駅前にある写真屋で現像するよう命じていた。あとは「今日は長くなる」ということを伝え、パンでも買ってこいと言った。

タワーの裏手は世田谷通りが走る表とは違い、細道が通るしずかな場所だった。

真宮はひとり、ガードレールに腰を下ろし、能瀬由里子がいるタワーの最上階を首を上げ見た。巨大なタワーに、どこか景気の良かった日本の残像めいたものを感じた。もう、バブルは消えたというのに。

「お待たせしました」

足音とともに、香下が横に腰を下ろした。

「寒《さみ》い」

香下は呟くと、かじかむ両手に息を吹きかけ、白い息を夕闇に昇らせる。香下は歯を鳴らしながら「これ」と、現像してきた写真を真宮に渡した。

「良く撮れてるでしょ」

声を震わせながら若い刑事は言う。

「デジカメは便利ですよ。昭和のカメラと違って、簡単にズームできますから。去年から携帯電話でも写真を撮れる機能が出はじめたらしいですけど、あれは流行らないですね。現像できないですからね。あんなもん、いつか廃れますよ。結局最後はデジカメが生き残るんじゃないかな。ああ……寒い」

顔をしかめ寒さを堪える香下をよそに、真宮は手にある写真の束を捲っていった。香下が隠し撮りをした写真が何十枚もある。歩いてくる能瀬由里子、立ち止まる能瀬由里子、名刺を受け取る能瀬由里子、眉根に皺を立て、睨み、見つめ、そして——微笑む能瀬由里子がいた。

「綺麗な子ですね」

香下が言った。

「どんな印象を持った？」

「時々怒ったり、苛立ちを見せた表情もありましたけど……いちばんは笑顔ですかね。よく笑う子というか、そんな印象を持ちました」

「——だよな」

真宮も頷いた。

「よく笑うんだよ、能瀬由里子は」

言うと、真宮は香下に小型の簡易ラジオを渡す。寒空のなかふたりは、ぐるぐると巻かれたイヤホンを解き、各々の片耳に装着した。

能瀬由里子がディスクジョッキーを担当する『ユニオンザライフ』がはじまった。彼女独特のすこし低く柔らかな声は、数時間前に刑事に尋問されたことなどなかったかのように、平穏だった。

横に並び、白息を吐きながら座る真宮と香下のそれぞれの耳の奥に、能瀬由里子の声が届いていく。

香下が左耳にイヤホンを入れたまま、真宮に顔をむけた。

「真宮さん。この女は、どんな事件に関わっているんですか?」

真宮は夕闇を見上げたまま、能瀬由里子の声をきいている。

「じぶん、誰にも言いませんから。それくらいのことはわかっています。彼女、この間の筆の逆襲の件に関わっている、ということですよね」

「ああ」

真宮は答える。オレンジタワー二十六階で、刑事のじぶんを相手に微笑む能瀬由里子の写真を見つめた。

「昭和六十年の大晦日、北海道で北斗流氷号という豪華観光バスが事故を起こした。おまえに調べてもらった名前と住所は、このバス事故の生存者だ。その生存者のなかに、釜利修一という十歳の男の子と、この能瀬由里子がいた。まだ……彼女は小学校六年生だった」

「それが、さっきの彼女ですよね」

微笑む写真のなかの能瀬由里子を、香下は見つめた。なにもなければ、刑事に尋問などされぬ人生だったであろう、能瀬由里子の微笑みを。

「おまえが調べた生存者のなかに、八田晋平という男がいただろ。バス事故から二年半後、北海道の北斜里岳の山中で遺体となって発見された男だ。彼は事故を起こしたバス会社のいいポジションの男だ。ウトロ駐在所に勤務している警察官から、おまえ宛てにファックスが届いたよな」

「はい」

「崖から転落して凍死——と道警には判断されたようだが、おれは違うと思っている」

「え?」

「釜利修一と、能瀬由里子が殺したんだ」

「ちょっと待ってください。八田晋平の死亡時期を考えると、そのふたりは子供じゃないですか」

「そうだ。釜利修一が小学五年生。能瀬由里子が中学一年生の冬のことだ」

「……十一歳と、十三歳が八田を殺したって言うんですか」

「ああ。あのふたりの繋がりは、それしか考えられない。さっき能瀬由里子に尋問したときに、あの女は言ったんだ。釜利修一とのことを、〝わたしたち、歪んだ関係なの〟と。いろいろと煙に巻こうとしているんだろうが、あれは彼女の本音だと思う。歪んだ関係なんだ……それが二〇〇〇年までつづいちまってる」

香下は黙って、能瀬由里子の声をきいた。

「彼女、いくつでしたっけ」

香下はしずかに言った。

「今年で二十七歳。おまえと一緒の昭和四十八年生まれだ」

香下は口を歪ませ、さみしげに笑った。

「あんな子がね。おれと一緒の時代に生まれて、生きて、おおきくなって……それが片や受験戦争に負けたくらいで捻《ひね》くれて、刑事になって。あっちは中学一年で人を殺し、生きて、逃げて、運輸省特別顧問の殺しにまで関わっている……そういうことなんですよね?」

「ああ」

「もしそうだとしたら、なにが違って、こんなに人生って変わるんですかね」

香下の目線は能瀬由里子の声をききながら、彼女が生きる二十六階の灯りを見つめていた。

「神様って、よくわかんねえな」

香下の呟きがきこえた。真宮はトレンチコートの内ポケットから、楠木保が載った週刊誌の記事や能瀬由里子がバス事故の後、悲劇のヒロインのように祭り上げられた記事の数々を手に取り、香下に渡す。そして能瀬由里子と楠木保こと釜利修一の筋書きを、香下に話した。

「北斗バス会社」部長の八田晋平を幼き釜利修一と能瀬由里子が殺してしまった。『筆の逆襲』で優秀な記者だった佐竹満がなんらかの事情を摑むも、編集長大山又一郎が言ったという「地雷」を踏み、記事化はできなかった。が、それをおなじ社に勤めていた木内博也が手に入れる。金に困窮していた木内は十八歳になった釜利修一と二十歳の能瀬由里子を脅し殺害される。しかし妻からも身を隠していた筆の逆襲元記者佐竹満が六年の時を超え、新宿駅南口の歩道橋で首を吊り死んだ。ボロボロの衣服のポケットから、北海道が主な産地の「黒曜石」の一部が見つかる。その現場に、楠木保と名を変えた釜利修一と能瀬由里子はいた。そして年が明けすぐに——運輸省特別顧問である相沢誠彦が豪雪の東京で何者かに射殺される。

真宮が話す推論を、香下は楠木保の写真と先ほど撮影した能瀬由里子の顔を見ながらきいた。

「でもそもそも、なんで釜利修一と能瀬由里子は北斗バス会社の八田晋平を殺す必要があったのでしょうか」

「そこなんだよな」

真宮は目の前にそびえる建物の二十六階の灯りを睨む。

「おそらく北斗流氷号バス事故自体に八田が関わっていたんだろうな。でなければ、飲酒運転が原因で三十名以上を死なせた運転手の息子と、その事故で母を失った少女が手を組むはずがない。八田自身に恨みがあれば、共に父と母を失った少年と少女が復讐を決意した動機にはなる」

「そこらへんはどうやって掘るんですか？」

「おまえが繋いでくれたウトロ駐在所の警察官と話すしかないだろうな。会ってみようと思っている」

「でも真宮さんの推論が正しいとして、最後に運輸省特別顧問の相沢の殺害にまでふたりが関与する理由がわかりません。釜利修一……いや、楠木保が実行犯だとして、木内は石を削ったようなナイフ状の物で殺され、相沢は拳銃です。凶器に共通点が見つからなくないですか？」

　真宮は痛いところを突かれ、横目で香下を見る。

「いいこと言うな、おまえ」

「相沢誠彦が殺された日が、東京では珍しい大雪の日——いくら犯人が足痕《ゲソこん》まで消して消え去ったといえども……それだけで北海道出身の楠木保の犯行というのは、根拠がなさすぎではないですかね？」

　真宮は香下が手にしている、楠木保の姿を見つめた。

　と、真宮はなにかに気がついたように顔をしかめた。トレンチコートに忍ばせた紙や写真を取り出す。捲り、やがて手が止まった。

「……これか」

　真宮が見つめたのは、木内博也が殺された現場写真だった。いまから七年前、新宿歌舞伎町のラブホテル街の薄汚れた路上で、木内は倒れていた。捜査員が撮影した現場写真を、底を覗きこむように真宮は見つめる。

「これだ……これだったんだよ。おれの喉元に刺さった小骨が訴えていたのは」

「え？」

「見てみろ」

街灯とビルの灯りを頼りに、ふたりは写真を見つめる。

「……ごく普通の遺体写真に見えますけど」

「馬鹿、よく見ろ」

真宮は写真を指さす。その指は、血を流し歌舞伎町の路上に倒れる木内の下肢にむけられていた。

「……ああ」

「綺麗だと思わないか？」

「ええ。なんか、足がまっすぐに」

「そうなんだよ。足だよ、足」

仰向けに倒れ苦悶の表情を浮かべる木内の両脚は、まっすぐに伸びていた。両方の踵は揃えられ、その躰はまっすぐに横たわり宙をむいている。

「ほんとうだ。まるで気をつけの姿勢みたいですね。妙な言い方になりますけど……殺害された遺体にしては死に様が美しい」

「――敬意を感じとっていたんだよ。おれは」

「敬意？」

「ああ。木内の遺体写真を見たときにな、違和感を覚えたんだよ。それは敬意だ。木内はおそらく後ろから急に羽交い締めにされ、頸動脈を一突きにされ殺害されている。それが運輸省特別顧問の相沢誠彦にも通じていたんだ。相沢も豪雪のなか、首と心臓に一発ずつ被弾し死んでいる。このふたりの殺害のされ方に、おれは違和感と共に共通点を感じていたんだ」

「それが敬意」

「ああ。この犯人が対象を殺めるときの癖。おそらく本人も気がついていない手癖だ。いや……気がついていたとしても、危険を感じても、それでも止められない身についてしまっている習慣」

　真宮は片方の手で、こめかみを揉んだ。

「木内博也の遺体を鑑識したベテラン捜査官がな、おれに言ったんだよ。〝石を削った物のような気もする〟、そして〝犯人はプロの匂いがするよな〟って。そうなんだよ。おれも木内と相沢の犯行にプロの匂いを感じた。一方は石をナイフのように削った物、もう一方は拳銃と違いはあるが、この二件には共通する殺害の仕方がある。――相手の苦しみをなるべく排除しているんだ。要は相手の急所を的確に狙い、冷静に、ことを済ませる……そこに共通するのは敬意だ。死者への敬意。死する者への敬意。たとえ相手が自らに攻撃をしかけてきた者だとしても、復讐の対象だとしても、それでも死する者に対して敬意を払う……いや、敬意を払ってしまうと言ってもいいかもしれない。だからこの木内の遺体写真に違和感を覚えたんだ。後ろから羽交い絞めにして一突きで殺し、本来なら一刻も早く犯行現場を去るために投げ捨ててしまえばいい。でもこいつは違う。絶命させたのを確認し、ゆっくりと遺体を地に置いている。そして絶対に、両の足を揃えたんだ。まるで葬儀屋が遺族のまえで、儀式的に遺体をまっすぐに寝かせるように」

「儀式的に」

「ああ。プロの犯行と仮定して、犯人がやくざ者の殺しを専門にする奴だとする。でもあいつらでさえ、死していく者に怯えを感じるんだ。なんというか……おそらく魂が抜けていく瞬間、それまで生きていた者が死していく瞬間に異形の者に感じるんだ。薄気味悪くと言ってもいい。だからあいつらの犯行は証拠は残さずとも、遺体はぞんざいに扱う。でも楠木保はちがう。楠木保は殺すことに慣れているよ。敬意があるんだ。だから冷静に木内の遺体を、きちんと寝かせて去ったんだ。相沢の遺体も、本心ではそうしたかったのかもしれない。が、さすがにあの雪でそれをやれば、遺体の周囲に足痕が残る。だからせめて、首と心臓という急所を一撃し、死なせてやったんだよ」

「殺すのに敬意って……妙な話ですね。なんかの宗教ですかね」

「わからん……だが喉元の違和感の理由のひとつがわかった。礼を言う。ありがとう」

香下はすこし嬉しそうに、頭を垂れた。ふたりの耳の奥には、それぞれ軽快に話す能瀬由里子の声がきこえる。

「でも、能瀬由里子はどうして〝ときどき寝る関係〟なんてわざわざ告白したんでしょうか」

「普通だったら、自爆行為だよな。容疑者との関係を認めるなんて」

「ええ」

「でもそう言わないといけないなにかが、あのふたりにはあるのかもしれない――まだそれがなにかは、わからないが」

真宮が香下に視線をやると、事故を起こし横転する車内から前と後ろに並び担架で運び出される、能瀬由里子と釜利修一の写真を見ていた。そして捲り、先ほど撮った能瀬由里子と、週刊誌に突撃される釜利修一――楠木保の写真を並べ、見ていた。

「能瀬由里子とおない歳か」

「はい」

「じゃあ、うちの娘とも一緒だ」

「そうなんですか？　娘さん、なにやられてるんですか」

「ＩＴ……みたいな感じみたいだ」

「みたいなみたいなって、なんすかそれ」

香下はすこし呆れたように笑った。

ふと、娘の也哉子が「香下が本庁の刑事に嫉妬する気持ちもわかる」と言ったことを思い出した。

「わたしたちの世代は第二次ベビーブームでとにかく人数が多かったの。時代もバブルで景気が良かったから、みな競争原理のなかで生きてきた」確か、そんなことを言っていた気がする。能瀬由里子、娘の也哉子、刑事の香下。彼がさきほど言ったように、なにが違ってこんなに人生は変わるのだろう、と真宮は思った。青臭いが、香下の言う「神様」なんて言葉も、いまは頷かざるを得ない気分だった。

「どうするんですか？　能瀬由里子の検査は」

「やるさ」

「どこで？　警察病院とか」

「いま考え中だ」

「でもなんで――こんな大変な目にあったふたりが、殺人なんて」

香下は担架で運ばれるふたりの写真を見て、呟く。

「あのふたりはな、流氷を見たことがなかったそうだ」

「え？」

「生存者のひとりの女性が雑誌で語っていてな。斜め前に座っていた能瀬由里子と釜利修一のことを見ていたんだ。可愛かったらしい。ふたりとも、他人同士偶然隣になって、徐々に話すようになっていったそうだ。そうしたらな、トランプでババ抜きをしながら、流氷ってどこから来るんだろう？どんな形をしているんだろう。いつか一緒に見ようね。見よう。そう言っていたそうだ」

香下は黙ってふたりの顔を見つめた。

「おまえ、本庁の刑事に嫉妬するんだろ」

香下は恥ずかしそうに「ええ」と頷いた。

「でもそれは、人間の性だよな。仕方ねぇよ」

「そうでしょうか」

「でもあのふたりは、おれやおまえなんかより、もっと深い。くだらない嫉妬なんて感じる暇もなく、もっと深いところに追いこまれているのかもしれん。おれが想像するより、もっともっと深いところに、追いこまれつづけているんだ。きっと子供の頃から。おれはな、この事件追い出してから、流氷について考えはじめたんだ。あのふたりが見ようと誓った、流氷のことを。流氷っていうのはさ、海の表面に出てる。でももっと実は、海面の底に氷はつづいている。その部分があいつらなんだ。そして広い海のなかをぶつかり合いながら漂いつづける。端に追いやられた人間はつよい。端に追いやられた人間にしかわからない感情がある。油断するなよ。絶対に挙げるぞ」

わかりました。香下は答えた。

「――あいつらはもう、辿り着く場所さえわからなくなってる」

真宮は呟いた。

「あの」

「なんだ」

「真宮《ミヤ》さん、って呼んでいいですか？」

「あ？」

「いや……古株の刑事はみんな、真宮さんのことを真宮《ミヤ》さんって呼ぶじゃないですか。なんか、いいなあと思って」

真宮はすこし嬉しかった。我が子とおなじ歳の刑事が、なにかを感じてくれたのかもしれない。

「能瀬由里子と楠木保を挙げたらな」

言うと、香下は苦笑いをして頷いた。そして「はい、これ」と横から包み紙を渡してくる。

「……なんだよ、これ」

「パンっす」

「パン？」

「はい。買ってこいっていうから」

見ると、おおきなサンドウィッチ型のパンの間に、溢れるほどの野菜やハムが挟まっている。包み紙には『サブウェイ』と書かれている。

「菓子パンとかでいいんだよ。張り込みには」

「食べてみてくださいよ。結構野菜入っててうまいんですよ」

「……ぱさぱさじゃねえか」

真宮は香下を真似ておおきく口を開けかぶりついた。初めて食べたサブウェイとやらは、悔しいがうまかった。

「諸行無常だな」

「え？」

「張り込みのパンも時代で変わるか。野菜まで入って、栄養も摂れるとはな」

と、部下は苦笑いを浮かべた。

「どうした」

「すごいな、この子と思って」

香下は片耳に差したイヤホンを指さす。目の前にそびえ立つオレンジタワー二十六階から、軽快なリズムが流れてきた。能瀬由里子の声がきこえる。

――寒空の下でラジオを聴いてくれている人もいるかもしれないから、ちょっと時季外れだけどたのしい曲を行きましょう。アース・ウィンド＆ファイアーで『セプテンバー』。

「根性あるわ」

香下が、パンをかじり呟く。

能瀬由里子の言う通り、たのしげなギターのイントロが迫ってくる。やがてボーカリストが能瀬に頼まれて真宮にメッセージを送るかのように、挨拶するかのような歌詞を囁いた。

真宮はタワーを見上げる。

――覚えといてやるよ、能瀬由里子。

「救ってやる」

心のなかで呟いた。

*

とっくに覚悟はできていた。サテライトスタジオの外にいる異質の男を見たときに。

男はベージュ色のトレンチコートを着ていた。異形の目だった。異質な存在。家に帰り、その日のうちに考えた。やくざならまだいいと思った。また、いままでのようにわたしたちを狙い秘密を摑んだ記者ならば、処理をするしかない。か、根源にある国を名乗る輩なのか。

いや、あいつ等は表に出てこない。

となれば、ブースの外からあのような目でじぶんを見つめる男は刑事なのであろう――由里子は察した。

「さっきまで会っていましたけど」

「ときどき寝る関係」

という言葉に、男は明らかに動揺を見せた。おそらく彼が想定していた答えよりわたしが上手をいったのだろう。アース・ウィンド&ファイアーの『セプテンバー』をかけながら、次の手を練った。

救われるのは金森がいつもと変わらず、じぶんがなんの曲を流すかわからないのに、平然と対応してくれたことだ。が、金森が平静ではないことはわかっている。真宮という刑事とじぶんが放った言葉の数々に驚いたであろう。そして、すくなからず傷ついたであろう。それだけは、ほんとうに申し訳なく思った。

真宮という刑事は、「楠木保とじぶんが会っていた証拠はあるのか？」と訊いてきた。そしてわたしは、「わたしの躰のなかにありますけど」と答えた。

——賭けに出るしかない。

——そのための準備も十何年してきた。

——いよいよこういう時が来てしまうのだな、由里子は思う。

初めてスタジオの外の異物を見た夜、楠木保に電話をした。あの夜に三軒茶屋のバーのトイレで暗記した彼の番号を頭のなかに並べて電話をかけた。楠木保はいちど目のコール音が鳴り終わるとしずかに電話に出た。

「——どうした？」

彼の声がきこえる。そしてことの顚末を話すと、楠木保はしばし黙り込んだ。「もしその男が警察関係者でいつかわたしの元へ来たときは、あれ、使わせてもらうよ」と言うと、珍しく「やめておけ」と言う。「でももし今日来ていた男が警察官だったとしたら、もうわたしたちのなんらかを摑んでいるってことでしょ？　簡単には逃げられないよ。だったらほんとうのことも混ぜなきゃ。ある程度ほんとうのことも言わないと、嘘は通用しない。相手を騙す常套手段。そんなことは修一もわかってるでしょ」言うと、しずかに舌を打ち、「わかった」と彼は言った。

番組が終わった。スタジオを見る群衆のいちばん奥で、巨大な展望ロビーの硝子窓を背に、ひとり陽の落ちた夜の街灯りを受け男がこちらを見ている。

「おつかれ」

いつものようにスタッフに別れを告げ、軽口を受け、返す。金森だけは机の片づけをしていて、いちども由里子の顔を見ようとしなかった。

スタジオの扉を開け、エレベーターホールへ歩き、視界の片隅に再びあの男を入れる。真宮という刑事は距離をあけ、トレンチコートに手を入れながらゆっくりと歩を進めてきた。おなじ制服を着た二人組の女子高生が「お疲れさまです！」と声をかけてきたので、「早く帰りな」と言ってブーツの踵を鳴らした。

エレベーターに乗り込む。

やがて、刑事が落ち着いた様子で入ってきた。

ドアが閉まり、箱が階下へ落下していく。

「能瀬さんが通われているクリニックでもいいですか」

「……いいですよ」

由里子は答えた。


十五分ほどタクシーに乗り、自由が丘のレディースクリニックに着く。東急東横線の線路沿いにあるクリニックは、微かに夜の踏切の音を届かせている。病院に到着するまで、刑事とどういう段取りで検査をするか話した。

「医師には、その気もない男に無理やり強引に押し倒され、行為をされた。だから証拠を確保するため、精子を採取してくれないか」

こういう筋にしておきましょうか、と真宮に言われ、由里子はわかりましたと答えた。

普段対応してくれている女医はおらず、男の医師だった。男の医師は診察室で真宮に名刺を渡され事情を説明されると、明らかに緊張の面持ちに変わった。真宮はカーテンで仕切られた部屋の隅に移った。

内診台に由里子は寝そべる。リクライニングチェアのようなそれは、とても気持ちの良い物ではなかった。二本の足の踵を金属製の足置きに乗せる。脹脛《ふくらはぎ》はそれぞれ距離の開いた台座に乗せられた。ジーンズと下着は脱ぎ、下半身をあらわにしたまま股を開く。

長い綿棒が膣のなかに入れられ、回される。やがて遠くから「滅菌ガーゼで外性器、陰核、膣周辺、太腿、胸など加害者の唾液が付いた可能性のある部位を拭き取ってください」と真宮が指示を出す。男性医師は「いいですか?」と不安げに由里子に問う。由里子は黙って黒いタートルネックのセーターを首まで脱ぎ、ブラジャーを外し胸を差し出す。軽く蒸留水で湿らされたそれが、躰のあちこちを這うように拭っていった。愛も憎しみもなく、ガーゼは冷たかった。

屈辱だった。

由里子は天井の一点だけを見つめつづける。

心なんてものには、とっくに蓋をしている。

ガーゼが躰を進んでいく。ピンセットがかち、かちとしずかに部屋を鳴らす。

――すべては修一のために。

――すべては修一のために。

由里子はそれだけを念じた。

*

自宅に帰り、由里子は白いダウンコートをベッドに置く。氷も入れずグラスにジンを注ぎ、喉元に通す。なにを見るわけでもなく部屋の一点を見つめ、携帯電話を手にした。

　これで今月は珍しく、二度も電話をしてしまったが、今日のことを報告しないわけにはいかない。しばしコール音が流れ、相手は出た。

「もしもし？」

　家にいるのか、外にいるのか。ただしんと静まり返る彼の背景の音だけがきこえた。

「もしもし？　わたし。由里子」

　ああ、と返事をする声が届く。しばしふたりは無言になった。

「来たのか」

「……来た」

「相手は」

「新宿署の刑事課強行犯捜査四係の刑事。名刺には真宮篤史と書いてある」

「そうか」

　また修一は黙った。なにかを考えているのか、さすがに動揺を見せたのか、由里子には判別がつかなかった。

「もしもし……修一？」

「楠木保だろ。おれの名前は楠木保だ」

　楠木保はなにかを察したように、捨て去った自らの名を否定し改めさせた。

「……そうだね」

　由里子は言った。

「あれ……使わせてもらったよ」

「ほんとうに使ったのか」

「そう。ラジオの本番が終わってまた来たから、病院に行って採取させた。気持ち悪かったわ、はは」

由里子はお道化たように、軽く笑う。

由里子は初めてサテライトスタジオの外にいる異質な男を見てから、外出時はあれを持ち歩くと決めた。——楠木保の精子だった。三ヵ月に一度新しい携帯電話を受け取るとき、それも持ってこさせていた。今回も三軒茶屋のバーのトイレのタンクのなかに、それはあった。

携帯電話とは別に、ちいさなパケ袋のなかに入った、赤いキャップのついたポリエチレンでできた入れ物。昭和を思わせる、弁当に添えられる金魚形をした醤油さしだ。それに保の精子を由里子は入れさせていた。きっかけは、いまから十年ほど前だったと思う。保を追うように東京に出てきた、その後。

最初は北海道にいたときから腐るほどしてきた話のつづきだったはずだ。

——わたしたちの罪がばれたら、どうするか。

——ばれないようにする為に、どうするべきか。

子供だった頃から散々してきた会話。ふたりは子供から少年、少女となってもそんな話ばかりしてきた。周りの人間がテレビや好きなアイドル、恋愛や将来の夢を語り合うのが遠くに見えた。それほど現実だけを見据え、「どうじぶんたちの罪を雪山に隠しつづけるか」「生き延びるか」それしか話してこなかった。

そんななか、あれは平成四年、一九九二年か。

見事銀座の一流クラブにバーテンダーとして潜りこんだ釜利修一が由里子に言った。

「——ＤＮＡ型鑑定というものが警察庁で導入されるらしい」

ＤＮＡという言葉を初めてきいた。最初は意味が分からなかった。訊ねると指紋だけでなく唾液や汗、躰の皮膚や血液、体液からも犯人を特定できるようになるという。この年から東京や大阪などの警察本部の科学捜査研究所に鑑定機材が投入される可能性があるということだった。

彼が勤める『フォースフロア』は一流クラブだった。政財界、芸能人、官僚連中、一流企業の面々、警察庁の人間——様々な日本のトップが集う限られた場所だ。修一は復讐を果たすため、そこに潜りこんだ。そして数多くの普通は知り得ぬ情報を掴み、由里子と共有した。

「——八田は……大丈夫だよね」

八年前、由里子はじぶんたちの罪の被害者の名を口にした。

北斗バス会社部長、八田晋平。

うす汚い、欲にまみれた男。

下等な人間を人間とも思わない、鬼畜。

豪雪の山中の崖から突き落とされ、みっともなく「助けてくれぇ」と折れ曲がった醜い腕を天にむけてきた男——。

十七歳の修一が言う。

「大丈夫だと思う。あそこにおれたちがいた証拠はない。足跡は雪が消してくれた。突き落としたときも手袋をしていたし指紋なんてあるわけがない。なにか物証があればおれたちはとっくに捕まっている。それに八田はもう骨になっている。そのうち墓のなかで骨も溶けて水になるさ」

「だよね」

「でも……不安なのはあの記者だよな。佐竹満とかいった、あの記者。あの記者だけが——バス事故の真相を掴んでいたんだから」

「佐竹って記者は、いまどうしてるの」

「筆の逆襲という雑誌社を辞めて、奥さんの元からもいなくなったままだ。住民票を調べて何度も佐

竹の家に行ったが、そいつの
て御礼に来たのだけど、いち
たみたいよなんて話をしてい
た〟という噂は気になるが……
隠してくれた。あともう少し
当時釜利修一の名であっ
――十五年。
十五年経てばわた
どこだっ

姿は確かにない。近所の人に佐竹さんに就職のお世話をしてもらった者
っしゃいませんか？　と訊いたら、もう何年も姿を見ていない、蒸発し
た。いまどこでなにをしているのか、あとは誰に訊いても〝良い人だっ
…とにかくDNA型鑑定なんてものが出来ようが、おれたちの罪は雪が
。あともう少しだ」
た保が言ったのは、時効のことであった。
したちの罪は雪山から天へと消える。
て歩ける。堂々と生きれる。
れだけをわたしたちは、待っていた。

が――屑はまたしても現れた。

種の屑は佐竹満が勤めていた筆の逆襲の記者、木内博也という男だ。眼球だけがぎらぎらと濡れていて、あとは不潔と不純を纏っているような人間だった。

木内は佐竹満の所持品から写真とノートのコピーを盗んでいた。

まだ子供だった釜利修一が、北海道の斜里町にある体育館の裏手で八田晋平に詰めよっている写真。人目を避けながら、雪のなか八田に連れられ歩く修一の写真。ふたりで山に入っていく写真。

そして佐竹満が摑んでいた、北斗流氷号バス事故の真相が書かれたノート――。

わたしを執拗に脅してきた木内博也を、釜利修一は積雪の闇夜に木の枝にとまる、外敵に目を光らせる梟のまなざしで殺した。

――大切な者の、護り神として。

そしてこんどこそ、本当に、彼の時効は延びてしまった。

そんなとき、由里子は楠木保の精子を求めた。

ふたりには逃げられない繋がりがある。もし警察の捜査機関に疑われたとき、ふたりが無関係と言い切れぬ繋がりがあった。だからそんなときは、「ときどき寝る関係」ということにしようと由里子は言った。

どうにか修一だけは逃げきらせねばならぬと思った。幼い頃に受けたバス事故の加害者の息子と被害者。歪な関係だが互いに心に傷を持ち、そういう関係になっていることにしようと納得させた。当時そのような映画を由里子は観ていた。状況こそ違うが、誘拐された女の子が長い時を過ごし、犯人に歪な感情を持ちはじめる映画だった。そのような精神状態をストックホルム症候群というらしいと知った。

楠木保は嫌々ながら頷いた。

の時の保の顔も覚えている。

雑なじぶんの感情も。逃げ延びる策を提案しながらも、嫉妬があった。

、彼が結婚をしたからだ。「名を変えるため」と修一は言っていたが、ほんとう

うかと感じていた。結婚、という普通の人が手にする幸せ——いや、彼が一

結婚するということに嫉妬したのだ。だからすこしだけ、嫌がらせのよう

い。

たな、由里子は思う。

ま、昔を思い出す。

の会話に戻った。

か本番前にオレンジタワーに現れて、あれ使わせてもらった」
はトイレへ行くと魚形のポリエチレン製の醤油さしに入ったそれを、自らの膣の中へ入れた。
じ、入れた。感情には蓋をして、悔し涙が出ぬよう、一瞬で終わらせた。
めんな」
にがよ。全然平気よ。ちゅうって冷たいのが入ってくるだけよ」

由里子は保に笑い声を届ける。

「ほんとうに、そんな物を使う必要があったのかな」

「あるわよ。なにかを摑んで刑事がわたしの元へ来ているんだから、〝加害者の息子の楠木保となんで会っているのか〟と詰められるに決まっているじゃない。あの子のことがある以上、わたし達の関係は逃れられない。ならいっそのこと、〝時々寝る関係〟くらい言っておいた方がいいわよ。歪な関係って言葉は意味を持つわ。そのためにはあなたと寝た証拠が必要。病院で躰をガーゼで拭かれて必死にあなたの汗や唾液を採取しようとしていたけど、帰り際に刑事に言っておいた。〝申し訳ないけど、彼の毛の一本も出てこないと思いますよ。だってわたしには指一本触れさせませんから。立って後ろから入れさせるだけですから〟って。なんて言っても、歪な関係ですからってね」

「でも皮膚片くらい出ないとおかしくないか」

「――これ、わたし思ったんだけど。真宮という刑事がどういう判断をするか見たかったのよ。物証がある、なんて言ってわたしの元へ来たけど、それなら捜査令状をきちんと持ってくるはずじゃない。捕まえる証拠があるんだから。でもあの刑事は、警察関係の病院に連れていかず、わたしの通うクリニックでいいかと訊いてきた。きっと警察関係の病院に連れていけないのよ。令状もないから。わたしはその判断を見て、この刑事は物証なんて持っていない、微かな手がかりだけを頼りにわたしの元へ来たって思った。大体が事情を訊きたいときは、刑事は必ずふたり以上で来るじゃない、わたしたちがバス事故の後散々経験したように。でもあの刑事はひとりだった。ということは、あいつがなんらかに気がついていたとしても確信がなく、単独で調べているだけかもしれない。そうなれば、まだ潰すチャンスはあるわよ。結果オーライだけど、今日行ったクリニックは証拠を採取したことなんてないから、かなり手間取っていた。たぶん正式に警察が使うキットでもなかったようだし、確実な証拠までは精子以外摑めないわよ」

　楠木保は黙り、きんと耳鳴りのようなしずかな音だけがきこえた。

「新宿で筆の逆襲の記者、木内を殺したときも証拠は残してないんでしょ？」

「ああ。手袋もしてニット帽も被っていたし、指紋も毛髪も落ちていない。おまえを待っていた木内を後ろから一突きで殺した。周囲に防犯カメラがないことも承知済みだ。絶対におれが殺《や》った証拠は出ない——もちろん、百パーセントではないけどな」

「人生に百パーセントがあるわけないじゃない。でもいざとなったら……あなた逃げてよ。元々はわたしがいけないんだから。あのとき……あんなことを言った、わたしのせいなんだから」

「それは違うだろ。ぜんぶおれのせいだ。おれがあんな提案をしたばっかりに」

　ふたりは黙った。

　窓際に立てかけた、トランプのカードを見つめる。

　由里子は北海道の景色を思い出していた。

　北斜里岳の山中。八田を突き落とした後の、真っ白な雪。地吹雪《じふぶき》。帰り道。罪を共有し会いはじめた、無人駅の止別《やむべつ》駅。隣接したそのちいさな食堂。味噌拉麺。木。雪のなかを二両編成で走るちいさな釧網《せんもう》本線。車両のなかにあるストーブ。無人駅の北浜《きたはま》駅。北浜駅から見えるオホーツク海。わたしの生まれた網走。数え切れぬほど弟、昴と歩いたおおきな網走川に渡された新橋《しんばし》。網走の夜の街。雪のなか光るネオン。ちいさな呑み屋の群れ。母親。彼が住んでいた土地。見たことのない土地。雪をざく、ざくと踏みしめる音――。

携帯電話のむこうで黙っている楠木保も、北海道の景色を思い出しているのではないか、由里子は思った。

「とにかくなにかあったら、あなたは逃げてよ。刑事にはなんとか誤魔化しておくからさ」

保は黙る。

「そうしたらわたしもそうするかもしれないし。逃げて逃げて、またどこかで会おうよ」

「そううまくいくかね」

保は言った。

「じゃあ、捕まるなら最後にいっそこうする？　せっかく刑事に嘘もついたことだし、一回くらいほんとうにそういうことしてみる？」

「なにを」

「寝る関係」

「なに言ってんだ」

由里子はしばし黙った。

「冗談よ。でもこうなったらさ、ふたりで堂々と外歩いちゃわない？　普通のカップルみたいに。遅ればせながら東京観光でもして。あ、映画でも観に行く？　ヴェンダースって監督の新作がやってるけど」

「映画なんて小学生以来観てないよ。興味ない」

「じゃあ、ライブは。今度マライア・キャリーって歌手がコンサートを――」

「興味ないよ」

保は言った。

「おれたちには守るものがあるだろ」

由里子はなにも言えなかった。

「それにおれたちが会って、なにを話す」

「……なにを話す、って？」

「普通の男と女は未来の話をするもんだ。ああしたい、こうしたい、あんなところに行きたいとかな——おれたちの未来になにがある」

由里子は全身が熱くなるのを感じた。思わず言葉が心から出た。

「なして、そんなこと言うの？」

保は黙る。

「なしてそこまで言われんといけないのさ！　ねえ、答えなさいよ！」

多少なりとも今日の検査で傷ついたじぶんが、吠えてしまった。保もそれを感じたのか、しばしふたりの無言はつづいた。

「でもほんとうのことだ。おれたちが会って、話すことはなにもない」

「……そうね」

由里子は何杯目かのジンを飲み干し、答えた。

「とにかく来た男が刑事である以上、わたしが昴の件で世田谷署に取られた報告書を知っているかもしれない。わたしは居場所もすべて摑まれてるから、なにかあればあなたは逃げて」

「大丈夫だ。なんとかする」

「でも……」

「いいから。動きがあればすぐに知らせろ。あと、後ろには気をつけろ。いや、前後左右だ」

「わかった」

由里子はここにいない保に頷いた。

「ねえ、どこに住んでるの――」

楠木保は、電話を切った。

＊

金森が電話に出たのは、三度目の着信だった。

「新宿警察署の真宮です」と告げると「……ええ」とだけ金森は答えた。背後からは酔客の騒ぎ声がきこえ、明らかに金森の声も酒に呑まれていた。真宮が「話したい」と言うとしばしの後、彼は自らの居場所を教えた。

恵比寿《えびす》駅前にある『たつや』というもつ焼き屋に入ると金森はひとりで座っていた。コの字型のカウンター席には労働者やサラリーマンが坐し、彼は少し離れたちいさなテーブル席で水飲み鳥のように酒を呑んでいた。真宮は店員に烏龍茶を頼み、金森の前に座る。

「……すいませんね、煙だらけの店で」

脱ぎ膝の上に置いた真宮のトレンチコートを見て、金森は詫びた。その目は明らかに杯を重ねた者のそれだった。

「今日は驚かせて、申し訳なかったです」

「……ええ……まさか刑事さんだとは思いませんでしたよ」

金森は答えた。

「能瀬は……北海道出身なんですね」

「はい」

「四国だって……言ってたのにな」

金森は寂しさと虚無感が混じった笑みを浮かべた。

「結局、なんにも知らなかったな。能瀬のことを」

「異性として好意的な気持ちが、あったんですね」

真宮は初めて金森に声をかけた時に、「この男は能瀬由里子に好意がある」と見抜いていた。言葉を投げると返事はせずに、ちいさく頷いた。

「色々ある子なんだろうな、とは感じていましたけど……あのバス事故の被害者だったんですか」

「覚えてますか、あの事故のこと」

「はい……僕が高校生の時だったかな。正月からすごい事故だな、なんて思った気がします。その後はしばらく報道はつづいていたけど、日がたつにつれ忘れていきました。まさかね。能瀬があのバスに乗っていたなんて」

「まだ小学六年生でした。バスには母親も同乗していて、彼女は事故で亡くなっています」

「……そうですか」金森は顔を上げ真宮を見て、言った。

「昴君は？　弟の昴君は、バスに乗っていなかったんですか」

「乗客名簿にはなかったですね。金森さんは、能瀬さんのそのあたりの事情をよくご存じですね」

「ええ。僕が彼女にディスクジョッキーをやらないかと声をかけて、能瀬はしばらく迷っていたんです。そこで出たのが、弟さんの問題でしたから」

「そこらへんのこともおききしたいんです。話していただけますか」

「――まず、能瀬がどういう事件に関わっているのか……先にそれを教えてください」

金森は必死に酔いを醒ますようにテーブルの一点を見つめ、やがて真宮を見た。

「能瀬は、筆の逆襲という雑誌の記者が殺された事件に関わっているのですか？」

「おそらく。その前に、北斗流氷号バス事故に乗っていた八田晋平という男を楠木保と一緒に殺している可能性があります。彼女が中学一年生の時です」

金森は両の拳を握り、目をつよく閉じた。

「――そんな」

「あくまでもまだ推測です。でも確信はあります。だからあなたの前にも、彼女の前にもわたしは来たんです」

「その八田って男を、どうして……能瀬は」

「やむにやまれぬ事情があったのでしょう。わたしはそう……信じています」

金森は目の前にある酒に手を伸ばす。真宮はその手を握り、止めた。

「金森さん」

「……能瀬は、すごく酒を呑むんです。しかも楽しそうに酔うわけでもなく。ある時なんでそんなに呑むんだと訊いたら、あぃつ、〝素面でいられるほど、この世界はいい世界？〟って言ったんです。その時僕は茶化したけど、あれは能瀬の本心だと思います。あいつにとって――人生はそういうことなんです。それくらい厳しいものなんです」

「わかります。懸念するのは、彼女たちにはもう行く場所がないということです。必死に逃げきろうとしていますが、辿り着く場所なんてどこにもないんです。向こう岸で手を伸ばす人間もいない。いるのはこれからも、能瀬由里子と楠木保の秘密を知り脅す人間だけです。こうして警察の目にも触れた以上、こちら側に捕まった方が、安全ともいえる」

金森は真宮の手を払い、グラスを握る。

「……楠木保は今年に入っても人を殺している可能性があるんです。そこには確実に能瀬由里子も絡んでいるんです」

「……能瀬はどれくらいの刑になるんですか」

「情状酌量の余地は充分にあると思っています。救ってやってください。能瀬由里子を。でないと彼女は、永遠に海を漂うだけです」

金森は天井を見上げた。なにかを堪えていた。真宮が手を離すと、ゆっくりとその目をむけた。

「能瀬がディスクジョッキーを引き受けるのに、いくつか条件がありました。ひとつは弟の昴君のことです。当時能瀬は、昴君を世田谷にある知的障害者専門の作業所に通わせていました。ただそこは朝から十六時までしかいられないので、夕方の番組は無理だといちど断られたんです。その時能瀬は、オレンジタワーの前にあるスーパーで働いていました」

「スーパーで？」

「すべては昴君の為だと思います。家も作業所の近くにしていましたから。要はすぐに迎えに行けて、駆けつけられる距離です。でも説得して、最初は昴君が作業所にいる時間帯の番組で、ＯＮＥ ＤＡＹのコーナーだけを担当してもらっていました」

真宮は、苦し気に話す金森の言葉をきく。

「結局その後、昴君は知的障害者施設に入所できることになりました。寂しそうだったけど……安心して預けられる場所が見つかったって、納得していました」

「施設に入るまで、弟さんとふたり暮らしでしたか？」

「その時ＦＭ世田谷の正社員となったので、一応住民票とか必要だったんです。そこには確か、叔母さんと一緒に暮らしているとなっていました」

「叔母」

「死んだ母の妹が、ずっと面倒見て一緒に暮らしてくれていると言っていましたが……それは嘘だと感じていました。その影を感じませんでしたから……」

真宮は眉根を寄せる。

「能瀬がまだディスクジョッキーをする前に、何度も見たことがあるんです。昴君と歩いているところを。雨の日に、能瀬はずぶ濡れでした。昴君に傘を待たせているのですが、自閉症という障害の特性のひとつなんですかね、上手に傘を差せなくて。雨が降ってくる方向に、僕らは傘をむけるじゃないですか。でも昴君は傘を立たせているだけで、斜めに降ってくる雨に打たれているんです。でもそんなことも気にしていなくて。そしたら横にいる能瀬が、左手は昴君の服をしっかり摑みながら右手で昴君を濡らさないように傘をむけて。能瀬はびしょ濡れになりながら歩いていました。しかも昴君はなにか地面に気になる物を見つけると、立ち止まってしまうんです。能瀬は一生懸命引っ張っていましたが……昴君は男の子ですからね。結局〝あー！　あー！〟と地面に指をさし叫ぶ昴君が納得するまで、能瀬は待っていました。通行人も多い場所ですから、それを見て笑う学生もいましたし、怪訝な顔で通り過ぎる人もたくさんいて。百メートル進むのに、一体何分かかるんだというくらい、能瀬と昴君は時間がかかっていました」

「そうですか」

「そんな光景を何度も見たんです。急に走り出す昴君を必死で追いかける能瀬や、昴君がスムーズに歩いてくれて、ほっとしたように、穏やかに笑いながら歩く能瀬も。でもいつも、彼女は車道側をしっかり歩いて、常に昴君の背中を手で摑んでいるんです。叔母さんがもし一緒に住んでいるのなら……もう少し彼女にサポートがあった気がします。きっと、能瀬は昴君とふたりで東京に出てきて、住んでいたのではないかと」

「叔母と暮らしていると言ったのはおそらく、能瀬由里子が未成年だったからです。彼女は十二歳で母親を亡くし父親もいません。そこから姉弟で養護施設に預けられた形跡はない。つまり北海道にいる時から、幼い能瀬由里子は昴君と暮らしていたはずです。しかも能瀬由里子にはバス事故で安くない賠償金も支払われているはず。ということは彼女たちの保護者が必要なんです。その叔母とは、どのような関係かなど、言っていたことはありますか？」

「尋ねても、死んだ母親の妹だとだけ。とにかく出自のことはあまり喋らない人間なので……すみません」

「いえ、助かります」

真宮は記載用紙に叔母という文字を書きこむ。金森は苦し気に酒を口に運ぶ。真宮は止めなかった。

「とにかく能瀬は昴君が一番なんです。弟さんの話をするときは、ほんとうに楽しそうでした。施設に預けてからも、月に一度と、盆暮れ正月は必ず能瀬の家に帰って来るんです。昴君はあまり寝ないらしくて、〝ほぼ徹夜よ。眠くて困る〟なんて笑っていましたが……その顔はほんとうに笑っていました。姉というか……母でもあり、父親でもあるような」

「わかるような気がします」

「能瀬が子供を好きなことは、すぐにわかりました。スタジオのあるオレンジタワーは、よく子供連れの家族や保育園の子が来るんです。窓から見る景色が綺麗だから。そんな時、能瀬の子供を見る目や、声の掛け方を見て〝ああ、能瀬はほんとうに子供が好きなんだな〟と感じました。男って、わかるじゃないですか。ときどき子供好きだとアピールする女子がいますが、そこって、意外と男にばれるじゃないですか。能瀬はそこに他意がなく……ほんとうに好きなんだろうなって」

「能瀬由里子のファンだという色の黒かった女子高生にも、ずいぶん慕われていますものね」

「あの子たちなんて最たるものです。僕から見てもこの子たちは道を誤るなと思っていましたから。能瀬が声をかけなかったら、あんな風に元気に笑っていなかったと思います。能瀬は……そういう奴なんです。ディスクジョッキーを引き受けるその他の条件は簡単でした。うちのスタジオは外から見える仕様なので、じぶんが番組に出演している時はカメラ撮影は止めて欲しい、あとは……本名は使わない。苗字は外して、ユーリという名前にしてくれと。あなたに話をきいて、いま納得しました。そりゃ……顔も撮られたくないし、本名なんて言いたくありませんよね」

だと思います、と真宮は頷いた。

「……能瀬は、あんなことを言っていたけど」

「あんなこと？」

「楠木って男と、時々……寝る関係と」

「……ええ」

「あれは、嘘だと思います。こんなことを言ったら能瀬に怒られるけど……いちどだけ能瀬とそういう関係になったことがあるんです」

「え？」

「能瀬のことが好きだからそう思いたいとかではなくて……あいつは、そんなに男には慣れていません。そういうの……わかるじゃないですか」

真宮はなにかが来るのを感じた。

「楠木保という人は、結婚していますか？」

「はい。結婚を機に釜利修一という名前から楠木保に変えていると思います。どうしてですか？」

「それはいつですか」

「え？」

「結婚したのは」

真宮は記載用紙を開き確認する。一九九三年と書いてあった。

「一九九三年です……なにか」

「そっか」

金森は、合点がいったように苦しい笑みを浮かべた。

「その時です。能瀬とそういう関係になったのは」

真宮は金森の目を見る。

「珍しく能瀬から呑みに行かないか、と誘われて。珍しく、あいつ酔ったんです。なんか無理やり楽しそうに笑っていておかしいと思って。訳を訊いたら——友達が最近結婚したんだ、って。そんなに結婚って、したいものかね？　と」

「それで」

「僕はずっと……能瀬が好きでしたから。そういう機会にそうなるのは男として恥ずかしいけど、僕から誘って」

「能瀬由里子も受け入れたんですか」

「能瀬を誤解しないでください。あれはそういう夜だったんです。気障《きざ》な言い方になるけど、なにかを忘れるために、誰かの唇を借りたい夜もあるじゃないですか——能瀬にとっては、そういう日だったんです。つまり……」

金森は口ごもった。

「つまり？」

「能瀬は——楠木保という人を好きなんだと思います」

「それは、いまも……」

「はい。彼女にとって、大事なものなんだと思います。楠木保という男は」

「だから、楠木保を守っていると」

「ええ。そう思います」

真宮は視界が開けた気がした。

「彼女が夕方の番組を担当することになって、すぐに反響がきました。とにかく能瀬は、新人とは思えないほど喋りがうまかったんです。いまも番組のメインになっていますが、ＯＮＥ　ＤＡＹのコーナーが人気になって。簡単に言えば、聴視者からのお便りに能瀬が答えるという仕組みです。それが僕がそばで聴いていても、実に歯切れが良くて。そこから手紙やファックスでくる投書を僕と能瀬で選ぶことになったのですが……能瀬は、恋愛相談の葉書を選ぶことが多かったんです。スタッフもその方が盛り上がるし、彼女の良さも出るから選んでいるのだろうと思っていたけど、僕は違うと思っていたんです」

「違う？」

「能瀬は——憧れていたんじゃないのかなって、恋愛に。みながする、普通の恋愛ってやつに」

金森は机上の一点を見つめた。

「あなたがいちばん、能瀬由里子のことをわかっているのかもしれない。ひとつ疑問があるんです。本名も伏せたい、カメラで撮影されることも拒否した能瀬由里子が、なぜラジオのディスクジョッキーなど引き受けたのでしょうか？　本来なら真逆な行動です。あなたに思い当たる節があるのなら……どうか教えてください」

金森は口をつぐんだ。

「金森さん！　救ってやりましょう、能瀬由里子を」

見る見るうちに金森の目は赤く染まった。机上の隅を見ると、東京ドームで開催される二枚のコンサートチケットが置かれていた。真宮が見ると、金森はチケットを握りしめた。

「いまはテレビも一日中やるようになったし、インターネットなんて物が出来て、人は時間を潰せるけど……ラジオは違うんです」

「違う？」

「ラジオっていうのは、とても個人的な物なんです。ディスクジョッキーが語り、それを誰かがどこかでひとりで聴く。声は電波に乗っていろいろな人が聴けるけど、とても個人的なやり取りなんです。リスナーと喋り手が個と個で繋がれる、秘密の場所というか」

金森は言い、両手で頭を抱えた。なにかを思い出したのか、なにかを悟ってしまったのか、つよく頭を摑み首を振った。

「能瀬は番組中、携帯で誰かに通話したままにしているんです。横の椅子に置いて裏返しているけど、それはわかっていて。うちのラジオは遠くまで電波は届きません。おそらく、携帯の送話口越しに、遠くで聴く誰かにじぶんの声を届けていたんじゃないのかなって」

金森は震える唇を嚙んだ。握った二枚のチケットが、くしゃくしゃと音を立て紙屑に変わっていく。

「……金森さん。約束します。能瀬由里子を刑事裁判にかけねばならなくなった時は、必ずわたしが証言台に立ちます。刑事の情状酌量の訴えは、案外効くんです。お願いです。なにかあるのなら、わたしに教えてください。金森さん！」

金森は目を上げ、一点を見つめた。

「――能瀬がディスクジョッキーを引き受けてくれたのは、彼女がまず、ひとりの人間としてあたりまえに陽の当たる場所で生きてみたかったのかもしれません。それだけ過酷な生き方をしてきたのなら」

「……はい」

「でももし能瀬がリスクを冒してまで引き受けたのなら――それはONE DAYではないでしょうか」

「ワンデイ？　なぜですか？」

「もし能瀬が釜利修一……楠木保と簡単に会えたり電話が出来ないのなら、投書が来て能瀬が答える、これが秘密のやり取りになるはずです。ラジオというのは至極個人的な媒体です。いわばあのコーナーは――文通なんです」

真宮は目を見開く。金森は髪の毛をくしゃくしゃに握りながら顔を伏せた。

「――時々来る葉書に……必ずペンネームに〝橋〟か〝海〟が入っている人がいます。その葉書が来たときは、能瀬、必ずそれを選ぶんです。嬉しそうに。内容はたわいもないことから、悩みだったり、能瀬を元気づける言葉だったり、それにいま思えばなにかを共有するような隠語めいた内容もありました。能瀬は……ラジオを使って会えない楠木保とやり取りをしていたのではないでしょうか」

金森は告白しながら泣いた。

「……いまもその手紙は会社にありますか？」

金森はしずかに、頷いた。

＊

１９９２／11／９

「ユーリは元気にしていますか？」

ペンネーム『一生懸命、橋を渡ろう』さん。

１９９２／12／15

「僕の宝物は友人からもらったトランプ。いいでしょ（笑）」

ペンネーム『橋が冷たい！』さん。

１９９２／12／23

「明日はメリークリスマス。くだらないね」
ペンネーム『海を見て思う』さん。
１９９３／４／９
「こちらは桜が咲きました。東京より開花が遅い？」
ペンネーム『流氷の橋』さん。
…………
１９９８／８／25
「ユーリはどんな夏休みを過ごしますか？　家族で楽しい思い出を作ってくださいね」
ペンネーム『海は広いか、大きいか？』さん。
１９９８／９／２
「友達とか、絆とか最近人間は多用するけど、くだらないよね。人間はひとりで闘い生きるんだ。それで良いと思う」
ペンネーム『橋はいつか、割れる』さん。
１９９９／12／15
「実は今日友達と遊ぶ約束をしているのですが、仕事が終わらず一時間ほど遅れそうです。わたしが電話にも出られそうになく、どうしよう。こんな時、ユーリなら待てますか？」
ペンネーム『海辺にある家』さん。
１９９９／12／24
「ユーリさん、こんばんは。いつも番組をたのしく聴かせていただいています。今年ももうすぐ終わりますね。ユーリさんはどんな年でしたか？　わたしはそれなりにいろいろなことがありましたが、来年もまた、がんばろうと思います。ユーリさんもお忙しい毎日だと思いますので、一九九九年の残り一週間、たのしく、ゆっくりと過ごされてくださいね！」

ペンネーム『裸足で渡る橋』さん。

２０００／２／23

「ユーリ、こんばんは。いつもその声に癒されています。今年の冬は寒いですね。どうぞ、躰には気をつけてください。今日は急に雨も降ってきましたね。帰りは雨に濡れず、気をつけて帰ってください」

ペンネーム『いつか見たいな渡良瀬橋』……。

真宮は新宿署の薄暗い一室で、机上に置いた紙を睨んでいた。

昨夜店を出て、金森と共にＦＭ世田谷の事務所へ行き仕入れた投書の数々だった。金森が言うようにペンネームに『橋』と『海』が入っている。そのたわいもない投書は葉書かメール、ファックスで来ている。一九九二年の葉書に書かれた送り主の住所は北海道の札幌市と記され、消印も北海道のものだった。

能瀬由里子と釜利修一、いや、楠木保とのやり取りに間違いない。真宮は思った。

すると——携帯電話に香下から着信が入った。

真宮は机上の紙に目を落としたまま電話に出る。

「真宮さん」

「どうした。動きがあったか」

真宮は能瀬由里子の自宅近くに香下を張り込ませていた。

「ええ。昨夜は自宅に帰って、能瀬由里子はそのままでした。部屋の電気もずっとついていたので、寝ていないのかもしれません。そうしたら、早朝にマンションから出てきて」

「なに？　どこにむかった」

「茨城県です」

「……茨城？」

「こころ実学園という障害者の子が暮らしている施設です。能瀬由里子の弟が暮らす」

「こころ実学園」

　真宮は呟いた。

　なにやら先ほどから、電話の向こうがざわついている。

「なんの音だ」

「いや、結構な人が集まっているんですよ。六百人くらいは来てますかね。今日はこの学園や他の障害者施設の職員と園生で合同学園祭が行われていて」

「学園祭？」

「ええ。彼らが作った野菜やお味噌とか、手作りの石鹸や花なんかも売られていて、あ、障害のある女の子が作ったという張り子なんてすごい出来ですよ。とにかく体育館ではバザーも行われていて、地元や遠方から結構なお客さんが来ているんです。能瀬由里子は、そのバザー会場で弟さんと一緒に洋服などを売る係をしています」

「……能瀬が？」

「はい。それで、ひとつ気になることを見つけて」

「なんだ、早く言え」

「障害者施設の学園バスとかトラックとかが止まっていて車体を見たんですよ。そうしたら、すべてに〝四菱財団　贈呈〟と書かれてあって」

「四菱財団？」

「はい。――これって、真宮さんのお母さまを入れたいという老人ホームと一緒じゃないですか？　気になってパンフレットを見たら、障害者施設の他にも、老人ホームも経営しているみたいで」

「――陽栄ホームという名はあるか」

「あります」

真宮は唇が震えた。

「確か、陽栄ホームの創設者って、」

「楠木保だ」

真宮は机上にある、能瀬由里子の弟の写真を見つめた。

その隣にある、楠木保、能瀬由里子の写真も。

「……それだ。能瀬由里子の弟は、楠木保が創設した施設にいたんだ。だから――これが能瀬由里子と楠木保が逃げきれない繋がりなんだ――香下。いまの施設の代表者の名前は誰になっている」

「ちょっと待ってください……あ、ありました！　四菱商事役員、四菱地所社長、四ツ木幸一郎って書いてあります」

「四ツ木……幸一郎？」

「この人、結構有名な人ですよね」

「――ああ……日本でも有数の財閥だ」

真宮は全身の骨が固くなるのを感じた。

「真宮さん？　真宮さん」

「……よくやった、香下」

真宮は唇を懸命に閉じた。

次なる目標は、おおきかった。

第八章

真宮は署内を移動し、確定した事実と推論を駒田に報告した。

そして次なる目標の人物の名を告げると、駒田は黙り込んだ後、一言「まずいな」と呟いた。

四ツ木幸一郎はそれくらい有名な男だった。若い頃は四菱商事の血統でありながら銀座の街で遊びまわる姿もスクープされていた。自由奔放という枠にすらおさまりきらない男――真宮もふくめ週刊誌で知る四ツ木幸一郎の人物像は常に刺激的だった気がする。その顔は四十代後半にして危険な色気を漂わせ、どこかいつも不機嫌そうにカメラに写っていた。すべては彼が妾の子だから――そんな尾ひれが彼の話には付きまとっていた。

が、その後は悪評は消えていったように記憶している。いまは日本経済の中枢を担いながら、時に厳しくも柔らかな発言と発想力によって、日本経済界に影響を与える人物だった。

自らと近い年齢になっているであろう四ツ木幸一郎の顔を、真宮は思い出した。

「簡単には話をきける人間じゃないぞ」

駒田は言った。

「わかってる。頼めるか」

「……ああ。警察庁に話を持っていく」

駒田は真宮の目も見ずに会議室を出て行った。

真宮は考えた。

――じぶんがなにをするべきか。

頭のなかに数人の名が浮かぶ。まず優先すべきは、香下に北斗流氷号バス事故当時の記憶をファックスで送ってくれた、斜里警察署ウトロ駐在所勤務の和田という警察官だと決めた。

誰もいない会議室の机上にある受話器を上げプッシュホンを押すと、目的の人物は電話に出た。

「もしもし。勤務中に申し訳ございません。わたくし――」

「もしかして、新宿署の刑事さんですか？」

初老くらいの、いかにも人柄の良さそうな声がきこえた。

「ええ、先日はお忙しいところ、北斗流氷号バス事故の生存者、八田晋平さんについて詳細をお送りくださり、たいへんありがとうございました。わたくし先日やり取りをさせていただいた香下の上司にあたる、新宿警察署刑事課強行犯捜査四係の真宮と申します」

「いや、もしかしたら電話があるんではないかなと、思っておりました。簡単なファックスで申し訳ありません。お役には立ちましたか？」

「もちろんです。和田さんとお呼びしてよろしいですか」

「ええ、わたしなんぞはなんとでも」

和田という警察官は北海道の訛りを感じさせぬよう、必死に標準語を使い笑ってくれた。

「あの事故の件で、東京の刑事さんが――なにかございましたか」

「実は……東京で起きたとある事件で、バス事故の生存者の方のひとりが関わっているという可能性がありまして」

「え、どなたですか」

「釜利、修一君です」

「運転手の息子さんの？　いや、彼がなにか。被害者ですか、加害者ですか？」

「――加害者です」

ふう、と電話のむこうでおおきく息をつく音がきこえた。

その声からは驚きと共に絶望も感じられた。

「まさかあの子が。どんな事件ですか」

「殺しです。殺人事件です」

「そんな」

しばし和田は言葉を失っていた。ちいさな駐在所なのであろう。

開け放しているのか、微かに風の音がきこえた。

「いくつかお訊きしたいことがあります。宜しければ明日にでもわたくしがそちらへ伺わせていただきますので、お会いいただくことは可能でしょうか？」

「いや……」

和田という警察官は言うと、しばし黙った。そして気を遣うような声で、「わたしも勤務と所用などもありまして。それにウトロは遠いですから、お電話でもいいでしょうか」と願われた。真宮は空港へ行きたいじぶんを抑え、承諾した。

「わかりました。ではまず、釜利修一君……いまは戸籍ごと名前を変え、東京で楠木保と名乗っています。もしご存じなら、彼の当時の印象をお訊きしたいんです。〝気の弱い子〟という話を耳にしたのですが」

真宮は能瀬由里子が語った楠木保の印象を伝える。

「ええ。その言葉で合っていると思います。背もちいさかったのですが、声もか細くて、おとなしい印象を持ちました。あんなバス事故を父親が起こした後ですし、まだ釜利君は小学四年生でしたから、仕方がないのもありますが。それを差し引いても、おとなしい子供であろうなという記憶です」

「和田さんは、先ほどわたくし共から電話があるかもしれないと思った、と言っておられましたが、それはどうしてですか？」

「それは――」

風の音がきこえる。

「じぶんにとっても、忘れられない事件だったんです。いや……事故ですね」

「はい」

「わたくしも四十半ばでいちばん刑事として責任感を覚えておった時期でした。そんな時に起こりましたし、世間的にも北海道としてもおおきなことでしたから……嫌でも記憶に残っとるんです。喉のつかえが残ってしまって」

真宮は和田という警察官の物言いに、彼の後悔を感じた。

「……詳しく、おききできますか。どんなつかえがあるんですか？」

「わたしはいまウトロの駐在所におりますが、当時は本署のほうで刑事をやっておりました。北斗流氷号のバス事故にも応援に呼ばれて立ち会い、生存者の聴取も手伝っておりました。その二年半後ですか。バスにも乗車しておった北斗バス会社部長の八田晋平さんが、北斜里岳でお亡くなりになったのが発見されて」

「お送りいただいたファックスを読んでも、事故死と判断されたんですよね」

「ええ」

「失礼ですが、それは間違いないと思われますか？」

「え？　どういうことですか」

「八田晋平が殺されたという可能性は」

「いやはや……他殺の証拠なんてありませんでしたし、当時は誰もそこまでは考えつかなかったですが……死んだ仏を悪く言うのは憚られますが、とにかく八田晋平つう男は評判が悪かったんです」

「遺体が崖下から見つかるまでの一年半、家族からも捜索願は届けられていなかったんですよね？　ファックスの記述にあった、〝ご家庭内の事情ということでお察しいただければ〟というのが気になるんです。どんな事情ですか」

「要は、女です」

「女」

「ええ。以前から、相当に女癖が悪かったそうです。現に遺体が発見された時も、奥様はあら、なんて言ってどこか笑っている様まであったくらいで。八田が行方不明だった一年半、奥様もお子さんも会社の連中も意見は一致しておったそうです。〝どっかの女と逃げたんじゃろ〟と」

「なるほど」

「夜逃げしてどっかにおるんだろうと。まあ、明るい性格ではあったらしいんですが、よく酒は呑むし酔うし、気に入った女となりゃ手あたり次第手つけていたらしくて。八田が住んでおった斜里駅のちかくなんてスナックも限られとりますからね。そこだけじゃ飽き足らず、出張で札幌行きゃあその街の女、帯広《おびひろ》行けばそこの女、網走行きゃって感じで、女と酒にだらしない男だったそうです。でもそんな男に限って口説くのは上手かったようで、あちこちに女こしらえとったようです」

「だから捜索願も出なかった」

「ええ。八田がいなくなった場所も、遺体が発見された場所も会社の連中は合点がいったそうです。あの日、八田は札幌の未練花《みれんか》というスナックの女と会う約束になっていたらしいんです。夜になったら札幌へ行くから飯でも食おうと。それがいくら待っても来なくて、そのスナック嬢が頭来て八田の会社の同僚に電話したらしいんです。携帯電話なんてない時代ですから、女も八田と連絡の取りようがなくて。その女も〝絶対他の女んとこ行ってるわ。最近帯広のスナックで入れあげてる女がいるはずだからそいつだべさ〟と。会社の同僚もそうかもしれんな、なんて笑っとったそうです。確かに帯広のスナック街のどこかの女に熱入れとったみたいで。その日から八田が家にも会社にも帰らんようになって、社の連中は八田がばれんように、落ちた山中で女とでも待ち合わせをしとって、足滑らせて死んだんだべさと。そこの場所は、八田がよく女との密会場所に使っておったらしいんです。人も入る山でないし」

「その後捜査は」

「奥様もこれで正式に保険金もおりるわなんて言って、そのまま事故死扱いで終わりました。署の方としても疑うべき他者の証言もありませんでしたし」

「物証はない」

「はい。まあ、どちらにせよここは道東です。足跡なんてあっても雪が消しますし、遺体も野生動物が食いよります。熊も出ますしね。まあ、あれは事故でしょう」

「……裏を返せば完全犯罪ですね」

「え？」

「事件として扱われていない――これがいちばんの完全犯罪ですから」

真宮は見たことのない雪降る道東の山中を想像した。

「あの」

受話器のむこうの和田が声をかける。

「刑事さんが気にしておられるのは、八田の件なのですか？」

「え？」

「わたしはてっきり――北斗流氷号のバス事故自体への疑問かと思っておりました。それでわざわざ警視庁のお偉い方がこちらまで問い合わせたのかと」

「ちょっと待ってください。あなたの喉のつかえというのは」

「バス事故自体への、つかえです」

「だからあなたは先程、わたしの来訪を断って……」

「はい。一応……誰が見とるか、わかりませんから」

　真宮はすぐに記載用紙を開きペンを握った。

「――話してください」

「あくまでわたしの勘ぐりとお捉えください。初動捜査に関わった数名の刑事仲間でちょっと噂したくらいの話ですので。これで警視庁の刑事さんが動いてしまったら申し訳ないやら、わたしもウトロの片隅で海風ききながらのんびりやっている身ですので、色々」

「わかりました。胸に秘めます。教えてください」

　電話のむこうで、和田が一度唾を飲みこむ音がした。

「北斗流氷号のバス事故が起きてすぐにあがってきた初動捜査の資料が……ほぼ黒塗りになっとったんです」

「黒塗りに？」

「ええ。事故の原因もなんもかも。わしらそれ見てなんじゃあ、こりゃとなりましたから」

「それで」

　真宮の心臓の鼓動が早まる。

「でもすぐに事故原因は豪華バスの運転手である釜利紀一の飲酒運転が原因と報告がありました。遺体から基準値を超えるアルコール成分が出たと。裏も取れたんです。運転手の釜利紀一はバスツアー前日の夜から運転当日の午前二時すぎまで、バスの出発地である札幌駅近くのスナックにおって酒を呑んでいたんです。で、そのスナックは灰色酒《ぐれいしゅ》という店なんですが、そのママも釜利は同僚が止めるのに〝明日のおおきなツアーで緊張しているから、すこしだけ〟〝出発は明日の夜ですから、酒は抜けるので大丈夫です〟と結構な量を呑んでいたと。しかも問題が翌日、出発の五時間ほど前の日中、開店準備をしていた店に釜利がひとりで来て、〝どうにも酒が抜けんから一杯だけ迎え酒をさせてくれ〟と頼みこんで、止めるのにビール一本かっくらって出て行ったと店のママから証言を得たんです。前日から釜利は斜里から札幌に前乗りをしておりました。同乗する息子の修一君を連れて。その修一君からも聴取を取ったら、確かに前日の夜にお父さんは『すこし用事があるから、先に寝ていなさい』とホテルから出て行ったと。部屋に帰ってきた時刻はわからないが、とにかく遅かったと思うと。そして出発当日はお父さんも忙しくしていたのでじぶんから離れる時間もあったと」

「釜利修一が」

「ええ……でも気の弱い修一君は、しずかにちいさな声でですが……お父さんはそんなにお酒を呑む人じゃないと訴えておりました。誰にも届かんような、微かな声でしたが。あとわたしが気になったのは、前日の夜中に父親がホテルの部屋に戻ってきたとき、修一君がいちど目を覚まして起きたそうなんです。そんときちいさな部屋の灯りで見たら、父親の鼻から血が出ていたと。頰も赤くなって、すこし腫れていたと言ったんです」

「え？」

「修一君が尋ねたら、〝大丈夫だ。雪で転んだだけだ〟と言われて寝るように促されたそうです。でも修一君が、〝お父さんがすごく悲しそうな顔をしていた。部屋の絨毯をひとりで見つめて、悔しそうな顔をしていた〟と言ったんです」

「――まさか、和田さんは北斗流氷号バス事故の原因自体を疑っているのですか――？」

「ええ――釜利紀一の飲酒運転が原因ではなかったんでないかな、と」

「え？」

「裏を返しゃ……運転手の釜利紀一さんは、当日も酒なんか呑んでいなかったんでないかなと」

真宮は全身の毛が逆立った気がした。

「……前日と事故当日に釜利紀一が酒を呑んだという店は――例の八田晋平が常連のスナックなんです……前日に一緒に行って、〝止めるのに釜利紀一が酒を呑んだ〟という証言も……八田晋平のものです」

「――八田晋平の」

「はい。結局最終的に正式に捜査員に配られあがってきたバス事故の初動捜査資料は、最初の黒塗りだらけの資料から一変、いまわたしがお話しした筋で、綺麗に書き替わっておりました」

「……そんなことが」

真宮はこの一連の事件の闇の深さを感じた。がたがたと音を立てるように、事故へのイメージが崩れ落ちていく。掌から、じわっと汗が浸み出た。

「それであなた方は」

「最初の資料を目にした捜査員はわたしを含め数名おりましたが、スナックのママのものを含め証言も記載されていますから、なんとも。それに北海道警本体からあがってきたものです。我々のような下々の所轄の者は、なにも言えませんから」

日本の中枢である警視庁でさえ所轄が飲み込まれる歴史を考えると、地方の所轄はもっとプレッシャーを与えられる様は容易に想像できた。

「では和田さんは北海道警全体、そしてマスコミに発表された北斗流氷号バス事故の原因は、本来ちがう原因であったのに――釜利紀一の飲酒運転が原因ということにすり替えられたと」

「少なからず……感じておりました」

「疑問に思われたのは、どの点ですか」

「まず、誰に訊いても運転手の釜利紀一は大人しい男なんです。勤務態度も誰よりも真面目だったらしいです。酒はみなが呑めば嗜む程度にはやったらしいですが、事故当日に酒を呑んだという事実に、みな驚いておりましたから。元々釜利紀一は、関東で長距離バスの運転手をしとったそうです。それが性格が大人しいのが裏目に出たんですかね、妻に逃げられたらしくて。身寄りのなかった釜利紀一はちいさな修一君を連れて育てながら働ける場を求め土地を変えてきたそうです。家賃の安い場所、幼子と共に生活できる場を探し、岩手、青森など転々と。最終的に釜利紀一は斜里に辿り着き漁港で働いておったんです。それが日本も景気が良くなってきて、斜里町のちいさなバス会社であった北斗バス会社が、札幌から知床半島ウトロへの豪華長距離バスの権利を勝ち取りましてね、長距離の経験のある運転手を募集したんです。そこで賃金もいい、社宅代わりのアパートもある北斗バス会社に釜利紀一は面接に行ったんです。過去の経験もふくめ、運転させてみても実に丁寧で技術的にも優れとったらしく、そこで正社員として働きだしたんです。息子の修一君も小学生になっておりましたから、彼とするともう土地を変え転校などはさせたくないと言っていたらしく、その最後の地で掴んだこの職を……いくらプレッシャーを感じていたとしても、酒なんて呑んで失う危険を冒すかな、と。そもそもひとり息子を連れ懸命に生きてきた男が、そんな軽々しいことをするのかなと」

「わかります」

「それからは、バス事故の報道もなくなり、我々もバス事故自体を忘れはじめた時、どうしてもわたしは気になりましてね。非番の日に札幌へ行ってみたんです。あれは事故から半年後の夏でした。実際に証言した店に行って、話をききたかったんです。わたしも刑事ですから、実際に会って話して納得すれば、喉のつかえも取れるだろうと。そうしたら……無くなっていたんです」

「無くなっていた？」

「はい——釜利紀一が呑んでいたという、灰色酒というスナック自体が」

「え？」

「周りのおなじ様な店に訊いたら、先月急に店を閉めたと。なんてことない、よくあるカウンターだけのちいさなスナックだったようです。売上自体はまあ、ママひとりで食っていけるくらいはあっただろうと。ただ店を閉めると挨拶に来たママがですね、非常に高揚していた様子だったと。なんで急に店を閉めるの？　違う土地でまたはじめるの？　と懇意のスナック嬢が尋ねたら、〝もう水商売はやらん。あがりだべや、あがり〟と笑顔を見せたそうなんです。ママは四十代でしたから、最後にええ男でもできて夜からあがれるのかな、なんてその嬢は思ったらしいのですが……わたしは妙な考えを持ってしまって」

「どんな」

「灰色酒の店主は……相当な金を手に出来たんでないかなと」

「――金」

「……誰かに頼まれた、事故当日の昼に来てもいない、酒も呑んでいない釜利紀一への嘘の証言をすることによって――その引き換えに生涯困らん金をもらったんでないかな、と」

真宮は背筋が凍る思いがした。

「それは……誰ですか」

和田は黙った。

「和田さん。スナックのママに偽証をさせ、一生暮らせる金を渡した――その相手は誰だと思っているのですか？」

――わかりません。と和田は言った。

「……わかっておれば、わたしも頑張れたかもしれない。いや……嘘です。もしわかったとしたら、わたしはとっくに警察官を辞していたかもしれない」

「釜利紀一が事故当日に酒を呑んでいないとしたら、彼の遺体からアルコール成分など出るはずもない。とすれば北海道警自体が嘘をついたことになる。解剖医すら黙らせなくてはならないのですから。八田と前日にスナックで呑んでいたことがわかって利用し、真実を塗り替えた。和田さん、道警のトップをも動かせ指示できる者が……そういう認識でよろしいでしょうか」

「……ええ」

「政治家ですか」

「ほんとうにわからんのです。ただ、あの大晦日に出発した北斗流氷号のレセプションツアーは、あれ自体が無茶だったんです」

「無茶？」

「要は最終地である知床半島の『知床ウトロリゾートホテル』にまでむかうルートです。いまでこそ多少交通の便も昔に比べれば良くなりましたが、簡単にバスが出発した札幌駅のある道央から道東へなど行けんのです。まず最終地の知床半島を目指すには、当時『北見峠ルート』か事故を起こした『石北峠ルート』しかなかった。あの大晦日の日、北斗バス会社は石北峠ルートを選びました。ここにまず、無茶があるんです」

「どうしてですか」

「石北峠は元来道が険しい、事故の多いルートです。現に釜利紀一は随分と前から社に『北見峠ルートにしてくれないか』と訴えていたそうです。激しい雪が降ります。鹿も出ます。鹿は可愛く見えるかも知れませんが、危険なんです。暗い夜道に横から突然走って来られると、避け切れません。それに釜利さんは、石北峠の途中に見える灯台も気にしておったそうなんです。〝吹雪いた時にあの灯台の光が目に入ると、視界が失われる恐れがある〟と。でも結局会社は、石北峠ルートを選んだんです」

「なぜ」

「単純な理由です。北見峠を通るより、石北峠のほうが早いからです。北見峠を通ってしまうと、どうしても遠回りになってしまうんです。あのバスツアーは、斜里町にとっては翌年から正式にはじまるツアーのお披露目会として、一大イベントでした。札幌駅を夜に出発したのも、最終地である豪華ホテル『知床ウトロリゾートホテル』に早朝に着くことが目玉だったからです。そこには北海道知事や北海道に力を持つ自由党の方々、東進《とうしん》グループのお偉方が前日から宿泊しており、来賓者と到着した豪華バスの乗客が知床の海に昇る初日の出を背景に、一同で写真を撮る——その写真を北海道の新聞社やマスコミが一斉に報じる……これが目的だったのです」

「じゃあ、石北峠ルートを選んだのは……」

「知事や来賓者たちを待たせるわけにいかんかったからです。どうしても、オホーツク海に浮かぶ初日の出をバックに、写真を撮らねばならなかった。だから北斗バス会社は三十分でも一時間でも早く着く石北峠のルートを選んだんです。いや……あくまでも噂です」

　真宮はしばし沈黙した後、ホテルで待機していた議員や来賓者の名を訊き、用紙に書きこむ。和田は覚えている限りの名前を挙げた。

「運転手の釜利紀一が酒を呑んでいなかったとしても、事故の真相はわかりません。雪でタイヤがとられたのか、鹿が突っ込んできて避け切れんかったのか、知るのは死んだ釜利紀一だけです。でもあの事故から数年後——釜利紀一が気にしていたという灯台が、いつの間にか取り壊されていたんです。誰にも気づかれんくらい、ひっそりと、無くなっていたんです」

「なんですって……」

　真宮は真相の裏にある巨大なものを想像し、身震いした。

　釜利紀一が酒を呑んだといわれる、スナック灰色酒。

　釜利紀一が気にしていたという、灯台。

『筆の逆襲』の記者、佐竹満。

住民票も移さぬまま消えた、佐竹の妻。

――みんな消えていくな。

真宮は思った。

「和田さん。おそらく釜利修一君は、数件の事件に関わっています」

「ええ？」

「その最初の起点は、おそらく八田晋平です。釜利修一は……八田晋平を殺しています」

「そんな」

和田の声がいまにも嗚咽に変わりそうだった。

「しかもそれには、もうひとりの生存者が絡んでいます。北斗流氷号に乗っていた、能瀬由里子です」

「ええ？　――ええ？　……そんな馬鹿な。あの女の子がですか」

「はい」

「あの子は……弟さんに障害があったはずです。網走署の連中にきいたら、たいへん苦労しながら弟さんと生きてきたようだと言っていました。それがまさか人殺しの共犯だなんて……なんで」

「すべての起点は、あのバス事故だと確信しています。わかることがあれば、なんでも」

「真宮さん――修一君が八田を殺したとして、そこに能瀬由里子ちゃんもいたということでしょうか」

「それはわかりません。でもあのふたりは大人になったいまも、加害者の息子と被害者という立場にありながら、この東京で共謀しながら歩いているんです」

「あの日は――」

しずかに和田は言った。

「――八田晋平が姿を消した日は、北斗流氷号バス事故被害者遺族の会があった日なんです」

「なんですって⁉」

「バス事故からちょうど一年後の冬です。斜里町の体育館で、被害者とその遺族に賠償金などの支払金額、期日の目途などが説明された日です。そこに八田晋平は北斗バス会社部長として出席し、その後から行方がわからなくなったんです」

「そこに……釜利修一と能瀬由里子がいた可能性は」

「わかりません。修一君は事故を起こした運転手の息子ですから。でも能瀬由里子ちゃんは、母親を亡くして弟とふたりになったはずです。普通の十二歳よりずっとしっかりしていた子ですから、弟さんをどこかに預けて来ておったかもしれません」

　ふたりは共に、黙った。先に口を開いたのは、遠いウトロ駐在所にいる和田だった。

「元々このバスツアーの始まりには、斜里町の事情があったんです。斜里町は夏と流氷の季節、一月末から四月頭には観光客も来ましたが、十二月と一月頭などは来訪者もほとんどなく、ホテルや旅館は閑古鳥が鳴いている状態だったんです。ほとんどの宿泊施設がかき入れ時であるその二ヵ月を、客も来ないので営業していない状態がつづいていました。ですが、バス事故の五年程前に北海道議会議員の山内《やまうち》一樹《かずき》という人間の尽力もあって、知床横断道路というもんが開通されたんです。それで日本全体の景気の上昇もあって、いわゆるバブル前夜から、道民、また国内や世界各国の観光客を見込んで、日本有数の企業である東進グループが斜里駅の前にも豪華ホテルを建設しようとしてくれたんです。東進グループは世界的な経済状況のバブルを見越して、すでに札幌はもちろん、網走、サロマ湖に豪華リゾートホテルを建設していました。ともに流氷が有名で、オホーツク海の上を歩ける流氷ウォークとか、大人が楽しめるホテルを作ったんです。この頃は知床も世界遺産登録も間近だと言われながら、割と自由でした。そこに東進グループが目をつけたんです。そこで遅ればせながら斜里町も手を挙げ、サロマ湖や網走から知床までの動線上にある斜里町駅にも豪華ホテルの建設案が立ち上がりました。一九八八年の新千歳《しんちとせ》空港開港、その後の念願である高速道路開通など、北海道発展の気運もあがっていた時です。そこで斜里町で細々と運営していた北斗バス会社がプレゼンテーションで有利と思われた他のバス会社に勝ち、晴れて東進グループの傘下となりました。そしてまずは北海道の玄関口である千歳空港から近い札幌から知床半島までのバスツアーを考案した。これが北斗流氷号バス事故の発端です」

「闇は深そうですね。和田さん、どうしても釜利修一と能瀬由里子を救ってやりたいんです。ご協力願えますか」

「わたしで良ければ。結局バス事故があってからしばらくして、斜里駅前に建設されるといわれていた豪華ホテルも立ち消えになりました。北斗バス会社も東進グループから外されて。ちいさな町です。田舎なんです。バス事故の後、町に残された修一君は……相当な苛《いじ》めにあいました。主に大人たちからです。『おまえの親父のせいで町は再開発がなくなった』『これでうちの子供は就職で札幌に出なくてはならなくなった。両親と離れて暮らすことになる。どうしてくれるんだ』『内地のもんのくせに、町のもんに迷惑をかけるな』『まさかおまえが八田を殺したんではないのか』なんて、壮絶な苛めを受けていました。父親が死んで、バス会社の寮にいるわけにもいかんですからね。彼は児童養護施設に入ったんです。でも小学校でも中学校に入学しても苛めは激しくなるばかりだったようで、学校にも行かんくなったらしいです。それで確か中学ん時に、施設から飛び出して。その後は斜里どころかどこで生活しているのかも、誰もわからんかったんです。時なんて残酷なもんで、そのうち誰もかれもバス事故のことも修一君のことも話さないようになりました。人は利口に出来ているから、忘れていくんです。でも刑事さん……町の連中を責めんとってください。ちいさな町のことです。我々にとって町がおおきくなる、発展、交通の便が良くなる、これは死活問題です。上から言われたらわたしたちは頷かざるを得ません。それが……田舎なんです」

真宮は黙って頷いた。

「いまじゃあのバブル経済なんていう時代も終わって、北海道もたいへんです。夕張《ゆうばり》市などバブルが崩壊してから財政が破綻して、存続できないかもしれません。東進グループも密やかにすぐに見切って、作ったホテルも事業も違う国の企業に売り渡しました。もう、北斗流氷号の痕跡は、なにもないです」

真宮は受話器を握りながら、汚れた壁を睨んだ。

「でもそうですか……修一君は、東京にいたんですね」

「はい」

「修一君は、いま名前を変えているとおっしゃっていましたが……いい子でしょ？　なんの事件起こしたか知りませんが、あの子はいい子ですよね、刑事さん」

「――そう思っています」

和田の声のむこうから、知床半島の海風と海鳥の鳴き声がない交じり、きこえた。

「和田さん。いくつか調べて頂きたいことがあります。まず北斗流氷号バス事故で、釜利修一と能瀬由里子にいくら賠償金が入ったかということ。次に能瀬由里子の……」

真宮はいくつかの調べごとを和田に頼み、電話を切った。

＊

四ツ木幸一郎が秘書から、「警察庁長官の小山内《おさない》さんから電話がありました」と告げられたのは昼下がりのことだった。社の近くにある高級中華料理店『赤坂璃宮』で会食を済ませ、機嫌よく社長室へと戻った時だった。

「え、小山内さんが。なんだって？　また呑みの誘いか？」

四ツ木が若い女性秘書に冗談めかして問うと、秘書は「戻られたらお時間のある時にご連絡をくだされば、とだけ言われました」と口を尖らせた。

「……なんだよ」

四ツ木が問いかけると、秘書は「赤坂璃宮、美味しかったですか？」と苦い顔を見せる。

四ツ木は秘書の表情の意味をようやく察し、わざと口をへの字に曲げた。

「そりゃうまいよ。赤坂璃宮だもの」

「ふかひれスープとか飲んだんですか」

「馬鹿だね、ふかひれなんてただの鮫だぞ？　鮫にたれを付けてるだけなんだから。ああいう店はね、意外と五目そばとか海老そばがうまいの」と答える。

「そばって拉麺のことですか」「そう。ああいう店ではそばっていうの」「わからないですよ。行ったことないんですから。で、なにをお食べになったんですか」「腹が減ってたからな、五目そばに追加で烏賊《いか》も海老も多めに入れてもらった。あ、結局ふかひれも食べたけどな」……この攻防はしばしつづいてしまうな、四ツ木は思った。結局最後は、「こんど秘書部全員連れて赤坂璃宮行くから。許せ」と詫びると、「やった！」と彼女は小声で喜び、ようやく秘書であることを思い出したように頭を下げ去って行った。

時代も変わるものだ、四ツ木はたのしくも苦笑した。が、警察庁長官の小山内氏からの連絡はなんなのであろう。有識者会議の日取りであれば彼が直接電話をしてくるはずがない。なにか面倒ごとを頼まれるのでは。四ツ木はちいさくため息をつき、携帯電話のアンテナを伸ばした。

「ご連絡遅くなりました。四菱の四ツ木でございます」

恐縮しながら告げられた小山内からの頼み事は予想外だった。

「警視庁の人間から、どうしても四ツ木さんとお会いしてお話がしたい事案があると報告があった」と告げられた。やましいことなどなにもない。一体なんなのであろう――そう思っていると、小山内はよく知る人物の名を出した。「……楠木保という男性について、なにやらお話を伺いたいらしいのです。ご多忙は承知しておりますが、いちど面会していただくことは可能ですか？」四ツ木は窓から見える東京タワーを睨み、「わかりました。連絡します」と答えた。


警視庁の駒田という刑事部長の人間と新宿署の真宮という刑事が来たのは翌日だった。指定した時刻の十五分前には到着していたので、秘書に部屋に通すよう告げる。このような場には慣れていないのか、またはじぶんに萎縮しているのか、駒田という警視庁の人間は頭をなんども下げ申し訳なさそうにソファーに座る。名刺に警視庁新宿警察署刑事課強行犯捜査四係と書かれた真宮という刑事のほうが、肝の据わったタイプに四ツ木は感じた。

「どうぞ」

秘書が置いた茶を促す。駒田は「つまらぬ物ですが」と和菓子の入った紙袋を渡してくる。礼を言い秘書に渡し、彼女は頭を下げ部屋を出ていく。

「扉……お閉めにならないのですか」

駒田という男が社長室の開放されたドアを見て、言う。

「ああ、あれはですね、親やら兄弟から社長をやれと言われたときに、ふたつ条件を出したんですよ。一に社長室の扉は常に開けておく。二に部屋にちいさい冷蔵庫を置くならやるとね」

「どうしてですか」

「こう見えても寂しん坊でね。常に人が通るのを見て顔を合わせておきたいし、偉ぶるのも嫌いですから。冷蔵庫は単純です。そこに毎日冷えた缶ビールくらいは入れておけと。商談に来た方のお話を断らねばならぬ時もたくさんありますし、そんな時は冷えたビールくらい出さんと悪いでしょ。それにね、ちょっと呑んでくれれば相手も心を許してくださるし」

「なるほど」

四ツ木が言いながら表情を崩すと、駒田という人間も笑みを浮かべた。四ツ木は人に舐められるのも行儀が悪い人間も嫌いだったが、過度に相手に萎縮されるのも苦手だった。自らのややこしさを理解しながら、四ツ木は駒田の緊張を和らげる。が、真宮という刑事は緊張の面持ちを残しながら、言葉を放つのを待っているように見えた。

「で、お話というのは。楠木保さんのことなんですよね」

四ツ木は言う。

「はい。お時間がないと承知しておりますので端的にお伺いさせてください。楠木保さんをご存じですよね？」

真宮という刑事は染みひとつないテーブルに、週刊誌を置いた。

「この方が楠木保さんで、間違いないでしょうか？」

開かれた頁には、記者に突撃された楠木保が写っている。

四ツ木は保を見つめた。

「ええ、間違いないですよ。すこし大人になりましたが」

「大人に？　最近は会われていないのですか？」

「ええ。この週刊誌の記事に書いてある通りですから。わたしが代表になっている老人ホームもその他の障害者施設も、元は彼の発案から生まれたものです。この記事にある〝陽栄ホーム創始者、若き謎のカリスマ〟〝介護福祉事業の時代の寵児〟、まさにその通りですよ。まあ、時代の寵児というのは、彼がいまもつづけていれば、そうなっていたでしょうね。欲のない男です。最初の施設を立ち上げて、次も、次もとなったら〝四ツ木さん、後はよろしくお願いします〟ですから。最後に会って飯を食ったのは、もう六、七年前になりますかね」

　四ツ木はしずかに微笑んだ。

「六、七年前。それはどのようなご用件で」

「わたしは彼に全権を任せたかったのです。障害者施設から老人ホームまですべての代表としてね。彼が発案し周りを動かしたから、いまわたしたちが運営する形の介護福祉事業が広がったんですから。でも楠木さんは最初から代表なんかに興味がなくてね。やりたいこともあるのでここで失礼したいと。わたしは彼が好きでね。繋がりを持ちたいのもあるしうちの社員か、もしくは持ち株の一部を譲るから一緒に仕事をやらないかと打診したんですよ。でもそれも駄目でね。仕方なく、介護事業を立ち上げた功労金じゃないけれども、それだけは受け取ってくれと。その書類やらなんやらを持って食事したんです」

「失礼ですが、どれくらいの金額を」

「安くはない金額です。でもわたしからすれば少額です。彼のしてきたことがわたしに――いや、我が社や協賛する企業、なにより障害を持つ方や高齢者にとって、その後どれほど有益になるかわかっていましたから。結局それからは楠木さんと会っていません。この週刊誌の記事を見て、久しぶりに顔が見られてうれしかったくらいですから。迷惑そうに写っているなと思いましたが」

　四ツ木は微笑む。

「この記事は」

「この事業もおおきくなったから、目を付けた記者がいたんでしょう。そこから調べて……というよくある話です。立ち上げに関わったうちの人間がぽろっと彼の話を記者にしたらしくて。楠木さんのことは一切語らないようにわたしは以前から箝口令《かんこうれい》を敷いていましたから、その社員はきつく叱りましたが」

「なぜ箝口令を」

「それが彼への筋だと思ったからです。次にやりたいことがあるというのだから、放っておいて欲しいのでしょう。多くは語らない人間です。忘れてやるのが、彼への筋です」

　真宮はじっと四ツ木の目を見つめていた。

「元々四ツ木さんと楠木保さんの出会いはどのような形だったのですか？」

　四ツ木は微笑んだまま、真宮を見る。

「それに――あなたはわたし共がなぜ楠木さんの件で伺ったか、その理由を訊かない。それはなぜですか」

「彼を信じているからですよ」

「え？」

「――そのドアを閉めるような話であるはずがない。そう思っているからですよ」

　四ツ木は自らの顎で社長室の開けられた扉を指した。その迫力に駒田は唾を飲みこむ。

「失礼だが訳を訊こうと思えばこの携帯ひとつで済む。わたしは警察庁に頼まれて法案整備の有識者もやっている。今更あなたたちに楠木さんになにがあったのか、そんなことを訊く気もない。わたしは彼をよく知っているつもりだから」

「申し訳ありません」駒田は両膝に手を置き、頭を下げた。

「出会いを教えてください」

「真宮――」駒田が真宮を睨む。四ツ木は鼻から息を吐き、すこし微笑んだ。

「楠木保さんは……いや、あいつはね、わたしの恩人なんですよ」

「恩人」

「わたしを地獄から救った恩人です。あなた方もご存じでしょ、わたしにどういう悪評があったか」

真宮は「ええ」と答える。

「青臭いが、単純にね、すべてに苛立っていたんです。四菱財閥の息子、しかし本妻から生まれたのではない妾の子、それでも分け隔てなく一員としてむかえる一族、あり余る金、幼稚舎から苦労もせず通った有名私立、そのご学友といわれる人間、送り迎えの車――そんなもんぜんぶに苛立っていたんです。いや、そこから抜け出せないじぶん自身にね。当たり前のように四菱で働くことになりポストなんて奪わなくても線路がある。いくら一族に恥じるような行いをして脱線しても、誰も電車が横転していることすら認めてくれない。恥ずかしいがそんな状態が四十代までつづきました。そこで餓鬼みたいな……いや、精神はわたしなんぞよりよほど大人だった、あいつに出会い救われたんです」

「出会った場所はどこですか」

「銀座のクラブですよ。フォースフロアという。そこであいつはバーテンダーをしていました」

どこか懐かしそうに、そして大切な者を思い出すように、四ツ木は瞬きをした。

「ある日ね、官僚連中や政治家、あなたたちの当時の上役、企業の面々――いつものように下らぬ会にわたしもいなければならなかったんですよ。ちょっとうちの協力が必要な案件でね。まあ、いつも虫の居所は悪いんだが、その日は特に悪くてね、ソファーから離れてバーカウンターに座ったんですよ。そうしたら楠木保が――いや、当時は別の名前か。あいつが機嫌の悪いおれにむかって、ちょっと生意気な態度をとってね。焼酎のでっかいボトルを二本、なみなみとアイスペールに注いで呑めと言ったんですよ」

「はあ……」駒田はおおきく頷く。

「普通謝ると思うじゃないですか。そうしたらあいつはじっとおれの目を見てね、いただきますって呑み干したんですよ。危ないですよ、下手すりゃ急性アルコール中毒で死んだから。もう、頭来てね。同時に恥ずかしくてね。あいつは当時酒なんてそんな呑んだことない歳だったから、店のボーイに運ばれて出て行ってね……で、次の日にまたフォースフロアに行って、カウンターに座って言ったんですよ。悪かったな、てね」

「そこから」

「ええ。徐々に話すようになりましたね。元々彼のファンは多かったんですよ。わたしが唯一気を許す大手電話会社の淀川も〝彼は重しがある子だ〟なんて評価していてね。最初はそれ自体にも腹を立てていたのだけど、意味は分かりました。言い得て妙。まさに重しがあった。いや、いまもでしょうけどね」

「そこからどうして介護福祉業に」

「ある日ね、あいつが言ったんですよ。〝そんなにじぶんにむけて苛立てるエネルギーがあるなら、その力を社会にむけて使ってみたらどうか〟って。目の前に火花が飛びましたよ。当時のわたしは本気で四菱の金を使い果たしてやると思っていましたから。あいつの一言は、どんな精神科医の言葉より効きました。そうしたらね、ひとつ疑問と苛立つことがあると」

「疑問と苛立ち」

「あいつ……当時は釜利修一ですね。修一が時々ジュリアナ東京とか芝浦周辺のダンスクラブのＶＩＰルームに連れて行かれると、成金のような連中がみんなこぞって〝これからは介護が儲かる。金を稼ぎたいなら介護の世界だぜ。儲けてやろうぜ〟と口を揃えて言うと。その疑問にはすぐ答えてやりました。これからの日本は平均寿命も延びて超高齢化社会になるからな、と。でも修一はしずかに、そこに苛立つと。儲けるのは資本主義としてかまわない。でもそこに一パーセントでも純な理念がないのなら、そこの施設に行く人たちが悲しい目にあうのではないか、と」

「悲しい目」

「どうせなら困っている人たちにとってすこしでも安住の地となる場所を作ったらどうかとあいつは言ったんです。四ツ木さんにその財力と力があるなら、それをやるべきだと」

真宮と駒田は四ツ木を見つめる。

「修一はそこらへんをよくわかっていてね。知人にいたらしいです。障害のある子供が身内にいる人が。彼女が言ったらしいんです。この子はわたしが育てると。でもいつかじぶんが先に死んでしまったら、この子はひとりで生きていけない。そうなれば必然、どこかの施設で暮らさなければならない。でもどの障害者施設を見学に行っても、部屋に鍵をして閉じ込める、三度のご飯はあるがお風呂は週に一、二回。そんなところばかりだと。人間らしく生活させてやりたいと。そこから修一は考えたらしいです。問題は国や県に依存せざるを得ないところにあると。いわゆる、県立などの施設ですね。そこでね、あいつが出した案がとてもよかった。金はあるところから出せばいい。わたしのような力を持つ企業の役員にも、絶対親が痴呆症になり困っている人、誰にも言っていないが子供に障害がある人がいるはずだと。まず、メインスポンサーは基盤のある、絶対に根を絶やさない有力企業が務めるべきだと。加えて事業は一時的ではいけない、永久的に困っている人は出てくるのだから、その立ち上げに関わった有力企業の人間は必ず、施設の役員となって保護者とも関わらせる。そしていずれ身内も亡くなるわけだから、生きている間に有力な企業のお偉方で身内に保護を受けねば生きていけない人間がいる人を選び、施設の役員に入れ対象者も入居させる。要は各施設に必ず、基盤のしっかりした力のある人間の、保護せねばならぬ者を入れておけということです。コネみたいに思われるかもしれないが、修一はそこが凄いのです。現実を甘く見ていない。そうすることで責任と緊張感が永続し、その施設で生活する人は人間として生きていけると。修一はその条件として、まず施設で働く職員の給与をしっかりとした金額にすることが大事だと思うと言いました。過酷な仕事で賃金が安ければ、みな定職にしてくれないだろうと。そして入所にかかる費用。これは安くするべきだと。ここに純な一パーセントの理念を入れなければ、介護で金儲けをしようぜと言っている馬鹿な連中とおなじになってしまうと。そこは四菱のような太い企業が持てばいいじゃないかと。それは結果的に、その企業自体のクリーンなイメージの向上にもつながると思うとね」

「いや……すごい子ですな」駒田は言う。

「あいつは中学しか出ていないと言っていたが……相当に色々なことを勉強していたと思います。詳しくは訊かなかったが、もし修一が普通に育ち大学を出ていれば、どこの企業からも引く手あまただったでしょう」

「修一さんが言った障害のある身内がいるというのは、彼の親しい女の子です」

「え？」

「釜利修一が、一九八五年に北海道で起きたバス事故の生存者だと、ご存じですか？　しかも、乗客三十九名を亡くすきっかけとなったのは、運転していた釜利修一の父親です」

「……あの大事故の……そうですか」

四ツ木は表情を固め、一点を見つめた。

「なるほどね。彼に重しがある理由がわかった気がします」

四ツ木は悲し気な微笑を浮かべた。

「わたしはね、修一が施設を作ったらどうかとわたしに言ってきたとき訊ねたんです。なんでおまえはそんな考えを持つようになったのか、と。そうしたらしずかに答えましたよ。〝いい人間になりたい〟と。それは、そう思う境遇ですね」

四ツ木は冷めかかった茶を、一口飲んだ。

「あいつは凄い奴ですよ。わたしが修一の発案をきき、どうしようか逡巡していたら、〝二千万円出します。ぼくの全財産です。これで乗ってください〟と。当時修一は、十九か二十歳そこそこだったな。出所《でどころ》は心配だからね、もちろん訊きましたよ。死んだ親の保険だと言っていました。半分信じての状態だったが、わたしにとってそんなことはどうでもよかった。わたしの目を覚まさせ、生きる意味を与えてくれた。それで充分でした。その二千万ももちろん使いました。そこからはうちが所有して遊ばせている土地を選び、地域住民の方にも説明し、その後地域住民のお子様方の雇用もできる環境にもなりますと説得してね。友人の淀川も母親の介護で悩んでおりましたから、すぐに社を挙げて協賛してくれました。そこからは早いです。速度を上げてわたしは行きますから。力のある日本有数の企業が集まれば、入所者にとって温かく、費用も安く、職員の賃金も保障する施設は絶対に作れます。そうして数は増えて行き、修一はこのやり方を、惜しげもなく色々な方に伝えて欲しいと。で、本人は欲もなく去って行きましたよ」

「四ツ木さんに話をした時の彼は……十七になる歳です」

四ツ木は笑った。

「そうか、そんな少年だったのか。十八か、十九歳か、そんな年齢で通していた記憶がありますよ。ま、当時の夜の街なんてそんなもんです。真実はいらない街でしたから」

「釜利修一が名前を変えたのは、結婚ですか」

「ええ、そうです」

「お相手は」

「フォースフロアの涼子というママですよ。当時の銀座で涼子を知らない人間はいなかったです。美人だし腹も据わっているしね。若かったけどたいした女でしたよ。元々修一は、涼子がどこかで拾ってきたという噂でしたから」

「結婚は公に？」

「いえ、人気商売ですから。わたしや数名しか知らなかったのではないですか」

「で、彼女の戸籍に入ったと」

「はい」

「結婚生活はどれくらい」

「二年も持たなかったんじゃないですかね。お互いにまだ若いし。涼子も簡単には生きてきたタイプではないだろうし。色々あったのでしょう」

「いまもその方はフォースフロアにご在籍ですか」

「いえ、いまは独立して、おなじ銀座でちいさなクラブを経営しています」

「四ツ木さんはいまでも涼子さんとお会いになっていますか」

「……義理もありますからね。時々そういう店へ客人を連れて行かねばならぬときは、利用していますよ」

「店の名前、教えてください」

四ツ木はしばし黙り、秘書を呼び「涼子の店と電話番号を書いて、帰るときに刑事さんにお渡しするように」と命じた。

「こんな感じで、ご協力はできましたか？」

「最後にふたつだけ……釜利修一、いや、楠木保の連絡先を教えてください。それか、いま電話をしていただけないでしょうか。話がしたいんです」

「もう、わからないんですよ。電話番号」

「え？」

「最後に会ってから少したって、元気にしているかと思い電話したんです。でもお掛けになった電話番号は、現在使われておりませんというアナウンスです。去り際がうまいんです、あいつは」

「では、これからわたしが挙げる名前で引っかかる、覚えのある人間がいたら教えてください。すべて、釜利修一さんが関わった事件に関係している可能性のある人物です。元北海道知事、伊佐美宏和《いさみひろかず》。自由党北海道議会議員、斎藤裕《さいとうひろし》。おなじく元自由党北海道議会議員現無所属、山内一樹。東進グループ元社長、度会兼《わたらいけん》。北斗バス会社元部長で、一九八八年に遺体で発見された八田晋平。そして先日亡くなった——運輸省特別顧問の相沢誠彦……いかがですか？」

「引っかかる人間はおりませんね。相沢氏などはもちろん、お名前は存じておりますが」

「——そうですか」

「もう、よろしいかな」

はい。と駒田は頭を下げた。真宮もちいさく頭を下げ、ソファーから立ち上がる。

「いつでもご協力します。ですがわたしは彼を信じています。用があれば秘書にご連絡を。ドアはいつでも開いておりますから」

刑事たちは帰って行った。

四ツ木はいちどため息をつき、窓の外を見つめた。

冬の空には珍しく、霧雨が降っていた。

立ち上がり、ドアへと近づく。秘書と視線が合い、ちいさく頷くと、彼女は黙って頭を下げる。四ツ木は、社長室のドアを閉めた。

刑事たちに、なんどか嘘をついた。

釜利修一が昭和の時代に起こったバス事故の生存者だということも、事故を起こした運転手の息子だということも知っていた。

当たり前だ。子供が二千万円もの金を自らに託し、施設を立ち上げたらどうかと言ってきたのだ。

調べないわけがない。興信所の報告によれば、詳細はわからないが、おそらくその金は北斗バス会社が彼と縁を切るために払ったものではないか、という事だった。そして彼は児童養護施設へ入所し、町からの非難に耐え切れず飛び出し、その後は行方知れずだったとも報告を受けた。

　でもほんとうのことも刑事たちには伝えた。

　彼がいい人間になりたいと言ったことも、じぶんを救ったことも。――そんなにじぶんにむけて苛立てるエネルギーがあるなら、その力を社会にむけて使ってみたらどうか。この言葉がじぶんを救ったのだ。

　そしていま、全国に広がりつつある介護施設の数々は、これからも人々を救っていくだろう、四ツ木は思った。

　釜利修一には、昨日連絡をした。

　警察庁長官から連絡を受け、考え、電話をした。

　――ご無沙汰しております。

　前と変わらず、修一はしずかに挨拶をした。「今日、こんな連絡があってな」と伝えると、彼はしずかに「そうですか」と答えた。それ以上はあまり話さなかった。一言、「おれはなんと言えばいい」と尋ねると、修一は「四ツ木さんがご存じのことを、そのままお話しして下されば結構です」と言った。四ツ木はなんの被害者なのか、加害者なのか、なんの容疑がかけられているのかも訊かず、電話を切った。

　四ツ木は携帯電話を見つめる。細いアンテナを伸ばした。

　三度ほど呼び出し音が鳴ると、修一は電話に出た。

「すまんな、連日電話をかけて」

「とんでもないです」

「元気か？　昨日も訊いたか」

四ツ木が笑うと、修一は「はい」と答えた。

「刑事が来たよ。ひとりは警視庁本部の人間。もうひとりは新宿署の刑事だ」

「お忙しいのに、すみません」

「いいんだ、そんなことは」

言い、四ツ木は黙った。

「修一、困ったことがあれば、なんでもおれに相談しろ」

「はい」

「困ったことは……あるか？」

「ないです」

修一は答えた。四ツ木はもう、これが最後の電話になるかもしれないと思った。修一は——楠木保は、この連絡先を消してしまうだろう。自らが今考えていることが正しければ。四ツ木は思った。

「なあ、修一」

「はい」

「おまえにとってなんの関係もないかもしれんが、おれはいま柄にもなく法案を変える有識者会議なんてものに出されていてな」

「はい」

「——時効は、もうすぐ無くなる。あと何年かしたら、殺人事件の時効十五年という法が、消えるんだ。時代の流れと、被害者遺族を思ってのことだ。おれもその法案には納得し賛成している」

「そうですか」

「……おまえには関係ないかもしれないが、一応伝えておく」

　ありがとうございます。修一は答えた。

「なにかあったら……すぐに相談するんだぞ」

　保は黙った。

「こういうのはどうだ。いまおまえがなにをして暮らしているか知らないが、海外でも行ってみるか。険しい道にはなるが、まだ発展途上の国でおもしろいところもたくさんある。中国でもいい。あそこはこれからぐんぐん来る。きっとおまえもいい経験ができる――それくらいのところに行かせてやることは……おれにはできる」

「ええ」

「いや、これもいいかもしれない。いま新しいことを考えていてな、現代は本格的に女性も社会進出をしている。素晴らしいが当然晩婚化が進み、同時に子供が生まれる年齢も高くなる懸念があるだろ。そうすれば人は歳をとり死んでいくのが定めだから、両親を失う幼い子供たちが増えてしまう。そこでな、おまえが考えた障害者施設や老人ホームから派生して、より温かい児童養護施設を作ろうと思っているんだ。どうだ？　東南アジアからでも……一緒にやってみないか」

「素晴らしいですね」楠木保は言うと、黙った。

「修一……おまえが銀座のクラブでおれに近づいて知りたがっていた、山内一樹に近づくのはやめておけ」

　保は無言を貫く。

「これ以上おれは深い意味は言わない――やめておけ」

「わかりました」

　言うと、電話はしずかに切れた。

　四ツ木はただ、歯を食いしばった。

第九章

「ありがとうございます」

真宮は東京都中央区勝《かち》どきにある、超高層マンションの一室にいた。

真宮は驚いた。地上二十階建てのそれは、まるでタワーだった。

それが勝どきという街にある、いや、勝どきが街となりつつあることに驚いた。

銀座駅から晴海通《はるみどお》りを直進し、築地《つきじ》市場を尻目に上る。妻の沙世子と結婚をしたばかりの時に、いちどだけもんじゃ焼きを食べに隣町の月島《つきしま》へ行ったことがあった。その頃はいまじぶんがいる勝どきなど、灰色に染まった倉庫がただ並ぶ、東京湾に面したちいさな港町にすぎなかった。

だが、楠木保がかつて結婚したという元妻の楠木美樹に招かれた自宅のある場所は、自らが知る町ではなかった。空へ届きそうな高層マンションがぽつぽつと立ち並び、日本全国から魚介が集う築地の職人的な風景とは真逆な――歪な近未来的な街に立ち替わっているのだ。

真宮は高級なソファーに坐しながら、午前十一時、楠木美樹がテーブルに置いた紅茶をすすった。タワーのようなマンションの最上階のリビングの窓から、太陽が近すぎる空が見えた。

「珍しいですか」

楠木美樹が目の前のソファーに座り言う。

「いや、凄いもんだなと思いましてね。東京タワーも見えればレインボーブリッジも見える。夜になれば美しいのでしょうね」

「残念ながらあまり見れないんですよ。その時間は働いているもので」

楠木美樹も窓に視線を移した。その横顔は美しかった。

午前中に来たからか派手な化粧などなにひとつ施していない。薄くファンデーションを塗っているくらいか。身形も華美ではない。が、薄地の白いセーターにジーンズ姿は清潔感に溢れ、決して安値の物ではないのだろうなと真宮は思った。

「再開発中なんですね。この街は」

真宮が言うと美樹は真宮に視線をやる。

「ええ。あちこちに高層マンションを建てていますから。そのうちビルだらけになると思いますよ」

「この景色が気に入られてお住まいに？」

「いえ。あくまで投資用です。三井《みつい》さんがこの街の再開発をされていて、あと少しすると商業施設もできるみたいで。今年の暮れには都営地下鉄12号線も全線開業になりますし、住友《すみとも》さんも再開発に力を入れていて数年後には近くの豊洲《とよす》も六万人が住む街になるそうです。だから投資にはいちばん良いんです。でもあとは、銀座に近いですから。タクシーで十五分もあれば着きますしね。それがいちばんの理由です」

楠木美樹は言った。真宮が「楠木保さんの件でお話が」と四ツ木に教えられた店に電話を入れると、落ち着いた声で自宅の住所を告げられた。来ると、一階には高級スーパーから内科、外科、歯科まで店舗があり、住居スペースは二度おおきなエントランスでチャイムを鳴らし自動扉を開けてもらわねば通過できなかった。三十歳にも届かないこの女性が、いかに涼子という名で銀座の街で成功し、いまがあるのかを思い知らされた気分だった。

「で、保がどうかしました？」

美樹はよく見ればあどけなささえ残る唇を開いた。

「二件の殺人事件に関与している疑いがあります」

四ツ木には告げなかった罪の可能性を、真宮は言う。

「――そう」

「いえ。彼は釜利修一という本名の時にも、地元北海道でひとりの男性の殺害に関わっていた可能性もある。そうなると、三件です」

楠木美樹は黙って一点を見た。

「てっきり、なにかしたのなら株関係かと思ってました」

「株」

「別れるときに、彼の将来も考えてね。お金をうまく運用しなさいと。わたしは二十代ですぐに株をやりましたから。保にも株式投資をやるように教えていましたから」

美樹は一点を見つめたままだった。

「そうですか。殺人ですか。すこし驚きましたね」

真宮は楠木美樹という女の凄さを見た。普通であれば動揺を隠しきれない。だが、彼女は驚いてはいるのだろうが、呼吸も変わらずに一点を見つめつづける。三十歳にも満たないその躰で、いかに銀座という街で激動の海と山を越えてきたのかが伝わった。

「もう逮捕状は出ているのですか？」

「いえ」

「捜査令状は」

「まだです」

「じゃあ、まだ状況証拠しかないということですね」

「――ええ」

「わたしのところへは、どうして。どなたかからか、お訊きになったのですか？」

「彼が東京で起こした最初の殺人は、おそらくあなたとご結婚していた時期に重なるからです。釜利修一という本名から楠木保という名に変えた根拠が知りたかった。あなたの名と店の電話番号をきいたのは、四菱グループの四ツ木幸一郎さんからです」

「四ツ木さんから」

美樹は美しい眼を真宮に移した。

「――四ツ木さんにお会いになったということは、警察も物証はなくても覚悟と確信はあるということですね。四ツ木さんはいずれ経団連を背負う方ですから。もう、保は捕まりますね。時間の問題で」

「そう願っています。ただ彼の行方さえ摑めていないのが現状です。楠木保にはもうひとり共犯者がいます。その人間も絶対に口を割らんのです。楠木さん、どうかご協力ください。わたしはできれば彼と話し、自首をさせたいんです。指名手配されてから捕まるより、いくらか刑は軽くなります。それに彼と共犯者はおそらく――時効を待っているはずです。でもそれも罪を重ねることでどんどん延びてしまう。いま彼は、生き地獄だと思いませんか」

「元々生き地獄だったんじゃないでしょうか、保は」

「ご存じなんですね、彼の出自を」

「それくらいは。北海道でバス事故を起こした運転手の息子ですよね」

「はい」

「わたしにだけは戸籍抄本を見せましたから。わたしが勤めていたフォースフロアで働かせてくれないかと言ってきて、身分はこういう者だと。オーナーママの許諾が必要ですからね、紹介する立場として最低限の出元は知りたかったので」

「どこまで話していましたか」

「刑事さんがご存じなことくらいだと思います。小学四年生のときに父親がおおきなバス事故を起こし、たくさんの人を死なせてしまった。その後児童養護施設へ行ったけど、町に耐え切れず中学に入ってすぐに飛び出して、彷徨っていたと。大阪などにも行っていたと言っていましたが、真偽はわかりません。しばらくは日雇いの生活をしていたようですが、その後は年齢を偽って働いたりして生きてきたと」

「年齢を偽って」

「内面も成熟している子ですし、見た目も年齢より大人に見えますからね。まあ、当時の東京なんて身分を証明しなくても生きていける場所はたくさんありましたよ。わたしもそうでしたし。皆が通る道を外れた人間でも、どうにか生きれる環境はありましたから。水商売なんて最たるものです。源氏名をつけ名を変え、年齢を詐称し、偽りの世界でお客様に楽しんでいただくのですから」

「四ツ木さんが面白い表現をされていました。保は涼子が拾ってきたような、と」

「まあ……正確には彼がわたしに拾わせた、ですけどね」

「拾わせた？」

「最初に出会ったのは芝浦にある『ＧＯＬＤ』というクラブでした。バブルは弾けていましたが世間的にはまだ気がつかないようにしていた時期ですね。いわゆるウォーターフロント地帯にできた大箱のダンスクラブです。地上七階くらいはあったかしら。真っ暗闇に巨大な音が響き渡ってね。行儀の良い子から東京中の悪い人間まで集っていました。ジュリアナ東京も近くに出来たのですが、あちらはどちらかというと田舎の方が多かった気がしますね。地方から東京に出てきてお金を摑んだ方が多かった気がします」

「楠木さんとはそのＧＯＬＤで」

「修一でいいですよ。修一とはそこのＶＩＰルームで初めて会いました。わたしはもうとっくに銀座で働きだしていたのですが、まあ、まだ若かったですしね。昔の仲間に誘われて行ったんです。そうしたら見たことのない顔がそこにいて」

「修一君が」

「異質でしたね。みながトイレと往復してコークや覚醒剤、ＬＳＤをして高揚しているなか、しずかに周りを見て座っていてね。だいたいＶＩＰに座る連中は金を稼いだ人間か芸能人、当時の私立上がりのチーマー連中か暴走族上がりの人間なんですよ。でもその誰とも交わらず、しずかに座っていましたね」

「それは確かに異質でしょうね」

「目を引かれましてね、昔の知り合いに誰？　って訊いたんですよ。そうしたら、おれたちもよくわかんねえんだよと」

「わからない？」

「いつのまにかいた、と言っていました。たまたま歌舞伎町に用があって仲間と屯していたら、〝なにかを売っているのか〟と修一が訊いてきたらしいんですよ。売人と勘違いされて憤慨した彼らは修一を取り囲んでリンチにしたらしいのですが、全く音を上げなかったらしくて。そこから時々街で修一を見かけると声をかけるようになって、いつの間にかいると」

「クラブではあなたから声をかけたのですか？」

「はい。気になりましてね。隣へ行って、東京の子？　と。そうしたら〝違います〟と言うので、こんなところに来ない方がいいわよと。それであなたはなにをしている人なのかと尋ねられたので、銀座でホステスをしていると。わたしも顔は出しましたが後悔していたのですぐ帰ったんです。そうしたら二週間後くらいかしら。あの子が並木通りに立っていて」

「銀座の」

「ええ。わたしが勤めていたフォースフロアは並木通りに面した通称ポルシェビルに入っているんです。たまたま同伴がない日にひとりで出勤していたら、修一がいて」

「彼に店の名前は」

「言っていません」

「じゃあ」

「探したんじゃないですか、わたしのことを。偶然散歩していたら会った、なんて言っていましたが」

美樹はすこし微笑を浮かべる。

「お茶をして話しました。その時に店で働けないかと言って、ぼろぼろの戸籍抄本を見せてきて。それを見て彼がどんな過酷な生き方をしているかわかった気がしました。当時修一はまだ十六歳です。身寄りのない少年にとって、一枚の戸籍抄本が唯一誰かにじぶんを証明する大事な紙だったんです。綺麗に折り畳んでいましたが、いつもポケットに入れていたんですかね。ずいぶんと傷んでいました。でもそれを大事そうに、またポケットにしまってね。わたしも東京の出じゃありませんしね。世間様に顔向けをできないような生き方をして中学を出てこちらに来た身ですから。おなじ匂いがしましたね」

「それで」

「生意気にも当時フォースフロアでは大切に扱っていただいておりましたから、口は利けました。ちょうどバーテンダーの方が歳をとられて誰かいてくれると嬉しいと仰っていて。三度ほど修一と食事をし、オーナーママにお願いしました。ママも修一に会うとすぐに承諾してくださって、そこからです」

「あなたもご自分の立場を考えると、簡単には紹介できないでしょう。決め手はあったのですか」

「なぜ銀座のクラブで働きたいのかと尋ねたら、〝学びたい〟と。日本を動かしている人たちを見て、これからどう生きるかを学びたいと言ったんです。当時はいまと違って客層もしっかりしていましたから。なるほどな、と。でも全てを信じたわけではありません。一番は彼がわたしを探したこと。そしてそれを言わなかったこと。あとは、修一の躰です」

「躰？」

「あんなに悲しい躰は——見たことがありませんでしたから」

真宮は眉根を寄せる。

「二度目に会った時、修一と寝たんです。わたしが当時住んでいた白金のマンションで。脱がせた彼の躰は、傷だらけでした。背中も胸も腹も……ケロイドのようにただれた傷があって。その傷を見ただけで、わたしは充分でした。この子は信用するに足ると」

「その傷はバス事故の」

「悲しみを全身に纏っていましたよ。だからわたしたちに言葉はあまりいらなかったですね」

真宮は釜利修一の孤独を想像した。そしてそれに共鳴する、楠木美樹の孤独にも。

「——誰を、殺したんですか」

真宮は逡巡した。言うべきか、言わざるべきか。が、釜利修一を守ろうとする姿勢は四ツ木幸一郎と変わらぬものの、彼女には言ったほうがよいと思った。楠木美樹のほうが——愛が深いと感じた。いや、愛の質が違うのだ。それは確実に、彼女が釜利修一と共にした時間だけは、ひとりの女性だったからだった。

真宮は紅茶の置かれたテーブルの隅にある、今朝の朝刊の束に目線をやった。

「……ひとりは彼と共犯者の過去を知る雑誌記者。もうひとりは——政治に関わる者です」

美樹の顔が、ぴくと動いた気がした。彼女はしずかな視線を、真宮の見る新聞に移す。

「……運輸省特別顧問の、相沢誠彦ですか」

真宮はしずかに頷く。

「――そうですか。それは……逃げられませんね」

「どうして相沢だと」

「最近政治絡みで起こった殺人事件なんて、相沢誠彦しかありませんから」

テーブルの隅には五大全国紙が重ねられていた。おおきな窓辺から微かな光が差し、皮肉にもそれを照らしていた。

「やはりたくさんの新聞を、読まれるんですね」

「銀座で働く以上、読まなければなりません。ホステスである以上、まず最初の務めですから。でも最近は新聞を読む子も減りました。銀座の客質も変わったんです。言葉は悪いですが、六本木のクラブやキャバクラとお客もホステスも大差が無くなってきました」

「釜利修一と相沢誠彦に接点はありましたか？」

「いえ。修一がいたころは、相沢誠彦など店に入れる客ではありませんでしたから」

「でもその気配は……修一君にはありましたか？」

「彼は……ほんとうに学んだのだと思います。誰にも言わぬ目標があの店にあったのだと思います。四ツ木さんに近づいたのも、元々修一は施設を作るということが頭にあったと思います。バーカウンターで日本最大手の電話会社の淀川さんという方に気に入られたんです。淀川さんはお母様が痴呆になられていて、苦しんでいました。性格は正反対ですが、四ツ木さんは唯一淀川さんが好きだったんです。修一はそこで気づいたのだと思います。誰と誰を結びつければ、物事を動かせるのかを。だからわざと、修一は四ツ木さんを苛立たせる真似をして、じぶんに注意をむかせたんです」

「少年であるのに、達者ですよね」

「いえ。そんな甘いことじゃありません。生きるために必死なだけです」

美樹は美しい眼差しを女豹のように変え、真宮を見た。その目は釜利修一という少年の生き様の、盾になっているようだった。

「そんなことは多々ありました。修一は学ぶとともに、探していたのだと思います。携帯電話の普及、いまとなっては当たり前になりつつあるインターネット。そんな物の情報をどの世間よりも銀座は早く耳に入れられますから。客には政治家も多いです。修一はしずかに観察しながら、なにか……誰かを探していたのだと思います」

「誰かというのは」

「それはわかりません」

真宮は冷えてきた紅茶を飲みこんだ。静けさがおおきな部屋を包んだ。

「釜利修一の父親は、飲酒運転などしていなかったかもしれません。北海道の先端、斜里という町に流れ着いた親子が、町の再開発に巻き込まれたんです。事故は起こしたのかもしれない。しかしそこにも釜利修一の父親の過失は少ないはずです。でも原因を隠蔽するために、父親は酒を呑んでいたことにされた可能性が高い。釜利修一が十一歳のときに起こした殺人は、おそらく彼がそれを知ってのことです。隠蔽には……権力を持った人間と政治家が絡んでいるはずです。その後の報道の少なさを見ても、どこかで報道規制が敷かれたのだと思います」

美樹は黙った。勝どきというかつては下町だったはずの地面に、土を掘り杭を打つ工事音がきこえた。

「ご結婚は、どちらから」

「わたしからです。一生孤独は、嫌だったもので」

「彼からうまく誘導されたという可能性は？」

「……さあ。わかりませんね、そこは。男と女のことですから」

「あなたを利用し、人脈と情報を得て、結婚し名を変えたかった可能性もある」

真宮は敢えて厳しい口調で切りこむ。美樹は表情ひとつ変えなかった。

「それだったら、なんだというのですか」

「え？」

「わたしもおなじですから。本名の楠木美樹という名はとっくに捨てています。わたしは銀座の街で生きる涼子です。親？　親戚？　そんなものは知りません。もし両親がわたしたちが育てたなんて口にしたら焼き払います。産み落としただけでしょ？　そう言います。過去を消してでも生き抜いていきたい人間も、この世にはいるんです。だから彼が〝別れて欲しい〟と言ってきたとき、理由は問いませんでした。なにかがあったのでしょうし、わたしの役目が終わったのかもしれないし。ただ楠木保という名前は持っていきなさい、それだけは言いました」

「なぜ」

「愛していたからです。それだけです」

美樹は瞬きさえせずに、真宮に答えた。

「釜利修一……いや、楠木保を捕まえたいんです。救って楽にしてやりたいんです。彼の電話番号を教えてください。いま彼をこの世に示す証拠は共犯者への手紙に付着した指紋、それしかないのです。それすら犯行現場には指紋も残していない以上、現段階ではただの指の皺にしかなり得ません。おそらく彼が使用している電話番号はとばしの携帯でしょう。乱暴だがそれで詐欺罪に問えるんです。そうなれば彼に逮捕状が出せる。そこまでを、わたしは共犯者を通じてでも彼に伝えたいんです。もう逃げられんぞ、と。警察は追うぞと。だから……出て来いと伝えたいんです」

美樹は窓の外を見た。

「逃がしてやりたいですね」

「楠木さん」

「逃げきれるなら地獄の底でも、逃がしてやりたいです」

　真宮は唇を噛む。

「……保が雑誌記者を殺したというのは、いつですか」

「一九九三年の冬、十二月です」

「そう……よかった」

　美樹は悲しさをたたえながら、寂し気に笑った。

「わたしたちが結婚をしたのは、一九九三年の五月です。名を変えたい、と修一が言ったのもその頃。修一が別れたい、と告げてきたのは翌年の雪が降っていた日です。少なくとも誰かを殺したから結婚し、名を変えたわけではなさそうですね」

「彼は過去を知る記者に脅され殺害したはずです。別れたいと言ってきたのも、逃れられぬ過去を自覚し、あなたに迷惑をかけたくない――そう思ったのかもしれませんね」

「共犯者って……女性の方ですか」

「そうです。どうして」真宮は目を見開く。

「由里子ちゃん、って子ですか。能瀬……由里子ちゃん」

　美樹は懐かしそうに微笑んだ。

「……その通りです」

「そうですか。修一の携帯に、ときどき電話をかけてくる子がいたんです。そうすると部屋の隅に行ってね、大丈夫かとか心配そうに修一は話していたんです。嫉妬はありませんでしたよ。地元の子だと言っていたので、あの子にもそういう友人がいることにすこし安心していましたから。名前がね、とってもかわいいなと思っていたんです。能瀬由里子……そうですか。あの子が」

「能瀬由里子もまた、北斗流氷号に乗車していた被害者なんです。たまたま面識のない修一君と隣同士の席になり、トランプをして……旅をしていた最中事故にあったんです。新聞によると、事故後に氷点下二十度の横転した車内で、能瀬由里子は年下の修一君を必死に抱きしめていたそうです」

　楠木美樹はなにも言わず、窓の外の曇天を見ていた。

「能瀬由里子には自閉症という重い障害を抱えた弟さんがいます。おそらく釜利修一が施設を作りたかったのは彼女のためです。贖罪——かも知れませんが」

「雪……降ってきましたね」

　美樹が窓辺のむこうを見て言った。視線をやるとしずかに、天から白い牡丹のような雪がふわふわと舞い落ちていた。ふたりは、落下し窓辺から消えていく雪を見つめた。

「修一君は、あなたに愛があったのでしょうか」

「すこしはあったんじゃないですかね。それが銀座の女の——プライドですけど」

　美樹はしずかにソファーから立ち上がった。

「刑事さん。保は顔を変えています」

「え？」

「整形です。そんな子は見慣れていますから、わかりました。おそらくわたしと出会うとっくの前に、顔を変えているはずです」

「……そうですか」

「名前だけじゃない……顔さえも、あの子は変えねばならぬ過去があるんです。捕まえるのは、たやすくないと思いますよ」

　——あの子はいったい、誰なのでしょうね。

まるでじぶんに問いかけるように、美樹は呟く。

窓辺に降りつづく白雪を背景にした女は、ぞっとするほど美しくつよさを背負っていた。

「いまの電話番号など、ほんとうに知りません」

言うと、楠木美樹はふいに机上の新聞の束を手に取り、部屋を後にした。なにかを――伝えてきている気がした。

消えた新聞の下に、黒い物体が見えた。

手帳だった。

真宮はドアのむこうに目をやる。わざとなのか、洗面所から水を出す音がきこえた。

――見ろ。

彼女の苦し気な声がきこえたようだった。

真宮は急いで手帳を手に取り捲る。丁寧な筆跡で大手企業の役員、名の知られた政治家、様々な人物の名と電話番号が記されてある。そこに――「釜利修一」という名があった。

――０３０－１５９－２９……

震えそうな手と沸き上がる血を抑え、急いで記載用紙にそれを記す。真宮は頁を閉じ、手帳を元の場所へ戻した。

「そろそろ、いいですかね。わたしも準備があるもので」

いつの間にか水は止まり、扉のむこうに美樹は立っていた。

玄関へと進み、靴を履く。

「今日は……ほんとうにありがとうございました」

真宮は目を見て言った。

「あなたが言った、修一を救いたいという言葉、正直苛立ちます」

「え？」

「ですが……救えるものなら救ってやってください。ひとつだけ、お願いできますか？」

「はい。なんでしょうか」

「もしあの子が捕まったら……塀から出てきたら、わたしのところへ帰るように言ってください。銀座の隅で……店でもやっているでしょうから。また……探しなさいと」

楠木美樹は、広い玄関にある傘立てに手を伸ばす。

そのうちの一本を手に取る。明らかに違和感のある、黒い男物の傘だった。美樹は、柄の部分は持たず、それを渡した。

「傘……お持ちになってください。雪が降っていますから」

「これは——修一君が使っていたものですね」

美樹はなにも言わなかった。

真宮は「ありがとうございます、ありがとうございます」となんども頭を下げた。最後には「必ず挙げて、あなたの言葉を伝えます」と言いドアの外へ出た。

柄の部分に釜利修一の指紋が付着しているだろう黒い傘を、差さずトレンチコートの内側で抱きしめた。

空は白い雪を落としつづける。

が、東京の空気に染まり、灰色の雪に見えた。

真宮の背中にあるおおきな玄関の扉のむこうで、楠木美樹がしゃがみ込み、泣く声がきこえた。

*

「どうだ」

「ちょっと待ってください」

「――早くしろ」

眠れぬ夜を過ごし、新宿署の鑑識係から連絡が入った。すぐに真宮は同じ署内から鑑識の部屋へ走る。名も知らぬ若い鑑識係は能瀬由里子の番組へ届いた「葉書」から指紋が検出できたと言う。ペンネームに「橋」か「海」を使うメッセージの投稿は、葉書、ファックス、メールの三種類だった。

「ファックスとメールのプリントアウトに関しては、おなじ指紋が照合できました。真宮さんから頂いた名刺の、金森裕太という人物です。彼の指紋はおなじように葉書からも検出されています。あとは共通するおなじ指紋が」

ちいさなラジオ局で金森が取り仕切っている以上、これは当然だった。共通するおなじ指紋というのは能瀬由里子のものであろう。

「で、葉書は」

「こちらからは現在うちで検出できたのは五人のものと思われる指紋です。そのうち二名はファックスとメールの紙と一致します。ですからその他でいうと三名分の指紋が」

「おれが持ってきた傘の柄に付着した指紋と一致する人物は」

「――いません」

「いない？　よく調べたのか」

「徹底的に調べました……大変なんですよ？　なんと言ってもこの三枚の葉書は一九九二年の物です。指紋は数年、早ければ数週間で検出しづらくなるんです。この三名分は指紋に油分が残っていたので検出できましたが、とにかく真宮さんがお持ちになった黒い傘の柄の指紋とは一致しません」

「……一致しないか」

「はい。恐らく葉書に関しては郵便局員の指紋も含まれるでしょうから」

真宮はこめかみに手をやる。ファックスに関しては送られた番号を見るとすべてコンビニエンスストアからだった。場所は都内の場合もあれば北海道のコンビニから送られていることもあった。そのふたつの証拠品からは能瀬由里子と金森裕太のものしか出てこない。残る三枚の葉書からも傘の柄の指紋と一致する人物がいないということは、すべての送り方にも共通するが、楠木保は送るときも葉書を書くときも、手袋をするなどして指紋を残さないようにしているのだろう。敵の用心深さに過去のものとはいえ、楠木保と能瀬由里子に先を越されている気がした。

「でも時代を感じますね。三枚の葉書は一九九二年のもの。翌年からはコンビニからファックスになり、その後はすべてパソコンからのメール。時の移り変わりを指紋から感じました」

「感傷に浸っている時間はないんだよ。とにかくありがとう。そのすべての指紋はデータベースに保管しておいてくれ」

「え？　なんて事件名にしておけばいいんですか」

「ほんとうに警察組織は名前のないものに弱いな。〝真宮重要案件〟とでも打ち込んでおけ」

「……わかりました」

若い鑑識係は言われるがまま打ち込んだ。携帯電話が鳴った。着信画面には「コマダ」の文字が浮かぶ。真宮はアンテナを伸ばし、また駆け足で部屋を出た。

「……寒いな」

駒田は顔に明らかに苛立ちを含み、紫煙を昇らせた。苛立ちの原因は署の部屋で煙草を吸えなくなったことだけではないのは明らかだった。運輸省特別顧問、相沢誠彦の捜査の行き詰まり。そして自らが頼んだ案件のことであろうと真宮は察する。

「どうだったんだ。指紋は一致したのか」

「いや、合わなかった。殺害するときとおなじ。念入りに存在を消している。能瀬由里子に送っていた三枚の葉書も手袋をはめて書いていたのだろう」

「無駄足じゃねえか」

「そんなことはない。楠木保を引きずり出すには能瀬由里子を圧迫しつづけるしかない。釜利修一――楠木保の指紋を入手できたぞと伝えるいい材料になる。それに楠木保がまたことを起こせば……奴の指紋が過去の罪と結びつける証拠にもなり得る。なるべく次の事件を起こす前に挙げたいがな」

駒田は短くなったハイライトを憎らし気に吸い、曇天に上げる。

「そっちはどうなんだ。おれが頼んだ案件は」

駒田はなにも言わない。

「駒田」

矢継ぎ早に二本目の煙草に火をつけた盟友を尻目に、真宮は縦長の携帯電話を取り出す。新宿署の表は電波が悪い。真宮は苛立ちながら歩き電波を探し、まるで友人にかけるように慣れた手つきで番号を押した。

０９０－３１５９……

楠木保の元妻から手に入れた、「０３０－１５９－２９……」からはじまる楠木保の携帯電話番号。「０３０」からはじまるこの数字は、携帯電話が世に普及しはじめた初期の番号だ。昨年の一九九九年一月からは、携帯電話加入率の増加により、すべての番号が０９０はじまりに変更された。

楠木美樹の手帳から入手し、もうなんどこの番号を押したであろうか。だが相手は出ないどころか初めてかけた瞬間から、「お客様がおかけになった電話番号は、現在使われておりません」と機械のような女性の声が繰り返されるだけだった。

真宮は舌を打つ。

「無駄だ。かけても」

「わかったのか！」

「ああ……その番号は契約解除されている」

「いつだ」

「おまえの推察通り、四日前の夕方――おれたちが四ツ木幸一郎と面会した日の夕暮れだ」

　真宮は駆け足で駒田に近づく。

「すべておまえの推察通りだったよ。携帯電話会社に無理をおして調べさせた。その番号は一九九一年から使用されていた。契約者の名前は……」

「誰になっていた」

「ヴァヒド・マヒニ……イラン人だ。楠木保とは全くの別人だ。契約者はもうとうに日本にはいない。だが携帯電話料金はそいつの口座から毎月きちんと支払われていた」

「契約解除ということは、誰かが店舗に来たということか」

「ああ。錦糸町にある携帯ショップにヴァヒド・マヒニの免許証を持った外国人が来て解約したらしい。店員に訊いてもイラン人とは判別もつかず、アラブ系の……といったレベルだ。とにかく片言の日本語で〝カイヤク、カイヤク〟とまくし立てられ面倒なので事をすませたと。解約したらすぐにその場を去ったらしい」

「楠木保がどこかで知り合ったイラン人に名義だけ借りていたんだ。楠木は東京に出てきたとき歌舞伎町を探索していたらしいからな。今回も別のイラン人にでも声をかけ金を渡し解約させたのだろう。駒田……なんだ、この前会議で決まった名前。防犯カメラを繋いで繋いで犯人を追う駅伝捜査か、それで解約に来た外国人を追えないのか」

「試みてはいるが、錦糸町は不良外国人のたまり場だ。うまくいくかどうかはわからん。それに駅伝じゃないぞ……名称はリレー捜査だ」

「そんなことはどうでもいい。とにかく楠木はいまも何台かの携帯電話を所有している可能性もある。おそらく、とばしの携帯だ。プリペイドカードを使って、番号もしょっちゅう変えてな。だが施設のこともある。おそらく四ツ木幸一郎が知っている番号だけはきちんと持っていたんだ。その律義さが仇になってくれた……」

　真宮は灰色の地面を見つめる。

「四ツ木幸一郎はおれたちと会ったあと、楠木保に電話をしたんだ。四ツ木は徹底的に楠木保を守るつもりだ。それであいつは契約を解除した。駒田、四ツ木幸一郎の通話履歴を調べられないか」

「それは無理だ。今回も捜査令状もなしに通信会社に調べさせた。四ツ木は相手が相手だ。そんな危険は冒せない」

「刑事生活最後の頼みだ——楠木保に詐欺罪で逮捕状を取ってくれ」

　駒田は黙る。

「別の名義人の携帯電話を使用していたんだ。詐欺罪には問える」

「楠木保の居場所さえわからんのだぞ」

「だからだ。能瀬由里子に楠木保への逮捕状を取ったと伝えられるだけで充分な効果がある。逃げきれんと思わせるんだ。そうすれば海の底から出てくる可能性はある。逆に能瀬由里子を脅すしか、この事件を解決する方法はないんだ」

「もし楠木保を詐欺罪で逮捕できたとして……どの道別件逮捕だ。二十日しか勾留させられない。二十日間で勝負できるのか」

「する。絶対に勝つ」

　駒田は真宮を見た。

「なぜそんなにこの事件に拘る？」

「もうおれには時間がないからだ。後二ヵ月もすりゃ、手帳を返さなきゃならん」

「大人しく辞めりゃいいじゃないか……最後におまえ……」

「この事件はどうしても解決したいんだ。楠木保と能瀬由里子は、昭和という時代の犠牲者だと思わないか？　だったら昭和という時代に刑事にさせてもらったおれが、挙げてやらんといけないと思うんだよ」

　駒田はくしゃくしゃの紙の箱から煙草を一本出し、真宮にむける。

「なんだ」

「吸え」

　真宮は十年振りに煙草を手に取る。駒田が横から、百円ライターを擦り火をともす。久しぶりのハイライトは、不思議なほど躰に染みた。

「——三日時間をくれ。楠木保の逮捕状を取る」

「……ああ」

「必ず相沢誠彦の件で挙げろ。でないとおれの首も飛ぶ」

　わかってるさ——真宮は紫煙を上げ言った。

＊

「ユーリのユニオンザライフ。提供は——」

　能瀬由里子はいつもとなにも変わらず、世田谷区のちいさな会社のスポンサー名を読みあげる。

　が、真宮は駒田の要望もあり能瀬由里子への張り込み人員を五人に増やしていた。香下以外はすべて本庁捜査一課の猛者だった。流氷を綱渡りのように渡ってきた能瀬由里子はおそらく勘が鋭い。

真宮は駒田から推薦された捜査一課の人間と面接をし、四人を選んだ。三十代の女性警察官をひとり、他は三十代、四十代、五十代の男性警察官に決めた。三十代の女性は香下と組ませた。若者も多い街に、彼らはごく普通のカップルとして溶け込みやすかった。また能瀬由里子の自宅マンションの前にある、世田谷通りを挟んだペットショップの上にある一部屋も借り上げた。単身者用のマンションのワンルームには、能瀬由里子が仕事や私用で家を出る時以外、常時ふたりの捜査員を置くことにした。

真宮は月光を浴び、オレンジタワーの裏手のガードレールに腰を下ろしている。耳には簡易ラジオと繋いだイヤホン。

能瀬由里子のすこし低く人を楽しませる声は、今日も真宮の奥に消えていく。

「それでは本日の最後の一曲。大丈夫、ディレクター？　どきどきしてる？」

金森がなにか仕草で返したのか、能瀬の笑い声がきこえた。能瀬由里子は少女のような悪戯心も持っている。番組で最後に彼女がかける曲は、事前に金森に伝えていないのだという。おそらく金森はこの能瀬由里子とふたりで行う即興に似た進行を、楽しんでいたのだろう。嬉しくもあり、「じぶんと能瀬とでないとできない」という作業が、彼女を想う金森の心をどれだけ満たしてきたことか。

でもいまは違うだろう。金森は苦しさを秘めながらなんとか笑い、彼女に合図を送ったはずだ。イヤホンから入る能瀬由里子の声をききながら、真宮はふと彼女に想いを寄せる金森裕太の心情をおもんぱかった。今日もペンネームに「橋」と「海」が必ず入る、楠木保からの便りは来なかった。

「ではみなさんお元気で。最後の曲はわたしとおなじ、お酒が好きだった人。惜しくも早くして亡くなりましたね。でも曲はいいよ。ビリー・ホリデイで『奇妙な果実』」

真宮の耳に乾いて濡れた、地の底に堕ちてしまいそうなピアノの音がきこえる。しばらくしてざらついた悲し気な声が歌い出す。真宮もきいたことがあった。五〇年代に伝説と呼ばれながら命を落としたジャズシンガー、ビリー・ホリデイの声だった。

　彼女の泣くように歌う声に背を押され立ち上がる。

　耳からイヤホンを抜き、真宮は世田谷通りへと出た。


「被疑者、世田谷通りをひとりで西へ直進中」

　尾行する女性警察官から連絡が入る。

　今日もひとり自宅へ帰るのか。真宮は先回りをし、能瀬由里子の自宅との中間地点で待った。しばらくすると連絡通り、立ち寄った酒店のビニール袋を持った能瀬由里子がやって来た。いつも履いている彼女のロングブーツの踵は、悲しみと絶望を鳴らしているように真宮にはきこえた。

　ブーツの踵の音が、止んだ。

「こんばんは」

　能瀬由里子は真宮を見ると、表情も変えずに言った。思わず真宮はその顔を見て、同い年の娘の姿と重ねてしまった。なんて悲しい顔をしているのだろう。そしてそれを隠すように、なんてつよさを重ねてしまったのだろう、と。

「自首しよう」

　真宮は言う。能瀬由里子は黙った。

「もう逃げられない。釜利修一君……いまは名を変えた楠木保に逮捕状が出た。容疑は彼が一九九一年から今週まで別名義で使用していた携帯電話の詐欺罪だ」

「へえ」

　表情ひとつ変えず、彼女は言った。

「君と楠木保は都合のいい関係などではないだろ。いつかふたりで流氷を見るために、いくつもの困難を乗り越えてきたんじゃないのか？」

瞬きさえせず、能瀬由里子は真宮の目を睨む。

「君と楠木保は北斗バス会社の八田晋平を山中で殺害した。その後君たちの秘密を知り脅してきた筆の逆襲の記者、木内博也を新宿で殺害。その後はおそらく木内と面識がありその情報を知っていた運輸省特別顧問の相沢誠彦を拳銃で射殺。そうだろ？」

能瀬はしずかに真宮を見つづける。

「すべては楠木保――いや、釜利修一君のお父さんが起こしたバス事故からだ。バス事故もほんとうは飲酒運転が原因じゃなかったのだろ？　すべてがちいさな町で、おおきなものに飲み込まれ、すり替えられてしまったんだろ？」

いつも笑顔を見せる能瀬由里子は、微動だにしない。

「君たちは加害者であり、被害者だ。でももう逃げられない。罪を重ねれば時効は延びていく。十五年がまた十五年、それが終わればまた十五年……わたしが気づいたんだ。まだ君たちを脅してくる人間は湧いてくる。もう、更地に戻そう。わたしが必ず裁判の証言台に立つ。この子たちは昭和という時代の被害者なんだと言いつづける。だから、もう自首しよう」

能瀬由里子は悲しいほどにしずかだった。

「弟の昴君は、もう大丈夫なんだろ？　楠木保が君のために作った施設で、安全に暮らしていけるのだろ？　守るべき者はもう、護られている。罪を償って――またまっすぐに昴君とむきあえばいいじゃないか。そしていつか……楠木保と流氷を見ればいいじゃないか」

能瀬が――寂し気に笑った。

「なにもわかってないわね」

「え？」

「わかってないくせに、ぺらぺら喋らないほうがいいわよ」

意表を突かれ、真宮は思わず黙った。

「――なにも知らないくせに、いい気になるんじゃないわよ」

言うと、能瀬由里子は美しくしずかな表情に戻った。

「捕まえるなら捕まえればいいじゃない。前に言った通りです。わたしは彼になんの情もありません。楠木保がなにかやったのなら、早く捕まえてください」

それじゃあ。

そう言うと、能瀬由里子は真宮を置き去りに歩いて行った。


――なにもわかってないわね。


能瀬由里子の声が躰のなかで反響した。

おれはなにもわかっていないのか？

なにをわかっていないというのだ？

能瀬由里子の誤魔化すための嘘かもしれない。

が、なんであろう。解決にむかっているはずの喉元に、まだ小骨が刺さっている気がした。

*

白いダウンコートをシングルベッドに脱ぎ捨てた。由里子はしばし一点を睨み、窓際へと行く。がっ、とカーテンを開ける。眼下の世田谷通りのペットショップの前にある公衆電話ボックスには誰も入っていない。周囲にも、新宿署の真宮という刑事を含め、怪しい人影はなかった。

酒店で買ってきたジンのボトルの蓋を開ける。透明なグラスに注ぐとジンは溢れた。

「落ち着け……落ち着け」由里子は心に言いきかせる。一口胃に落とし、携帯電話のアンテナを伸ばす。『BAR Sheets』で教えられた保の電話番号を細い指で押す。

二度コール音が鳴ると、保は出た。

「もしもし」

「ああ」

「刑事が来た。新宿署の真宮っていう」

「それで」

「あなたに——逮捕状が出たって」

「なんの容疑だ」

「詐欺罪。四ツ木さんや美樹さん用の、昔の電話番号」

「……そうか」

保は黙った。

「あの刑事、すべてを知ってた。わたしたちがバス会社の八田を殺したことも。筆の逆襲の木内を殺したことも。運輸省特別顧問の……相沢誠彦を殺したことも。事故の原因が——飲酒運転でないことも」

「うん」

保は答える。

「もう……無理だべさ」

北海道の訛りが由里子の口からついて出た。

「――自首しよう。修一」

保は昔の名を改めることもなく由里子の声をきく。

「あの刑事は全てを知っている。もう無理よ。それにあいつが言っていたことは正しい。十五年、十五年……罪を重ねれば時効はどんどん延びていく、その間にまたわたしたちの秘密を知る人間が脅してくるって」

「いや、まだ策はある」

「修一」

「あのことには気がついていないんだろ？　いままでの奴と一緒で」

「うん……刑事もそれは気がついていない」

「なら大丈夫。策はあるさ」

楠木保はしっかりと言った。

「それにな由里子。その真宮という一兵卒の刑事は知らないだろうが、もうすぐ殺人事件の時効はなくなるんだ」

「え？」

「十五年逃げきれば終わり……そんな甘い法律は無くなるんだよ」

「……嘘」

「ほんとうだ。だからどこまでも、おれたちは逃げるしかない」

由里子はいまにも崩れ落ちそうだった。

必死に十五年を待ち、延び、待ち……いつか堂々とはいかないまでも、密やかにでも笑って歩ける日を望んでいたのに。なのに殺人事件の時効が無くなれば、すべてが終わる。いや——終わることのない旅がつづくだけではないか。

「ぜんぶわたしのせいだ。わたしが八田が崖から落ちた時、〝この男がじぶんで落ちたってことにならないかな〟なんて言ったから。あの時助けを呼べば、あいつは死ななかったかもしれない。落としたことも子供だから故意ではなかったって——それで済んだかもしれない」

「違う」

「違わないよ。わたしが住所を誤魔化せないばかりにいつも脅してくる人間に居場所を掴まれて……あなたに助けられて——ぜんぶわたしのせいだよ。記者の男だって、運輸省の相沢だって、わたしが足跡を消せていればあなたが殺さずにすんだ」

「それは違うぞ、由里子。おまえが悪いなんてことは一分も存在しない。おれの考えがすべてを狂わせたんだ——だから大丈夫」

保は言った。

由里子は窓際に立てかけてある、トランプのカードを見つめた。あの日、バスのなかで遊んだトランプのカード。ババ抜きがこんなに楽しいものかと知ったカード。事故に遭い、横転した車内で、必死に彼が震えながら拾ったカード——。

「……修一、逃げよう。昴も一緒に連れて……逃げよう」

由里子はしずかに言葉にした。

保はなにも言わなかった。

「会いたいよ……修一」

由里子は思いのたけを言葉にした。

ただ無言の時が流れた。

まるで幼かったふたりが遠い北海道で初めて電話をしたときのように、不器用に、電話越しに話せずただ黙り合うあの日のようだった。

楠木保は、なにも答えない。電波は届いているだろう。

だが由里子がなによりも欲しい一言は、終《つい》に携帯電話のむこうからはきこえなかった。

「おれたちには、守るべき者があるだろ」

「——そうだね」

由里子はそれ以上、この会話をつづけられなかった。

「いいか由里子。今後もしおれが捕まったとしても、おまえとの関与はすべて否定する。万が一警察が筆の逆襲の木内を呼び出した由里子の関与をほのめかしても、いたって冷静に否定しろ。相沢の件も然りだ。おまえを脅してきた証拠はおそらく相沢はなにも残していない。万が一なにか証拠があっても、連絡が来たこともない、で押し通せ。安心しろ、警察はそこまでの証拠は得ていない」

「……わかった」

「由里子」

「なに？」

保が、鼻からおだやかに息を吐いたのがきこえた。

「いつか逃げて逃げて逃げきって、流氷でも見てやろう」

「うん」

「警察も詐欺罪でおれを捕まえられなかったら、殺人の証拠はないのさ。また諦めるよ」

「そうだよね」

「だから気をしっかり持って、いままで通りに過ごすんだ」

なにか——嫌な予感がした。

保は優しい。いつでも暗闇で枝にとまりあたりを見回す護り神なのだ。

暗闇のなかの――しずかな梟。保の穏やかな物言いに、由里子は一瞬背筋に冷たいものが走った。

「修一――」

「この携帯は電話を切ったらすぐに捨てる。刑事がいる以上、バーでやり取りをするのも危ない。しばらくはメールか、いままで通り由里子の番組にメッセージを送る。わかったな？」

「変なこと、考えていないよね」

「なにを」

「なにか……とても嫌なこと」

「馬鹿言うな。逃げきれる策はある……あるはずだ。また決まったら連絡する」

保は電話を切った。

*

新宿署小会議室の部屋は、窓のむこうに見える灰色の空より淀んでいた。署のなかでいちばんちいさな部屋。そこに真宮、警視庁刑事部長の駒田、能瀬由里子の張り込み人員である捜査一課の四人、そして香下がいた。

真宮は長テーブルに両肘を載せ、組んだ手に顎を置き話をきく。この部屋に六人の捜査員がなんの為にいるのか、それすら知る人間は警察内にはほかにいない。駒田は部屋の隅でアンテナを立て、携帯で話している。

能瀬由里子の自宅マンションが見える張り込み部屋からは、なにも行動確認は取れなかったそうだ。真宮が接触した後だけ、部屋のカーテンを開け外を確認する素振りこそみせたが、後はラジオが終われば酒店かスーパーに寄るだけで直帰、その繰り返しだという。能瀬由里子の部屋に当然、楠木保が現れることも、別の人物が訪ねてくることも皆無という報告を受けた。

駒田が電話を切り、席に戻る。

「逮捕状は延ばせそうだ」

「そうか――助かる」

真宮は礼を言った。通常逮捕状は発行された翌日から七日間しか有効期限がない。その日を過ぎると失効した逮捕状は裁判所への返却が義務づけられている。七日で逮捕に至らなかった場合は裁判官に再度請求をし直し、新たな逮捕状を取らねばならない。駒田は刑事部長の立場を使い、詐欺罪の逮捕状を延長してくれた。

「運輸省特別顧問の相沢殺害容疑だったら訳はないが、たかが詐欺罪だ。これ以上の逮捕状の引き延ばしは裁判所も認めんかもしれん」

「そうだろうな」

「どうする」

「いや……このままいく。能瀬由里子を揺さぶりつづけるしかない」

「だが」

「必ず能瀬は楠木保に連絡を取っている。下手に芝浦にある楠木保の部屋のガサ状取って踏みこんでみろ。あいつはどこから見ているかもわからん。ほんとうに姿を消されては困る。それに部屋には証拠も指紋も残していない。あくまでもダミーの部屋だ」

「と言ってもな」

駒田は黙った。捜査一課の四人の刑事も、真宮が唱える楠木保の犯行説にすくなからず疑問を持っていることは明らかだった。「一刻も早く友國塾の半藤秋冬を追いたい」そんな言葉が本庁の刑事の顔には浮かんでいた。あくまでもじぶんたちの上の駒田の命を受けているから——そんな雰囲気が所轄の刑事にむけられていることは、真宮も百も承知だった。

それでもいくしかない。

「能瀬由里子の番組に送られて来る投書のメールアドレスに、なんらかのメッセージを送るというのはどうでしょうか」

香下が言った。

「いや、それは意味がないですね。投書のメールはすべて都内にある別々の漫画喫茶から送られています。メールはいわゆるフリーメールアドレスで、毎回変えています。特定したすべての漫画喫茶に防犯カメラは設置されておりませんでしたから、楠木保はそれを確認したうえでそこから送っているのでしょう。店は利用する際に身分証も必要なし。店員に写真を確認させましたがまったく覚えていないという答えでした。おそらく個人を特定されかねないので、個人のパソコンから送っている可能性は皆無だと思います」

香下だけが悔し気に、眉根に皺をよせ唇を噛んだ。

「運輸省特別顧問の相沢は、なぜ能瀬由里子と楠木保を脅したのでしょうか」

四十代の男性刑事が真宮に問う。

「相沢は欲を出し自らも政治家にと思っていたそうです。それが無理でも若手議員を補佐していわゆるフィクサーのような立場に憧れていたという話があります。おそらく相沢は筆の逆襲の木内と繋がりがあり、能瀬と楠木保の話をきいていたんです。そこで相沢は木内と北海道のバス会社の八田を殺害した秘密を守る代わりに、金と票を要求したのでしょう」

「金と票?」

「そうです。知床半島の駐在に勤務する警察官が調べてくれましたが、バス事故で母親を失った能瀬由里子には賠償金として八千万円が支払われています。票は単純です。釜利修一から名を変えた楠木保が介護福祉の時代の寵児と知った相沢が、黙る代わりに全国にある福祉施設及びバックアップをしている企業からの組織票を要求――そんなところでしょう」

「楠木保にも賠償金は入ったのか？　四ツ木幸一郎が彼が二千万円の現金を出してきて、と言ってただろ」

　駒田が言う。

「いや……釜利修一には賠償金は支払われなかったらしい。父親が飲酒運転をしたことが原因で事故を起こしたとなっているんだ。そのせいでちいさな斜里の町は再開発も中止されホテルも建設されなかった。釜利修一は幼かろうが、町から攻撃の的だよ。疫病神だ。そんな人間に賠償金を払うわけがない」

「じゃあ、その二千万はどうやって」

「……能瀬由里子がサポートしてやったはずだ。あのふたりは一蓮托生だからな」

　一同は黙った。小会議室の壁にある時計の針の音だけが、かち、かちと響く。

「とにかくわたしを信じてご協力ください。必ず楠木保は行動を起こします。それが唯一の確信なんです。楠木保――釜利修一は、能瀬由里子が窮地に追い込まれれば必ず身を挺《てい》して助けるんです。それがあの男の償いなんです。――必ず能瀬由里子は逮捕状が出たことをあいつに伝えています。となれば楠木保がいちばんに怖れることは能瀬由里子の関与を知られることなんです。それだけはなにがあろうと闇に葬り去りたいんです。だから必ず……近いうちに行動を起こします。ですからどうか、ご協力ください」

　真宮は頭を深々と下げた。香下もつづく。

　本庁の捜査員も、唾を飲み頷いた。

駒田が冷静に、一同に目をむける。

「再度の確認になるが、この件は一切他言をしないように。特捜本部には公安もいる……あくまでこの六人のなかだけでの話だ。漏れてみろ、どこから容疑者に伝わるかわからん。四ツ木幸一郎も絡んでいる。ことがことだ。が、いいか、必ず挙げろ。以上」

言うと、本庁の捜査員は「はい」と答え部屋を出て行く。

「ほら、おまえも行け」

「は、はい！」

駒田の檄に、香下も後につづいた。

駒田はしずかに、正面に座る真宮を見る。

「挙げられるのか？」

「ああ、必ず挙げる。楠木保は必ず動く……おれにはわかる」

「じゃあ、なんでそんな顔をしている」

真宮は自らのこめかみに手をやり、とん、とんと叩いていた。

「いや、別に」

真宮は答えた。が、真宮の頭のなかで、躰のなかで、あの言葉が繰り返されていた。

――なにもわかってないわね。

しずかに言った、能瀬由里子の言葉。それだけがずっと、喉元に刺さっていた。

「とにかく楠木保が動くことを祈ろう。おれもここばかりに体重はかけられん。本腰の特捜本部にいなければならないからな」

「ああ、すまん」

「これからどうするんだ」

「明日、北斗流氷号バス事故の生存者の、光山洋子さんという人に会えることになった。いまは北海道を離れて埼玉に住んでいるらしくてな。彼女は釜利修一と能瀬由里子の斜め後ろに座っていて、ふたりの様子をよく見ていて事故後に雑誌に語っていたんだ。最後は幼いふたりが、いつ救助が来るかわからぬバスのなか、抱き合い生き延びた様子をな」

「逮捕した後に、情状酌量の材料が欲しいんだな」

「ああ。それくらいしか……おれにはできんだろう」

駒田は労うように真宮の肩を叩くと、なにも言わず部屋を出て行った。

明日は生存者に会う。

そして楠木保は、能瀬由里子を守るために、必ず動く。

だが、おれは一体なにをわかっていないというのだろう。

最終章

埼玉県新座市にある北斗流氷号バス事故の生存者、光山洋子の自宅に着いたのは昼の一時のことだった。

事故当時四十五歳だった光山洋子は、六十歳をむかえていたが、玄関で出迎えてくれた彼女は若々しくも見えた。それは彼女の明るさと共に、夫を事故で失いながらも家族という存在が支えになっていたからではないかと真宮は思った。

深々と頭を下げ、菓子折りを渡し光山洋子の家へと上がると、まず居間にある仏壇に手を合わさせてもらった。

そこには五十歳で亡くなったという、洋子の夫の写真が飾られていた。茶を運んでくれた彼女の目は、うっすらと濡れていた。

「わたしがあのバスツアーに行こうと、夫を誘ったんです」

彼女は後悔の微笑みを浮かべながら言った。

「下の娘の就職が決まりましてね、これでようやく親の役目が終わった……なんて思ってしまって。夫は昭和の人間でしたからね、一生懸命家族のために働きづめの人でしたから。あんな豪華な旅にただで行けるなら――わたしの浅はかな考えがあの人を死なせてしまったんです」

真宮は仏壇で手を合わせ終わると光山を見て、頷く。仏壇の前に置かれたちいさな机には、家族の写真、孫らしき子供たちの写真と共に、クロスワードパズルの本が置かれていた。

「お好きだったのですか、パズルが」

光山洋子は笑顔になった。

「ええ。時間があれば缶ビールを呑みながらクロスワードパズルの本を見つめてね。細かい字でボールペンで書きこんで。あのバス事故の旅でもわたしの隣でビールを呑みながら、パズルをしておりました。これじゃ、家と変わらないじゃないなんて思いもしながら、どこか夫も嬉しそうでね。それが、まさかあんなことになるなんて」

彼女に電話をしたときは、当然驚いていた。身に覚えもないのに警察から連絡があったのだから。真宮は光山洋子に「バス事故の運転手の息子である釜利修一君が、とある傷害事件に巻きこまれてしまった。が、それは些細な街の喧嘩で、グループ同士で揉めただけなのだが、釜利君が加害者として訴えられそうなので、情状酌量の意見を入れたくご連絡をした」と説明した。そして光山が過去の記事で詳細に彼のことを語っていたのを知り、不躾ながらご連絡をさせていただいたと告げた。光山洋子は釜利修一が事件を起こしたことに驚愕しながらも、すぐに会うことを承諾してくれた。嘘はついたが、その方が光山洋子は話してくれるだろうという真宮の算段だった。事故の被害者に偽りの事案を語ったことは憚られるが——真実は楠木保を逮捕した後、きちんと説明に伺い詫びを入れよう、真宮は決めていた。

どうぞ、と勧められ真宮はテーブルにつく。光山洋子も遅れて前に座る。

昼時の温かな日差しが、窓から部屋に入っている。

「いいお宅ですね」

「ええ、わたしには勿体ないくらいです。三年前まで札幌にいたんですがね、結婚した娘が〝埼玉に引っ越してこない?〟と言ってくれて。元々娘は短大を出て札幌で就職したのですが、出逢った旦那さんが埼玉の方でこちらに越したんです。そうしたら娘が家を建てるからおいで、と。旦那さんが良い方で、二世帯にしますから来てくださいなんて。長男は当時北海道にあまり魅力的な就職先がなかったらしく東京に出て結婚していたんですけどね。長男もお嫁さんがいますしね、結局頼るべきは娘になってしまいました。でも旦那さんがほんとうに優しくて。もう夫もいませんでしたし、札幌の家を引き払って甘えさせていただいてます。あ、でも娘にはこき使われてますよ。孫の面倒もご飯なんかもね。でもひとりが長かったですし、幸せな毎日です」

光山洋子は満足そうに、話してくれた。彼女の人柄の良さは、真宮に一瞬で伝わった。

「それで――釜利修一君が」

光山洋子は笑顔を消し、尋ねてきた。

「ええ。心配はしないでください。こう言ってはなんなのですが、ありふれた事件です。お互いのグループが酔った挙句、といった具合で。ただ釜利修一君が相手に怪我をさせてしまいまして」

「わたくしの話が、裁判でお役に立つのですか？」

「もちろんです。ですのでこうして、ご迷惑を承知で伺わせていただいた次第で」

光山洋子はなんども頷いた。

「ひとつ、光山さんにお伝えしていなかったことが」

「なんでしょうか」

「――実はその場に、おなじく北斗流氷号に乗車していた、能瀬由里子さんもいたのです。彼女もすこし……加害者側に巻き込まれてしまって」

「ええ！　あの可愛らしいお嬢さんが」

「はい。あれ以来、つかず離れずの友人関係になったようで……ぜひそのあたりも思い出すことがあれば、お話しいただけたらと」

光山洋子は驚きを隠さず、真宮の目を見た。その目は次第に、一九八五年のあの日を思い出す様に変わっていった。

「とにかく大晦日ということもありますし、景気も良かった頃ですからね。バスの車内は大賑わいでした。いまでも覚えていますが、車内の椅子が映画で観たような外国っぽい赤色に染まっていて、ふかふかとして豪華の一言でした。みな車内に準備されたお酒やつまみで楽しんで。当時は珍しかったですが、カラオケなんかもありましてね。飲めや歌えや、そんな感じでした」

「いい時代でしたものね」

「そんななか、わたしが座る中央辺りの席の斜め右前の座席に、ふたり子供が座っていましてね。それが能瀬由里子ちゃんと、釜利修一君でした」

「最初から話していましたか？」

「いいえ。てっきり姉弟なのだろうと思っていたら、お互いなにも喋らないんです。通路側に座る由里子ちゃんはずっと窓の外を見たり首を出して後ろの席に目をやったり。とにかく目にする彼女の顔を見ていたら、すこし不機嫌そうにしていて。一方で窓際に座る修一君はわたしが時々前に行って戻るときに見ると、背筋を伸ばして座っていて。ずっと所在なげに、おどおどというのかな。緊張している様子で。それでああ、この子たちは姉弟でもないし知り合いでもないんだと」

「目についたわけですね」

「もう、可愛くってね。特に女の子は鼻がつん、と上に向いていて、口元も可愛らしくてね。この子はおおきくなったら美人になるだろうな、なんて見ていたんです。ちょっと不機嫌にぶすっとしている様子も、子供らしくて可愛くてね。わたしの娘もこんな時があったなあ、なんて、最初は」

懐かしそうに、光山洋子は語った。

「バスガイドさんからトランプをもらって、最初に声をかけたのは、能瀬由里子ちゃんの方からです。そこから自己紹介をしてババ抜きをはじめて。それでこの年は歌手の安全地帯が初めて紅白歌合戦に出場しましてね、彼らは旭川出身ですから、大盛り上がりだったんです。バスも当時はテレビはさすがに映りませんでしたから、その代わりに一年間の安全地帯の活躍をビデオに編集して音は出さずに流してくれて。それでバスのラジオで紅白歌合戦をかけてくれて、もう彼らが出てくるときは車内は親戚が出るみたいな雰囲気になりました。それで安全地帯の『悲しみにさよなら』がラジオから流れはじめたんです。そうしたら」

光山洋子は愛おしそうに笑みを浮かべた。

「イントロがはじまって玉置浩二の歌声がきこえだしたとき、由里子ちゃんが横にいる修一君の顔を見て言った言葉が、もうおかしくてね」

「能瀬由里子は、なんと言ったのですか？」

「〝ねえ、『悲しみにさよなら』、なんてタイトル、なんか気どってない？　ねえ、そう思うしょ？〟って。横の修一君に言って」

思わず真宮も微笑む。幼き能瀬由里子がいかにも言いそうなことだなと、一瞬訪れた幸せなエピソードに、顔がほころんだ。

「そうしたら修一君がなんども訊かれて、ちいさな声で〝わかんない〟と答えて。もう、そのやり取りが可愛くてね。そこから目が離せなくなってしまって。旅行で気分も高揚していたのでしょうね、ああ、こんな子供たちにどうか幸せな未来がありますように、たくさんの経験をして、幸せな将来がありますように……なんてね。そう思いながら見ておりました。そこからふたりはよく話すようになって。年上で元々大人びていたのでしょうね、主に由里子ちゃんがリードしながら話していって。その時にですね、修一君のお父さんがバスの運転手とわかったんです」

「どうして」

「修一君がちいさな声で、〝シートベルトはしておいた方がいいって、お父さんが言ってた〟と。当時は誰もシートベルトなどしませんでしたから。それで由里子ちゃんもベルトをして、きいていたわたしもなんとなくベルトをしたんです。結局事故に遭ってベルトは切れてしまいましたが……あのおかげで助かったのかもなと、いまも思うことがあります。夫にもベルトをするよう勧めたのですが、そんなのいいよ、と。もっとつよく言っていたらと……いまでも後悔しています」

「修一君の父親である運転手に印象はありますか？」

「真面目そうな、おとなしそうな方だな、と。酔った乗客もおりましたし、ラジオをおおきくしてくれと言われればそっとボリュームを上げていましたし、とにかく運転に集中している感じでした。とてもハンドルも丁寧でした。だからまさかね……あの方が飲酒運転だなんて。最初は信じられませんでした」

真宮はその件に関して、なにも言わなかった。

「光山さんが雑誌で語られていた、流氷を見ようね、というのは」

「長旅でしたが、彼女たちはとにかくずっと、夢中になってたのしそうにトランプをしていたんです。結局大人が深夜になって寝入っても、彼女たちは声を潜めてババ抜きをしていたんです。その最中ですかね、その話になったんです。――ねえ？　流氷って見たことある？　――ないんだ。――実は、わたしも。――流氷ってさ、どこから来るんだろ。――シベリアから、って言ってた。きれいかな。きれいだよ。――じゃあ、いつか一緒に見よう、流氷を。見ようね。見よう……と」

光山洋子は思い出し、涙を浮かべた。きいている真宮でさえ事件を忘れ、いや――このような未来になってしまった能瀬由里子と釜利修一だからこそ、見もせぬ幼き頃を思い浮かべ、胸が苦しくなった。

「それで……事故に」

「はい……一瞬のことでした。運転手さんの〝ああ〟という声がきこえたんです。なにか……とても悲しくて、絶望的な声でした。そのあとはバスが横転し崖から落ち……乗客がまるで人形のように上に下に飛んでいきました。地に落下したのか、ようやくバスが止まった時は、じぶんのどこが上なのか下なのかも理解できませんでした。窓硝子は割れ……寒くて、寒くて。目の前にいる人も、じぶんの上に乗っている人も、血を流し……もう死んでいるのがわかりました。必死に夫を目で探してもどこにもいなくて……血がついてぐしゃぐしゃになったクロスワードパズルの本だけが、そこに転がっていました」

「辛いことを思い出させてしまい、申し訳ありません。その時、彼女たちが目に入ったのですね？」

「はい。薄れていく意識のなか、彼女たちが見えました。能瀬由里子ちゃんはぶるぶると震えながら、必死にのし掛かる遺体をどけて……出てきて。おなじく震える修一君を必死に座らせ、じぶんの着ていたダウンを脱いで修一君の背中からかけ……ぎゅっと抱きしめたんです。そして今度は彼がじぶんの上着を脱いで、セーター姿の由里子ちゃんの背中を包んで。彼も血を流し震えながら……いちばんちいさな修一君を挟むように後ろから抱きしめて。最後はその腕を必死に伸ばして……反対側の由里子ちゃんの背中をぎゅっと抱きしめて、三人で挟まって、寒さと恐怖を堪えて――」

　真宮は自らの目から流れ落ちるものを感じた。が――喉元の小骨が疼いた。なにかいまの話には違和感がある。違和感がある――激しく自らが訴えた。

「そのうちに修一君が意識を失いかけました。由里子ちゃんは必死に、〝寝ちゃ駄目、寝ちゃ駄目〟と。最後はいちばんおおきな子が……〝寝るな、修一〟と」

　真宮の背中に電流が走った。流れ落ちる涙が、一瞬で止まる。

「――ちょ……ちょっと待ってください。いま……なんとおっしゃいました？」

「え？」

「いや、誰が、寝るな、修一と」

「由里子ちゃんと通路を挟んだ隣の席に座っていた、中学二年生の男の子です」

「中学生の……男？」

「はい。わたしたちとおなじく生き残った生存者のひとり——浅地恒雄君です。中学二年生の」

——しまった。

——やられた——。

真宮は口を開けた。ただ引き寄せたこの名前だけが、躰のなかを回った。

「……浅地、恒雄？」

「はい」

「その……流氷を見ようと言っていた会話は、能瀬由里子と釜利修一だけの会話じゃなかったのですか？」

「ええ、三人の会話です。新聞社の方にもそうお話ししていたのですが、誌面にはふたりの会話みたいに載って。新聞とか雑誌はそういうものなのかな、と思っていました」

「会話はどのように」

「由里子ちゃんが流氷って見たことある？　とふたりに訊ねて、修一君がないんだと答えて。そんなやり取りの最後の方に浅地恒雄君が、〝じゃあ、いつか一緒に流氷を見よう〟と。それでお兄ちゃんのように感じたんですかね、懐いてきた修一君が〝見ようね〟と笑って。それにつづくように能瀬由里子ちゃんが最後に、〝見よう〟と……あの、なにか？」

「もしかして、トランプも」

「はい。ずっと三人でババ抜きをしていました。中学生の浅地君も、ふたりとは初めてバスで会ったようでした。由里子ちゃんが安全地帯の歌のことで横にいる修一君と話しはじめて……しばらくして由里子ちゃんも飽きてきたのですかね、通路を挟んだ横の席に座っていた年上の男の子に声をかけて。〝お兄さん、何歳？〟〝ひとりで乗ってるの？〟〝どこに住んでてどこの中学？　部活とかなにやってる人?〟とか質問して。最初は浅地君もしずかに返答していたのですが、由里子ちゃんは天真爛漫な感じというか、人に慣れているというかそんな感じだったので、徐々に浅地恒雄君も一緒に話すようになって。それで三人でババ抜きをはじめたんです。その時に、印象的だったんです。由里子ちゃんは、『ババ抜きってこんなにたのしいんだね』と言って。いちばん年下の修一君も『うん』って頷いて。で、一番年上でお兄さんみたいになっていた浅地君も、『おれもこんな面白いとは知らなかったよ』って。それをきいて、なんとなく三人の境遇が想像できたんです。みんな片方の親がいなかったり……そういう環境なのだろうな、と。ババ抜きって、ふたりでしてもおもしろくないじゃないですか。互いにジョーカーを持っているのは相手だとわかってしまいますから。でも三人でやれば、ジョーカーが誰の手に渡っているか、どきどきしますものね。だからわたしは、ああ、この子たちは初めて三人でするババ抜きを味わっているのだな、と。だから余計に……愛おしく見えて。能瀬由里子ちゃんも釜利修一君も、浅地君がいたからあの事故から生き残れたのだと思います。いえ――あの三人が偶然一緒にいたから……生き延びることができたのだと思います」

真宮は震える手で、コートから一枚の写真を出す。楠木保が写真を撮られた記事だった。

「あの、この顔を見てください。これは……誰だと思いますか」

光山洋子はじっと記事の写真を見つめる。

「……大人になった釜利修一君ですよね。面影があります」

悲しみを浮かべる光山をよそに、真宮は能瀬由里子が放った言葉の意味がわかった。

――なにもわかってないわね。

その通りだった。なにもわからないどころか、見事に騙されていた。

楠木保は元々の、本物の釜利修一ではない。

浅地恒雄だったのだ。

楠木美樹は「彼は整形をしている」と言っていた。それをきき釜利修一が別人として生きるため、顔を変えたと思っていた。が、違う。浅地恒雄が入れ替わった本物の釜利修一の顔に寄せるために整形手術をしたのだ。姿さえ、釜利修一になりきったのだ。

ということは……「北斗流氷号バス事故被害者の会」に来た本物の釜利修一が会の後、雪降る山中で、八田晋平を殺してしまった。それを必然か偶然か、浅地恒雄と能瀬由里子が目撃した。バス事故でおなじ経験を共有し、おそらくみな家族関係に問題があった三人は結託した。いちばんの年上であり兄のような存在の浅地恒雄が持ち出したのかもしれない。

——戸籍を替えようと。

そうすれば本物の釜利修一が養護施設を抜け出し行方不明になったことにも合点がいく。

ずっと違和感があったのだ。

すべての事件に対して、年下である釜利修一が能瀬由里子をリードしている形に、違和感を覚えていたのだ。

楠木美樹も、四ツ木幸一郎も言っていた。

「年齢より重しがある子」だと。

当たり前だ。そうだったのだ。釜利修一と戸籍を替えた浅地恒雄は能瀬由里子の年下などではない。

年上だ。いま楠木保となった釜利修一は二十四歳となっているが、違う。

——能瀬由里子よりふたつ年上の、二十八歳なのだ。

「……ありがとうございました」

真宮は光山洋子の家を飛び出す。急いでウトロ駐在所の和田警察官に電話をした。

「和田さん、すみません！　お訊きしたいことがあります。浅地——浅地恒雄のことです！」

「浅地というのは……北斗流氷号のバス事故の」

「そうです！」

「……あの子は――」

　電話を切り、真宮は愕然としたまま歩いた。駅へむかいながら、その足は必然速足へと変わった。最後は力を振り絞り、その足は地を駆けた。

　走りながら電話で話した、和田警察官の声が頭のなかに鳴り響いた。


――浅地恒雄は、まずあの事故でたいへんな怪我を負いました。全身の外傷、内臓破裂もありながら、横転した車内で救助が来るまでコートも着ておらんかったので、重度の凍傷にもなっておって。生存者のなかでも重い傷を負っておりました。手術を重ね半年以上入院をしていたはずです。

　しかも彼の母親は事故の二年前に病死しており、血縁関係のない老人と平取町という地区の中心から離れた場所にある山奥で暮らしていたため、親戚筋などひとりも見舞いに来ませんでした。時折死んだ母親と一緒に暮らしていたその老人は見舞いに訪れましたが、浅地恒雄もその老人も独特の感性と言いますか――死生観も含めて一般とは違う感覚を持っていたのか、通常の見舞いの雰囲気でなかったことは、事故の聴取をしに行くわたしにも伝わっておりました。これからお話しするのは、事故の調書を取りに行ったわたしが浅地恒雄から直接きいたこと、またわたしが見て感じたことだと、ご理解ください。

　実は浅地恒雄は、本州の方には耳慣れぬ言葉だと思うのですが、アイヌの血が入っております。しかもただのアイヌの子ではなく、父親は本土の日本人、母親がアイヌという子です。差別的に感じられると思いますが、そのような人間をこちらでは〝半シャモ〟などと呼び揶揄する人間もいます。本土の日本人である和人《わじん》を、アイヌ側はシャモ、と呼んだのです。だから和人と半分の子だと、半シャモと呼ばれ差別されるんです。これはたいへんな苦労をしたと思います。北海道ではいまはすこしは良くなったと信じたいですが……長らくアイヌ差別の歴史が流れております。おそらく浅地恒雄は、通っていた学校では「アイヌ」と呼ばれ、アイヌ部落のなかでは「半シャモ」と呼ばれ、どちらにも居場所はなかったはずです。想像できないかもしれないですが、アイヌ間でも、差別は存在するのです。アイヌには深い歴史があります。傷つけられ、土地を奪われ、それでも生きてきた血統が存在します。だからこそ、一口で「アイヌ文化」などとは括れないのです。悲しい現実ですが、和人からの差別はもとより、彼らには「民族内差別」が存在します。そのなかで半シャモだった浅地恒雄は、どの社会からも受け入れられなかったと想像します。簡単に言えば、「どこにも居場所がなかった」そう言っても過言ではないとわたしは思います。

　しかも浅地恒雄の母は——恒雄を身籠るきっかけとなった男性に、結局結婚をしてもらえず未入籍のまま逃げられたらしいのです。ただでさえ和人とアイヌが結婚することに反発を覚えるアイヌ社会の人間も多かったなか、和人に捨てられひとり子を産み……これはたいへんな人生だったと思います。結局居場所もなく頼る人間もいなかった母親は、ひとりの老人に助けを求めたらしいです。それが、浅地恒雄の見舞いにも訪れていた、先ほどお話しした老人です。

　この老人ももちろん、アイヌ民族です。周りからは、「ニシパ」と呼ばれることもあった人間です。ただこの老人は民族内にも存在する差別に嫌気がさしておったようで、早々と集落から出て、ひとり平取町からだいぶ離れた、アイヌ集落もない山深い倉庫のような家で暮らしておったそうです。そこでひとり銃を持ち、鹿や熊を狩り、鮭を摑み、木の実を取り——まさに「アイヌの人間」として生きていたのだと思います。そこにまだ小学生だった恒雄を連れた母親が訪れ、三人で生きてきたそうです。浅地恒雄は小学校、中学校と通いましたが、全く友人もいないし、必要だと思ったこともない、そう病室のベッドで言っておりました。結局事故後は長く入院していたこともありそのまま学校には通わず、卒業証書だけもらった——そんな人生のはずです。いまもおそらく変わっていなければ、その山奥にある倉庫のような家に住んでおると思います。ニシパと呼ばれた老人は年齢が年齢だっただけに、もう亡くなっていると思います。ですから浅地恒雄はひとり、そこで生きているのではないでしょうか。

また——これは事故当時上役だけが話していたという噂です。先日当時を知る警察OBに話をききわたしも初めて知りました。実は浅地恒雄の母親を捨てた男というのが——以前真宮さんがわたしに調べてほしいとおっしゃっていた、元自由党北海道議会議員の山内一樹なのではないか、というまことしやかな話があったそうです。山内一樹は、知床横断道路建設に重大な力を注いだ男です。地元では反対意見を唱える人間もおりましたから、山内は必死に頭を下げ必要性を唱え、あの道路が実現したんです。山内一樹には強力な後ろ盾がおりました。自由党道連会長を務めていて、自由党の重鎮にも顔がきく星野《ほしの》隆久《たかひさ》という男です。星野は山内一樹が結婚をした妻の祖父にあたります。山内一樹はこの妻の祖父の力を借りながら、知床横断道路を開通させ、やがて夢であった中央に出たのですが、祖父が死に後ろ盾を失い、いまは自由党からも切られ無所属で議員をしておるはずです。

山内一樹が浅地恒雄の実父なのではないか——その噂の源流は、あのバスツアーにあります。北斗流氷号バスツアーに乗車できた人間は、抽選で選ばれたのです。ですがそのなかで例外がありました。まず運転手の息子である釜利修一君、そしていまになって思えば、北斗バス会社の八田晋平の愛人であった可能性のある能瀬杏子と、その娘、由里子ちゃんです。当時能瀬杏子は網走のスナックで働いておりました。前にも言った通り、八田晋平は網走でもよく呑んどったんです。バスの座席表を思い出してみると、確か由里子ちゃんの母親の杏子は娘から遠く離れ、最後尾の座席で八田晋平の隣に座っておりました。もしふたりが男女の関係にあれば、翌日八田は妻の目を盗み、豪華ホテルで能瀬杏子と泊まることが出来ます。そしてもうひとりは浅地恒雄、この四名なのです。浅地恒雄にきいたところ、「スーパーに置いてあったバスツアーのチラシを見て応募したら当たった」と言っていましたが、真実はわかりません。ご承知かもしれませんが、あのバス事故はあれだけおおきな事件であったにもかかわらず、その後はすみやかに、まるで海の底に潜るように、報道はちいさくなっていきました。全国紙のことまではわかりませんが、北海道では山内一樹――要はその後ろにいる星野隆久の存在もあり、自主的な報道規制が敷かれた可能性もあります。前にも言いましたが、北海道はおおきいです。でも、所詮は田舎なのです。ちいさなちいさな町が必死に生き、それがたまたまおおきな北海道という地になっているだけです。有力者の顔色を見るのは、これは責めないで欲しい、と心より思います――浅地恒雄があの北斗流氷号に乗車したのは、目的地のホテルで待つ父親である山内一樹に、会いに行くためだったのではないでしょうか？　そのチケットを、山内一樹が取ってやったのではないでしょうか。すべてはわたしの邪推かもしれませんが――。


真宮は走る。走り、走り、駅へむかう。

早く三軒茶屋のオレンジタワーへむかわねば――そう全身が訴える。

楠木美樹が言った、「あんなに悲しい躰を見たことがない」という理由もわかった。

楠木保は浅地恒雄なのだ。全身に負った傷跡は、いまも彼を刻んでいる。

『筆の逆襲』編集長の大山又一郎が言った「踏んじゃいけない地雷を踏んだ」。これが浅地恒雄だったのではないか。ちいさな出版社が恐れるのは雑誌の出版差し止めだ。アイヌというデリケートな問題。そして事故に関わる星野隆久という大物の存在。このリスクを背負ってでも出す記事ではない
――そうあの男は算段したのだ。

能瀬由里子がラジオのディスクジョッキーを引き受けた理由もわかった気がした。

楠木保だけではない。彼女は遠い北海道で「浅地恒雄」としてひとり生きる本物の釜利修一に、声

を伝えたかったのだ。そして連絡を取る手段になり得たのだ。

能瀬由里子のONE DAYに届く便り。

「橋」と「海」が入るペンネーム。

それは楠木保が使い分けていたわけではない。

楠木保と本物の釜利修一が「海」と「橋」を使い分け、能瀬由里子にメッセージを送っていたのだ。だから能瀬由里子はその投書が来ると嬉しそうな顔を見せた。ふたりが元気でいること、離ればなれでも繋がっている感覚――それがちいさくも、彼女たちにはおおきな喜びだったのだ。

能瀬由里子と楠木保が守るべき者は、彼女の弟の昴だけではなかった――名を変え生きることを選択させた、本物の釜利修一もいたのだ。

新座駅へと到着する。

とうに息は切れている。時刻表と腕時計を確認する。武蔵野線、埼京線、新玉川線を乗り継げば、能瀬由里子の番組には間に合う。

能瀬由里子に会ったら、「君がなぜよく笑うかがわかった」と伝えよう。「それは君が苦しく、常に誰かを守るために身についてしまった笑顔なのだろう?」と。

そして能瀬由里子に、すべての事実を伝える。

自首しよう、つよく説得する――。

*

能瀬由里子は自宅の鍵を閉め、マンションを出る。世田谷通りを仕事場にむかい、歩く。ふいに空を見上げるとやけに青くて、なにを祝われているのかわからなくて、憎らしかった。青は嫌いだ。清廉潔白さを感じさせる、あの透き通る色が。雪でも降ればいいのに。由里子は思った。

あの日も当然雪だった。「北斗流氷号バス事故被害者の会」の日。嫌だったが、母親の妹にあたる叔母にアパートに来てもらい、昴をみさせた。叔母は母に負けず劣らずの嫌な女だった。いや、まだ母親の方が幾分ましだったかもしれない。叔母はスナックでさえ長つづきせず、常に誰かに依存し生きる女だった。母親がバス事故で死んだあと、叔母はにやと笑ってわたしに言った。

「このままじゃあんたと昴、一緒に暮らせないね。あんたら未成年だし、昴はあんな子だし、どこかの施設に預けなきゃならないもんね。でもあんた、昴と一緒に暮らしたいんでしょ？」

そう言ってきた。そして叔母は満面の笑みを見せ言った。

「契約結ぶべや。わたしが保護者になったことにして、あんたらと暮らすことにしてやる。その代わり賠償金が入るべ？　それの五十パーセント、わたしに払いな」

――こいつも死ねばいいのに。

本気で思った。

だが、じぶんは普通の児童養護施設へ行けても、障害を持つ昴はそうはいかない。だから、叔母の提案をのんだ。

被害者の会の会場へ着くと、浅地恒雄さんもいた。バス事故以来、一年ぶりに会った。なんと言えばいいのかわからなくて、ちいさく会釈をしたことを覚えている。浅地さんも、会釈だけ返した。

「賠償金は基本、一律八千万円お支払いします」体育館のステージ前に並んだ北斗バス会社のお偉いさんが、深々と頭を下げた。そのなかには母親の愛人であった八田もいて、神様はこんな奴を生かすなんてどうかしてるな、そう思った。が、悪運がつよいのだろうと納得した。それより頭にあったのは、「賠償金の八千万の半分が入るなら、あの叔母はたいそう喜ぶだろうな」それだけだった。

会が終わり、表へ出た。浅地さんも、ひとりで来ているようだった。どこか恥ずかしくて、あの横転した車内でずっとじぶんと修一君を抱きしめていてくれたお礼も言いたいのに、どうやって話しかければいいのかわからなかった。

そんな時——浅地さんが体育館の脇に目をやった。

わたしもそれを目で追うと、会場にはいなかった釜利修一君が誰かと話していた。見ると、八田晋平が舞い落ちる雪で髪型が崩れるのを気にしながら、修一君とむきあい話していた。

やがて八田はあたりを見回すと、修一君に「来い、来い」とでも言うようにそっと手招きをし歩き出した。わたしと浅地さんはそれを見て、目が合った。自然、浅地さんとわたしは、誰にも気づかれぬよう進んでいくふたりの後を追った。

八田は雪降るなか、修一君を連れ、山へと入っていった。

わたしはこの時、すぐに意味が分かった。そして礼もすませていないのに、横を歩く浅地さんに声をかけた。

「捨てる気だ」

と。「え？」浅地さんは答えた。

じぶんは八田が大嫌いだった。そして母親は狭いアパートにもかかわらず、酔うと時折八田と帰って来た。昴とじぶんを寝かしつけ、襖のむこうで裸で絡みあった。そんなことはどうでもいい。八田以前にも母親は何人も男を家に連れ込んでいたから。でも八田は違った。平気で「結婚しようか」と母親に言うのだ。馬鹿な母親はどんどん八田にのめり込んでいった。そんなある日、襖のむこうから声がきこえた。醜い、八田の声が。

「嫁と別れるのは簡単だし、おめえとはすぐにも再婚できる。でもひとつな……あの子がなあ」

あの子とは、昴のことだった。

「まだ娘はいいよ。連れて一緒になっても。でもあの昴は……わしは勘弁だべさ。糞もひとりででき
ん子供、一緒には暮らせんよ」

寝たふりをしながら、心臓がばくばくと速度を上げたのを覚えている。

そして言った。あの言葉を。

「――そうだ。雪の日の夜に山へ連れて行こう。で、置いて帰ればいいんだべや。あの子はひとりでなんか家へ帰れんだろう？　それによく勝手に家を出てしまうことも近所はみんな知ってる。冬の山に捨てりゃ、間違いなくあの昴は死ぬさ。で、おまえは葬式で泣けばいいのさ。えん、えんってな。そうすりゃ無事、おめえとわしに気にすることはなくなる」

母親が「いいね、それ」と言い、また醜く肌が擦れあう音がきこえた。

だから――すぐにわかった。なんらかの理由で、八田が修一君を捨てようとしていることを。そのことを浅地さんに話すと、ただ冷静にきき、「わかった」と言ってくれた。

そして「絶対におれのそばを離れるな」と彼は言った。

雪深い山を登った。もうじぶんにはどこを歩いてきたのかさえ、わからなかった。ただ八田に気がつかれぬよう距離を取りながら、浅地さんの横にくっつき歩いた。

やがて――立ち止まったかと思うと八田が急に走り出した。修一君は驚いた様子で数秒止まり、ちいさな躰でその後を追いだした。じぶんたちも走り、追った。と、なにやら修一君が叫ぶ声がきこえた。必死になにかを訴えているようにもきこえた。「お父さんはそんな人じゃない！　お酒なんて呑んでない！」そんな声が遠くから雪風に乗り届いた。

登りきると、修一君が声を上げえんえんと泣いていた。

そばに行き崖の下を見ると、八田の首や手が変な方向に曲がって、倒れていた。

「助けてくれえ、助けてくれえ」

馬鹿みたいな声が届いた。

修一君はずっと、「僕が突き落としてしまった。突き落としてしまった。どうしよう、どうしよう」と泣きわめき繰り返した。

そんな時、悪魔の一言が躰から出た。じぶんでも自らが放った言葉が宙に乗り耳に届き、驚いた。でも、至極冷静にその言葉が出たことだけは、覚えている。

「――この男が勝手に落ちて死んだことにならないかな」

と。修一君は泣き止み、驚いた顔でじぶんを見た。横にいる浅地さんだけが、崖の下で手を伸ばす八田を見つめていた。八田と母親との関係を話した。障害のある弟を捨てようとしていたことも話した。そして――あのバス事故で、最後に横転した車内で、遺体と折り重なり、真っ赤なワンピースの細い腕を伸ばし、「由里子……由里子」と助けを求めた母の手を、絶対に握ってなるものか――そう思ったことを告白した。

「そのまま死んでって、母親を見てそう思ったの。そのおかげでいまも弟と暮らせている。だから修一君、あなたもお父さんもなにも悪い人じゃない。わたしにとっては、恩人だよ」

吹雪く雪のなか、言った。言った後は、すこし後悔した。このふたりに、特にじぶんを助けてくれた年上の恩人である、浅地さんに軽蔑されるだろう、そう思った。が、浅地さんは冷静に、小石を拾うと崖下の八田に投げた。八田は小石が頭に当たっても、痛さも感じていないのか、ただかすれた声で「助けてくれえ……助けてくれえ……救急車……呼んでくれえ」と曲がった腕をこちらに伸ばしていた。と、浅地さんが言った。

「もうすぐ死ぬ。助からん」

そう言った。そして八田を据わった目でぼんやりと見つめながら、わたしたちに語りかけるように、落ち着いた口調でつづけた。

「このままにしておこう。死体は雪が隠すさ。夏になって雪が解けても、この山は滅多に人が入らない。死体が雪から出てきたら、熊が食うさ」

　驚いて「なんでこの山に滅多に人が入らないとわかるんですか」と思わず訊いた。

「この山にはキノコも生えていない。景色も悪い。そんな山に人間は滅多に入らん」

　そう答えた。

　そして浅地さんは、あの日のように、じぶんと修一君を見た。とても落ち着いていて、大人な顔で、しっかりとじぶんたちの顔を見てくれた。

　そして、優しく微笑んだ。

「修一君。おれもね、君に助けられたんだ。おれは実はね、あのバスに乗ったのは、終着点のホテルで待つ、父親を殺しに行こうと思っていたんだ」そう言った。

「え」と驚くと、

「おれはアイヌの血が入っていてね。おれを作った父親は和人でさ、じぶんの両親に『そんな女との結婚は認めん』とか言われて、おれの母親を捨てたんだ。お母ちゃんは金もなく差別を受けながら必死におれを育ててくれた。でも三年前にね、死んだんだ。頭痛い、頭痛いって言っててさ、ようやく病院に行ったら、脳みそのがんって病気だったんだ。でもさ、母親はお金もないしね、アイヌの誇りもあったから、〝大地へ帰れってことよ〟と言ってね。そのまま治療も受けず死んだんだ。でもおれはわかっていた。母ちゃんは多分生きたかったと思う。でもとにかく治療も手術も受ける金がなかった。だからそのまま死んだのさ。金もなく葬式もあげてやれなかった。でもいいんだ。アイヌにはアイヌの地への帰しかたがある。住まわせてもらってる山奥の掘っ立て小屋の前の木の下に穴を掘り——足も綺麗にまっすぐに伸ばしてな。美しい形で、神って奴に帰したのさ」

　話す浅地さんの目を、ずっと見ていたことを覚えている。

「でもおれは半分のシャモなんだよ。おれたちを捨てた父親って奴に、どうしても言いたくてな。そいつは偉い奴だったけど、連絡先がわかって初めて公衆電話から電話をしたんだ。おまえが捨てた女が死んだぞ。それはおれを守って育ててくれたひとりの女だと。激痛に苦しみ、それでも病院に行けず……でも最後まで、おれにおまえの悪口は言わなかった女だぞって。そうしたらそいつ、あのバスのチケットを送って来たんだ。いちど話そうと。でもおれは決めていた。山内一樹っていうんだけど、母におれを身籠らせるだけ身籠らせて捨てていったそいつを、会いに行ってホテルで殺してやろうってね。でもな――そんなおれの気持ちを止めたのは、君たちなんだ。ポケットに黒い石を削って作ったナイフを入れてさ、おれは君たちと並んで座っていた。そうしたら由里子ちゃんが話しかけてきてさ、最初は正直うっとうしいなと思ったぜ。でも三人で話して、トランプをして……恥ずかしいけどさ、とってもたのしかったんだよ。その時な、こんな馬鹿なことは止めようって思ったんだ。会ったことも愛情もない父親を殺すなんて、おれの人生もったいないなって。おれは君たちのおかげで、人を殺すこと、会ったこともない父親を殺すことを止めたんだ。ホテルに着いたら、写真でも撮っておとなしく帰ろう、そう決意した。で、君たちの連絡先でも訊いてさ、ほんとうにいつか、北海道に住みながら見たことがないおれたちで、流氷を見に行こう、そう思っていたんだ」

修一君はしずかに泣きながら、浅地さんの顔を見つめ、話をきいていた。

「だからいいか、修一君。この男は君が殺したんじゃない。おれが殺したんだ。君たちと偶然バスで出会わなければ、おれはとっくに人殺しになっていた。しかも父親を殺してな。でもその気持ちを君たちが止めてくれたんだ。それくらいあのバスでの数時間は、おれにとって幸せな時間だった。だからあの崖の下に転がる男はおれが殺した。元々人を殺そうと思っていたんだ。すこし遅れて、そうなっただけさ」

世田谷通りを歩きながら思い出しただけで、浅地さんの声が蘇った。

勝手に目から涙が零れ冷たかった。

三人で崖下の八田を見つめ、やがて彼は動かなくなった。修一君に事情を訊くと、東京にある筆の逆襲という雑誌記者の人が、ある日、預けられた児童養護施設の門の前に立っていたのだという。佐竹満という男の人で、事故後に追いかけ回された記者と違い、優しそうな人だったそうだ。その佐竹から、「もしかしたら君のお父さんは、事故の当日にお酒など呑んでいなかったかもしれないんだ」と言われたという。それをきいた修一君は、「事故の前日、夜中ホテルに帰って来たとき、お父さんの顔が腫れていた。殴られたのだと思う」と告げると、「多分、お父さんの会社の上司だ。彼はお父さんに嫉妬していたらしい。長年勤めた会社だから、北斗流氷号のレセプションは当然じぶんが運転手として選ばれると思っていたんだ。でも会社は君のお父さんを選んだ。まだ修一君にはわからないだろうけど、大人の嫉妬というのは、案外危険なんだ」と教えてくれたそうだ。ほんとうは今日の被害者の会に、佐竹さんも来ると言っていたのに、来なかったと修一君は言った。そして八田に「お父さんはお酒を呑んでいない。ほんとうのことを言ってください。それにお父さんを叩いたのなら、それも言ってください」と勇気をもって言った後、山へと連れて行かれたそうだ。浅地さんは、黙ってきいていた。

三人で山を下りた。雪はまた吹雪に変わり、どこを歩いているのかさえわからなかった。ただ浅地さんは「おれを先頭に、縦になって歩く。安心しろ、道はわかる。とにかくはぐれないよう、真ん中の修一君はおれの背中の服を、後ろの由里子ちゃんは修一君の背中を必ずずっと摑んで歩け。怖いから横に並んで歩きたいかもしれないが、いつ斜面があるかわからん。だから手を離さず、縦に歩いてくれ」と指示してくれた。浅地さんは山を歩き慣れた様子で、木を見たりしながら歩きつづけた。真っ白な世界には、後方から強烈な風が吹き、地吹雪《じふぶき》が舞っていた。その白く地を這い浅地さんの前方へと吹雪く雪が、まるで知らない世界へ進んでいくように見えた。でもやがて地吹雪に案内されるように、わたしたちは下山できた。

その後はいちばん年上の浅地さんが決めてくれた。ふたりとも、普通に過ごすこと。今日のことは誰にも話さないこと。いずれ遺体が発見されてニュースになっても、じぶんたちの足跡など雪が消している。証拠など出ないから、安心しろと言った。修一君はとても精神的に参っていたので、わたしはじぶんが月に一度、斜里駅から一駅先の無人駅、「止別駅」で会うことにすると言った。浅地さんは、「とにかくおれたち三人が一緒にいるところは、人に見られないようにすること」と注意した。浅地さんの住む家には電話がないらしく、わたしはじぶんの家の電話番号を浅地さんと修一君に教えた。連絡はじぶんが中継役になる、そう決意した。

それから修一君と会うようになった。網走と斜里駅を繋ぐ釧網本線は、じぶんと修一君を繋ぐ橋となった。時には昴も連れ、電車に乗り修一君の様子を見に行った。二両しかない釧網本線はオホーツク海に面していて綺麗だった。ただ流氷が届いているときだけは海を見なかった。いつか三人で見に行くと決めたから。無人の止別駅の待合室にはちいさな食堂みたいな店がある。時々、修一君とふたりで入って味噌拉麺を食べた。もちろん、支払いはじぶんがした。結局半分以上を叔母に持っていかれたけど、母親が死んだ賠償金がじぶんにはあったから。

が、修一君は駄目だった。八田を殺してしまってから一年が過ぎ、「もう耐えられない」と言ってきた。それは八田を殺したことだけではなく、町からの批判の声と苛めだった。「おまえの親父のせいで」「町は再開発も無くなったんだぞ」「この疫病神の親子め」どこにいても死にたくなる、そう修一君は泣いた。「八田を殺してしまったことがばれれば、僕は警察に捕まってしまう。少年院というところに入れられてしまう」そう言って、泣いた。

浅地さんの家に手紙を書く。浅地さんに連絡を取りたいときは、手紙を書いていた。「修一君が限界です」そう一言書いて送ると、すぐに自宅に電話をくれた。三人で初めて、止別駅で会った。

駅といっても、古びてちいさな木で出来た待合室があるだけの止別駅。人など、ほとんどいない。久しぶりに会った浅地さんはとても大人になっていて、驚いた。

三人で駅を出て、誰もいないおおきな木の下で話し合った。修一君は、「もうどこか他の処へ行きたい」と訴えつづけた。

でも修一君も、頼る身内など誰もいなかった。

「覚悟はあるのか」

そう浅地さんは言ったと思う。

「別人になって生きる覚悟はあるか」

と。修一君は驚きながらも、頷いた。

「おれが君になってやる。だから君は、浅地恒雄として生きろ」と。

翌週、じぶんの家だという平取町の山奥へ浅地さんは案内してくれた。家というより、小屋のような、倉庫のような不思議な平屋だった。家の前には鮭が何匹も吊るされている。あたりには家など勿論なく、とても奇妙だった。

元々は東京の大学に変わった教授がいて、アイヌについて研究していたそうだ。その教授が老人を気に入り、この山奥に別荘を建てていた教授は、使わなくなった倉庫代わりの小屋に住まないかと老人に言ったそうだ。老人は頷き、そこからひとりで住んでいたという。いまは教授は死んでしまい、別荘も取り壊され、もうこの山にはおれとニシパしか住んでいない、浅地さんは言った。

家に修一君と共に入ると、痩せているのに背の高い老人がいた。ニシパと浅地さんが呼ぶ老人は、おどおどと立つ修一君を見て、「こいつか」と言った。浅地さんは「ああ。こいつを育ててくれ。今日からこいつが浅地恒雄だ」そう言った。老人は壁に立てかけてある猟銃の一丁を取り、見たことのない民族的な不思議な柄のテーブルに腰を下ろすと銃を磨いた。磨きながら、「弱そうな子だな」と修一君のことを言った。

ちいさな家のなかには、猟銃やランタンや薪があった。

驚いたのは、本の数々だった。洋書から日本のものまで、壁を埋め尽くしていた。なかには教科書のような本もたくさんあった。教授が生前、浅地さんが越してくると、すべてくれたそうだ。浅地さんは学校にあまり通っていないらしく、その代わりこの本で勉強している、そう言った。

「おまえはどうする」

銃を手入れしながら老人は言う。

「東京に行く」

浅地さんは言った。

「そうか」

とだけ答え、老人はそれ以降なにもきかず、話さなかった。

三人で家を出て、地面に座った。

浅地さんは優しい顔で修一君を見つめ、「ごめんな」と言った。「あの時、やっぱり警察へ行った方が楽だったかな」つづけて、そう言った。

修一君はその時だけはまっすぐに浅地さんを見て首を振り、「ううん。そうしたら僕、刑務所には入らなくても、町中の人に父親も子供も人殺しだって言われて、生きていけなかったもん」そう言った。

「そうだな」浅地さんは言うと、修一君の頭を撫でた。

「修一、いや、今日から恒雄だな。いいか？　八田を殺したことが万が一事件化されたとしても、あと十四年経てば、君が怖がる八田の事件は、時効というやつが来てもう捜査されることはない。そうなれば、誰も罪には問われない」

「ほんと？」

「ああ。だから、十四年だけ、君の名前を借りるぞ。十四年経ったら、また名前を返すからな。だから、つよく生きろ」

「うん」

「勉強は本を読んで、わからないことはニシパに訊け。あの爺さんはなかなか頭も良い。おまえがつよくなれば、なんでも教えてくれる」

「わかった」

初めて浅地さんは、修一君をおまえ、と呼んだ。

「十五歳になったら、浅地恒雄として港で働け。そこはおれが通っていた学校の奴らはいない。まあ、おれの顔など覚えている奴は、そういないけど。もし知っている奴がなにか尋ねてきたら、堂々と浅地として接しろ。おれは元々不愛想だ。黙ってりゃ、あいつ変わってねえななんてすぐにいなくなるさ」

「どうやって港へ行けばいい？」

「ニシパに車で送り迎えしてもらえ。なに、案外いい人だから、おまえがきちんと家のことをやれば、送迎くらいしてくれる。その代わり十八になったらすぐに免許を取れ。車がないと、なにかと不便だ」

浅地さんは人生を教えるように修一君に言葉をあげた。

そしてポケットから、紙を出した。浅地さんの戸籍抄本だった。修一君もポケットから、四つ折りにしたじぶんの戸籍抄本を出す。ふたりはそれを、交換した。そして浅地さんは、通帳を修一君に渡した。

「賠償金、もらえなかったんだろ。そこに六千万入っている。万が一おれになにかあったら、それを使って生きろ。ニシパが病気になったりしたら、そこから使ってくれよ。後は……そうだな、万が一時効が来る前におれが警察に捕まっても、絶対におまえらは真実を言うな。なに、元々父親を殺しに行くところだったんだ。おれが刑を務める。いつか出てきたら、その金で美味しい物でも奢ってくれよ」

修一君は六千万円の意味はわからずとも、「いらない」と首を振った。

「駄目だ。おまえはこれからつよくならなきゃいけない。でも万が一のために、お金はないよりあったほうがいい。大人になって使いたくないと思えば、困ってる人のためにでも使え。好きな女の子でも出来たら、それで拉麺でも食べさせてやんなよ。あ、安心しろ。おれも二千万は東京へ持っていくから。なにか増やせる方法が見つかれば、それを元に増やすさ」

――浅地さんは地に寝そべり、空を見つめた。山や、空や、草花や木の神様に別れを告げているようにも見えた。

「そういやよ、なんでおまえらは流氷を見たことがないんだ？　北海道に住んでいるのに」

「わたしは、昴が危ないから。弟は空き缶とか気になる物を見つけるとね、車が走っている道路だろうが走って取りに行ってしまうの。だから海になんて連れて行って空き缶があったら、昴が海に落ちちゃうから。海なんて近いのに、行ったことない」

「僕は、お父さんとあちこちで暮らして斜里に来たけど、あまり友達もいないし」

ききながら、浅地さんは寝そべり空を見て微笑んでいた。

「浅地さんは？」

訊くと、顔を横にむけ目を合わせた。

「興味なかったから」

そう言ってにやっと笑い、きいたわたしも修一君も笑った。

そして、「じゃあ、十四年後に。流氷を見ようぜ」そう言い、彼は東京へ行ってしまった。

定期的に会う新しい浅地恒雄は、弱さもありながら、すこしずつ元気になっていった。

「ニシパに、鹿撃ちを習った」なんて嬉しそうに話すこともあった。

彼は十三、十四と大人に近づき、十五歳になると港で働きはじめた。すっかり背も伸び声も変わり、たくましい少年になりつつあった。

ある日、すこし太くなった声で、「これ」と言って箱を渡してきた。なかを開けると、キーホルダーが入っていた。

「なんかたまたま店で見たらいいなと思ったから、あげるよ」そう彼は言った。

気がついていた。彼がじぶんを異性として意識していることを。

でもそれには気がつかぬ振りをして、いつも笑った。

昴を連れ東京へ出て行くと告げた日、彼は止別駅の地面を見ながら、「なんで?」と言った。「昴を預けられる場所がここじゃ限界なの。東京にはもっとこういう子たちをサポートしてくれる場所もあるっていうから」そう答えた。じぶんの隣でなんの話をしているのかわからぬ昴は、爪を嚙んでいた。

「おれが……協力するよ」彼は言った。

「無理。障害の子を持つっていうことは、そんなに簡単じゃないの。わたしがもし事故で死んだら、この子はひとりになる。そうするとね、勝手に決められた施設へ入れられてしまうの。そういう施設は、こんな言い方あれだけど、あまり良くないの。北海道中の施設を見たけど、やっぱり東京も見て決めたいの。いずれ……わたしがこの世からいなくなる前には、どの道昴を暮らさせてくれる施設に入れなきゃいけないから」

そう答えた。

浅地恒雄――いや、本物の修一は昴の頭を撫でた。

「わかった。連絡は取り合おう」

「もちろん。家とか決まったら、すぐに教える」

「名前を貸してるおれに会ったら、元気でやってますと伝えて」

「オーケー。名前を貸してる、偽の釜利修一さんにね」

笑い、二両編成の電車に乗り込んだ。

彼は誰もいないホームに立ち、手を上げつづけてくれた。

その姿は山で泣いていた子供ではない、立派なひとりの少年だった。

――東京へ来てからのことは、いろいろだ。

立派な大人になった本物の浅地さんにも会えた。昴を連れ、いろいろなところへも連れて行ってくれた。「山内一樹への復讐は忘れてないよ。まだ議員をつづけているから、失脚するくらいのスキャンダルは与えようと思っている」時々、浅地さんは言った。結婚することになった。そうきいた時は、嫌になった。「なんで？　そんなに好きなんだ」と訊くと、「名前を変えようと思ってな。あいつの名を万が一傷つけても困る。最後にあいつに、その名前を返せばいい」そう言った。

でも、それがすべての本音ではないことは気がついた。楠木美樹という人のことが好きなのであろう、それくらいはわかる。だから、笑顔で返した。ただ単純に、わたしは歪だろうが、浅地さんのことが好きだった。初恋だった。たぶん、最初にバスのなかで会ったあの日から。トランプをしながら笑ってくれた、あの日から。

それからは、地獄の日々だ。筆の逆襲の記者、木内博也が脅してきた。彼は写真を持っていた。それはわたしと浅地さんが、あの山中へ入っていく写真だった。「あんたら、八田って男を殺しただろ?」汚い顔と歯を見せて、あいつは笑った。結局わたしが木内を呼び出し、浅地さんが殺した。

浅地さんが訳は言わず、「まだ名前を返せなくなった」と修一に電話をしたらしい。修一は一言、「そうですか」と答えたという。

おなじように木内と繋がっていた運輸省特別顧問の相沢誠彦も脅してきた。木内とはあの男が新聞社の記者時代から繋がっていたらしく、金に困った奴が相沢に「いざとなれば、あんたが使える情報がある」と言い金を借りたのがはじまりだそうだ。相沢は太陽光エネルギーで莫大な金を溶かし、表向きより金はなかった。

闇夜の木の枝から目を光らす梟は、また大切な者を護るため、わたしの前に現れた相沢を殺した。

すべては、新宿の駅前で首を吊り死んだ、佐竹満からはじまったように思う。彼がわたしのポストに、そして——浅地さんに手紙を寄こしたことから。わたし以上に、佐竹は浅地恒雄に、詫びていた。あの日、あの八田を殺した日。佐竹満は被害者の会の会場へ来ていたらしい。が、雑誌社の編集長からは「その記事はあげない」と釘を刺されていたようだ。そのことを詫びに、修一に会いに来たのだという。

が、思いがけず修一は八田と共に歩き出し、やがて山中へ入った。じぶんたちも、後につづき、その姿を思わず写真に収めたそうだ。が、山から下りてきたのは、三人の子供だけだった。佐竹さんは自らが招いてしまった悲劇を想像し、ただ悔い、生きつづけてきたという。が、木内が殺されたことを知り、じぶんの写真とメモが、奴に盗まれていたことがわかったという。昔仲の良かった新宿署の刑事に訊くと、「なんか石を削ったナイフみたいなものが凶器らしい」と教えてくれたという。浮浪者になっていた佐竹は必死に北海道へ行くための金を作り、黒曜石を探した。彼だけは、真実に気がついていたんだ。

〈もう、やめてください。
あの人にも、おなじことを伝えています。
あなたたちの罪は、わたしの罪です〉

指定された新宿駅南口の歩道橋へ浅地さんが行くと、歩道橋の階段の隅に、黒曜石が置かれていたという。拾い上げ橋を見ると、ぼろぼろの服を着た佐竹が欄干からロープを垂らし、浅地さんにむかい頭を下げると、そのまま落下していったそうだ。わたしが反対側の階段から歩道橋へ上ると、もう佐竹はだらんと、地へむかい躰を揺らしていた。

詫びなのかもしれない。

が、至極迷惑な話だ。

悔いていたのなら墓場まで——持っていって欲しかった。

昔のことを思い出しながら、いつものオレンジタワー二十六階へと上がる。透明なサテライトスタジオのドアを開け、「おはよう」と笑顔を見せる。

きっと今日も、乗り越えてみせる。

＊

「さあ、今日もはじまりました。ユーリのユニオンザライフ。今日はいつもよりすこしだけ元気にいきましょう。って……あなたたちは元気良すぎ。だから跳ねない。床抜けるから」

能瀬由里子は笑った。サテライトスタジオの周辺はいつも通り人々が囲み、最前列ではお馴染みの元ガングロちゃん一号二号が由里子を見て飛び跳ねていた。

　変わらぬ一日がはじまる。由里子は思った。

「さて早々と今日のONE DAYの一通目。ペンネーム『週休四日は欲しい』さんから。なによこれ。そんな休んだら暇で躰しぼむから働きな。まあいいや、いこう。えー、『ユーリさんこんにちは』はい、こんにちは。『実は僕、最近頭頂部が薄くなってきました。二十五歳です。彼女にもばれたくないので、植毛も考えています。植毛するべきか否か、どうしたらいいでしょうか？』知らないわよ。なんであなたの頭頂部の心配しなきゃいけないのよ。でもまあ、本人からしたら切実よね。答えはね……禿げなさい。『レオン』にも出てたジャン・レノって俳優いるから、もう思い切って禿げて色気のある男になりなさい。と言いつつ日本人のスキンヘッドって火野正平《ひのしょうへい》さん以外似合わないのよね……あ、良いこと思いついた。この番組のスポンサーで世田谷の床屋さんがあるから、そこに行ってなんとかしてもらってください。以上」

　おなじ制服を着た女子高生ふたり組はけらけらと笑い、スタジオを見る客も微笑んだ。

　巨大展望硝子窓を見る一般の人に目をやる。そのなかにも、刑事らしき影は感じない。真宮という刑事は——どこかでこのラジオを聴いているかもしれない。もしかすればオレンジタワーの周辺で聴いている可能性もある。構わない。とにかく、浅地さんの詐欺罪の逮捕状が切れるまで逃げきればいい。その後のことは、いままでのように、また考えればいい。薄氷だって割らなければ、むこう岸まで渡れる。

　いつものように洋楽を流し、気がつけば窓のむこうの空は暮れていた。来るときはあんなに晴れていたのに、星さえも見えず、空はいまにも雨か雪を落としそうだった。

　由里子はすこし、感傷的になっているじぶんに気づいた。

　ニュースを読み、たわいもない話をする。

いつものようにスタッフに声をかけ、ほのぼのとした笑い声を届ける。

――わたしはここが好きなんだな。

由里子は思った。

気がつけば、番組は終わりに近づいていた。今日最後の投書を読む準備をする。本番前に金森と選んだ主婦からの悩み相談。金森は刑事が来たあの日から、わたしの目をなるべく見ないようにしていた。感謝すべき相手に、いらぬ重しを与えてしまったことを、由里子は心のなかで詫びていた。沈みそうになった心にどうにか活を入れ、投書の原稿を捲った。

その時――スタジオのなかにあるファックスが紙を吐き出し、金森が取った。喋りながら目を金森にむけると、彼は黙って投書であろう用紙を読んでいた。と、金森がゆっくりとこちらを見る。手を伸ばし、紙を渡してきた。金森はすこし寂しそうに、「読んだら？」と目で伝えて来る。

――ペンネーム『海』

と書いてあった。

「海」を使うのは、浅地さんだ。北海道にいる本物の修一は、「橋」を使っている。思わず、心臓が高鳴る。嫌なメッセージでなければいい。

が、一行目を見て由里子は微笑む。わざとお道化た雰囲気で、メッセージは書かれているようだった。由里子は普段お道化るようなタイプではない浅地さんが、時々こうしてふざけるように送って来る便りが大好きだった。その裏には由里子を元気づけよう――そんな彼の配慮がわかっていたから。

由里子は指先で、「投書を交換していい？」と金森に伝える。

金森は由里子を見て、「うん」と頷いた。

「えー、では本日最後のＯＮＥ ＤＡＹ。ペンネーム『海』さんからのお便り。いいね、名前がシンプルで。潔いわ。では行きましょう。えー、『ユーリ。こんばんは』はい、こんばんは。『今日も寒いですね。ユーリは暖かい恰好をしてますか？　僕は気合いを入れたいタイプなので年中半袖です。嘘です。セーター着てます』こら、嘘はやめなさい」

　スタジオの外は由里子が楽し気に話すからか、みなも微笑んでいた。

「『今日はなんていうのかな、ちょっとした後悔の話かな』……」

　由里子は読みながら、言葉を止めた。出だしの明るさとは一転、なにやら嫌な予感がした。由里子はいちど唾を飲みこむ。唇が乾き、横にあるマグカップの水を含んだ。

「えー……『人間は、なんて難しいのだろう、なんて最近考えます。先日、ある女の子と電話で話しました。彼女は昔から知っている友人なのですが、とてもいい子で、気取らない子で、こんな僕とずっと仲が良くいてくれます……なにより優しくて、笑った顔が似合う子で、でもそれは僕だけでなく、彼女が大切にしている者すべてに優しくて、僕は異性ながら、じぶんもこんな人間になれたらな、言ったことはないけど、ずっとそう思っていました』……なになに、真面目な人？」

　由里子はスタジオの外にむかって、無理やり作り笑顔を見せる。

「『後悔というのは、先日彼女が僕を遊びに誘ってくれました。でも僕は仕事が忙しいと、それを断ってしまいました。でもほんとうは、別に仕事もいつも通りだったんです。嘘をついてしまったんです。そうしたら彼女が……』」

　由里子は言葉を詰まらせる。

　次の言葉を読み進める勇気がなかった。が、必死に平静を装い、字だけに集中した。

「ごめんね、つづき。『……そうしたら彼女が僕に、〝会いたいよ〟と言ってくれました。その言葉をきいたとき、なんていい言葉なのだろうと思いました。会いたい。こんなたった一言が、人をこんなに幸せな気持ちにさせるんだなって、初めて知りました。実はほんとうは僕も会いたかったのです。でも会ってしまえばいままでの関係が崩れてしまいそうで、嘘をついて、断ったのです。しかも〝おれたちが会って、なにを話すんだよ〟なんて、酷い言葉まで使って』」

スタジオの外にいる観客も、由里子の異変に気がつきだした。

なかにいるスタッフも、いつも明るい由里子が表情を固まらせていることに、金森以外、みな驚いている様子だった。

「『僕は勝手に彼女を友人以上の、そんな感情を持っていました。彼女はいますこし疲れていて、弱っていて。でもそんな時に会ってもし僕がそれを伝えてしまって、彼女との関係が崩れたら嫌だななんて思って、会えませんでした。ね、人間って難しいでしょ。彼女は、未来の話をするのがとても好きな子です。でも僕はいまいち未来が苦手で。ごめんなさい。まとまりもなく湿っぽい話になりましたね。とにかく、また彼女の元気が戻ること、祈っています。あ、僕はすこし海外へ仕事に行きます。彼女にはまだ言ってないけど、遠い国です。また戻ってきたら、今度こそ会おう！　と彼女に電話して、たのしい未来の話でもしようと思います……ペンネーム海より』……うーん……なんて答えればいいんだろうね」

由里子は困ったように、苦し気に笑った。目の前に立ついつもの女子高生ふたりが、学生鞄からノートを出しペンを走らせ、〈大丈夫？〉と書いて由里子に見せる。

「ああ、大丈夫大丈夫。ちょっといろいろ思い出しちゃっただけ。えーと、海さん。〝会いたい〟って言ってくれたんだ、その女の子が。じゃあ、おれも会いたいって、言えばよかったのにね。人間は、難しいね」

由里子は机上を見つめたまま、言った。

「未来の話が苦手か……それならそれで、いいんじゃないの？　とにかく会いたいんでしょ？　友人以上の感情って……好きってことなんでしょ？　だったら会って、言えばいいじゃない。彼女が弱っていようが、その一言で、彼女はすべてが報われるかもしれないよ」

由里子は、浅地が近くにいる気がした。

必死にスタジオの外に目をやる。展望ロビーにいる人のなかに、浅地はいなかった。

「未来の話が苦手なら、なんどだって昔話をすればいいじゃない。年老いた夫婦みたいに、なんどもなんどもおなじ話を、すればいいじゃない。それだって……きっと幸せだよ」

――由里子は目を奪われた。

展望硝子窓のむこうに見えるビル。硝子張りの喫茶店に、浅地は座っていた。座り、じっと、いつもの黒いセーターを着て、こちらを見ていてくれた。由里子は硝子のむこうの浅地を見つめた。

「……海さん。後悔なんてしないほうがいいよ。仕事で遠くなんて行かないほうがいいよ。その友人の女の子とさ、いままで通りの関係でもいい、違った関係でもいい、会って、会って、話しなよ。わたしもね……昔から好きだった人がいるの。ある時、寒い山のなかを、その人と一緒に歩いたことがあるんだ。その時ね――わたしの後ろからもの凄い風が吹いて、地吹雪が前へ前へと舞ったの。それを見てね、ああ、この白く地を這い吹雪く雪は、きっとじぶんたちを不幸へと道案内しているのだろうな――そう思ったの。でもね……わたし、それでもいいと思った」

きっと浅地はイヤホンをしてこの声をきいている――必死に由里子は手を伸ばしても届かない硝子のむこうの彼だけを見た。

「わたしがその彼女の代わりにもういちど言ってあげるよ……会いたいよ。会いたいです」

由里子の瞳から涙がぼろぼろと零れる。

いまにも彼の名を呼んでしまいそうだった。

浅地が別れを告げに来ていることは明白だった。「まだ策はある」この間言った彼の言葉だけが、頭のなかをぐるぐると回る。

その時――目の前の女子高生ふたり組のひとりが、ノートになにかを書き込んでいるのが見えた。

由里子は目を浅地からその子へ移す。彼女は書き終えると、顔をしかめノートをこちらにむけ、指さした。そして頭を後方へ、なんどかちいさく動かす。

由里子はノートに書かれた文字を読んだ。

〈また芸能関係のスカウトかもよ。最近、あの男よく見る。四十代くらいの、いちばん奥に立ってこっちを見てる男。迷惑ならわたしたちが断ってあげる！〉

由里子の細胞が騒いだ。涼し気なまなざしを、奥にむける。

スーツを着た四十代の男がいた。

男は慌てた様子で、窓の外を見ていた。無線なのか、携帯電話なのか――なにかを取り出し必死に話しはじめた。その目線は――窓のむこうのビルのカフェに座る、浅地を見ていた。

と、ぶかぶかのジーンズを穿いた若い男、その横にいた彼女らしい女性、五十代の作業員風な男が一斉にエレベーターホールへと走り出す。由里子はスタジオのなかの金森を見る。金森は申し訳なさそうに、目を閉じ、震えながらうつむいている。

――刑事だ。

由里子は察した。涙が馬鹿みたいに流れた。金森と由里子の異変に焦ったように、スタッフが〈最後の曲！　最後の曲！〉と紙に書いた字を見せてくる。

由里子は窓のむこうの浅地を見る。

浅地はいつも通り、梟のように、しずかに由里子を見ていた。

浅地がすこし、微笑んだ気がした。

「では――最後の一曲」

金森が机に突っ伏し背中を震わす。代わりに慌てて、スタッフが由里子が選びそうなＣＤを探す。

由里子はじっと、浅地だけを見つめた。

「最後の一曲は……安全地帯で、『悲しみにさよなら』」

え⁉　とスタッフが驚愕の声をあげる。

「逃げて……」

由里子は浅地を見ながら言った。

「逃げて……修一」

窓の外を見て言う由里子をよそに、ようやくスタッフがパソコンから音源を見つけ電波に乗せた。二小節のイントロがはじまる。由里子は浅地だけを見ていた。ゆっくりと遠くの浅地は耳からイヤホンを抜き、由里子に微笑むと、席を立ち去って行った。

由里子は番組も忘れ、あのバスで聴いた『悲しみにさよなら』に包まれ、机に顔を埋め泣いた――。

*

オレンジタワーの裏でラジオを聴いていた真宮は、「逃げて……修一」と言った能瀬由里子の声をきくと、慌ててイヤホンを抜いて走り出した。

正面へと回る。捜査一課の面々と香下が走っている。

香下が真宮を見、すまなそうに頭を下げ駆けて行った。

「馬鹿野郎……」

気づかれた。

真宮は焦りつつ、若い刑事たちが走る方向へと必死に追う。

走っている浅地が見えた。浅地は一直線に走ると国道二四六号線へと出て、クラクションの嵐を浴びながら車をよけ、むこう側へと渡っていく。

必死に追う香下たちの姿と、三軒茶屋交番の制服警察官たちが追う様が見えた。真宮も走る。必死に走った。

だが、辿り着いた先で信じられない光景を見た。

通りでマイクを持ち叫ぶ男にむかい、浅地は歩いていた。マイクで通行人にむかって演説をする、ひとりの男の横には旗が立っていた。「無所属　山内一樹」と書かれていた。

「馬鹿……やめろ！　やめるんだ！」

山内一樹は必死に声を嗄《か》らし街に叫ぶ。浅地は山内一樹が演説するのを知って、今日ここへ来たのだ。

しまった……しまった！

真宮は呟きながら必死に走る。山内はなにも気がついておらず、必死に大衆に叫びつづける。

「日本は戦争の傷跡から復興し、バブルも経験し、その夢もまた消え、いま私たちの国は新しい時代に入らねばならない！　そのためにわたしはいくつも――いくつも間違いを犯してきました。ただ、その心は常に充実した生活を皆様に与えようと思ってまいりました――どうか、どうかわたくしに皆様の一票をください！」

通行人は誰ひとり、山内の声をきいていなかった。

女性の叫び声が響いた。

浅地が、ポケットから拳銃を取り山内にむけた。

山内はようやく叫ぶ声を止め、拳銃をむけてくる男の顔を信じられないという表情で見た。その日は拳銃をむけてくる男が、自らの血が入っている男だと、まるで認識していなかった。

「撃つな！　撃つんじゃない！」

真宮は叫ぶ。

香下も制服警官に「撃つな！　確保だ！」と必死に叫ぶ。

香下たちがようやく山内の元へ着き、浅地を確保しようとする。が、浅地は拳銃を刑事たちにもむけた。浅地の銃口が――山内を指した。

その時――ひとりの女性と幼い子供ふたりが、山内一樹を抱きしめた。妻と子なのだろうか。必死に女性は震える躰で山内の前に立ち、盾になった。

浅地は、子供たちの顔を見た。

そしていちど銃口を下ろすと……再び拳銃を山内にむけた。

浅地の指が撃鉄を起こし、引き金に指をかけたのがわかった――。

「やめろ！　撃つな！」

パン！　乾いた音が夜に響く。ゆっくりと、浅地はコンクリートの地に倒れた。震えた制服警察官が、足を広げたまま銃から煙をあげ、固まっていた。

「馬鹿野郎……馬鹿野郎！」

真宮は倒れた浅地の背中に手を回し、顔を見た。

小刻みに震えながら、浅地は真宮の顔を見て笑った。

「……あんたの名前は」

「真宮だ。新宿署の真宮。きいているだろ」

浅地はなにも答えず、微笑んでいた。

真宮は浅地の横に転がる拳銃に目をやる。と、銃弾が地面に転がっていた。浅地は銃口を下げた時、弾を抜いていた。

「馬鹿野郎……馬鹿野郎」

真宮は必死に浅地の腹を押さえる。鮮血であっという間に手が赤く染まった。

「なんで……おれに気づいた」

「佐竹満の首吊り現場に、偶然おれはいたんだ。その時おまえを見て、後でわかった。楠木保という青年だと。おれのおふくろをな……君が作った施設に入れたくて、顔を覚えていたんだ」

「そっか」

浅地は真宮の目を見ているようだった。

「みんな一緒だな。あの日、あの時……そこにいたから……それが、人生ってやつなのかもしれないね」

浅地は目を閉じた。

「起きろ、起きろ……寝るな！」

浅地はすこしだけ瞼を開けた。

「おれが……全部やった」

「それでいいんだな」

「ああ……ひとつ頼みがある」

真宮は察した。目をつよく閉じ、開き、浅地に問うた。

「……どっちの名前がいいんだ？」

言葉をきき、安心したように浅地は笑う。

震える手でポケットから、四つ折りに畳んだ紙を取り、差し出した。

ぼろぼろになった、戸籍抄本だった。

真宮はそれを、受け取る。

「おれの名前は——釜利修一……釜利修一だ」

「わかった。わかったぞ……」

もう、真宮の腕のなかの釜利修一は目を開けなかった。

が――死なせてはならぬ。諦めてはならぬ。真宮の心が叫んだ。

「おい、おい、起きろ」

浅地は眠っている。真宮は開けるだけ眼光を開いた。ただまっすぐに、男の瞼の奥の目だけを睨み、言った。

「起きろ、修一」

浅地は眠る。

「おまえがバスのなか、あいつらを抱きしめながら言った言葉を思い出せ――」

真宮は傷口を押さえられるだけ押さえる。

「寝るな――寝るな、修一！」

浅地の瞼が、ぴくと動いた気がした。

今更救急車のサイレンが遠くからきこえる。香下も真宮の手の上にじぶんの両手を置き、必死に止血した。そして近くからは、嫌いな、あの音が鳴り響いた。

「……撮るな……撮るんじゃない！」

携帯電話やカメラをむける群衆に、真宮は叫んだ。

*

翌日、運輸省特別顧問の相沢誠彦殺害事件の犯人逮捕のニュースが流れた。

テレビのニュースに流れてきたのは、手錠をはめ歩く、ひとりの青年だった。画面上のテロップと同様キャスターが読みあげたのは、「半藤秋冬が代表を務める友國塾の二次団体、指定暴力団若杉会組員――米崎正樹《よねざきまさき》容疑者を殺人の疑いで逮捕しました。昨夜未明警視庁に自首してきた米崎容疑者は、半藤秋冬代表を馬鹿にするような記事を書いたので、頭にきて殺した。上からの指示は一切ない、と話しています。凶器となったトカレフは江戸川《えどがわ》に捨てたと供述しており、警視庁は捜査員を投入して川のなかを現在捜索中です。次のニュースです……」

釜利修一の名は、かの字も出なかった。

代わりに釜利修一はちいさなニュースで、山内一樹を狙った愉快犯として取り上げられただけだった。

駒田は、新宿署のテレビでニュースを観る真宮の横を、黙って通り過ぎた。いちどだけ振り返ると、「ぜんぶ終わったんだ」詫びるように言い、去って行った。

誰かと誰かの利害が一致したのだろう。

またこうして、ちいさな者はおおきな者に飲みこまれていく。

ただ辿り着く場所さえ見失った流氷だけが、海を漂い、ぶつかり、粉々に溶けていった。

真宮はひとり、北海道平取町に来た。浅地恒雄の住所へと、その足をむける。近隣の人に訊き、ただ山を歩けと言われた。三十分ほど歩くと、林のなかに小屋のような、倉庫のような建物がある。

軒先には何匹もの鮭が吊るされ、薪を割った痕がそこにはあった。

扉に手をかける。鍵などついていなかった。

中を見るとたくさんの書物と共に、独特な模様の民族的なテーブル、椅子。それくらいしかなかった。

釜利修一の姿はない。

部屋に入ると、ちいさなランタンが灯っていた。窓際にはラジオが置かれ、テーブルの上には古びた一枚のトランプのカードが置かれている。

スペードの9だった。

壁には猟銃が何丁も立てかけられていた。その中央にある一丁が消えている。

真宮は扉を閉めると、地の雪を見た。おおきな足跡が、林のなかへとつづいている。それを頼りに歩くと、降り落ちる雪がただしんと空気を凍らせ、なんとも心が落ち着いた。

ざく、ざく、ざく。

しばらくすると、遠くで男がひとり、雪に片膝をつき猟銃を構えていた。

なんとも神々しく、美しい景色に真宮には見えた。

真宮はじっと青年の横顔を見つめた。

青年はすべての神を感じているように、いや、もうそれすら感じなくなっているように、自然に溶け、謙虚に、猛々しく——遠くの鹿を見つめていた。

一発の銃声が山に響いた。

鳥が逃げ、飛び立ち、木から雪が地へ落ちていく音がきこえる。

真宮は真っ白な積雪に警察手帳を放った。

そして、雪に消された自らの足跡をまたつけながら、踵を返した——。

エピローグ

男が刑務所から出てきたのは、やはり寒い冬だった。彼は立ち止まり門番に頭を下げると、いちど冬を試すように、息を吐き空に伸ばした。寒い、二月の空だった。

「ご苦労様でした」

声をかけると、彼はゆっくりとこうべを垂れる。後部座席に乗せ、車を走らせる。首都高速道路を走る。彼はずっと、流れる車窓の外を見ていた。

「変わりましたか、街は」

「わかりません」

彼は答える。運転しながらバックミラー越しに見る彼は、すっかり大人の男だった。

白髪交じりになったその横顔のむこうには、東京タワーが消えて行った。

浅地恒雄は、十五年の刑を務めた。「釜利修一」として、木内博也殺害、山内一樹殺人未遂の罪を償った。彼は決して、本当の釜利修一のことも、能瀬由里子のことも語らなかった。木内に関しては「金を貸していたのに返さなかった」そういう筋書きで、貫き通した。

年に一度は面会に行った。真宮さんが亡くなってからは、じぶんが代わりをしなければ――自然に思った。

「香下さん、今日もすみません」

ハンドルを握るじぶんに、浅地は後ろから詫びた。

「真宮さんが生きていたら、きっとこうしていたから」

香下は言った。

真宮は彼が一命をとりとめ、釜利修一として裁判を全うした八年後、眠るように突然死んだ。心臓だった。母を最期まで家で看取り、それを追うように亡くなった夫を、妻の沙世子さんも娘の也哉子さんも「どこかあの人らしい」と話してくれた。

「香下さんは、偉くなられたのですか？」

すこし微笑みながら浅地が言う。

「なんですか、それ」

「真宮さんがいつも面会に来てくださると、あなたのことを話していて。あいつは面白いんだぞ、出世したくて仕方なかったんだから、なんて笑ってきかせてくれて」

香下はすっかり太くなった眉毛を掻いた。

「まあ、ぼちぼちですな。若い刑事に嫌がられるくらいには」

すっかり髪も白くなったふたりは、しずかに笑った。出所が決まったとき、香下はどこに行きたいか訊ねた。浅地はしばし顔を下げ、「北海道へ行きたいです」そう言った。

だから香下はいま、羽田《はねだ》空港にむかっている。

空港へ着き、ターミナルに入る。十五年後の世界をもうすこし驚くかなと思ったが、彼は穏やかだった。ただ近代化したチケットの買い方はわからなかったので、香下が代わりにやった。

「これ」

女満別《めまんべつ》空港行きのチケットを渡す。浅地は深々と頭を下げ、財布を開いた。

「いいんです。チケット代は真宮さんから預かっていましたから。亡くなる間際、町中華で呑んでたんですよ。そうしたら死期を悟ってるわけもないのに財布を広げて、〝これで彼が刑を務めあげたら、チケットを買ってあげてくれ。きっと、北海道へ行きたい、そう言う気がするから〟と」

浅地恒雄は手のなかにあるチケットを見つめた。そしてその紙に、目を閉じ頭を下げた。

「さあ、行ってください」

香下は電光掲示板に表示された搭乗時刻を確認し、言う。

浅地はまたしずかにこうべを垂れると、香下の着ているコートを見つめた。

「それは、真宮さんのですね」

「ええ。先輩が長年連れ添っていたトレンチコート。形見分けにね、これだけはくださいと奥様に頼んで」

香下は自らを包むベージュ色のトレンチコートを見つめる。

「似合っています」

浅地は微笑んだ。「では」彼は言い、背を正し、搭乗ゲートへと消えて行った。

香下は、彼の姿が見えなくなるまでその背を見つめる。

最後に、ゆっくりとこうべを垂れた。

きっと真宮さんならこうするであろう、香下は思った。

*

バスに揺られた。

数十年振りの二月の北海道の空気は、凍てつくように寒い。車窓は曇り、そのむこうは白の世界だった。浅地はずっと、ゆっくりと後方に流れていく雪の世界を眺めた。

電車を乗り継ぎ、斜里駅へと到着する。かつての駅は「知床斜里駅」という名前に変わっていた。

歩き、海を目指す。

鼻に凍てつく潮の匂いがする。自然、足は早まる。踏みしめる雪がざく、ざくと音を立てる。

浅地は立ち止まる。

その先を、見つめつづけた。

むこうも浅地に気がつき、視線をむけた。

じっと、じっと、見つめる。この時間が永遠につづけばいい、初めて浅地は思った。

昴君が、飛び跳ねている。

由里子がしっかりと弟の背中を摑み、こちらを見ている。

その横では、誰よりも背が高くなった修一が、こちらを見ていた。

由里子が震えているのがわかる。

きっとそれは、寒さのせいだけではないだろう。

修一が、右手を上げた。

浅地もゆっくりと、手を上げる。

それぞれが、それぞれに近づいていく。

昴をふくめ、四人でしずかに抱き合う。

由里子は馬鹿みたいに、震えていた。

そのむこうに見える流氷に目をやるのは、由里子の涙が尽きてからにしよう——そう思った。

謝辞

本作品を執筆するに当たり、元警視庁警部補の榎本澄雄氏に助言をいただきました。
多大なるご協力をいただき、まことにありがとうございました。

日本音楽著作権協会（出）許諾第二四〇九三七七―四〇一号